가시꽃의 악야

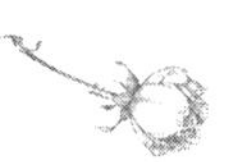

가시꽃의 악야 1권

초판 인쇄 | 2016년 4월 4일
초판 발행 | 2016년 4월 8일

지 은 이 | 유엽미
펴 낸 이 | 이춘이
펴 낸 곳 | 도서출판 로담

등록번호 | 제 396-2011-000014호
등록일자 | 2011년 1월 19일
주 소 | 경기도 파주시 문발로 115, 세종출판벤처타운 201-A호
전 화 | (031) 8071－5201
팩 스 | (031) 8071－5204
E - mail | bear6370@hanmail.net

ISBN 979－11－5641－057－7 [04810]
979－11－5641－056－0 [Set]

값 9,800원

가시꽃의 악야

유엽미 장편소설

로담

目次

일. 가시꽃은 운다

"아……! 으읍……."

좋아서 튀어나간 신음이 아니었다. 메마른 몸의 일부 어딘가가 찢길 것만 같아 흘린 고통스러운 비명이었다.

"아……!"

나는 분명 기뻐서가 아닌 아픔 탓에 탄식을 흘리거늘, 아쉽게도 내 슬픈 소리가 상대를 더욱 욕정에 취하게 하는 모양. 귓가에 거친 신음이 스쳤다. 빨라지는 움직임에 어쩔 수 없이 그의 양어깨를 움켜잡은 내 손에 힘이 가득 실렸다.

"흐흑……아, 아파……."

"하여 어찌하라는 게지."

"……."

"내가 부르면 대답을 하라 분명 명했었어."

"……."

"한데, 보란 듯이 내 말을 무시해 놓고 배려를 해달라?"

매섭게 내뱉은 사내에게 대답하기를 거부한 채 천장만 노려보니 우악스런 손길이 턱을 감싸 쥐었다. 억지로 다시 내 시야에 들어온 증오스러운 사내가 거칠게 날 뒤흔든다.

"아, 아흑……!"

한창 거세던 그의 움직임이 드디어 멈췄다. 떨어져 나간 사내 대신 서늘함이 전신을 감싼다.

"명아원."

역겨우니까 내 이름 부르지 마. 목구멍을 치고 올라온 한마디를 겨우 되삼킨 나는 어느덧 옷을 다 차려입은 그를 표독스럽게 노려보았다. 결코 좋지 못한 내 얼굴 표정을 바라보는 그의 입가에 잔혹한 웃음이 새겨졌다.

"다시 한 번 싫다는 듯 내게서 시선을 돌리면 목을 베주지."

칼날 같은 위협을 끝으로 방 안은 새벽의 괴괴한 적막에 잠겼다. 점점 멀어지던 발걸음 소리가 아예 들리지 않게 된 순간.

"미친 새끼."

나는 천박한 욕지거리를 흘렸다. 폭군이자…… 내 손주인 이에게.

열다섯 시절부터 십여 년을 목이 부러져도 이상하지 않을 만큼의 온갖 장신구를 머리에 매달고 거추장스럽기 짝이 없는 겹겹의 비단옷을 입어왔다. 때문에 평소에는 불편함조차 느끼지 못하지만 지금만큼은, 비녀니 뒤꽂이를 매달을 필요가 없도록 머리칼을 싹둑 자르고 싶다. 겹겹의 비단옷 따위 갈기갈기 찢어내어 벌거벗고 싶다. 그러나 단 한 번도 되고 싶었던 적이 없는 황후라는 껍데기를 뒤집어 쓴 내가 언감생심 그 따위 체통 없는 짓거리를 할 수 있을 리가 없다.

"비켜 서거라!"

대신에 나는 짜증이 서린 목소리로 날카로이 외쳤다. 그러자마자 넓고 기다란 복도를 채운 계집년들과 물건 없는 놈들이 파도가 갈라지듯 길을 텄다. 황자나 황녀 한 명을 낳은 적이 없음에도 황귀비에 머물러 있던 내가 본래 황후였던 늙은 년을 이어, 내명부의 안주인 자리에 앉은 지가 벌써 오 년째이거늘 천성이 하찮아 그런가. 내 행동들은 가끔씩 황후의 것이라기에 고상하지 않았다. 방금 전에 잔뜩 인상을 찌푸린 채 뾰족하게 외친 것도 고상하지 못한 행동거지 중 하나일 터다.

그렇지만 어떡해. 초조해 죽겠는걸. 한때에는 검었을 머리가 파뿌리가 된 지 한참인, 침상 위에서 골골대는 저 노인네가 당장 뒈져 버릴까 봐 무서운데 어떻게 고상을 떨어대겠냐고.

"황상, 정신 차려요."

다급히 침상에 앉은 나는 능금 위에 나동그라진 주름투성이 손을 붙들었다.

"어찌 나날이 고와지냐 했잖아요. 매일 봐도 새로이 어여쁘다고. 한데 이리 오랫동안 나를 쓰다듬어 주지 않다니요."

애달프게 속삭여도 늙은이는 대답이 없다. 거센 기침만을 연

달아 터뜨릴 뿐. 저 빛바랜 두 동공이 금방이라도 눈꺼풀 뒤로 숨어버릴 것 같아 두렵다.

안 돼. 죽으면 안 돼. 아니면 제대로 유언이라도 남기란 말이야. 쓸데없는 피나 토하지 말고 당신이 죽은 후에 내가 감업사(感業寺)에 나가도 된다고, 그 말 한마디만 해!

"송구하오나 황후 폐하, 원활한 치료를 위해 잠시만 물러나 주시오면……."

닦달하고픈 충동을 억누른 나는 침상 곁에서 물러나 부잡스럽게 움직이는 태의를 지켜보았다. 계속해서 핏방울 섞인 기침을 토해내는 늙은이가 안쓰러워 보인다거나 하진 않았다. 다만 유언. 내가 감업사로 나가도 된다는 그 짧은 유언을 소리 내지 못한 채 늙은이가 죽어버릴까 봐 속이 까맣게 타들어갔다. 울화가 치밀었다.

빌어먹을 호색한 같으니. 침상 신세인 지가 비록 오래되었다 하나 요 근래 같지는 않았잖아. 흰소리도 곧잘 지껄이고 후원을 거닐기도 했으면서. 하루 한 두 시진은 거뜬히 앉아 있었으면서. 그랬으면서 왜 갑자기 상태가 저렇게 악화된 거야.

"고비는 넘겼사옵니다. 황후낭랑."

"수고하였네."

한결 가벼워진 안색으로 고해 올린 태의를 지나쳐 침상 옆에 선 나는 눈을 감은 일흔을 앞둔 이를 노려보았다. 문득 만일(萬一)이 떠올랐다. 혹여 태의에게 말했지 않을까?

"폐하께서 혹 자네에게 말씀을 남기지 않으셨는가."

"말씀이라 하오시면……."

"유언 말이야."

태의의 고개가 좌우로 흔들렸으매 행여나 싶던 기대감이 추락했다.

"환관에게 물어보시지요. 아무렴 그보다 폐하 곁을 오래 지키는 이가 없지 않사옵니까."

그를 누가 몰라? 허나 대다수의 경우 유언이란 이승을 떠날 것 같은 상황에 남기지 않는가. 즉, 방금 전처럼 극심하게 아플 때에. 그리고 그럴 적마다 곁에 가장 득달같이 붙어오는, 가까이에서 오래 머무는 이는 태의라. 혹시나 싶었던 게지. 덧붙여 환관들은 태의들에 비해 한결 정치에 얽혀 있는데, 괜히 그네들에게 말을 붙였다가 다른 이의 귀에 들어가기라도 하면 어째.

하지만 그럼에도 구미가 당겼다. 항시 건청궁을 지키는 환관에게 묻고 싶었다. 혹여나 늙은이가 급히 갈 때를 대비해 유언 비슷한 소리, 혹은 유언장을 남기지 않았느냐고. 황후는 황제가 붕어한들 후궁들처럼 감업사에 가지 않으니 이대로는 영락없이 예서 일생을 보낼 나이지만 결단코 황궁에 남고 싶지 않다.

"황상, 나도 다른 후궁들처럼 홀로 남게 되면 출가할까 해요. 당신 말대로 젊고 고운 나니까, 정절을 지키려면 그래야 하지 않겠어요?"

그렇게 속삭일 때마다 늙은이는 허허 웃곤 했더랬다. 기특하다는 듯. 남의 속도 모르고. 그런 늙은이에게 나는 그리 웃지만 말고 지금 당장 유언장을 써달라 강하게 말했어야 했다. 하지만 그러지 않았던 이유는 그 시절에 되뇌던 대로 난 젊었기에, 젊다 못해 어렸기에 나이 지긋한 이의 건강이 어느 날 갑자기 나빠질 수 있다는 사실을 몰랐었다.

하여 이 지경이 되었다. 영원히 황궁을 벗어날 수 없으면 어쩔까 전전긍긍을 하는. 그렇지만 반드시 나가야 했다. 왜냐면.

"황태손 저하 드셨나이까."

별안간 태의가 어딘가를 향해 무릎을 꿇었다. 그를 따라 돌아간 내 몸이 딱딱하게 굳었다.

"조모(祖母)께서 먼저 와 계셨습니까."

"……예. 들어와 폐하를 뵈시어요. 아니, 뵈어요. 태손."

긴장하여 버벅거린 내 꼴이 우스운지, 침상으로 다가가는 놈의 입가에 희미하게 미소가 스쳤으매 속이 배배 꼬였다. 새로이 입궁한 뭣 모르는 어린 나인 계집들은 평소 표정이 없다시피 한 황태손이 드물게 웃는 일이 생기면 잔뜩 얼굴을 붉히고, 뒤에 숨어 호들갑을 떨어댄다지만, 내가 보는 놈의 웃는 얼굴은 그저 광인의 그것일 뿐이었다.

"그럼…… 할미는 이만 가볼게요."

"잠시만."

"……."

"정무에 관해 논의 드리고자 하는 바가 있으니 조금 이따 찾아뵙겠습니다."

“일개 아녀자인 할미가 그런 것에 대해 무얼 안다고요.”

그러니 올 것 없다. 암시를 내뿜거늘 돌아오는 답이 없다. 그는 즉 기어코 찾아오겠다는 뜻이라. 벌써부터 치가 떨려 널따란 어깨를 쏘아본 나는 쌩하니 밖으로 향했다.

기필코 황궁 밖으로 나가리라. 다시 거지 계집이 되어 노상에서 굶어 죽는 한이 있더라도. 그렇지 않으면 언제까지고 침상 위에 누운 호색한의 미친 손자에게 억지로 당해야 할 테니까. 황태손인 지금도 내게 마수를 뻗치는 데 거리낌이 없는 저 놈이 황제가 된다면 지금보다 더 많이, 자주 살을 섞게 될 게 분명해. ……역겨워.

지난밤의 노고가 흔적으로 남아, 온몸이 아프다.

지아비라는 늙은이가 검붉은 피를 왈칵 토하며 또 한 번 쓰러진 두 달여 전부터 지금까지, 황궁의 분위기는 이전에 비해 더욱 흉흉했다. 그래서 그런가 혹은 할아비가 쓰러졌다, 어울리지 않게 슬픔을 느껴서인가. 한동안 놈은 나를 찾지 않았었다. 덕분에 나는 이전에 없이 꽤나 길게 순결한 상태였다. 한데 지난밤 기어코 반갑지 않은 인사가 찾아왔으니…… 전야에는 정녕 지긋지긋할 만큼 지헌에게 휘둘렸다. 하여 뼈와 살이 고단하다 아우성을 쳐댔다.

“……씨.”

불과 몇 시진 전까지 하던 짓거리를 되새긴 입술 새로 짜증 섞인 소리가 튀어 나갔다. 손에 쥐고 있은 꽃송이는 똑 소리와 함께 두 동강이 났다.

얌전히 처소에 처박혀 있을 걸 그랬나. 좋지 못한 몸 상태에도 불구, 정원에 나온 것은 어여쁜 꽃을 눈에 담으면 좋지 못한 기분이 전환될까 해서였는데. 한데 효과 하나 없이 불쌍한 식물이나 부러뜨렸으니.

늙은이와 손주 놈이 같이 뒈져 버리면 얼마나 좋을까. 그보다 행복한 일이 없을 텐데. 그렇게 열심히 기도를 해도 부처는 왜 이 작은 부탁 하나를 들어주지 않아. 대체 왜. 치사하게.

"황후낭랑."

"……태손비."

불만스레 입술을 삐죽거리는 것을 관두고 손주며느리에게 형식적으로 웃어 보인 나는 곧바로 반 보(步) 앞의 꽃나무들로 시선을 돌렸다. 제발 가라. 그냥 꺼져, 이년아.

"꽃이 꽃인지, 황후낭랑께서 꽃인지 구분이 안 갑니다."

"본궁의 눈엔 황태손비가 그래 보이네요."

"황제 폐하의 병환이 호전되기는커녕 갈수록 깊어지니 참으로 걱정이어요."

"그러게요."

"더군다나 어제 그런 일도 있었으니, 편히 못 주무셨겠어요?"

눈치가 없는 거야 아니면 없는 척을 하는 거야. 대화하는 상대가 다른 곳을 바라보고 있으면 조용히 지나가라는 의미인 걸 몰라? 게다가 지가 언제부터 나를 염려했다고 옆에서 친한 척이야. 문안 인사를 거르기 일쑤인 데다 어쩌다 한 번 와서도 의자에 엉덩이가 닿자마자 떠나가면서.

"예. 잠이 쉬이 오지 않더이다."

"침상 위에서 워낙 바쁘셨기에?"

"……뭐라고요?"

나이로 친다면 윗사람일 손자며느리가 지껄인바, 실은 똑똑히 들었으나 되묻지 않을 수 없었다. 그래. 네년이 그렇지. 어쩐 일로 날 위안하나 했어. 살며시 쓰다듬던 나무줄기를 어느 샌가 온 힘을 다해 움켜 쥔 내 손이 부들부들 떨렸다.

"언제까지 패악을 떨 요량이시옵니까? 추합니다."

심기를 뭉텅 상하게 만드는 한마디를 남기고선 뒤돌아 멀어지는 계집에게 아무 말을 할 수 없었다. 분하기 짝이 없어 심장이 터질 듯이 뛰어대는데도. 왜냐하면 아주 잘 앎으로. 입을 찢어버려도 모자랄 저년에게 되갚아줄 방도가 없음을.

"창기(娼妓)."

필시 삼 년 전이었을 거다. 황태손비 계집이 지헌과 나의 관계를 알게 된 때가. 그 즈음부터 저 계집이 내 속을 박박 긁는 소리를 씨불이고, 나를 창기라 부르기 시작했으니까.

어찌 됐건, 소려진이 의미심장한 비웃음과 함께 처음 날 창기라 부른 삼 년 전의 그 날. 쉽게 뜻을 알아챈 나는 치솟는 화를 참는 대신 잔뜩 소란을 피워댔었다. 어찌 시조모를 그리 부르냐고, 충격적이고 망극하다, 아랫것들이 보게끔 일부러 난리를 떨었다. 그리곤 곧바로 놀란 표정 그대로 지헌에게 내달려 하소연을 했더란다. 당시에 이미 황제는 정사를 돌볼 수 없던 상태라, 실권을 그가 쥐고 있었기에.

"황태손, 태손비가 할미를 무어라 칭했는지 아십니까? 엽전 몇 닢에 몸을 파는 여인들을 부르는 그 단어로 불렀어요. 창기 말입니다! 이 무슨 망극한 일인지!"

"……태손비가 잠에서 덜 깨었던 모양이군요."

신료들이 가득 들어차 있던 정전에서 구슬프게 외친 내게 돌아온 답은 저러했다. 창기 소리를 들었을 때 해가 이미 중천에 걸려 있었거늘, 잠이 덜 깨서라 황태손은 그리 지껄였다. 그리고 당연지사 억지인 그의 답변에 반박을 하던 이가 그 많던 대소신료들 중 단 하나가 없었다. 지헌은 이미 그 무렵 귀찮게 토를 단다, 공론이 한창이던 와중 신하 하나의 목을 내려친 전력이 있었던 즉. 죽은 이와 같은 꼴이 될까 봐 두려워 신료들은 지헌에게 찍소리 한 번을 내지 못한 것이다. 무능한 놈들!

그날에서야 나는 황태손이 나를 비호해 줄 생각이 추호도 없음을 생생히 깨달았었다. 뒤에선 그토록 날 탐하면서. 더불어, 내가 조당에서 난리를 피운 여파에도 불구하고 달라진 점은 아무 것도 없었다. 슬슬 본색을 드러내기 시작한 폭군 앞에서 무력하기만 했던 신(臣)들은 나와 지헌의 관계를 모르지 않았을 테면서 계속 입을 다물었다. 지헌이 딱히 내 편을 들지 않음을 확인한 황태손비는 더더욱 내게 깐죽거렸다.

사실, 손자와 조모가 간음하는 사실을 들킨 상황에서 손자며느리에게 한 번씩 싫은 소리나 듣는 것은 상당히 가벼운 처벌이긴 하다. 하지만.

하지만 그것조차 싫어! 내가 왜 그년에게 창기라느니, 추하다느니, 욕을 들어야 해! 왜! 나도 원하지 않는단 말이야! 누구는 좋아서 족보상으로나마 손자인 놈에게 그 짓을 당하고 싶은 줄 알아?!

"짜증나!"

비명을 지르듯 날카로이 외친 나는 곧바로 처소로 향했다. 요란스레 방 안에 들어서 침상에 엎어지자마자 입술 새로 애 같은 울음이 튀어나갔다.

"흐흑……!"

분한 일은 많은데 어찌할 도리가 없으니 울기부터 하는 것. 이는 내 고질병이었다. 늙은이가 팔팔하던 시절에는 이러지 않았었다. 그때에는 세상이 내 것이었으므로. 수(殊)의 황제인 노친네가 내 치마폭에서 헤어 나오지 못하던 그때, 나는 두려울 게 없었다. 탐관들은 잘 보아달라 나에게 갖은 진귀품들을 받쳐댔고 환관과 궁녀들은 납작 엎드려 황궁의 소식을 소상히 전해왔었다. 혀에 꿀을 바른 양 달콤한 아첨과 함께. 비록 이제는 빛바랜 과거의 영광일 뿐이라,

"으흐흑, 내가 왜 창기 소리를 들어야 해! 추하다는 소릴 왜 들어야 하냐고!"

힘 하나 없는 뒷방 신세가 된 지금 상황에서 내가 마음대로 할 수 있는 거라곤 실컷 우는 일뿐이지만.

"흐흐흑…… 짜증난단, ……누구야!"

대개의 경우 아랫것들은 내가 조금이라도 기분이 나쁜 티를 내면 불똥이 튈까, 득달같이 멀어지곤 했다. 괜스레 내 눈에 띄었다간 좋을 일이 없으리란 것을 잘 앎으로. 한데 어느 눈치 없는 이의 발소리가 울렸으니, 빽 소리를 지른 나는 상체를 일으켜 뒤를 돌아보았다.

뉘이냐 물었으되 답이 뻔한 고로, 여느 때와 같이 한껏 투정을 부릴 준비를 했거늘. 그러나 방 안에 들어온 누군가는 익숙한 늙은 환관이 아니었다. 배가 불룩하고 머리가 하얗게 샌 환관 노인이 아닌, 문가에 선 이는 처음 보는 젊은 고자였다.

어찌되었건 화풀이 대상이 필요하기에 나는 이번엔 방에 들어선 이가 기대했던 이가 아니라는 핑계를 근거로 날을 세웠다. 그리하여 눈치 없는 신참을 찢어 죽일 듯이 노려보았다.

"망극하게도 폐하의 곡(哭)을 들었습니다. 고정하시옵소서."

불현듯 나타난 치가 지껄인 바란 그러했다. 감히 웃전이 곡소리를 내니 망극하다고. 그러니 부디 진정하라고. 하지만.

"네놈 같으면 그럴 수 있겠느냐? 추……."

진정은 무슨 진정. 더욱 분기탱천한 까닭에 침상에 고꾸라져 있던 몸을 벌떡 일으켜 소리를 치던 나는 그러나 말을 끝맺지 못했다. 어찌 그럴 수 있겠는가. 처음 보는 소환(小宦)에게 다짜고짜 '네놈이라면 고정할 수 있겠느냐. 패악을 떤다, 추하다는 소리를 들었는데!'라고, 네들 같으면 말하고 싶겠어? 그랬다간 왜 그런 소릴 들었는지까지 설명해야 할 텐데.

꽉 다물린 조개처럼 입을 앙다물고 있은 나는 여전히 속이 부글거려, 한참 만에 짜증스럽게 외쳤다.

"새로이 들어온 놈 같은데 일을 못하면 눈치라도 있던지! 저 밖에 쥐새끼들처럼 드글드글한 네 동료들이 멀찍이 물러가는 것을 봤었을 테면서 홀로 튀고 싶기라도 했던 게야? 하여 허락도 구하지 않고 예 들어왔어?"

"……."

"그리 아둔하게 굴다간 머지않아 내 손에 쫓겨날 테지. 당장 꺼지어라!"

실은 그가 신참이라 한들 일을 잘하는지 못하는지, 알 게 무어람. 허나 성질이 나 되는 대로 쏘아붙이고 끝내는 꺼지라 하자 고자는 재깍 물러나기 시작했다.

"잠깐! 그러고 보니 견자근은 어디 있지?"

답이 금방 돌아오지 않으니 속이 탔다. 저 못난 놈. 말도 제대로 못하는 거야? 반편이야? 왜 자꾸 고래고래 소리를 지르게 만들어 목 아프게.

"견자근은 어디에 있느냐고!"

"……죽었을 겁니다."

다시 입술을 다물었다. 환관이 어째서 '죽었다'가 아닌 '죽었을 거라' 했는지, 그 의미를 모르지 않는다. 황제 혹은 황가에 속한 이가 아닌 일개 환관 나부랭이가 어찌 궁 안에서 죽음을 맞이할 수 있으리오. 그네들과 궁녀들은 죽을 때가 되면 평생을 보낸 이곳에서 나가야 했다. 그리고 견자근은 여든 줄의 노인이었다. 언제 어느 때에 갑작스럽게 죽어도 이상하지 않은. 즉, 견자근은 죽기 직전이 된 바람에 황궁에서 쫓겨난 것이다. ……아마 지금쯤이면 죽었겠지.

그래. 잘됐어. 허구한 날 나한테 성질머리 고약하다 잔소리나 퍼붓던 그 노인네 죽었거나 말거나 아쉬울 게…… 없지 않잖아.

"흑, 어흐흑……."

잇새로 다시 터져 나간 울음소리가 방 안에서 메아리쳤다. 소낙비처럼 굵다란 눈물방울이 뺨을 타고 주르륵 떨어졌다. 어찌 이러지. 내가 속이 쓰려 울면 또 무슨 심술이 나 그러느냐 면박부터 던지던 영감탱이, 황궁 내에서 호의호식할 거 다 하다 갈 곳에 간 것인데 왜.

"으흐흑…… 왜 벌써 죽었어, 이 마지막까지 아무 짝에 쓸모없는 환관!"

그래도 조금만 더 살면 좋았잖아. 이제 화가 났을 때 누가 내 등을 두드려 줘. 누구한테 하소연을 하느냐고.

"흐흑흑, 일백 년 채울 거라더니……."

침상 옆의 바닥에 주저앉아 아이처럼 엉엉 울기를 한참 만에 슬쩍 고개를 들어 올렸다. 시뻘게졌을 두 눈으로 주변을 살피니 젊은 환관은 여전히 아까 내가 멈춰 세운 그 자리에 멀뚱히 서 있었다. 저 눈치 없는 인사 같으니. 이러한 상황에 무얼 해야 할지 감이 오지 않는 건가. 웃전에게 어여쁨 받기는 틀렸어.

"말도 못 하고 움직이지도 못하는 고목처럼 선 채로 무얼 쳐다보고 있어? 구경났어? 내가 우는 꼴이 웃겨? 차라리 짐승이 네놈보다 나을 테야. 몇 번을 말해야 하느냐, 썩 꺼지라고!"

견자근은 죽고, 그를 대신에 새로이 들어온 치는 영 못마땅하고. 여러 모로 속이 상해 침상에 얼굴을 처박았다. 다시 흐느꼈다. 그런 내 어깨뼈 부근에 따뜻한 손 하나가 와 닿았다. 그러더니 그것이 마치 위로를 하듯 찬찬히, 규칙적으로 닿은 곳을 토닥거렸다.

뚝 울음을 멈추고선 심술이 가득 차오른 부은 얼굴로 곁에 다가온 이를 흘겨보았다. 어렵게만 느껴질 황후인 나에게 용케 다가온 치가 기특한 감이 없지 않았다. 하여 더는 별다른 구박을 던지지 않은 난 제대로 고자를 살펴보기 시작했다. 눈물에 젖어 화장이 번진 찝찝한 얼굴을 체통 없게 소매 끝으로 벅벅 문지르면서.

고자는 꽤나 당황한 것처럼 보였다. 그럴 만도 했다. 지금 내 꼴이 얼마나 우스꽝스럽겠는가. 화장도 엉망이 되었을 테고 입술연지도 번졌을 테다. 하지만 그럼에도 웃음을 참으려는 기색 한 톨 없이 계속해서 내 등을 토닥이는 걸 보면 성정이 진중한가? 그러고 보니, 신장이 엄청 크네. 풍채도 환관이라기엔 늠름해. 견자근도 체격은 좋았지만 아래가 없어서 그런가, 배불뚝이였는데 이치는 그렇지 않아. 거세를 아주 늦게 당했나? 외모가 반듯한데 어쩌다 불완전하게 됐을까. 너무 가난해서 입에 풀칠이라도 제대로 하려고? 아니면 권세를 누려보겠다, 부모가 자진해 황궁에 들여보냈거나…… 선천적으로 불구였나?

"나인을 부르겠습니다."

"이름이 무어야?"

멀어지려는 치를 붙잡아 물었다. 그의 눈길이 굵직한 손목을 움켜쥔, 상대적으로 앙증맞다 할 만한 내 손에 내리 꽂혔다. 곧바로 팔을 비틀어 빠져나가려 하는 치의 꼴이 마음에 들지 않아 입술이 비틀렸다. 괜한 자격지심으로 '내가 더러워 그러는 게지' 그 같은 생각이 들어 부러 손에 힘을 실었다.

만족스럽게도 환관은 포기한 듯 더는 내게서 빠져 나가려 하지 않았다.

"단규(段珪)라 합니다."

"단규? ……본명이 아닌 게로구나."

"……."

"십상시(十常侍) 중 하나의 이름이잖아. 우연이라기엔 묘해."

"……."

"네 부모가 네게 십상시처럼 황제의 눈에 들어 부귀영달을 끌어오라 하더냐? 만약 그랬다면 일찌감치 포기하여라. 진즉에 글렀느니."

"그자는 먼 옛날의 사람이거늘, 아십니까."

네가 십상시 중 하나인 단규를 아는 것이 의외다. 그러한 의미가 함축된 말을 듣고 보통 때 같았으면 날 무시하냐고, 글자도 모르는 힘없는 여인인 데다 빈민가를 떠돌던 내가 멸망한 왕조의 환관 나부랭이 이름을 아는 게 신기하냐. 쏘아붙이며 분노에 차 몸을 파르르 떨었을 테지만 어쩐지 지금만큼은 기분이 나쁘지 않았다. 어인 일인지 참으로 이상하게, 치가 나를 기특하다 칭찬을 하는 듯이 느껴져 우쭐대고 싶을 뿐이었다.

"지헌이 말해줬어. 십상시 놈들은 찢어 죽여도 모자란다고, 황제를 농락하는 그 같은 이들은……."

그렇기에 들떠 나불거리던 나는 돌연 입을 다물었다.

자진해 황태손의 얘기를 꺼내다니. 그것도 본명으로 불렀어!

환관이 혹여 수상한 낌새를 느꼈을까 걱정이 됐다. 하지만 다행히 그의 표정은 무덤덤할 뿐이었다.

눈치채지 못한 건가 아니면 내색을 안 하는 건가. 저렇게 속내를 잘 비추지 않는 이는 좋기도 하지만 싫기도 한데. 무슨 생각을 하는지 쉬이 알 수가 없어서.

"너 같은 놈한테 별 얘기를 다 했구나. 나가 봐."

벌떡 일어서 손을 휘휘 젓자 군말 않은 소환은 바깥으로 향했다. 정녕 괜찮은 거겠지. '어찌해서 황후가 저보다 나이 많은 황태손을 '황태손'이 아니라 본명으로 불렀을까?' ……그런 의문을 떠올리지 않았겠지?

기실 황궁에서 산 지 석 달을 넘긴 궁인치고 나와 지헌의 소문을 한 번도 듣지 못한 이는 없을 터였다. 그리고 방금 물러간 새 환관 또한 곧 추잡한 이야기를 듣게 될 것이었다. 하지만…… 그래도…… 한 명이라도 덜 알았으면 좋겠다. 저 새 환관만이라도 내 더러운 소문을 몰랐으면, 혹은 모르는 게 불가능하다면 최대한 늦게 알았으면 좋겠다. 왜냐? 날 내려다보던 그 무감정한 눈동자에 어느 날 갑자기 혐오가 비친다면, 그러면 난 또 한 번 상처받을 테니까.

딱히 태를 내지 않았다 한들 견자근은 내게 소중했다. 잔소리꾼에다 걸핏하면 핀잔을 주곤 했지만, 나 또한 그를 곱지 않게 쳐다보고 틱틱대었지만 어찌되었건 우리는 썩 가까웠다. 내가 이 빌어먹을 황궁에 들어온 이후 내리 함께 붙어 다녔던 그 노인네와 가깝지 않았다면 그가 오히려 이상한 일이리라.

"따라오너라. 내 시중을 들어."

견자근이 환관이었고 그와 가장 친하게 지냈어서 그런가, 환관 놈들이 거북하지 않았다. 심지어 같은 계집인, 앞에서는 몸을 굽실거리면서 뒤에선 나에 대한 갖은 망발을 떠들어대는 상궁 혹은 나인들보다 낫게 느껴졌다. 게다가 이놈들은 '그게' 없지 않은가. 애초에 태어났을 때에는 사내였다 한들 진정한 사내가 아니라는 것, 그 점이 마음에 들었다. 원치 않은 누군가에게 실컷 휘둘렸었고 휘둘리고 있는 내 눈에 남성이라는 종자는 그저 말살시키고 싶은 존재이기에.

흘끗 뒤를 돌아봄에 눈에 들어온 이는, 단규는 지금의 상황이 어찌 돌아가고 있는 것인지 제대로 모르는 듯싶었다. 꼭 수청을 들라는 말이라도 들은 것 같은 표정을 하고 있는 그의 손에 나인 계집 하나가 새 옷을 들려주는 것을 확인한 나는 다시 성큼성큼 발을 놀렸다.

"소인더러 목욕 시중을 들라는 말씀이십니까."

"그래, 맞아. 무엇이 잘못되었어?"

이윽고 들어선 곳을 확인하고 물은 환관에게 간단히 답한 나는 그를 대신해 욕실의 문을 꽉 닫았다.

"그는 나인들이……."

꽤나 당황한 모양인지 한참 만에 뒤돌아선 고자는 항의 섞인 말을 끝맺기 전 입을 꾹 다물었다. 까만 눈동자가 재빨리 바닥으로 향했다. 그럴 수밖에. 제 앞의 내가 실오라기 하나 걸치지 않은 발가벗은 모습을 하고 있으니까. 소환 놈의 당연하면서 순진한 반응이 귀엽기도 하고 웃기기도 해 피식 이는 실소가 입술 사이로 새어나갔다. 아랫도리를 싹둑 잘리고도 여자의 홀딱 벗은 몸을 보면 흥분이 되나?

"얼굴이 반반할 뿐더러 다리가 길쭉하고 젖가슴 하며 둔부가 또래에 비해 크더이다."

"어찌 그리 몸태가 곱느냐."

아무렴 날 판 놈들과 지아비라 부르기 싫은 영감에게 그 같은 말을 들은 나라지만.

자연스럽게 떠오른 과거의 기억 덕분에 마음이 식어갔다. 눈앞에 떠오른 장면을 잊으려 두어 번 도리질을 한 나는 차마 고개를 들지 못하고 있는 이를 지나쳐 뜨거운 물이 가득한 탕조 안에 들어가 앉았다. 첨벙이는 소리는 언제 들어도 경쾌했으되, 좋지 못한 기억을 되새겼거니와 단규가 바깥을 향하려 해 기어코 내 눈초리가 뾰족해졌다.

"나가기만 해보아. 손발을 자를 테니."

"……차라리 자르시옵소서."

의외의 답이었기에 기분이 묘했다. 차라리 자르라고. 고분고분히 송구하다, 예 있겠다, 할 줄 알았는데 뭘 믿고 저리 맹랑한 거지. 어찌 보면 대드는 것으로 들리는 답이었으나 그것이 견자근을 연상케 해 싫지 않았다.

"별거 아닌 놈이 뻗대기는. 내가 네 상전인 것을 고맙게 여겨. 그 건방진 작태를 견자근이 생각이 나 봐주는 거야. 하지만 나가지는 마. 명령이야. 그리고 어차피 상관없잖아? ……설 것도 없으면서."

한껏 쏘아붙이니 기분이 나아져 심술궂게 웃은 나는 장미 꽃잎이 둥둥 떠다니는 따스한 물로 팔이며 목, 얼굴을 닦아냈다. 탕조 가장 자리에 발목을 걸쳐 다리를 쭉 뻗은 참, 고요한 음성이 울렸다.

"이전 환관과도 이러셨습니까."

"이러다니? 아, 지금처럼 욕실에 계집년들 대신 고자 놈을 끌고 왔냐고?"

"……."

"당연하지. 너만 특별대우일까 봐? 견자근은 나한테서 다섯 보쯤 떨어진 저곳에 등을 돌리고 앉아 날 구박하곤 했어. 부끄러운 것도 모르는 계집이라나 뭐라나. 하지만 무슨 상관이야. 네놈들은 사내도 아닌데. 엄밀히 말하면 반쪽짜리인데."

"어찌 나인들에게 시중을 들라 하지 않으시는지요."

"흥, 같은 여자면 뭐해. 반쪽짜리 네놈들보다 더 심하게 내 욕을 해대는 그것들 나도 사절이야. 그리고……."

그리고 네가 마음에 든다. 눈치코치도 없는 듯하고 사근사근한 맛도 없지만, 상전인 내게 은근슬쩍 대드는 감이 없지 않은 네가 나쁘지 아니하다. ……그 따위 솔직한 감정 표현은 너무나 어려워 여느 때와 같이 퉁명스러운 목소리가 튀어나갔다.

"아무튼 간에 무슨 상관이야. 내가 나인 대신 너를 들이겠다면 들이는 거지, 어디 감히 말꼬리를 잡아?"

"그저 물어본 겁니다."

"아니야, 네놈은 분명 내 말꼬리를 물고 늘어졌어! 한 번만 더 아니라 해봐, 그 잘난 혀를 뽑아낼 테야."

한참이 지나도록 치에게서 아무런 대꾸가 돌아오지 않자 슬슬 걱정이 됐다. 이 황궁 안에 마음을 터놓고 지내는 이가 없는데 새로이 들어온, 마음에 드는 저치까지 날 싫어할까 신경이 쓰였다. ……너무 괴팍하게 굴었나? 쏘아붙이듯이 하지 말고 좀 사근사근하게 말할 걸 그랬나?

"이 목욕간 안에서 소인이 무얼 하면 되오리까."

걱정하던 차에 상대가 먼저 입술을 떼니 일순간 불안이 싹 가셨다. 등을 돌리고 있는 단규의 뒷모습을 보며 히죽 웃은 내가 말했다.

"그냥 견자근이 그랬던 것처럼 한구석에 앉아 있어. 내 쪽을 봐도 돼, 뭐라 하지 않을게. 넌 고자잖아. 난 고자가 좋아."

"……딱히 시키실 일이 없다면 밖에서 기다리겠습니다. 소인의 팔다리를 자르고 혀를 뽑아내신다 하여도 말입니다."

대체 어찌 생겨 먹어 저러하지. 뭣도 없으면서 무에 저리 대쪽 같아. 웃전이 시키면 시키는 대로 고분고분 굴 것이지 무얼 믿고 저러냐고. 혹여, 내가 힘 없는 황후다, 무시를 하는 건가.

아니 된다, 죽고 싶지 않거든 예 있어라 위협을 던질 여지를 원천봉쇄한 채 걸음을 옮기는 소환의 뒷모습을 넋이 나가 쳐다보던 나는 삐걱대는 문소리에 다급히 혀를 움직였다.

"난 혼자 있는 게 싫단 말이야!"

제멋대로 튀어 나간 한마디가 마음에 들지 않지만 이미 뱉은 것을 어찌 주울 수 있으랴. 게다가 소리친 그대로 혼자 있고 싶지 않다. 말동무가 갖고 싶고…… 그리고 도도한 척하는 나보다 더 그러한 저 환관 나부랭이가 마음에 든다. 그러니까 굽히고 들어가는 수밖에 없…… 잖아.

"네놈이 썩 마음에 들기도 하고. 고자라서 뿐만이 아니라 여러모로."

저리 황후에게 대들다시피 하지만 그렇기에 되레 저놈이 나쁘지 않은 걸지 모르지. 앞에서만 아양을 떠는 이들에게 이골이 난 나니까.

"이리 뒤돌아 앉아 있는 것이 바깥에서 기다리는 것과 뭐가 다른지 모르겠습니다."

나직한 한숨을 내쉰 환관이 천천히 바닥에 앉으매 만족한 나는 싱긋 웃었다.

"아니, 그렇지 않아. 달라. 무심하기는. 계집이나 다름없으면서 어찌 그 차이를 몰라?"

"소인은 말주변이 좋지 못합니다. 곁에 있다 한들 재미나지 않으실 겁니다."

"그럼 내가 물을게. 너는 몇 살이지? 어쩌다가 환관이 되어 여기 들어왔어? 부모는 어떤 이들이었고 살던 곳은 어디야?"

"……하나씩만 물어주시지요."

"아……."

너무 급했구나. 그럼 뭐부터 물을까. 왜인지 기분이 상쾌해 한쪽 다리를 물에 담갔다가 빼었다가, 작게 물장구를 쳤다.

"나는 스물다섯인데 너는……."

"낭랑, 황후낭랑."

나름 분위기가 좋던 차에 방해꾼이 끼어든 고로 기분이 확 상했다.

"모용덕이 잡혔다 하옵니다."

하여 부릅뜬 눈으로 문가를 노려보던 나는 다시금 날아든 아랫것의 한마디에 순식간에 얼어붙었다.

모용덕. 날 판 놈의 이름이었다. 이미 망해 없어진 내 나라가 어찌 불렸었는지는 가물가물할지언정 그놈의 이름은 아직까지 생생했다.

소상히 알게 된 지는 얼마 되지 않았지만 전말은 이러했다. 지금으로부터 삼십여 년 전, 이 수(殊)의 남쪽에 있던 금(金)이

망국이 되어 나라가 여섯 개로 쪼개졌다. 뉘의 말에 따르면 그 당시를 육조(五朝)라 한단다. 그리고 모용덕은 육조 중 하나인 남연(南燕)의 왕이었다. 한데 저가 아무리 왕이라 주장해 봐야 그는 허울뿐이지 않겠는가. 당시 남쪽 땅엔 스스로가 왕이라 외치던 이들이 다섯이나 더 있었으니까. 그렇기에 쪼개진 땅덩이를 통일해 진정한 왕이 되기 위해 정적들을 제거해야 하는데 워낙 처리해야 할 것들이 많으니 쉽지가 아니했다. 하여 육조(五朝) 상태로 전쟁, 또 전쟁이 되풀이된 지가 이십 년이 조금 못되어 모용덕은 꾀를 하나 생각해 냈다. 아니, 엄밀히 말하면 그의 부하이자 내 양아비인 명재평이.

그 꾀란 이 수나라의 황제에게 눈에 넣어도 아프지 않을 어리고 반반한 계집을 바침으로써 도움을 받는 것이었다. ……그래서 보내진 게 나였다.

끊임없는 전쟁통에 부모를 잃어 고아이자 거지이던 난 지금은 흔적조차 없어진 제(齊)에서 명재평을 처음 만났다. 왜 남연의 왕 모용덕의 부하인 그가 이웃한 적국인 게까지 숨어 들어오는 위험을 감수했는지를 정확히 알지 못하지만 유추하기를, 그는 그만큼 황제에게 보낼 괜찮은 계집을 차출하는 데 공을 들였던 듯싶다.

"거지꼴을 하고도 이만하다면 쓸 만하겠구나."

양아비를 처음 본 날을 똑똑히 기억한다. 몇 달을 씻지 않아

고린내를 풍기던 나를 말 위에 앉은 채 내려다보며 그리 내뱉은 놈은 이어 물어왔다. 저와 함께 가겠느냐고. 그렇다 하면 근사한 곳에서 좋은 옷을 입고 살게 해주겠다, 다시는 배를 쫄쫄 곯지 않고 평생을 여태까지 먹어보지 못한 귀한 음식을 배불리 먹게 해주겠다. 덧붙이면서.

아아……. 그가 얼마나 달콤한 유혹이었는지 가난을 겪어보지 않은 이들이 어찌 알까. 먹을 것이 귀하기 짝이 없어 버린 음식조차 구하기 어렵던 시절, 굶어 죽지 않는 방법은 훔치는 길 하나뿐이었다. 허나 그도 운이 좋을 때에야 가능한 일이었기에 나와 같은 걸인들에게 하루 이틀 먹지 못하는 것은 기본이요, 길게는 일주일, 열흘까지 오직 개울물로만 속을 달래야 했다. 그런 내게, 배우기는커녕 금방이라도 기아에 깔려 죽기 직전이던 열넷의 계집에게 휘황찬란한 비단옷을 입은 명재평이 그리 물어왔을 때, 다른 아무 것도 보이지 않았었다. 단지 눈앞에 음식, 그만이 떠올랐을 뿐이다.

한순간의 망설임 없이 양아비를 쫓아 남연에 온 내가 모든 것에는 대가가 따른다는 사실을 깨달은 것은 얼마 지나지 않아서였다. 호화로운 저택에는 나뿐 아니라 계집 아이 몇몇이 더 있었는데, 걔들과 어울리며 산해진미를 배가 터져라 먹는 것은 정녕 끔찍한 행복이었다. 이전에는 꿈속에서 밖에 겪어보지 못한. 한데 석 달 즈음이 지났을까, 같이 있던 계집들이 사라졌으며 더는 먹는 것을 마음껏 할 수 없었다. 피둥피둥 살이 쪄서는 안 된다는 게 이유였다. 자고로 부자들은 마르지 않았으매 몸집이 풍성한 것은 미덕이라 알고 있던 나는 그 말이 이해가 가지 않았으나 이해할 수 없던 것은 그뿐이 아니었다.

"얼굴이 반반할 뿐더러 다리가 길쭉하고 젖가슴 하며 둔부가 또래에 비해 크더이다."

양아비는 하루는 모용덕의 앞에서 나를 발가벗게 하더니 그리 지껄였더란다. 수치심 탓에 시뻘게진 얼굴을 고꾸라뜨리고 있던 나를, 내 정수리 끝에서 발끝까지 탐욕스러운 두 눈동자가 훑던 그 순간만큼은 혀를 깨물어 죽고 싶었다. 그만큼 충격적이었다. 아무리 귀한 댁 자제의 발톱 끝에조차 미치지 못한 나라 하였더라도. 그러나 충격은 그걸로 끝이 아니었다.

모용덕 역시 날 쓸 만하다 평가했던지, 그날 이후 구미호가 되는 법을 배워야 했다. 손가락이 부르트도록 가야금을 타고, 꾀꼬리 같이 노래를 부르는 방법을, 사내를 홀리는 눈짓부터 시작해 걷는 모양새, 손짓 심지어 발짓까지 배워야 했다. 가르치던 이를 만족시키지 못하면 어김없이 회초리질이 날아들었다. 침상 위에서의 기술 또한 익혀야 했다. 민망하기 짝이 없는 그림이 눈앞에 들이밀어졌으며 어찌 교성을 내지르는지, 해괴망측한 자세, 전희, 후희…… 놈팡이를 홀리게 할 그 모든 것을 배워야 했다. 그 잡스러운 것들을 배우기를 일 년, 열다섯이 된 내가 팔려온 곳은……마흔둘 위 늙은이의 품속이었다.

한데 그들이 간과한 점이 있었다. 그네들은 날 무식하고 할 줄 아는 거라곤 사내를 후리는 일밖에 없는 창기로 만들어놓았으나 내가 얼마나 맹랑해질 수 있을지는 생각지 못했다. 환갑을 앞둔, 그럼에도 계집질에 환장을 하는 늙다리가 내 다리 사이를 처음 파고든 날 밤 이후 칠 주야쯤이 흐르자 나는 더는 바들바들 떨지 않았다. 그저 한 방울, 두 방울, 속에 독을 품었을 뿐. 그리하여 지아비인 영감이 내게 흠뻑 빠져 그 당시의 황후를 포함한 오십여 명이 넘는 측실들을 쳐다도 아니 본 지 일 년, 앙큼하게 혀를 놀리기 시작했다.

"소첩은 싫사와요. 모용덕에게 군사를 내어주는 것이."

"너를 내게 보냈으니 기특하다 할 만하고, 연왕(燕王)이 남쪽을 통일하면 시끄럽지 않아 좋을 것을 어찌 싫더냐."

"하지만 고향 땅이 아닌 곳에서 폐하가 아닌 다른 이를 위해 죽는 수(殊)의 병졸들이 불쌍하잖아요. ……그리고 실은 그자가 첩을 겁탈하려 했었답니다."

허허 웃으며 어찌 그런 장한 생각을 했냐. 중얼거리던 영감은 뒤이은 내 말을 듣고 삽시간에 끓어올라 분기탱천했었다. 사실인지 아닌지의 진위 여부 따윈 상관치 않고선 최대한 빠르게 모용덕을 죽이라 고래고래 고함을 쳐댔었다.

"폐하. 첩의 청을 들어주실는지요? 그를 보고 싶어요. 눈앞에서 폐하께서 내리시는 합당한 벌을 받는 모양을 보고 싶사와요."

분노를 터뜨리는 영감에게 나는 또한 그렇게 속삭였었다. 하지만 아쉽게도 영감의 명령을 받은 수의 군사들이 남쪽에 당도하기 전, 남연은 다른 이들에 의해 처참히 깨부숴졌다.

애써 세운 나라를 이십 년 만에 잃은 모용덕이 살았는지 죽었는지 지난 세월 동안 소식을 접하지 못했었는데 이제 보니 용케 목숨을 연명하고 있었던 모양이다. 황궁에 잡혀와 있다는 걸 보면.

"아니 되옵니다! 들어가시면 아니 되옵니다, 황후 폐하!"

"비켜 서거라! 감히 뉘 앞을 막아서!"

두 팔을 벌려 길을 막는 귀찮은 환관 놈의 뺨을 가차 없이 내려치자 더는 방해하는 치가 없었다. 철썩 소리가 나도록 거세게 미끈한 얼굴을 후려친 덕에 맞은 놈뿐만이 아니라 내 손 또한 얼얼했지만 그 감촉은 곧 잊혀졌다. 벌컥 문을 열어젖혀 정전 내로 들어선 나를 경악하여 쳐다보는 신료들의 얼굴도, 턱을 괸 채 비뚜름히 용상에 앉아 날 꿰뚫는 황태손도 신경이 쓰이지 않았다. 다만 지헌의 발밑에 무릎 꿇려 있는 오랏줄에 묶인 누군가의 뒷모습에 눈길이 박힐 뿐이었다.

"모용덕."

찢어 죽여도 모자랄 놈. 나를.

"황후 폐하, 어찌 또 정전에 드셨나이까! 여인이 정전에 든 예는 황조의 삼백년 역사 동안 황후 폐하의 경우 외에 전례가 없는 일이옵니다!"

모용덕의 뒷모습을 눈에 담자마자 내 입가에 차오른 환희에 찬 미소는 십여 년 전의 기억이 떠오름과 동시에 사라졌다. 딱딱하게 굳은 얼굴을 한 나는 웅성거리는 대소신료들을 지나쳐 용상의 곁에 다가갔다.

특이하게 지헌은 용상 뒤편의 벽에 온갖 병기들을 진열해 놓는 것을 좋아했다. 대검, 창, 활과 화살, 철퇴, ……나열된 무기들을 쭉 훑은 내 손이 재빨리 쥐어 든 것은 쇠뇌와 화살 하나였다. 태 나지 않게 슬쩍 한쪽 입꼬리 끝을 올리는 황태손을 기분 나쁘게 여길 새도 없이 뒤돌아선 나는 무거운 쇠뇌를 꿇어앉은 이에게 겨누었다.

십 년. 딱 그만인가. 갈가리 찢어 짐승의 먹이로 내던져도 부족할 저놈을 마주하는 것이.

"폐하, 모용덕이 아무렴 황태손 저하의 명으로 예 잡혀온, 죄인과 마찬가지인 신분이라지만 어찌 쇠뇌를 겨누시옵니까? 저하의 명과 법도에 따라 처리돼야 합니다! 통촉해 주시옵소서!"

"통촉해 주시옵소서!"

허겁지겁 앞으로 튀어 나온 한 늙은이의 외침을 시작으로 신료들은 이러지 말라, 어찌 아녀자가 또 조당에 들어선 것으로 모자라 사사로이 행동하느냐 외치건만 내 손은 여전히 바쁘게 쇠뇌를 만지작거릴 뿐이었다.

"할머님께서 흥분하신 듯싶으니 나가들 보시오."

목에 핏대를 세워 앙앙거리던 대소신료들은 순식간에 마치 합심한 듯 입을 꾹 다물었다.

"나가들 보라 하였소."

미끈거리는 것만 같은 음성으로 내뱉은 황태손에게 반항 한 번 못 하고 뒤돌아선 신료들의 발소리가 정전을 가득 채우는가 싶더니 곧, 적막이 주변을 감쌌다.

"괘씸한 계집."

어찌 작동시켜야 하는지 모를 무기에 집중하고 있던 내 고개가 번쩍 쳐들렸다. 괘씸해? 내가? 모용덕 네놈이 감히 나한테 그 따위 소릴 지껄여?

"괘씸하다고…… 내가?"

"도둑질과 구걸이나 하고 다니던 천한 거지 계집을 거둬들여 황성에 밀어 넣어주었더니 은혜를 모르고 황제를 부추겨 나를 공격하라 해? 더러운 년, 퉤!"

"입…… 닥쳐."

"내가 아니었으면 네년은 진즉 뒤졌을 것이다, 입 안 가득 흙이나 퍼담은 채!"

"닥치란 말이야! 감히 황후인 내게……. 괘씸한 게 누구인데!"

정수리 끝까지 치솟은 역정으로 인해 온몸이 뜨겁다. 심장이 터질듯이 뛴다. 당장 모욕을 던진 놈을 쏴 죽이고 싶어 애가 닳거늘, 덥석 집어 들긴 했으나 한 번도 사용해 본 적 없는 쇠뇌가 제대로 작동할 리 없다.

"그것이 아니지."

성질만 더욱 돋우는 물건 따위 내던지려는 참, 뜨거운 숨결이 귀 뒤며 목을 스쳤다. 등허리에 뉘의 상체가 와 닿았다. 움찔 몸을 떤 내 두 손을 지헌의 두 손이 감싸 쥐었다.

"그리해서 어느 세월에 목표물을 맞히려고."

나는 웬일로 지헌을 뿌리치지 않았다. 오히려 바싹 붙어온 그가 처음으로 반갑기까지 했다. 지금만큼은 이놈의 도움이 필요하기에. 고분고분히 그가 하는 대로 딸려간, 왼손으로는 쇠뇌의 아래쪽 중앙을 받쳐 들고 오른손으론 현(弦)을 당긴 내 자세가 그럴싸했다.

"어디를 맞춰볼까. 목? 가슴?"

"안 돼, 저놈에게 물어볼 게 있어."

"아, 한 번에 숨통을 끊으면 아니 된다?"

평소라면 소름이 끼쳐 못 견뎌 했을 지헌의 손이 턱 끝, 허리, 팔을 스쳐 자세를 교정하는데도 나는 얌전했다. 이윽고 진작부터 놈의 손에 들려 있은 화살이 쇠뇌에 얹어졌다.

"줄을 당겼다 놓아."

화살이 저에게 겨눠진 것을 빤히 보고 있으면서 모용덕은 꼿꼿했다. 그래, 내가 네놈을 쏘아 맞추지 못할 거라는 게지. 창칼을 잡아본 적 없는 계집년이다, 누구를 다치게 하지 못할 거라 생각하고 있는 거잖아. 하지만 네가 이 지옥 같은 황궁에 날 처밀어 넣은 덕에 내가 얼마나 많이 변했는데.

쥐고 있던 줄을 놓자 딸깍 하는 소리, 날카롭게 무언가가 움직이는 소리가 연달아 나더니 눈 깜빡할 사이에 꿇어앉은 모용덕의 허벅지 깊숙이 화살이 박혔다. 지저분한 옷에 순식간에 피가 번졌다.

놀란 몸과 마음에 오한이 서린 것이 잠시. 모용덕의 고통에 찬 신음이 귓가에 울리매 떨리는 입 꼬리를 움직여 환한 미소를 지은 나는 재빨리 화살 하나를 더 쥐어들었다.

"명재평은 어디 있지? 네놈과 함께 날 판 그 더러운 놈은 어디에 있느냐고!"

"으윽, 황궁 안에 떠도는 소문이 사, 사실이었나. 지아비의 손자와 사통하는 더러운 패륜이나 범한 네년 따위에게 곧이곧대로 대답을 해줄 듯싶으냐."

"날 그렇게 부르지 마! 네놈은 모르는 거야, 그렇지? 자칭 왕이라는 놈이 나라를 잃고, 자존심도 없이 저 혼자 꽁무니가 빠져라 도망을 쳤으니 명재평이 어디에 있는지 알 턱이 없지."

약을 올리는 내게 반박하는 대신 거센 기침을 터뜨리는 모습이 좋았다. 십년 묵은 체증이 내려간 듯 속이 후련했다.

"병사했다더군."

"……무어?"

"네 양아비 말이야."

죽었다고?

어느 샌가 옥좌에 다리를 꼬고 앉은 지헌을 허망하게 돌아보던 나는 입술을 잘근거렸다. 직접 죽였어야 하는데. 순진한 열넷의 소녀를 꼬드겨 이리 만들어 놓은 그놈 또한 저 아래에 꿇어 앉아 있어야 하건만 아무런 고통 없이 고이 뒤졌다니!

"허면 더는 네놈이 필요치 않은 것이로군. ……더는 살려둘 필요가 없는 거야."

"네게 저자를 죽여도 된다 허락지 않았어."

다시는 쇠뇌를 만지작거리다가 손을 멈췄다.

"황후궁으로 돌아가도록."

방금 전까지 모용덕을 쏘는 것을 도와주더니 이제 와서 죽이지 말라고? 짜증이 치밀어 이를 악물었으나 아무리 당돌한 면이 없지 않은 나라도 지헌은 어려운 상대였다. 아니, 두려운 존재라 표현하는 편이 맞으리라. 비록 그런 속내를 표내지 않으려 갖은 애를 쓰긴 하지만.

"화살을 맞히는 걸 도와주었잖아."

"그랬지. 한데 마음이 바뀌었어."

"……."

"그러니 진작 목을 쏘았어야지."

모용덕과 함께 찢어죽일 자식.

"저놈을 살려주겠다는 거야?"

"네 하는 것을 봐서."

망할 놈이, 날 놀리고 있어.

"모용덕은…… 날 겁탈하려 했어."

"또 그 소리인가. 병상에 누워 있는 황제에게 네가 속살거리곤 했던."

"……나는 저놈을 죽여야겠어."

표독스레 내뱉은 나는 돌연 아직 들고 있던 쇠뇌를 쿵, 굉음이 나도록 떨어뜨렸다. 지헌이 순식간에 내 팔을 끌어당겨 제 무릎 위에 앉혔기 때문이다. 반사적으로 놈에게서 떨어지려 몸부림쳤지만 거센 힘이 실린 손과 팔이 허리를 놓아주지 않는다.

지헌이 다른 뉘의 앞에서 이러한 적은 처음이기에 얼굴이 목석처럼 딱딱하게 굳어갔다.

"저놈을 죽이고 말고는."

"……."

"금일 밤 내 아래에 깔릴 네가 얼마만큼이나 날 만족시킬지에 달려 있지."

뺨과 목을 타고 내려와 가슴, 배를 지나 치마 속을 들치고 들어오는, 점점 더 허벅지 깊숙한 곳을 파고드는 뱀 같은 손길 탓에 몸이 떨렸다. 새하얘지는 눈앞을 가다듬으려 크게 눈을 깜빡인 나는 허벅지를 쓰다듬는 지헌의 손을 와락 움켜쥐었다.

"모용덕이 보고 있어."

"그래서."

"다른…… 다른 사람이 보고 있단 말이야."

"그래서."

네가 이런다고 너를 욕할 이들은 없겠지만 난 아니란 말이야. 또 창기 소리를 들을지 모른다고. 씹어 삼킨 그 말 대신 억울함이 깃든 흐느낌이 잇새로 튀어나갔다.

"흐흑, 여긴 정…… 전이야."

그런 곳에, 신성한 나랏일을 돌보는 장소에 너는 체통 없이, 여인의 몸으로, 정무가 한창인 와중 들이닥쳤다. 한데 이 짓거리는 아니 될 이유가 무엇이냐. 그 같은 반박을 예상했건만 참으로 기대치 않게 지헌은 손길을 거둬들였다. 내게서 멀찍이 떨어졌다. 침상 위에서 아무리 싫다, 이러지 말라 애원을 해도 들은 척을 하지 않던 놈이 순순히 물러나는 것이 이상했으나 어찌됐건 참으로 다행이었다.

홀로 용상에 남은 내가 추켜 올라간 치마를 다급히 끌어 내리고 흐릿해진 눈시울을 추스르는 참.

"어억, 크허헉."

그 참, 기괴한 소리가 귓속을 파고들었다. 반사적으로 모용덕을 향해 시선을 돌린 내 입술이 벌어졌다. 소리 없는 비명이 터져 나갔다. 모용덕의 혀에 쑤셔 박힌 칼끝이 놈의 아래턱을 꿰뚫고 튀어나온 저 꼴을 만약 어린 나인 계집들이 보았다면, 게거품을 흘리다 졸도했을 것이다.

끔찍한 참상을 넋이 나가 쳐다보던 나는 가까스로, 모용덕 옆에 서 있는 지헌에게 눈길을 돌렸다.

"왜, 어째서……."

"눈을 감는 편이 낫지 않겠어, 명아원."

"꺄악!"

지헌의 손에 크게 휘둘러진 검이 처참한 꼴로 피를 흘리는 모용덕의 얼굴 근처를 향해 내리꽂히는 광경을 끝으로 질끈 눈을 감았다. 덜덜 몸을 떨며 양손으로 얼굴을 가리고 있으니 털썩, 무거운 몸뚱이가 바닥에 쓰러지는 소리가 귀를 자극했다.

"주, 죽이지 않겠다고……."

"그랬는데 죽어버렸군."

"왜, 왜 그런 거야."

피범벅이 된 시체가 시야를 비집고 들어올까 봐 두려워 나는 절대 눈을 뜨지 않았다.

"거짓이던 참이건, 황후를 겁탈하려 한 놈을 살려두기란 불가하잖은가."

코끝을 스치는 비릿한 피 냄새보다 지헌이 더 끔찍해 토기가 몰려들었다.

모용덕을 살릴지 죽일지는 내가 하는 바를 보고 결정하겠다. 그렇게 말했다가 갑자기 마음을 바꿨던 지헌은 기어코 황후궁으로 파고들었다.

"아, 아아…… 으읍……."

나는 그만 하라 애원하지 않았다. 소용없을 것을 알기에. 처음 시작할 때 적당히 달궈지지 못했거니와 싫기만 한 상대와의 행위가 벌써 세 번째 반복되고 있는지라 아래가 불편하거늘, 아프다 하지도 않았다. 역시나 소용없을 것을 알기에.

"거짓이던 참이건, 황후를 겁탈하려 한 놈을 살려두기란 불가하잖은가."

그리 말했었지. 한데 지금 황태손이 내게 하는 꼴은 겁탈이 아니고 무엇인가. 놈의 아래에 깔린 나에 대한 배려라곤 일절 없이, 제 욕심만 채우고 있으면서.

"이리해서 황제에게 그토록 크나큰 총애를 받진 않았었겠지."

거친 숨을 몰아쉬며 열심히 허리를 놀리다가 멈춘 지헌의 음성이 날카로웠다. 내게 내리꽂히는 두 눈이 희끄무레한 어둠 속에서 차갑게 빛났다. 놈이 말한 바란 목석처럼 굴지 말라는 뜻임을 알면서도 나는 밭은 숨만 헐떡였다.

커다란 손이 꼼짝 않고 버티는 내 왼쪽 젖가슴을 와락 움켜쥐었다.

"지금처럼 이리해 황제가 그 많던 후궁들을 내팽개쳤느냐고."

여전히 내가 이렇다 할 반응을 보이지 않자 지헌은 손의 방향을 아래로 틀었다. 그것이 무슨 의미인지 알기에, 거친 손길이 깊이 숨겨진 약한 살을 헤집기를 원치 않기에 어쩔 수 없이 몸을 움직였다.

"이제야 제대로 할 마음이 생겼나 보군. 어찌 황제가 너를 아꼈는지 보여주려고."

닥쳐. 조용히, 빨리 그 더러운 욕구를 풀고 내 처소에서 꺼지란 말이야. 이를 악물어 욕지거리를 참은 나는 지헌의 목을 조르는 대신, 꽉 그러안았다. 침상 위에 아무렇게나 나동그라진 왼다리마저 놈의 허리 위에 얹었다.

창기처럼 허리를 돌리고, 가끔씩 아래에 힘을 주며 교성을 흘리고…… 자세를 바꿔 지헌의 위에 앉아 다시 허리 부근을 움직인 것이 한참. 지헌의 만족스러운 신음이 멈추었다. 나 또한 한창 흔든 몸뚱이를 멈췄다.

"언제까지 감히 내 위에 앉아 있을 참이지."

글자만 본다면 위협적이지만 기분이 좋은 듯, 놈의 어투가 자못 부드러웠다. 목소리에 베인 웃음기가 생생했다. 그러나 원치 않는 이를 원치 않게 즐겁게 만들어준 까닭에 배배 꼬인 속을 한 내 얼굴은 무표정했다.

허벅지 안쪽을 쓸어대는 손길을 피해 침상 위에 내려앉자 참으로 다행히, 여느 때와 마찬가지로 지체 없이 옷가지를 갖춰 입은 지헌은 시야에서 사라졌다. 홀로 남은 나에게 남은 것은 허무와 자기혐오, 죄책감이지만 그것들을 느끼는 편이 훨씬 나았다. 침상 위에 나란히 누워 지헌에게 안겨 있는 꼴이라니…… 그건 더 끔찍하잖은가.

'괘씸한 계집. 도둑질과 구걸이나 하고 다니던 천한 거지 계집을 거둬들여 황성에 밀어 넣어 주었더니 은혜를 모르고 황제를 부추겨 나를 공격하라 해? 더러운 년, 퉤!'

모용덕이 지저분한 소리와 함께 뱉은 침이 얼굴에 튀겼다.

감히 누구한테 괘씸하다는 거야. 다른 이도 아니고 네놈이 나한테 그딴 말을 지껄여? 침을 뱉어? 건방진! 내 앞에서 죄인인 놈이! 내가 변한 게 누구 탓인데!

'그로 모자라 내게 화살을 쏘다니, 찢어 죽여도 모자랄 쪽은 네년이다.'

'미천한 데다, 값싸고 더러운 년. 수나라 황제에게 다리를 벌리고, 그 손주 되는 놈에게도 그리했지. 말을 타듯 황태손의 위에 탔어.'

닥쳐, 닥치란 말이야, 이 오라질 놈! 분노에 채여 입을 벙긋거리건만 욕지거리가 나오지 않았다. 모용덕은 계속해서 모욕을 던지건만 벙어리가 된 양, 항변을 할 수가 없었다. 대신에 갑자기 미친 듯이 모용덕의 침이 묻었던 곳이 가려워 얼굴을 벅벅 긁자, 살점이 떨어져 나왔다. 손톱 사이에 낀 그것들이 순식간에 검게 썩어 갔다. 놀란 마음을 추스르고 면경을 들여다보니 얼굴 또한 시체가 썩듯 검게 물들어 간다.

나한테 무슨 짓을 한 거야! 지금 이 꼴로 사는 게 내 잘못도 아닌데 왜 이런 일이! 꼭 내가 잘못한 것처럼! 네놈들, 명재평, 모용덕 네놈, 황제, 황태손, 전부 다 네놈들 때문인데 왜 내게 이러느냐고! 울분을 터뜨리며 다시 모용덕을 향해 고개를 돌리자 내게 다가오는 놈이 보였다. 하관이 꿰뚫려 피를 줄줄 흘리는 모용덕이!

"안 돼…… 안 돼, 다가오지 마!"

번쩍 뜨인 눈으로 어둠이 쏟아져 내렸다. 숨을 헐떡거리던 나는 반사적으로 얼굴을 더듬었다. 손가락 끝으로 전해지는 촉감이 여전하다. 피부 결은 여전히 보드랍고 탄력적일 뿐 썩은 살점이 떨어져 나오지 않는다. 하지만 악몽이었다는 사실을 확인했음에도 여전히 무섭다. 정전에서 보았던 턱이 꿰뚫린 모용덕이 되새겨져 더더욱.

"견자근, 견자근은 어디 있어."

허겁지겁 복도에 나와서 가장 가까이에 있는 누군가를 덥석 붙들었다. 날 내려다보는 잡힌 이…… 단규의 두 눈이 커졌다.

당혹을 숨기지 못하는 그를 의아해하는 내 귀에 불현듯 자지러지는 비명이 박혔다. 놀란 소리가 날아든 곳으로 고개를 돌린 나는 다섯 보쯤 떨어진 곳에 나란히 줄지어 서 있는 나인과 상궁, 환관들의 시뻘게진 얼굴들을 빤히 쳐다보았다.

왜 저러는 거지. 무슨 일로 여름날의 뙤약볕 아래에 삼 일은 서 있었던 것 같은 얼굴을 하고 있는 거야. 또 모여서 내 욕이라도 했나.

"들어가십시오."

"어찌 그렇게들 새빨간 면상들을 하고 있느냐. 내 욕이라도 하던 참이었어?"

"아무 것도 입지 않으셨습니다."

다른 때와 달리 맥이 빠져 조용히 물은 내게 답을 해온 이는 단규였다. 아무 것도 입지 않았다고……. 시선을 아래로 내리자 적나라하게 드러난 나 스스로의 몸뚱이와 두 발이 보였다.

그다지 부끄럽지 않았다. 그러나 꼼짝 않은 채로 발가벗은 전신과 훤히 드러난 발을 내려다보는 내가 크게 당황해 얼어붙었다 생각했는지 단규는 나를 안아 들었다. 아무리 환관이라도 그렇지, 어찌 감히 이불로조차 감싸지 않은 여인의 몸에 손을 대느냐. 앙칼지게 외치기는커녕 다소곳이 안겨 있으니, 나는 곧 침상에 눕혀졌다.

단규는 내게 서둘러 이불을 덮었다.

"나인들을 들여보낼까요."

"……아니."

불과 얼마 전에 네놈이 나와 황태손의 역겨운 관계를 알지 못하길 빌었는데. 하지만 이제는 너무나 잘 알겠지. 문밖에서 지헌과 내가 살을 섞으면서 흘린 신음을 들었을 테니까.

이부자리를 정리하고 물러가려 하는 단규의 옷깃을 재빨리 붙들었다.

"가지 말아."

"……."

"자꾸 잊어버리게 돼. 견자근이 죽었다는 사실을. ……내게 아무도 없다는 사실을."

"……."

"혼자 있고 싶지 않아."

대쪽 같은 환관이라 기어코 나가겠다 할 줄 알았건만 그는 미동이 없었다. 천천히 열린 도톰한 입술 새로 조용한 음색이 흘러나왔다.

"여쭈고 싶은 것이 있습니다."

"무언데?"

"모용덕을 어찌 쏘셨습니까."

하여간에 할 짓이라곤 입방아를 떠는 것뿐인 황궁 안의 연놈들이란. 그새 소문이 퍼진 게지.

피를 흘리는 모용덕의 모습을 되새기지 않기 위해 최대한으로 단규에게 집중해 말했다.

"사내놈들은 사람을 베고, 찌르고, 상처 주는데 난 그리하면 아니 돼?"

"그저 궁금할 뿐입니다. 심기가 불편하시다면 굳이 대답하지 않으셔도……,"

"그놈이 날 겁탈하려 했어."

황제는 믿었는지 모르지만, 지헌은 확실하게 믿지 않는 것 같았지만 내가 지껄인 말은 진실이었다. 모용덕은 날 수나라로 보내는 당일, 아무리 생각해도 그대로 보내기엔 아쉬웠던지 겁탈을 시도했다.

곱게 빗어 놓은 날 주무르던, 부드러운 비단옷을 벗기고 들춰내던 순간의 모용덕이 야차 같았다. 더러운 욕정이 깃든 두 눈, 이를 악다물어 각이 진 턱, 두툼한 손이 떠오르곤 할 때면 갈기갈기 찢어 죽이고 싶다 잔인한 충동이 솟구치곤 했었다. ……이제 그놈은 진정 죽었지만. 그것도 잔인하게.

"처녀가 아닌 것을 알고 실망하여 황제가 도움을 주지 않으면 어찌합니까."

명재평……. 그리 지껄여 모용덕을 말리긴 했으되 공포에 휩싸여 눈물을 떨구던 나를 위로하기는커녕 내가 아껴두어야 할 도구라는 듯 쳐다보던 그놈을 고이 죽게 한 것은 여전히 분해.

"너도 지헌, ……황태손처럼 내 말을 믿지 않아? 지아비 되는 황제뿐 아니라 그 손자와 이러는 더러운 계집인 나는……."

믿을 만하지 않냐. 말끝을 맺지 못한 난 홧홧해진 눈시울이 부끄러워 천장으로 시선을 돌렸다.

"믿습니다."

"……."

"당시 어리셨을 터인데…… 많이 놀라셨겠습니다."

"……."

"또한 힘드셨겠습니다."

면박인지 위로인지 구분이 가지 않던 견자근의 퉁명스러운 위로가 아닌. 간결할지언정 진심이 담긴 듯하다 느껴지는 이러한 위로는 처음이기에 기분이 묘했다. 내장이 흐물흐물해지는 기분이라 해야 하나. 속 안 어딘가가 간질간질하다 해야 하나. 확실한 건 고자에게 고마운 마음이 없지 않아…… 실은 많이 고맙고 감명 깊었다.

"가까이 다가와. 나는 네놈이 옆에 앉길 바라."

마음과 달리 톡 쏘아붙인 나는 상전의 명령에도 불구, 버티고 있는 단규의 옷자락을 움켜쥐어 끌어당겼다.

못이기는 척 침상 끝에 앉은 환관의 손을 붙들고 싶었지만 낯이 간지러워 대신, 그의 소매 끝을 꼭 붙들었다.

"황태손 저하께선 어찌 그러시는 것인지요. ……황후 폐하께선 원치 않으시는 것이 확실한 듯한데."

그렇다고 해도 그놈이 나를 연모하는 것처럼 보이지는 않고 말이지?

"나도 몰라. 분명한 건 난 단 한 번도 지헌을 원한 적이 없어. 지금도 마찬가지이고."

"어찌 묻지 않으셨습니까."

"지헌이 왜 그러는지 이유를 알면, 무엇이 달라져?"

"……."

"무에 이유가 있건 그렇지 않건 난 여전히 지옥 속을 헤맬 뿐이야. 달라지는 건 아무 것도 없어. ……그리고 조모인 나와 이 짓거리를 하는데 무슨 까닭이 있다는 게 더 끔찍해."

"……."

"내가 이 황궁에서 유일하게 바라는 건 반쯤 넋이 나간 황제가 죽기 전에 내가 감업사에 나가도 된다는 유언장을 남기는 것, 그래서 이곳에서 벗어나는 것뿐이야."

게다가 지금 상황만 하여도 충분히 버거운 내게 얼굴을 마주하기조차 싫은 놈을 붙들고 '왜 내게 이러냐' 물을 여유는 없어.

"이 얘기는 하고 싶지 않아. 내가 다시 잠에 들 때까지 지켜봐 주기나 해."

천천히 두 눈을 감자 그럼에도 내리 꽂히는 소환의 시선이 느껴졌다. 허나 그가 기분이 나쁘다거나 부담스럽지 아니했다. 오히려 그의 눈빛, 아직 방 안에 남은 지헌의 냄새를 밀어내고 방 안에 퍼지는 그의 향이 마음을 편안히 가라앉히는 듯싶었다.

이러다간 너를 견자근보다 더 아낄 판이로구나. 그리 생각하며 조심스럽게 손을 움직여 환관의 손을 붙든 나는 내 더러운 그것을 뿌리치지 않는 그가 만족스러워 슬쩍 미소를 지었다.

꽤나 꽉 붙들렸는지 손은 생각만큼 쉽게 빼지지 않았다. 깊게 잠이 들었는가, 깨어날 기미가 없나. 잠든 이를 살핀 단규는 잡힌 손을 다시 조심스레 움직였다. 하나, 둘, 셋…… 스스로를 붙든 얇은 손가락을 하나하나 조심스럽게 펴내 마침내 자유로워진 그가 침상에서 일어섰다. 그러나 기껏 침수에 든 황후를 방해하지 않으려 신중하게 움직여 놓고선, 그는 곧장 바깥으로 향하지 않았다. 오히려 침상의 머리맡에 가만히 서 새카맣고 담백한 두 눈동자에 여인을 담았다.

주변에 다른 누군가가 있을 때면 황후는 항시 날 선 표정을 짓곤 했다. 크게 마음에 들지 않는 일이 있거나 혹은 가슴 속에 불만이 한가득 쌓여 미소를 지을 수 없다는 듯, 입술을 앙다물었다. 시비를 트거나 트집을 잡으려는 양 차갑게 황궁 안의 사람들을 훑었다. 앞을 가로막는 환관이 있다면 망설임 없이 그의 뺨을 가녀린 손으로 내려쳤다. 말을 하는 어투 또한 여느 수줍은 여인들과 달리 항시 톡톡 쏘아 붙이지 않던가. 뾰족한 가시처럼.

행실이 그러하니 좋은 평판을 듣지 못하는 것은 물론, 그녀에 관한 흉흉한 소문이 수십 개는 될 성싶었다. 겨우 몇 시진 전만 해도 또 하나가 더해지지 않았던가. 환관들은 모용덕을 쏜 그녀가 그리한 직후 아무런 동요나 거리낌 없이 시체를 앞에 두고 기쁜 웃음을 터뜨렸다며, 제정신이 아니거나 귀신에 씌었거나 혹은 가남풍(賈南風)의 환생이 분명하다 떠들어댔다.

한데 진실과 거짓이 뒤섞인 온갖 낭설들의 주인공인, 깨어 있을 때 주위 사람들에게 그토록 서슬 퍼렇게 굴기만 하는 아원이 잠에 들어 있는 지금만큼은 온순하기 이를 데 없어 보였다. 치켜 올라가 있던 눈매가 부드럽다. 눈, 코, 입 어디 하나에서 독기라곤 묻어 나오지 않는다. 물론 이미 자신 앞에선 처음 마주쳤을 당시보다 한결 온순해졌다지만 그래도 여전히 변덕스럽고 사납게 구는데. 허나 지금은 정녕 요희니 구미호란 별칭이 아주 조금만큼도 어울리지 않아 보인다. 때문에 그런가. 남다르다 못해 신기한 감상이 드는 것은.

그, 필요 이상으로 이색적이게 다가오는 광경을 잠시 더 바라본 단규가 마침내 뒤돌아섰다.

"요부가 잠이 들었소?"

"예."

"좀 전에 생과방에서 과자를 얻었는데 한적한 곳에 가 함께 먹는 게……."

복도에 나와 서자마자 득달같이 다가와 말을 붙이는 나인을 무시한 단규는 부지런히 걸음을 놀렸다. 개미 한 마리 얼씬거리지 않는 깊은 새벽녘의 어둠을 가로지르고 또 가로질러 황궁을 빠져나오기까지 한 그는 무른 감촉의 무언가가 발에 밟히자 그제야 멈춰 섰다.

발밑에 깔린 물컹물컹한 살덩이. 그리고 아직 부패가 시작되지 않았을지언정 포박당한 시점부터 황궁에 도착할 때까지 씻지 못했기에 풍겨 나오는 고약한 체취. 어둠에 잠긴 주변이지만 그 둘만으로 앞에 놓인 것이 무엇인지 충분히 짐작할 수 있었다. 죽은 모용덕의 시체.

찾던 것에 다다랐기에 가만히 멈춰 서 있은 지가 일각쯤 되었을까. 덜그럭덜그럭- 수레바퀴 소리가 규칙적으로 들려왔다.

점점 더 커져가던 그 음(音)은 흐릿하게 보이는 누군가의 숨결이 귓가에 생생하게 되었을 즈음 뚝 끊겼다.

노쇠한 목소리가 고요한 허공을 깨뜨렸다.

“조금 늦었지요. 이놈의 소가 무엇이 마음에 안 드는지 한참을 움직이지 않고 버틴 바람에……. 송구합니다, 대인.”

“괜찮네.”

“이놈이 돕겠습니다.”

“그도 괜찮네. 물러나 있게.”

나이 지긋한 이가 기력을 빼도록 만들고 싶지 않아 도움의 손길을 거절한 단규는 아무렇게나 내팽개쳐 버려진 시체를 수레에 실었다. 다시 덜그럭거리는 소리가 허공을 가르는 동안 두 사람과 짐승 한 마리 사이에 오고가는 한마디가 없었다.

민가들이 다닥다닥 붙어 있는 거리를 지나고도 한참, 대략 오 리(里)를 더 걸은 일행이 야트막한 산에 들어섰다. 정적에 휩싸인 야산을 오르길 또 한참, 발에 차이는 초목의 높이가 처음 산을 오르기 시작했을 때보다 한결 높았다.

“이쯤이면 충분할 것 같군.”

정적이 불편하지도, 지루하지도 않는지 헛기침 소리조차 내지 않고 걷기만 한 환관이 마침내 멈춰 섰다. 뒤따르던 수레꾼과 소 역시 덩달아 멈췄다. 후다닥 단규의 곁에 다가온 노인이 물었다.

“이곳에 땅을 팔까요?”

“아니. 직접 할 것이니 이만 내려가 보게.”

"하오나 그러면 쇤네의 삽은……."

"그것의 값 역시 포함일세."

간략히 말한 단규가 모용덕의 시체를 끌어 내렸다. 짤랑이는 소리를 내는 주머니를 노인에게 건넨 그는 수레가 멀어짐과 동시에 손에 쥔 도구로 땅을 파기 시작했다. 그다지 힘든 기색 없이 이슬을 머금어 축축한 흙을 걷어낸 그는 두 치 깊이의 구덩이에 죽은 이를 눕혔다.

헤쳤던 흙을 다시 제자리에 돌려놓자 본래는 평평했던 곳에 어느덧 소박한 봉분이 들어서 있다.

어둠 속에서 무덤을 반히 주시하는 환관의 입술이 찬찬히 열렸다.

"나약하고 힘없는 계집아이를 이용해 남쪽을 통일하려 한 네놈을 불쌍히 여겨 묻어주는 것이 아니다. 그래도 모르지 않던 사이인 데다…… 나라를 잃고 이리 찢겨 죽은 것으로 모자라 들개에게 뜯어 먹히기까지 한다면 아무리 너라 한들 과히 비참한 최후일 것이기에 사람으로서의 예를 지켜 거둔 거다, 모용덕."

읊조리듯 담담히, 낮게 깔린 저음으로 소리 낸 그가 뒤돌아서 황궁으로 향했다.

이. 황성(荒城)

지아비 되는 늙은이가 처음 자리보전을 하고 누운 시기는 내가 열아홉에 접어든 해였다. 당시 늙은이는 비록 환갑을 넘긴 예순하나였다곤 하나, 이전까지 앓은 적 한 번 없이 생생했었다. 하여 내 속을 바싹바싹 말리고 있던 참이었다. 마흔조차 채우지 못하고 죽는 이들이 지천에 깔렸는데 이 영감태기는 도무지 죽을 기미를 보이지 않으니 어찌 아쉽지 않았겠는가. 아니, 똑바로 말하자면 나는 그가 내 '다리 사이를 파고들 기력'만을 잃은 채 '살아 있기를' 바라고 있는 상태였다. 왜냐하면.

"저하. 이, 이러지 마세요! 제발…… 저는 황제 폐하의 후궁이에요!"

왜냐하면 그 당시에 이미…….

"황상."

쓰러졌던 황제가 눈을 뜬 것은 대략 달포 가량이 지나서였다. 오랜만에 깨어난 늙은이는 천운으로, 더는 계집과 그 짓거리를 하는 게 불가능했다. 즉, 나는 그토록 소원하던 자유를 맞았다. 쇠약해져 거동이 불편해진, 그러나 정신 상태는 양호한 남편. 그가 그리되기를 참으로 오랫동안 바랬더란다. 한데 드디어 바라던 바가 이루어졌거늘 기쁘지 아니했다. 정확히는 기쁜 감정은 잠시, 새로운 불안이 시작되었다. 몸이 약해진 늙은이를 대신해 지헌이 섭정을 시작했기에. 황제의 대리자인, 황제나 마찬가지가 된 황태손이 그의 조부보다 막강해질까 봐 무서웠다. 그래서 다시 내게 손을 뻗칠까 너무나 두려웠다.

어찌되었건, '지헌이 나에게 또 다시 그리하면 어쩌지' 그 같은 걱정은 헛된 것이었다. 왜냐하면 놈은 실제로 그렇게 했으니까. 정녕 겁도 없이, 아니면 미쳤는지 놈은 제 할아비가 두 눈을 버젓이 뜨고 살아 있음에도 불구하고 그때부터 본격적으로 나를 탐하기 시작했다. 당시에는 놈의 조모인 전(前) 황후까지 살아 있었는데, 한데도 간덩이가 부은 지헌은 점점 더 빈번하게 날 찾았다. 허면 내가 어찌했느냐고? 무얼 어찌했겠어, 그 놈의 밑에 깔려 헉헉거렸지. 어찌 영감에게 달려가 당신의 손주가 날 건드린다. 그러니 황궁에서 나가게 해달라, 그렇게 지껄일 수 있었겠는가. 그랬다간 단칼에 목이 달아났을지 모르는데. 물론 영감이 날 아끼긴 했으나, 지헌과의 일을 폭로하였을 때 나를 선택할지 혹은 손자인 황태손을 선택할지, 확신이 없었다. 어쩌면 둘 다 죽였을 수도 있으리라.

이전 황후에게 도움을 청하는 것? 그년은 나를 미워하다 못해 증오했었다. 그럴 만도 했다. 황상이 내 치마폭에 휩싸여 그년을 괄시했었으니까.

원치 않게 황후가 된 후 차마 진실을 토해내지 못하고 대신에 지나가는 말로, '황상, 나도 다른 후궁들처럼 홀로 남게 되면 출가할까 해요. 당신 말대로 젊고 고운 나니까, 정절을 지키려면 그리해야 마땅하지 않겠어요?' 그 같이 두어 번 말해 보았지만 쓸모없는 영감태기는 그것이 내 절실한 진심인 줄 모르고 웃어넘겼더란다. 나 또한 늙은이가 어찌 자꾸 그 소리를 꺼내느냐, 무언가 다른 이유가 있느냐 물을까 봐 여러 말을 하지 못했다. 그리하여 사년 여간 노파의 첩살이를 한 나는 열아홉부턴 노파의 손주인 지헌의 첩살이를 시작했다.

그 생활이 지속된 것이 어느덧 여섯 해, 바로 석 달 전 황제가 또 한 번 쓰러졌다. 왈칵 피를 토하면서, 온몸에 경련을 일으키며 갑작스럽게. 그때부터 지금까지 노인네가 보이는 반응은 단 두 가지뿐이다. 죽은 듯이 잠이 들어 있거나, 깨어나 거센 기침과 함께 검붉은 피를 토해내거나.

"아주 잠시라도 좋으니 아프지 않은 상태로 정신을 차려봐요, 황상."

두 눈을 감은 쭈글쭈글한 볼품없는 이를 멍하니 바라보며 중얼거린 나는 계수 아래 숨겨진 거친 손을 붙잡았다. 미지근한 온기가 느껴지는데, 그로 보아 황천 강을 건너지 않은 게 분명한데 대체 왜 일어나 앉지 못해. 도대체 황성에서 제일가는 실력을 가진 태의조차 알지 못하는 병명이 무엇인 거야. 아니, 자리를 털고 일어나지 못하는 이유, 앓고 있는 병명 따위 궁금치 않아. 당신이 얼마나 고통스러운지 내 알 바 아니야. 그저 잠깐만 눈을 떠봐. 아주 잠시만 피를 토하지 말고 제정신이어 보라고. 그래서 유언을 남기란 말이야, 내가 황궁 밖으로 나가도 된다는. 그 후엔 죽든 말든, 평생을 이리 살든 관심 없다고.

"아십니까? 황상은 정말이지 쓸 데가 없어요."

평생 한 짓거리라곤 손녀뻘인 날 탐한 것밖에 없는 추하고 더러운 호색한. 네놈을 닮아 네 손자도 그 모양인 게지. 아무렇지 않게 할미 되는 내게 그리하고, 망설임 없이 사람들을 죽이는 잔인무도한 지헌은 필시 너를 닮은 거야.

울컥 화가 치솟아 역겨운 손을 내팽개친 나는 흐트러진 이부자리를 정돈하지 않고선 곧장 바깥으로 나왔다. 한 놈, 혹은 한 년만 눈에 거슬려 보아라, 그 즉시 가만두지 않을 테니. 그렇게 되뇌며 복도에 나와선 내 눈에 단박에 누군가가 들어왔다.

거침없이 걸음을 놀린 내가 허리를 숙이고 있는 단규의 앞에 서자마자 나머지 환관 놈들 하며 나인, 상궁 계집들이 복도 한 구석에 저들끼리 뭉쳐 섰다. 재빨리 내게서 멀어진 연놈들이 속으로 무슨 생각을 하고 있을지 뻔했다. 오늘, 황후의 구박을 받게 될 이는 단규구나, 저가 아니라 참으로 다행스럽다, 안도하고 있을 것이었다. 그리고 실제로 불과 일다경 전까지만 해도 나는 이 소환 놈을 괜한 트집을 잡아 괴롭힐 생각이었다.

한데…… 참으로 묘하잖은가. 분명 아무 짝에 쓸모없는 병상 위의 늙은이 때문에 잔뜩 열이 받았었는데 왜 이놈을 보니 기분이 풀리는 것 같은 느낌이 드는 걸까?

"바깥의 햇볕이 따가우니 일산(日傘)을 꼼꼼히 드리우거라. 만약 내게 볕이 들게 했다간 회초리로 종아리를 칠 게야."

부러 주변의 모두가 들으란 듯이 뾰족하게 단규에게 소리를 친 나는 건청궁의 밖에 나와 섰다. 뒤를 돌아보자 당연지사 얍삽한 궁인 연놈들은 나에게서 멀찍이 떨어져 있었다. 곁에 선 이는 내 속 빈껍데기 구박을 받은 단규 하나뿐이었다. 은근슬쩍 소원하던 대로.

그러나 나는 옆에서 걷는 소환에게 곧바로 시선을 던지지 않았다. 괜스레 단규의 손에 들린, 창창한 하늘을 가린 일산을 한 번 올려다보고 나서야 그를 쳐다보았다. 왜냐하면 둘만 남았다, 신이 나 곧장 그에게 고개를 돌리는 것이 퍽 자존심이 상하게 느껴졌으므로.

무겁지 않나? 팔이 아플 텐데? 커다란 일산을 든 채 묵묵히 걷는 단규의 옆얼굴에 눈을 고정한 내 입술 새로 걱정하는 마음과 달리 퉁명스러운 목소리가 튀어나왔다.

"그새 날이 선선해졌네. 빛을 받지 못하니 추워. 치우거라."

"미정(未正)을 알리는 종성이 울렸습니다. 하루 중 가장 더운 시각이잖습니까."

아, 저 눈치 없는 놈. 제 팔이 아플까 나름 배려를 해주었건만 무에 저러지, 정말. 아랫도리도 없는 게 어찌 저리 눈치가 없느냐고. 천생 사내인 것처럼. 꼭 마음을 거절당한 계집이 된 양 속이 부글부글 끓었다. 어찌 그토록 눈치가 없느냐 빽 소리치고 싶은 충동을 용케 참은 나는 가능한 차분하게 말했다.

"토 달지 말고 시키는 대로 해. 건방진 놈 같으니."

"송구합니다."

"그리고…… 간밤에는……."

고마웠다. 다시 잠이 들 때까지 곁에 있어준 걸로 모자라 더러운 내 손을 뿌리치지 않아서.

한 번쯤은 누군가에게 진심에서 우러나온 그 같은 감사의 말을 소리 내고 싶어 말문을 텄으되 뒤가 이어지지 않았다. 하기야 십여 년을 알고 지낸 견자근에게도 못했는데.

"땅에 떨어진 꼴이 머리 벗겨지고 배만 불룩 나온 네놈만큼이나 가엾어 보여 주웠어. ……네놈을 닮았으니 네놈이 가지어라."

견자근에게조차 '항상 날 달래줘 고맙게 생각한다' 말하지 못해 대신에 던지듯 휙 꽃송이를 주었었건만, 알게 된 지 얼마 안 된 이 소환 놈에게 감사의 표현을 할 수 있을 리가.

"고맙다 한마디 하는 게 무에 어렵다고. 쯧쯧, 하여간에 고약한 성질머리하고는."

그래도 견자근은 내 속마음을 알아줬었는데 이 눈치코치 없는 놈은 평생을 가도 그러지 못하겠지?

“하실 말씀이 있으신지요.”

“……아니니라.”

역시 안 되겠어.

어찌 말을 끝맺지 않느냐 묻듯, 감히 내 눈을 들여다보는 고자와 시선이 마주치매 생전 처음 느끼는, 무엇인지 모를 괴상야릇한 기분이 들었다. 하여 치의 눈길을 피해 시선을 정면에 메다꽂은 나는 이전부터 궁금했던 것들을 묻기 시작했다.

“네놈의 본명이 무어야? 황궁에는 왜 들어왔어?”

“그가 많이 궁금하신가 봅니다.”

되묻는 환관의 목소리에서 웃음기가 묻어 나왔다.

내가 너에 대해 궁금해하는 게 우스워? 어찌 비웃어?

금세 역정이 치솟았다. 더불어 상대가 싫지 않아 관심을 가진 것을, 조소를 당하니 민망하기 짝이 없었다.

“네 지금 나를…….”

비웃는 게냐. 널 조금 어여뻐 했다, 기고만장하였느냐. 매섭게 쏘아붙이려는 찰나에 시야를 채운 풍경은 환관의 웃는 낯이었다. 그리고 단규가 지은 ‘그것’은 조소가 아니었다. 으레 지헌이 내보이곤 하던 한쪽 입꼬리만을 올린 불유쾌한 비소가 아닌 참으로 보기 좋은 순수한 미소였다. 그 미소를 보자니 소리치려던 것이 싹 잊혔음이요, 심장에 스산한 바람이 스친 양 소름이 끼쳤다.

"소인은 남쪽 끝의 광주 태생입니다. 전에 이미 예상하셨듯 풀칠도 겨우 하는 가난한 부모를 두었던지라, 굶는 것만이라도 피하라 아비가 황궁으로 보내었지요. 단규라는 이름은 본명입니다. 십상시 중 하나와 이름이 같은 것은 저 역시 재미있게 생각합니다. ……달리 소인에 관해 궁금한 것이 있으십니까."

"아, 아니. 없느니라. ……딱히 너에 관해 궁금해한 건 아니었어. 심심하여 물은 거지."

"송구합니다. 옥안이 붉으신 것이 더우신 듯싶은데 일산을 다시 펼까요."

"마음대로 해……."

지난 세월 보아온 것들이라곤 지헌의 기분 나쁜 조소 혹은 궁인들이 미처 숨기지 못한 경멸 섞인 싸늘한 비웃음이었던지라, 심지어 견자근조차 매번 놀리는 웃음을 지어보이곤 했기에 번듯한 미소를 본 지금은 꽤나 많이 당혹스러웠다. 낯이 간지러웠다. 그 덕에 이전에 없이 얌전해진 나는 고개도 제대로 들지 못한 상태로 조용히 입을 다물고 걸었다.

한데 앞을 보고 걸어도 눈앞에 불쑥불쑥 단규의 미소 떤 낯이 터져 나왔다. 그리고 그럴 때면 여지없이 목 근처가 덥고 민망스러운 기분이 되살아났다. 왜 이러지.

아마 단규의 말대로 시각이 미시인지라 빛살이 너무 강해 이런 듯하니 속히 처소로 돌아가야겠다. 그리 결론을 맺은 지 얼마 되지 않아 황후궁에 다다른 게 반가웠다. 커다란 일산을 접느라 뒤처진 소환을 지나쳐 쌩하니 복도를 가로지른 나는 어서

빨리 침상에 몸을 뉘일 생각으로 방 안에 들어섰다.

"오시었습니까?"

한데, 예는 내 처소인데, 그게 아니라 마치 저의 그것이라는 듯 방 한편에 떡하니 자리를 잡고 있는 이를 발견하자 양쪽 입꼬리가 늘어졌다. 주인인 내가 없었는데도 물러가지 않은 걸로 모자라 느긋하게 다과까지 들고 있어, 저 망할 년. 또 무슨 속을 뒤집는 소리를 지껄이려고 여길 찾아온 거야.

돌아오는 길 내내 눈앞을 채운 단규를 밀어내고 시야를 차지한, 웃어른이 왔음에도 걸상에서 엉덩이를 떼기는커녕 유유히 일어서는 소려진 때문에 기껏 나아졌던 기분이 다시 상했다.

사람이 마음에 들지 않으니 그가 하는 모든 것이 또한 마음에 들지 않았다. 하나부터 열까지 모두 다.

'오시었습니까'라고? 모르는 이가 보았다면 예가 내 처소가 아니라 저년의 처소인 줄 알겠군. 저 다기(茶器)를 한번쯤은 어여쁘다고 생각했던 것 같은데, 더는 고와 보이지 않아. 쥐새끼가 꼬이면 어찌하려고 제 처소도 아닌 곳에서 과자를 처먹어, 처먹기는. 웃어른이 왔으면 재깍 일어날 것이지 행동은 왜 또 저리 굼떠? 어미 아비에게 집안 교육을 제대로 받지 못했어? 난 버르장머리 없게 컸다, 못 배웠다 자랑이라도 하는 거야?

"좌정치 않으시니 아랫사람인 저 역시 앉지 못하겠어요."

가식적인 년.

마음속을 둥둥 떠다니는 욕지거리를 우기누른 나는 걸상에 엉덩이를 붙였다.

"태손비, 어인 일로 왔나요."

낯짝 두껍게 문안 인사를 하러 왔다 떠들지는 않겠지. 네가 이 황후궁에 마지막으로 인사를 온 것이 어연 육 개월 전이다, 이년아. 그래놓고 퍽 예의가 바른 것처럼, 본래에는 매일 행해야 하는 그것을 반년 만에 해놓고 생색을 내기만 해봐. 잔뜩 모욕을 뒤집어 씌어줄 테니까.

"황후 폐하의 어보를 받으려고요."

"뭐요?"

웃어른께 문안 인사를 왔지요.

아, 그래요? 장장 여섯 달 만에 말입니까? 뉘가 보면 태손비의 효심이 하늘 천장을 뚫을 만큼 커다래, 할미를 무척이나 생각하는 줄 알겠습니다.

……그 같은 흐름을 기대한 차에 날아든 답이 예상외라 정신이 멍했다. 네년이 그걸 왜 찾아.

"다짜고짜 보(寶)를 달라 하니 놀라셨나 봅니다. 표정이……."

얄밉게 이기죽거리고선 조소를 참는 것 같은 표정을 해보이는 소려진 덕에 더욱 얼굴이 경직돼 갔다. 정말이지 마음 같아선 뺨을 한 대 후려치고 싶어, 저 육시랄 계집. 대체 순황후(淳皇后)는 소려진 저것의 어떤 면을 보고 황태손비로 뽑은 거지.

온몸 가득 차오르는 화를 겨우 겨우 참으며 물었다.

"그는 갑자기 어인 일로 찾습니까, 태손비."

"으음, 할머님의 노고를 덜어드리기 위해서랄까요."

날 위해서…… 네가? 퍽이나 그렇겠어. 그리 내 생각을 하는 년이 나를 창기라 부르고 패악을 떨지 말라, 추하다 지껄여?

아직 다 듣지 않았지만 소려진이 뒤이을 말은 필시 좋지 못할, 속을 뒤집는 것일 게 분명했다. 하여 다가올 충격에 대비해 마음을 단단히 먹은 나는 그러나 겉으로는 무심한 얼굴 표정을 만들어 보였다. 또한 주렁주렁 장신구가 매달린 머리칼을 괜스레 정돈했다. 마치 상대가 무슨 말을 할지에 대해서 전혀 관심이 없다는 듯.

“할미를 위해서라니, 당최 무슨 소리인지.”

“황후 폐하께선 글을 모르시잖습니까.”

끓는 역정을 애써 누르고 있던 이제까지의 내 노고가 물거품이 되어 사라진다. 글을 모른다. 글을 몰라……. 그 한마디가 자꾸 귓가에 메아리쳤으매 매만지고 있은 비녀를 당장 뽑아 소려진에게 내던지고픈 충동이 솟구쳤다. 아마 저 계집이 상궁이나, 나인이었다면 필시 그리했으리라. 허나 마주한 이는 아랫사람이긴 하되 황태손비라, 나는 가늘게 떨리기 시작하는 두 손을 슬그머니 내려 탁상 아래, 무릎 위에 얹었다.

“글자도 못 읽으시는 분이 지난 오년간 내명부를 관리하시느라 얼마나 많이 고단하셨어요. 하지만 이제는 걱정 마세요. 손부가 도와드릴 테니.”

“…….”

“한데 아직은 제가 황태손비이잖습니까. 물론 황후가 되면 새로이 인장을 받을 테지만 지금은 그렇지 못하니, 황후 폐하의 것을 주세요. 그래야 제가 시할머님을 도와 대신 내명부를 관리할 수 있습니다."

속이 탄다. 손발이 분노로 인해 왕왕 떨려. 당장 꺼지라고, 너 같은 미친년 따위 상종하기 싫다 빽 소리를 지르고 싶다. 그럼에도 한 번만 더, 제발 한 번만 더 참자…… 그 같이 무음으로 중얼거린 나는 찬찬히 입술을 떼었다. 참으로 다행히 고함이 아닌 의외로 멀쩡한 말소리가 흘러나왔다.

"나가세요."

"예에?"

"할미가 비록 글을 읽지 못한다만 그럴 수 있는 환관과 상궁의 도움을 받아 남부끄럽지 않게 마땅히 해야 할 일을 해왔어요. 태손비도 그를 잘 알고 있지 않나요? 한데 이제 와서 생뚱맞게 어보를 달라니, 이럴 거였으면 애초에 내가 황후가 되던 그날, 황제 폐하께 말씀을 올렸어야죠. 그렇지 않습니까?"

"……."

"아니면 태손비, 진정 나를 대신해 내명부를 관장해야겠다면…… 황태손께 허락을 받고 오세요. 허면 인장을 내주겠어요."

하지만 소려진 너는 지헌에게 글을 모르는 내 대신 황후 노릇을 하겠다고, 그러니까 허락해 달라 청하지 않겠지. 네가 오늘 예 찾아와 저 말을 꺼낸 진짜 이유는 황후의 어보를 받아 내기 위함이 아니었을 테니까. 그저 내가 읽고 쓰는 법을 모른다는 사실을 들먹여 약을 올리려는 것이었을 테니까. 망할 계집.

"아…… 이 손부는 폐하께서 힘이 드실까 봐……. 괜한 기우였나 봅니다. 송구해요."

"……."

"허면 이만 물러가 보지요."

너무도 쉬이 물러가는 황태손비의 꼬락서니를 보건데 예상이 틀리지 않은 게 분명했다. 소려진은 날 조롱하려, 내가 열에 채이게 만들기 위해 온 것이었다. ……대체 왜.

"대체, 대체 왜 나한테 지랄이냔 말이야! 저 거지같은 계집!"

쨍그랑 혹은 와장창 하는 소리가 처소를 메웠다. 소려진이 처마시고 남은 차(茶)가 담긴 잔을 냅다 벽을 향해 내던진 것으로는 한참이 부족해 찻주전자 또한 방바닥을 향해 내던졌다.

"으흐흑…… 저가 뭐라고. 저까짓 게 뭐라고 감히 날 무시해!"

이미 그릇을 두 개나 깨 부쉈는데도 짜증이 사그라지지 않았다. 가만히 있다가는 몸 안의 장기 중 어느 한두 개가 터질 것만 같았다. 그리하여 방금 전까지 앉아 있던 반질반질하게 옻칠이 된 의자를 뻥 발로 차 쓰러뜨린 나는 탁자 위에 하나 남은, 먹다 남은 과자가 담긴 마지막 그릇마저 집어 들었다.

"아!"

"그만두십시오!"

또 한 번 와장창 하는 굉음이 울린 지 얼마 못가 내 입술 새로 짧은 비명이 터져 나왔다. 자못 위엄이 서린 나지막한 사내의 저음 또한 울렸다.

아무래도 산산조각이 난 그릇의 파편 중 일부가 바닥에서 튕겨 올라와 얼굴 어딘가를 스쳐 지나간 듯, 오른쪽 뺨과 광대 근처의 어딘가가 따끔거렸다. 그렇지만 쓰린 얼굴을 더듬어 볼 수 없었다. 양쪽 손목이 뉘에게 잡힌 상태이기에.

날 제지한 이는 당연지사 입궁한 지 얼마 안 된 환관 나부랭이, 단규였다. 그가 아니면 뉘가 불똥이 튈 위험을 감수하고 방 안에 들어오려 하겠는가? 저 문밖의 복도에 서 있었을 연놈들은 이미 진작 뒤꽁무니가 빠져라 도망쳤을 것이다.

"놓지……."

굳은 얼굴로 날 붙잡고 있는 단규에게 소리치던 나는 입을 앙다물었다. 나와 마찬가지로 그 또한 얼굴에 상흔이 새겨져 있다. 얇고 긴 생채기의 틈새로 붉은빛이 비친다.

미안하지는 않다. 저치에게 나는 안으로 들어오라고 한 적이 없으므로. 한데, 분명 미안하지 않건만 단규가 입은 상처에서 눈이 떼어지지 않는다.

"어찌 이러십니까."

"……밖에서 다 들었을 것 아니더냐? 무얼 재차 확인하려는 게야, 네놈마저 내 속을 뒤집으려고? 감히 네까짓 것마저 황후인 나를 괄시하려는 거냔 말이야!"

환관의 얼굴에 새겨진 생채기에서 눈을 뗀 나는 어찌 이러냐는 한마디에 괜히 분기탱천해 마구 시비를 걸었다. 목이 따이기 직전의 돼지처럼 고래고래 소리를 질렀다. ……그로 모자라 단규의 다리를 의자에게 그리했듯 냅다 발로 찼다. 여전히 그에게 붙잡힌 상태인 두 손목이 도통 꼼짝하지 않았기에. 한데.

내 거센 발길질로 말미암아 뒷걸음질을 쳐 밖으로 도망을 놓을 줄 알았는데, 단규는 그러지 않았다. 내가 뻥 차버린 무릎 아래가 아플 테면서, 붉어진 얼굴로 치는 설핏 웃어 보였다.

"드문드문 말소리가 들리긴 했지만 정확한 내용을 알 정도는 아니었습니다. 낮은 여러모로 밤보다 시끄럽지 않습니까."

"……."

"그러니 진정하시고 자초지종을 말씀해 보십시오. 아니면, 그 무엇도 말씀하고 싶지 않으시다면 그도 좋습니다. 허나 뒤로…… 두 걸음만 물러나 주십시오. 신을 신고 계시다 하나 혹여 파편으로 인해 다치실까 두렵습니다."

처맞고선 미소를 지어 보인 걸로 모자라 마치 말 안 듣는 일곱 살 아이를 달래듯 포근히 소리 내는 단규를 보고 있자니…… 맥이 탁 풀렸다. 몸 안 가득 독기가 잔뜩 쌓여 있었는데 그것이 바깥으로 모두 쏟아져 나간 느낌이 들었다.

"흐흑, 으흐흑……."

그 느낌을 끝으로 참으로 변덕스럽게도 울음이 터져 나왔다. 동시에 미안한 감정이 태풍처럼 거세게 몰려들었다.

그릇을 깨부숴서, 반듯한 얼굴에 생채기가 나게 해서 미안해. 발로 네 다리를 있는 힘껏 차서 미안해.

그러나 여느 때와 마찬가지로 애틋한 속마음을 표현하기가 어려웠다. 내게 있어 그러는 것은 정말이지 너무나 어려웠다.

"으윽, 어흐흑……."

때리고, 소리를 지르고, 물건을 부숴 방 안을 난장판을 만들어놓고…… 그 발광을 했음에도 사과의 말을 하기는커녕 미안한 기색 한번 비추지 않은 나를 단규는 속으로 욕을 하고 있을 텐데. 비록 웃전이라 표는 내지 못할지언정. 그러나 무슨 용기가 샘솟은 겐지 나는 주춤주춤 걸음을 놀려 그에게 붙어 섰다. 마치 부모에게 어리광을 부리는 철부지 어린 아이인 양 그의 허리춤을 붙잡았다. 따스한 품에 뺨을 갔다 댔다. 난 지금 매우 속상해. 그러니까 비록 내가 너에게 잘못을 했다 한들 좀 봐줘. 그렇게 항변하듯 다시 한 번 서러운 흐느낌을 터뜨리면서.

환관이 대뜸 나를 뿌리치면 어떡하지. 어딜 안기냐고 확 밀어내면 어떡해. 뻔뻔함을 무릅쓰고 단규의 품에 파고들어 놓고 뒤늦게 그가 날 거부하는 광경이 눈앞에 그려져 심장이 쿵쾅쿵쾅 뛰었다.

"울지…… 아니, 우십시오. 그래서 속이 풀리실 것 같다면."

걱정과 달리 외려 따스한 위로까지 건넨 환관이라. 나는 그의 허리를 껴안았다. 처음 마주쳤었던 날처럼 커다란 손이 내 등을 토닥이매 짜증이 녹아난 울음이 입술 새로 튀어나갔다.

"……그때부터 틈만 나면 속을 뒤집더니, 오늘은 내가 글을 모른다고 무시를 하잖아? 나는 뭐, 배우기 싫어서 안 배웠어? 못 배운 거지. 한데, 짜증나게 저도 기껏해야 오백 자 남짓 밖에 알지 못할 거면서 어디서 유세야."

숨도 쉬지 않고 하소연을 줄줄 늘어놓은 나는 침상에 누운 내 곁에 앉은, 바로 말하자면 내가 억지로 옆에 앉혀놓은 단규를 쳐다보았다. 황태손비가 정녕 배은망덕하다. 그 같은 맞장구를 기대하는 나와 달리 치가 조용했다. 덕분에 불만스레 입술이 삐죽거렸다. 어디 그뿐인가. 단규의 시선이 나 아닌 그의 손에 들린 야트막한 약병 몇 개에 붙박인 것 또한 마음에 들지 않기는 매한가지였다.

"이제라도 배우시면 되지 않겠는지요."

환관의 손에 들린 약병들을 노려보던 나는 마침내 날아든 음성에 슬쩍 입꼬리를 말아 올렸다. 그러나 실없는 미소는 곧 사라지고 다시 불만이 피어올랐다. 그의 눈길이 여전히 다른 곳을 향하고 있기에.

대체 뭘 하고 있는 거야, 날 안 쳐다보고. 그러한 생각이 들어 이번에는 환관에게 원망스러운 눈빛을 던졌다. 하지만 그뿐, 여느 때와 다르게 내 입술 새론 불만스러운 욕지거리 혹은 뾰족한 말이 흘러나오지 않았다. 대신에 나는 굼벵이처럼 스리슬쩍 몸뚱이를 움직여 환관의 허벅지를 베고 누웠다.

"아……!"

"이런."

뒤통수가 가차 없이 침상에 처박혔다. 진작부터 풀어내리고 있은 머리카락 중 몇 가닥이 눈을 덮었다.

"송구합니다. 놀라서 그만. ……이러시면 안 됩니다."

그나마 가라앉았던 속이 다시 끓는 이유가 뭘까. 내 머리가 허벅지에 닿자마자 후다닥 일어선 저놈이 괘씸해서? 아니면 그 덕분에 뒤통수가 침상에 처박히고, 귀신처럼 머리칼이 얼굴을 덮게 되서? 그도 아니면…….

저놈이 좋아서 바싹 붙어 누운 것을, 그러자마자 득달같이 거부당했다는 사실 그 자체가 다른 무엇보다 속을 쓰리게 만들었다. 남편에게 먼저 덤벼들었다가 음녀 취급과 함께 거부당한 처(妻)가 된 양 창피함이 없지 않았으나, 그것은 그럭저럭 참을 만했다. 쪽팔린 것보다는 속이 쓰린 게 훨씬 커다랗기에.

"……죽여 버릴 거야."

그렇기에 시야를 가린 머리카락을 걷어낸 나는 단규에게 밀어내졌을 당시의 그 자세 그대로 꼼짝 않고 누워, 어느샌가 침상 옆에 서 있는 그를 원망스레 노려보았다. 생각을 해봐. 애틋한 표현 따위 하지 못하는 내가, 해봐야 톡톡거리는 게 다인 내가 저놈이 나쁘지 않아서, 소려진에게 천대 받은 날 위로해 준 고자가 좋아서 살살 눈치를 살피다 다리를 베고 누웠는데 그러자마자 저놈은 벌떡 자리에서 일어섰으니 속이 어떻겠느냐고. 그렇지 않아도 가까운 이 하나 없이 궁 안의 모두에게 음녀 취급을 받으며 외면당하는 나인데.

설움과 창피함으로 인해 뜨겁게 달아오르는 눈시울에도 불구, 환관에게서 눈을 떼지 않았다.

"단 한 번만 봐줄 테니 불경죄를 물어 목을 베기 전에 당장 제자리로 돌아오거라."

"베개를 베시지 않는 이상 그럴 수 없습니다."

"……네놈도 똑같아."

변덕이 죽 끓듯 하는 경향이 없지 않은 내가 소환의 답을 듣자마자 열에 차인 것은 전혀 이상한 현상이 아니리라.

"견자근을 대신할 수 있을 거라 생각했는데, 네놈 역시 다른 연놈들과 똑같단 말이야! 잘해주는 척을 하더니 다 가식이었던 게지! 그 시커먼 속내에 무슨 생각을 품고 있는지 뻔해! 날 더러운 년이라 여겨 닿기조차 싫다는 거잖아!"

환관에게 베개를 던진 나는 곧바로 반대편을 향해 돌아누웠다. 거센 설움이 휘몰아쳤다. 내가 저한테 얼마나 잘해주었…… 앞으로 얼마나 잘해주려고 했는데. 한데 어찌 저래!

성질이 나 울고 싶건만, 환관이 나가는 인기척이 들리지 않았다. 그렇다고 등 뒤에 놈이 있는 상태로 엉엉거리고 싶진 않았다. 그랬다간 정녕 고자에게 고백이라도 했다가 거절을 당한 계집과 같은 꼴이 될까 봐.

"꺼지어라! 당장 예서 꺼지란 말이다! 다시 한 번 내 눈에 띌 시엔 목을 졸라 죽일 거야!"

쫑긋 새운 귀에 여전히 발소리가 들리지 않는다. 꺼지라니까 왜 안 꺼져? 아, 이제는 내 명 따위 아예 들어 먹지를 않겠다?

"이런 죽일 놈을 보았나! 네 감히……."

"송구합니다. 소인이 다 잘못했으니 노여움을 거두시지요."

그래, 네놈이 잘못했어. 견자근조차 내가 그 푸짐한 등에 뺨을 갖다 대면, 비록 몇 마디 면박을 주긴 했지만 상체를 홱 앞으로 숙인다거나 밀어내지는 않았단 말이야. 방금 전처럼 거부를 당한 건 처음이라고. 그러니까 네가 백이면 백, 다 잘못한 거야. 입 안 가득 찬 쓴소리를 되삼키고 가만히 앉아 노려보고 있으니, 짧은 순간 내 눈치를 살핀 환관은 침상 끝에 앉았다.

"이왕 만들었으니 약은 발라드리고 물러가겠습니다."

"……."

"바르는 동안에…… 베시려거든……."

난감한 얼굴로 말끝을 흐린 단규의 다리에 날름 머리통을 대었다. 이번에는 뒤통수가 침상에 처박히지 않았다.

순식간에 기분이 좋아져 입꼬리가 치켜 올라갔다. 그렇지만 화를 냈다가, 갑자기 웃고…… 변덕을 부린 것이 조금쯤은 민망해 괜스레 단규의 소맷자락을 만지작거렸다. 동시에 뻔뻔하게 지껄였다.

"나 같은 상전을 둔 것을 다행으로 여겨. 나처럼 환관에게 친근하게 구는 황후가 어디에 또 있겠어?"

"……예. 정녕 황송하게 생각합니다."

고분고분한 대답이 어인지 우스워 '호호' 실없는 웃음소릴 흘린 나는 오른 뺨에 살살 약을 바르는 환관의 손가락을 느끼며 물었다.

"지금이라도 글을 배우면 되지 않느냐 말했지. 너는 글을 아느냐?"

"서툴게나마 읽고 쓸 줄 압니다."

입에 풀칠도 겨우 할 정도의 부모 밑에서 살다가 고자가 된 놈이 글을 배울 새가 있었다니. 그게 가능한가.

"이상하잖아. 찢어지게 가난했다면서 글을 어찌 배웠어?"

"서당을 다니던 벗을 통해 운 좋게 귀동냥으로 몇 자 배웠습니다."

"몇 개를 아는데? 백 개? 오백 개?"

"……."

"설마 천자문을 깨우치진 않았겠지."

"……그 정도인 듯싶습니다."

천 자씩이나. 물론 어디에서 주워듣기로 한자의 개수가 만여 개에 달한다 하지만, 무지한 내 눈엔 천자(千字)만 해도 경이로워 보였다. 하지만 열등감으로 인해 놀란 속내를 내비추지 않은 나는 대신 곰곰이 생각에 빠졌다.

오백 자 정도만 알아도 소려진 그년이 뻔대는 꼴을 볼 필요가 없을 듯한데. ……배워볼까. 더군다나 이 환관 놈은 내가 더디게 배운다. 구박하거나 무시하지 않을 것 같아.

"내가 글을 가르쳐 달라 하면 그렇게 해줄 테야?"

"당연한 것을 물으십니다."

"……설사 글을 배운다 한들, 황태손비 그년은 변하지 않을 거야. 또 다른 걸로 날 무시하고 속을 박박 긁어댈걸."

"그를 무시라 여기시는지요."

그게 아니면 무엇이란 말인가. 다른 궁인 연놈들과 마찬가지로 소려진 또한 손자와 그러는 날 더럽다 생각해 시비를 걸며 무시하는 것이거늘.

"그게 아니면 무어야."

"투기가 아닐는지요."

"허?"

투기? 그년이 나한테 그딴 것을 느낄 이유가 무에 있다고. 생뚱맞다 못해 어이가 없는 소리에 절로 코웃음이 쳐졌다. 벌떡 일어나 앉아 말했다.

"그년이 왜, ……내가 그놈과 그 짓거리를 한다, 투기를 하는 거란 말이야?"

"적어도 황태손비에게는 지아비이잖습니까."

미쳤냐고, 지헌 같은 놈 때문에 질투를 느낄 리가 있냐. 쏘아붙일 준비를 하던 내 입술이 앙다물렸다. 나에겐 싫기만 한 놈이지만 소려진에게는 낭군이다……. 누군가가 지헌을 좋아할 수 있으리라고는 전혀 생각되지 않았지만 저 한마디가 그럴듯했다. 그리하여 곰곰이 생각하매 두세 번, 궁녀 계집들이 황태손 어쩌고 하며 붉어진 얼굴로 호들갑을 떨던 모습을 본 적이 생각났다.

또한 소려진은 모르잖은가. 내가 지헌을 끔찍하게 여긴다는 사실을. 놈과 그러는 것을 역겹게 생각한다는 것을.

허면 정녕 단규의 말이 사실인가? 그년이 내 속을 박박 긁는 까닭이…….

허공에 의미 없이 붙박였던 내 시선이 다시 단규에게 향했다. 한데 저 무심하고 둔한 인사가 어쩌다가 그런 세심한 추측을 했을까. 천 길 물속은 알아도 여자의 속은 모를 것처럼 굴면서.

"어찌 그런 생각을 하였어?"

"그런 여인을 본 적이 있습니다. 불같이 투기를 하는."

그래서, 여자의 투기에 대해 보고 들은 경험이 있어 소려진 또한 그런 게 아닐까 예상을 하였다?

"황성 밖에서 알던 계집이었느냐? 고자가 되기 전에?"

"……."

저 침묵은 긍정의 의미이렷다?

"네 그년과 잤어?"

어쩐지 상해가는 기분을 느끼며 추궁하자 단규의 목 한편에 붉은 기가 스쳤다. 저게 무슨 뜻이지. 너무 대놓고 물어서야, 아니면 그렇다고 인정하기 부끄러워서야.

"아닙니다."

왜인지 모르게 딱딱하게 굳어 있던 내 얼굴이 풀어졌다. 슬쩍 입꼬리를 올린 나는 다시 단규의 허벅지를 베고 누워 머리를 굴렸다.

재차 생각해 보아도 그럴듯해. 이놈의 말대로 정말 소려진이 지헌과 나의 지저분한 관계 때문에 질투를 하는 걸지 몰라. 그렇다면 어찌해야 하지. 그 투처(妬妻) 년의 관심을 내게서 돌리려면 무얼 어찌해야 할까. 소려진뿐 아니라 덩달아 지헌까지 떨어뜨릴 일석이조의 방도가 없으려나?

날 향한 소려진의, 전혀 반갑지 않은 관심을 다른 곳으로 돌리고 지헌까지 덩달아 떼어낼 수 있는 방도!

번뜩이며 영감이 머리를 스치매 고개가 치켜 들렸다. 희열이 차오르거늘 나는 침착하려 애썼다. 잠시만, 흥분하지 말고 천천히 따져보자. 지난 이틀간 생각해 냈다가 곧 버린 잔꾀들처럼 결함이 없는지를, 내 선에서 실행이 가능한지를 따져 보자고.

"서녘 서."

이미 열댓 개의 글자가 주르륵 써진 종위 위에 또 하나를 서툴고 느릿느릿하게 쓰면서 팽팽 머리를 굴렸다. 아무리 생각해도 이번 묘수는 썩 괜찮았다. 다만.

"틀리셨습니다."

다만 이 묘수에는 커다랗고 끔찍한 변수가 하나 있다는 게 문제였다. 그 변수인, '지헌'이 훼방을 놓으면 이 방법도 끝이었다. 놈이 '싫다' 거부를 하거나, 설사 거부하지 않은들, 추후의 반응이 시원찮으면 안 된다.

"……그렇지만 적어도 날 향한 소려진의 투기만큼은 줄일 수 있을 것 같아. 그리고 아랫도리 달린 것들 치고 새로운 계집 싫어하는 놈이 어디 있어?"

"다른 생각마시고 글쓰기에만 집중하십시오. 폐하께서 쓰신 글자는 서녘 서(西)가 아니라 넉 사(四)입니다."

옆에서 잔소리를 늘어놓는 단규를 흘긴 나는 별 말 없이 종위 위로 시선을 옮겼다. 확실히 내가 쓴 것은 넉 사 자(字)다.

"서녘 서?"

"예."

그게 어떻게 생겨 먹었는지 알 게 무어야?

안 그래도 머릿속이 복잡한데 받아쓰기까지 뜻대로 되지 않으니 짜증이 심해졌다. 하지만 시작한 지 삼 일 만에 글공부를 때려 치고 싶지 않아 인내심을 발휘해 붓을 놀렸다.

넉 사(四) 밑에 하나 일(一)을 쓰고 환관을 올려다보았다. 이번엔 맞겠지?

"또 틀리셨습니다."

"……."

"세상에 그런 글자는 없습니다."

"잘하셨습니다. 배우시는 속도도 더디지 않거니와 글공부를 시작한 지 얼마 되지 않은 것을 감안할 때 서체 또한 나쁘지 않은 것이, 곧 있으면 서성(書聖)을 능가하는 명필가가 되시겠습니다."

어제 들은 것과 비슷한 유의 칭찬을 기대하고 있었는데 되레 면박이 날아오니 표정이 썩어 갔다. 저 못된 놈. 곱게 틀렸다고 하면 되지 무에 저리 긴 사설까지 붙여. 세상에 이런 글자가 없기는, 지금 막 내가 만들었는데!

"전날 스무 번씩이나 쓰셨습니다. 다시 잘 생각해 보십시오."

"나……."

'나, 안 해!'라고 빽 소리를 치려다가 마음을 바꾼 내가 대신 물었다.

"지헌에게 가봐야 하는데 가기 싫어. 어찌해야 하지?"

나 치곤 꽤나 참을성 있게 군 것이었다. 골은 지끈거리는데 글자는 생각이 안 나지, 그도 모자라 환관은 잔소리를 해대지…… 여느 때였다면 이 같은 상황에서 기필코 바락바락 소리를 내지르고, 지금껏 애써 쓴 글자들이 가득한 종이를 구겨 던졌을 것이었다. 하지만 그러고 싶지 않았다. 지금은 좀 밉게 느껴질지언정 어찌됐건 착한 환관에게, 단규에게 패악을 부리고 싶지 않았다.

"가셔야지요."

"찾아갔다가 지헌이 날……."

건드리면 어쩌느냐. 그 말을 꾹 삼키고 입술만 비죽 내민 날 대신해 단규가 이어 말했다.

"기왕 황태손을 보셔야 할 바엔 조금이라도 더 서두르셔야 합니다."

"글쎄 지헌이……."

"조참(朝參)이 끝나갈 때가 되었을 테니 지금 당장 조당으로 가십시오."

내 팔을 붙잡아 재촉하는 단규를 멀거니 올려다보았다. 얘가 왜 이리 재촉하나 싶은 것이 잠시, 환관에게서 눈을 떼 내게 닿은 그의 손을 내려다보자…… 뭔가 좀…… 느낌이 묘했다. 빰이 홧홧했다. 언제에는 그에게 아무 것도 입지 않은 발가벗은 꼬락서니를 보이고, 또한 발가벗은 채로 안기기까지 했었는데. 한데 겨우 팔에 환관의 손이 닿은 정도로…… 부끄럽다니.

"……조참이 무언데."

아무리 황궁에서 십년을 보낸 나라 하나 엄연히 아녀자인즉, 정치에 관해 세세히 알지 못했다. 하여 단규의 시선을 피해 눈을 내리뜬 상태로 묻자 칼 같은 답이 돌아왔다.

"일삭(一朔)에 단 네 번 열리는 조회입니다. 평소보다 배로 많은 대소신료들이 모였을 테니 그네들의 앞에서 황후 폐하께 허튼 짓을 하지 못할 겁니다. 조참이 끝나면 조계를 위해 편전으로 옮겨가야 하는즉, 기다리라고도 하지 못할 테지요."

"하지만 내가 정전에 들어가면 또 신료들이 지랄을 해댈 텐데……. 속으로 분명히 내가 무식하다고 온갖 욕을 해댈 거야!"

"그럴 일은 없을 겁니다. 걱정 마십시오. 어찌하셔야 할지 가면서 말씀 드리겠습니다."

걱정 가득한 표정을 한 내게 빙긋 웃어 보인 환관은 이제는 날 잡아 끌기까지 했다. 그 미소에 홀려 어찌 감히 황후에게 이러느냐, 불평 따윈 없이 고분고분히 자리에서 일어났다. 되레 그의 옷깃을 움켜쥐고 발을 재게 놀렸다.

환관들은 꼭, 왜 내가 정전의 커다란 안마당 한구석에 서 있는지 이해가 가지 않는다는 표정으로 내 쪽을 흘끔거렸다. 그러나 치들의 그 궁금증 서린 시선은 곧 사라졌다.

벌컥 열린 커다란 문으로 수백 명은 될 법한 사내놈들이 쏟아져 나왔다. 저벅저벅, 발을 맞춰 걷던 그네들이 날 발견하고 멈췄다. 한 무리의 그놈들을 뒤에 거느린, 가장 앞서 걷던 지헌 또한 땅에 뿌리박힌 채로 물끄러미 날 바라봤다.

"아무리 패륜을 거리낌 없이 저지르는 황태손이라 한들 정전 마당에서, 수백의 관리들이 지켜보는 가운데 폐하께 어찌하지는 못할 겁니다. 또한 긴밀히 논할 일이 있음에도, 과거와 달리 금란전에 들지 않고 밖에서 기다리신 황후 폐하를 대소신료들은 탓하지 않을 것입니다. 황제께서 쓰러져 정신을 잃고 계신 이때에 황후 폐하께선 황실에서 가장 어른이십니다. 그러니 긴장치 마시고 최대한 위엄을 차려 뜻하시는 바를 말씀하십시오."

단규의 목소리가 귓가에 울렸다. 마음 같아선 뒤편 저 어딘가에 서 있을 그를 돌아보고 싶었지만 그러지 않은 나는 심신을 다잡았다. 커다란 숨을 들이쉬고 지헌에게 다가가 슬쩍 운을 뗐다.

"황태손."

"할머님께서 먼 곳까지 걸음을 하셨습니다. 예 오셨으면 안에 드셔 함께 국사를 논하시지 어찌 바깥에서 기다리셨습니까? 할머님답지 않게."

여느 때와 다르지 않은 무감정한 얼굴로 비꼬는 소릴 지껄인 지헌 탓에 속이 꼬였으나 나는 꽤나 천연덕스러운 표정을 지어 보였다. 이상하다. 본래는 이 미친 황태손을 대면할 때면 딱딱한 표정밖에는 지을 수 없었는데. 한데 그랬던 내가 여유를 부리다니.

"할미는 부녀자이니까요. 일전에야 시급한 일이 있어서 본의 아니게 정전 안에 들었었지만 이럴 때마저 그럴 수 있나요."

"……그래, 부녀자이고, 황실의 예법을 준수하시는 황후께서 이 금란전(金鑾殿)의 앞까지는 어찌 오셨습니까."

"황태손에게 후궁을 들이라 말하려고요."

단규의 충고를 되새긴 나는 위엄 있는 척, 논리적인 척 홀로 떠들었다.

“태손의 뒤에서 듣고 있는 신료들도 공감하겠지마는, 태손과 태손비가 혼례를 올린 지가 벌써 한참인데 여전히 후사가 없잖아요? 이미 있는 후궁들과도 마찬가지이고요. 하지만 그래서야 되겠습니까. 지금처럼 황실에 손이 귀해선 국본이 튼튼할 수가 없지요. 할미는 다 큰 손주인 황태손이 아니라 갓 태어난 아이의 울음소리를 듣고 싶답니다.”

자진해서 지껄였다만 끔찍한 거짓말이었다. 갓 태어난 아이? 그는 내가 제일 싫어하는 것 중 하나였다. 한데 그런 갓난쟁이를, 그것도 지헌의 애를 보고 싶을 리가 있겠는가? 그 증손자 또한 분명히 영감과 지헌을 닮아 내 화병만 키울 텐데.

지헌을 닮은 핏덩이를 떠올리느라 메스꺼워진 속을 숨긴 채 계속 말을 이었다.

“그러니 황태손, 이 할미가 직접 후궁을 뽑고자 하니 부디 내명부의 주인이자 황후인 할미의 뜻을 따라주세요.”

“…….”

“황후 폐하의 말씀이 과히 이치에 맞습니다, 태손 저하.”

뒤편에 선 몇몇 신료들이 내 말에 동의하거늘 지헌은 아무 말이 없었다. 때문에 슬슬 불안해져 갔다.

설마 싫다고 하진 않겠지. 계집질을 싫어하는 사내놈이 어디 있어. 영감도 측실(側室)을 오십 명 넘게 두었었고 지헌도 제 조모인 나를 탐하기까지 하는, 여색을 밝히는 짐승 같은 놈이니까 받아들이지 않을 리 없어.

그렇게 생각해도 점점 불안하던 참, 마침내 혐오스럽기 짝이 없는 매끄러운 목소리가 울렸다.

"할머님께서 그렇게까지 말씀하신다면야 따라야겠지요."

긍정의 답을 듣자마자 가슴 속에 희열이 들어찼다. 환호성이라도 지르고 싶었지만 애써 참았다.

"할머님과 잠시 긴밀히 나눌 말이 있으니 그대들은 먼저……."

"아닙니다. 황태손."

나는 전에 없이 지헌의 말을 싹둑 끊었다.

"아직 조계(朝啓)와 윤대(輪對)를 끝내지 않았잖아요? 할미는 태손을 더는 방해하고 싶지 않습니다. 그러니 신료들과 어서 가보세요."

화가 난 표정은 아니요, 잠시 묘한 얼굴빛을 해보인 지헌은 별 말 않고 멀어져 갔다. 깊숙이 허리를 숙인 신료들 또한 놈의 뒤를 좇았다.

됐어! 지헌의 손가락조차 내게 닿지 않았음은 물론, 후궁을 받아들이겠데. 소려진, 그 살만 찐 년. 이제는 나 아닌, 새로이 들어올 어리고 낭창한 것들을 보며 투기를 해대라지.

기쁜 마음에도 불구, 황후궁의 아랫것들에게 다가가 잔뜩 날이 선 표정을 해보였다. 뿐인가. 반히 날 내려다보는 단규에게 버럭 소리를 질렀다.

"감히 뉘를 그렇게 맹랑하게 쳐다봐?"

내 난동 아닌 짧은 난동에 단규는 고개를 숙였다. 그를 제외한 환관과 궁녀들이 반사적으로 다섯 보 가량을 뒷걸음질 쳤다.

멀어진 그네들을 살쾡이처럼 쏘아 본 나는 걸음을 옮겼다.

"흐흠."

한참 바쁘게 걷다가 뒤를 돌아보았다. 여전히 아랫것들이 멀찍이 떨어져 있다는 사실을 확인한 나는 스리슬쩍 단규에게 붙어 섰다.

"방금 전에는…… 본심이 아니었다."

"곁에 가까이 오시는 것을 보고 부러 그러셨구나, 생각하던 참이었습니다."

내 속을 훤히 꿰뚫은 환관이 기특해 입꼬리가 근지러웠다. 암만 생각해도 신통하단 말이야. 어디서 이런 똑똑한 놈이 튀어나왔지.

"내가 잘했느냐?"

"……."

"네가 일러준 대로 윤대니 뭐니, 그런 것들을 제대로 외워서 말도 똑바로 하고 황실에서 제일가는 어른답게 위엄을 보였느냐고."

"예, 아주 잘하셨습니다."

"그래?"

나는 환한 미소가 입가에 걸리는 것을 막지 못했다. 지헌을 두고 이렇게 통쾌한 적이 처음이었다. 소려진이 투기에 멀어 씩씩댈 상상을 하매 벌써부터 속이 후련했다. ……그리고 또, 단규가 날 칭찬하니 이보다 더 좋은 게 없다.

"한데, 혹여 밤늦은 시각에 황태손이 황후궁으로 찾아오지는 않을까 염려가 됩니다."

"지헌은 내가 오늘 그놈 눈에 띄었다, 따로 내 생각을 해서 찾아올 놈이 아니고, 오랫동안 날 안 봤다 해서 잊고 안 찾아올 놈도 아니야. 그러니 그 걱정은 말아. 한데……."

환관은 걸핏하면 난리법석을 떠는 내 곁을 견자근 대신 유일하게 지켜준다. 글자를 가르쳐 준다. 꾀를 내어 방금 전처럼 날 도와주기도 한다. 그뿐인가. 기특하게 지헌이 황후궁에 찾아오지 않을까 싶어 걱정도 해준다. 문득, 그런 그에게 작은 선물이나마 주고 싶은 충동이 일었다. 비록 내가 줄 수 있는 거라곤 별거 없다 한들 그래도.

"네, 무어 갖고 싶은 게 있어?"

"갑자기 그것은 어찌 물으십니까."

"그냥…… 아주 조금 네놈, ……네가 귀, 귀여워서 그런 게지."

'네가 어여쁘다' 칭찬을 소리 내자마자 등허리를 타고 근지러운 기운이 마구 돋았다. 심지어는 오싹할 정도였다. 하여 부르르, 작게 몸을 떠는 차에 고요한 음성이 귀를 스쳤다.

"조금 더 생각해 보고 말씀드려도 되겠는지요."

"그러려무나."

어인지 뺨이 홧홧해 단규의 시선을 피한 나는 지겹도록 익숙한 황궁 이곳저곳을 둘러보며 딴청을 피웠다.

삼년 전, 내가 스물둘이라 지금보다 훨씬 파릇하릇하던 그때에 지헌이 신하 하나의 목을 내려쳤었다. 정전에서. 저의 말에 귀찮게 계속해서 토를 단다는 이유로. 그 전까지 지헌을, '대리청정을 곧잘 하는 게 연륜을 좀 더 쌓으면 명군이 될 수 있을 것이다'라고 평하던 신료들은 그 일을 계기로 상당한 충격을 받았었다. 당시에 이미 그놈이 미친 것을 알고 있었긴 했다만 나 또한, 견자근에게서 얘기를 전해 듣곤 꽤나 놀랐었다.

그 사건이 일어나고 일 년쯤이 지났을까. 조용히 잘 지내던 황태손은 이번에는 나이 든 환관 하나를 아주 처참하게 죽였다. 또 견자근에게 전해 듣기를 죽은 환관의 두 눈과 귀, 입 안을 뜨겁게 달군 뾰족한 쇠꼬챙이로 지지고 꿰뚫어 죽였다 했다.

어디 이 일화들뿐인가. 며칠 전에는 내가 보는 앞에서 모용덕을 죽였다.

그토록 잔혹하고 정신이 제대로 박혔긴 한가 의심이 드는 지헌이건만, 그럼에도 놈의 권력을 탐내는 이들이 여전히 많은 모양이다. 이렇게…… 내 앞에 신료들이 받친 그네들의 딸년들이 주르륵 서 있는 걸 보면!

열댓 명가량의 후궁 후보 계집들을 대충 눈으로 훑은 나는 걸음을 옮겼다. 이열(二列)로 줄을 서 있는 후보들의 곁에 가까이 다가서 한 명씩, 후보들을 뜯어보기 시작했다. 그러나 한 년, 두 년, 세 년…… 여섯 년을 지나쳐 뒤편으로 향할수록 짜증이 났다. 마음이 조급해졌다.

어찌 이리 인물이 없어? 여자에게는 정절이니 순결을 강요하면서 저들은 남자다, 반반하다는 계집년들은 다섯이고 열이고 어떻게든 곁에 끼고 살려 하는 늙다리 관리 놈들, 그리 고운 계집년들을 데려다가 무얼 한 거야? 설마 관상만 하였을 리는 없을 테고, 데리고 놀기만 했지 자식은 오로지 정실에게서만 보았나? 아니면 어미 쪽이 반반한들 아비 되는 쪽이 하도 못나서, 그래서 예 있는 신료들의 딸년들의 인물이 다 이 모양인 게야?

"쯧쯧, 이럴 수가 있나."

"예?"

눈을 휘둥그레 뜬 계집을 쌩하니 지나쳐 인내심을 갖고 다시 꼼꼼하게 후보들을 살폈다. 여전히 마음에 드는 년이 없다.

이년은 눈이 너무 작아. 저년은 맹해 보이는 게 소려진하고 서로 앙앙대며 싸우기는커녕 소려진이 한마디만 쏘아붙이면 깨갱하고 뒤꽁무니를 뺄 거 같아. 입이 커다란 것이, 말이 많을 듯싶은 저기 저년도 안 돼. 귀찮게 토를 단다, 신료의 목을 내려친 지헌의 화만 돋울 것 같으니까.

인내심의 한계를 느끼던 찰나에 나는 줄의 거의 끝에 선 누군가의 앞에서 멈춰 섰다.

이 계집은…… 소려진과 피 터지게 싸울 수 있을 만큼 성질머리가 더러울 것 같아 보이는 게 후궁으로 뽑아도 괜찮을 듯싶어. 게다가 얼굴도…… 꽤 반반해.

점점 희망을 잃어가던 차였기에 보는 눈이 낮아져서인지, 하여 기대치가 뭉텅 깎여서인지 앞의 계집이 나쁘지 않아 보였다.

"뉘의 여식이지?"

내 물음에 상궁이 대답했다.

"영주도독 김한성의 차녀입니다, 황후낭랑."

괜찮은 건가, 아닌 건가. 이 정도면 지헌이 흥미를 보일까, 아닐까.

나쁘지 않은 것 같다고 생각을 했음에도 여전히 긴가민가했다. 왜냐하면 나는 새로이 뽑을 후궁이 나보다 곱기를 바라는데, 김한성의 차녀는 내가 보는 경대 속 내 모습보다 외양이 퍽 딸리는 듯싶었다. 결론적으로 반반하긴 한데 나보다 모자란 계집을 지헌이 눈여겨보려나 싶어 자꾸만 망설여졌다.

"단규야. 이리 가까이 와서 이이를, ……아니, 아니니라."

단규를 불러 의견을 물으려다가 재빨리 말을 바꿨다. 내가 방금 무슨 짓을 하려고 한 거야. 저 고자 놈에게 와서 이 계집을 살펴보라 명하려고 했어! 짜증나게!

단규가 앞의 계집년을 꼼꼼히 관찰하는, 눈에 담는 광경을 상상하자 피가 거꾸로 치솟는 느낌이 들었다. 뒤를 돌아봐 그가 교태전의 문가에 서 있음을 확인한 나는 다시 영주도독의 둘째 딸년의 이목구비를 요모조모 뜯어보았다.

이제는 계집의 몸태를 살피기 시작했다. 안타깝게도 가슴이 그다지 클 것 같지 않다. 허리 또한 잘록할 것 같지 않다. 다만 신장은 꽤나 큰 편이라 나보다 조금 작다.

엉덩이는 크려나? 김 한성의 딸의 뒤태를 살피려 움직인 내 눈길을 돌연 누군가가 강렬하게 사로잡았다.

그 누군가란 열(列) 제일 뒤에 홀로 선 어린 나인이었다. 후궁 후보가 아닌, 나인! 내 시선을 느껴 허리를 더 깊이 숙인, 솜털조차 채 가시지 않은 보드라운 뺨을 한 아이가 참 고왔다.

지금껏 본 후보 계집들보다 나이가 한참 어려 보이지만 그네들보다 신장이 크다. 옷 속에 숨겨진 잘록한 허리며 가느다란 몸태가 생생하게 보이는 듯싶다. 이 아이…… 신장이 훤칠하고 어린 데다 곱상한 이 아이를 보고 있노라니 십 년 전의 '나 자신'이 연상된다.

한데 애는 누구이고 왜 후보들의 틈에 섞여 있는 거지.

묘한 감상에 휩싸여 물었다.

"너는 어찌 이네들과 같이 있느냐?"

"규수들을 통솔하는 임무를 맡은지라, 물러갈 때를 대비해 제일 뒤에서 대기하고 있었사옵니다."

"그러면 네, 황후궁에 속한 계집인 게야?"

"예, 황후 폐하. 이틀 전에 새로이 배정 받았나이다."

그래서 몰랐던 거로군. ……몇 살쯤 되었을까. 열넷? 열다섯? 설마 열셋 이하는 아니겠지. 열셋은 지헌의 품에 밀어 넣기에 조금 많이 어린데.

갈등 속에서 입술을 뗐다.

"네 올해로 나이가……."

"황후낭랑!"

아랫도리도 없으면서, 꼭 첫눈에 계집에게 홀린 사내가 된 양 어린 나인을 반히 내려다보던 내 고개가 뒤를 향했다.

우렁찬 외침과 함께 교태전에 들어선 이의 표정이 사나웠다. 화를 참지 못해 표정이 흐트러진 소려진을 보자니 웃기기 짝이 없었다.

실소를 흘린 나는 성난 걸음으로 내 앞에 다가온 손자며느리를 똑바로 마주보았다. 너 이년 지난번 마지막으로 보았을 때 내가 글을 모른다, 잔뜩 무시했었지. 오늘은 내 차례야.

씩씩대는 소려진과 반대로 여유로운 표정을 지어 보인 내가 나긋이 말했다.

“태손비, 금일은 유독 보는 눈이 많거늘 어찌 이리 경망을 떨어요.”

“다들 나가 있어라.”

예는 분명 나의 집무실인 교태전인즉슨, 아직 황후가 아닌 황태손비가 하극상을 부릴 수는 없음이었다.

“그럴 필요 없느니!”

물러가려는 이들을 기세등등하게 멈춰 세운 나는 무서운 위협을 늘어놓았다.

“황실 최고 어른인 본궁의 명령 없이 한 발자국만 더 움직여들 보아라. 사지를 싹둑 잘라낼 테다.”

“황후낭랑.”

“태손비.”

소려진의 말을 싹둑 잘랐다.

“할미는 지금 국사를 위해 꼭 해야 할 일을 하고 있답니다. 그런데 태손비는 ‘태손이 허락한’ 후궁 간택을 아주 대단하게 방해하고 있어요. 이게 무슨 무례예요?”

다른 이들과 마찬가지로 지헌의 눈치를 보는, 그렇기에 기껏해야 가끔씩 나에게 망발을 쏟아내는 게 다일 것이 분명한 소려진은 '태손이 허락한'이라는 문장에 유독 힘을 실어 소리 낸 내게 반박하지 못했다.

아주 한참만에야 소려진은 운을 뗐다.

"그래서 기어코 새로이 후궁을 들이시겠다?"

정녕 단규의 말마따나 저년이 나와 둘만 있을 때면 얄밉게 이기죽거리는 까닭이 질투이던가. 그래서 새로이 후궁을 뽑으려는 지금, 저토록 사나운 얼굴을 한 채로 씩씩대는 거란 말인가. 재차 영리한 환관이 기특하게 느껴졌다.

"예, 그럼요. 태손비가 황궁에 들어온 지가…… 십 오년쯤이 되었던가요? 그 긴 세월 동안 태손과 태손비 사이에서 황손 한 명이 태어나지 못했으니, 게다가 이미 있는 후궁들과도 마찬가지이니 당연히 새로 들여야지요."

어우, 고소해. 날 노려보는 저 못났기 짝이 없는 얼굴을 후궁 후보 계집들도 실컷 구경해야 하는데. 혼자 보기 아까우니까.

진정 속이 후련했다. 파안대소를 터뜨리고 싶었다. 하지만 신료들의 여식들 앞에서 체통 머리 없게 깔깔거릴 수 없기에 어서 빨리 곤녕궁으로 돌아가고픈 소망이 솟구쳤다. 게 가서 단규를 부여잡고 실컷 웃고 싶었다.

"재미있으시지요?"

즐거운 상상을 눈앞에 그리는 내게 소려진이 바싹 다가섰다. 덥석 내 팔 한 짝을 움켜쥔 원수 같은 년의 입술 새로 작은 속삭임이 흘러나왔다.

"저와 후궁들을 놀리려 드시는 거 아닙니까. 참 재미나시기도 하겠어요."

또 무슨 헛소리를 지껄이려고 분위기를 잡는 거지. 왜 목소리를 깔아대는 거야. 이럴 때는 공연히 말을 하는 것보다 가만히 있는 편이 차라리 낫다는 것을 알기에 조용히 소려진의 뒷말을 기다렸다.

"한데, 저는 지난 십 오년간 저하와 열 번 남짓 합방을 해보았다곤 하나 아직 그분 손에조차 닿아보지 못한 후궁들에겐 정녕 측은지심이 느껴지지 않으셔요?"

"무어라…… 고요?"

"여섯 여인에게서 하나의 지아비를 빼앗아 가 치맛자락에 꽁꽁 싸매어놓고 있으면서, 아무것도 모른 채로 이 황궁에 들어와 평생을 지아비를 바라만 보다 죽을, 새로 들일 저이들은 또한 가엽지 않으시고?"

"……."

"제가 드물게 얄미운 소리를 입 밖에 내 약을 좀 올렸거니와 이런 식으로 엄한 이들까지 끌어들여 농락을 하실 줄은 몰랐네요. 아무리 희대의 더럽고 추악한 요부라지만 이 따위로 굴고 싶습니까?"

또 끔찍한 망발을 지껄이는 소려진이거늘 미처 기분이 나쁠 새가 없었다. 퍽 당황한 내가 더듬거렸다.

"그게 무슨, 후궁들이 황태손의 손에조차 닿지 못했다니……."

"아무 것도 모른다는 표정 짓지 마세요. 가증스러우니까."

사납게 쏘아붙인 소려진의 두 눈동자에 담긴 원망이 생생했다. 그 원망이 소려진의 말이 거짓이 아님을 증명했다.

마지막으로 온 힘을 다해 날 노려본 소려진이 멀어져 가는 뒷모습을 한참을 허망하게 쳐다봤다. 서슬이 퍼렇던 목소리가 귓가를 맴돌았다.

"한데, 저는 지난 십 오년간 저하와 열 번 남짓 합방을 해보았다곤 하나 아직 그분 손에조차 닿아보지 못한 후궁들에겐 정녕 측은지심이 느껴지지 않으셔요?"

"여섯 여인에게서 하나의 지아비를 빼앗아 가 치맛자락에 꽁꽁 싸매어놓고 있으면서, 아무것도 모른 채로 이 황궁에 들어와 평생을 지아비를 바라만 보다 죽을, 새로 들일 저이들은 또한 가엽지 않으시고?"

그 말이 정녕 참인가. 지헌이 소려진과 합궁한 것이 지난 십 오년간 열 번 남짓일 뿐이고 이미 있는 후궁들에겐 손도 대지 않았다고. ……그놈은 부처가 아닌데? 한데 그 색마가 어찌 그럴 수 있어?

"거짓말이야."

만약 소려진의 말이 거짓이 아니라면 그 미친 자식, 나한텐 왜 그러는 거야!

소려진이 뭣도 모르면서 헛소리를 지껄인 것일지 어찌 알겠는가. 혹은 그년이 거짓말을 했을 수도 있잖은가. 그도 아니면 지헌이 후궁들에게 손대지 않았다는 그 말이 사실이되, 그것은 그저 기존의 후궁들이 지헌의 눈에 차지 않아서였을 수도 있는 것을. 새로이 들일 후궁들에겐 푹 빠질지 어찌 알아?

결국, 나는 소려진의 말을 무시하기로 결심했다. 왜냐하면 나에겐 내 자신이 제일 중요하므로. 어떻게든 소려진과 지헌의 주의를 내게서 돌리고 싶으므로. 그런즉 소려진의 몇 마디에 휘둘려 간택을 멈추는 짓거리는 하지 말아야 할 터였다.

"환관은 들으라. 영주도독의 차녀를 태손의 후궁으로 들일 것이다. 그리고……."

예 있는 어떤 후보들보다 곱다란, 어린 시절의 내가 투영돼 보이는 어린 나인을 다시 쳐다보았다.

"네 이름이 무엇이냐?"

"이기라 하옵니다."

"나이는?"

"열넷이옵니다, 황후낭랑."

"열넷……."

딱 그때의 내 나이가 아닌가. 너무나 순수했던 내가 명재평의 꾐에 넘어가 불쌍하고 어리석은 선택을 한, 하여 말살시키고픈 사내란 종자를 어찌 후리는지 배우기 시작한!

쿵쿵, 심장이 요동쳤다. 점점 더 어린 나인이 그 옛날의 나로 보였다. 그러한 계집아이를 변해 버린 내가, 명재평과 모용덕, 개만도 못한 자식들이 날 팔았듯 지헌에게 팔려 하고 있다니 이 얼마나 우스운가.

"황태손의 후궁이 되고 싶으냐?"
"예?"
놀라 휘둥그레진 눈으로 날 올려다보는 아이에게 다시 설명했다.
"황제가 될 이의 후궁이 되고 싶으냐 물었어."
예법을 되새겨 뒤늦게 고개를 숙인 나인 계집은 한참을 말이 없었다. 어찌 그러는 겐지 알 만했다.
당연히 싫겠지. 저보다 한참 나이가 많은 데다 제정신인 아닌 지헌의 첩이 되는 게. 그렇지만 차마 황태손의 후궁이 되기 싫다 말할 수가 없어 난감한 것이리라. 불쌍한지고.
"괜찮다. 농이였으니 괘념치……."
"되고 싶습니다."
"……무어?"
"황제 폐하가 되실 분의 후궁이기 싫을 까닭이 무엇일까요."
저 맹랑한 것!
당연히 지헌의 첩이 되기 싫어할 거라 여긴 내 예상이 보기 좋게 빗나갔다. 계집아이에게 괜찮다고, 농이었을 뿐이니 괘념치 말라 소리 내려 했었다. 혹은 아이가 기어코 싫다 읊조리면 알았다고 하고 돌려보낼 생각이었다. 한데 긍정의 답을 듣자 삽시간에 속이 꼬였다. 더는 계집이 십여 년 전의 나로 보이지 않았다. 어쩐지 측은하고 귀여워 보이지도 않았다. 오히려 미워 보였다. 심술이 치솟았다.
싫을 까닭이 무엇이겠냐고? 멍청한 계집 같으니. 아랫도리

달린 사내놈들이 얼마나 추악한지도 모르면서 황제의 여인이란 껍데기만 보고, 번쩍이는 보석이니 비단옷만 보고 저리 씨불이는구나. 어리석기는.

하여간에 이 황궁에는 다 저런 연놈들뿐인 게지. 명재평이나 모용덕과 다를 바 없는 탐욕스러운 인간들이 득실득실해. 고작 열넷 먹은 계집년까지 저러다니.

싸늘하게 말했다.

"너를 황태손의 후궁으로 만들어주마. 본디 아랫사람은 윗사람의 궁녀를 취해선 아니 되지만, 종묘사직을 위해 특별히 곤녕궁 나인인 네가 황태손의 첩이 되는 것을 허락해 주지. 한데……."

흘끗 단규를 뒤돌아본 나는 모두가 들으라는 듯이 커다랗게 외쳤다.

"이 아이를 제외하고는 다들 나가보아! 지금 당장, 후궁으로 들이겠다 결정한 영주도독의 차녀를 데려가 마땅히 처리해!"

모두가 나간 것을 확인한 나는 다시 기를 향해 고개를 돌렸다. 확실하게 알고 싶었다. 이 어리석은 계집이 내가 영감의 혼을 쏙 빼놓았듯 열다섯 위의 지헌을 꾀어낼 만한지를. 그래서 날 해방시켜 줄 수 있을는지를.

"벗어보려무나."

"그것이 무슨……."

"어린 것이 벌써부터 말귀가 어둡니? 입고 있는 것을 벗으라 하였다."

“…….”

“네가 황태손의 마음에 들 만한지를 확인하고 싶단다. 홀대받을 계집을 후궁으로 봉할 필요는 없으니까. 그렇지?”

기의 얼굴이 새빨개졌다. 하지만, 정녕 맹랑하기도 하지. 아이는 하나둘 옷가지를 벗기 시작했다.

명재평이 모용덕의 앞에서 홀딱 벗으라 했을 때 난 한참을 꼼짝하지 못했었는데. ……겉모습이 그럴싸한 것 빼곤 이 계집은 정말로 나와 다르구나.

찰나의 질척한 감상에서 빠져 나와 계집아이의 알몸을 훑었다. 쇠꼬챙이처럼 마른 계집의 가슴이 작았다. 그렇지만 아직 덜 자랐으니까 걱정스럽지는 않았다.

“헉!”

갑자기 치맛자락으로 몸을 가린 기가 재빨리 바닥에 무릎을 꿇었다.

“태, 태손 저하!”

왜 저러나 싶어 기를 쳐다보던 나는 태손이라는 단어에 평정심과 여유를 잃었다. 홱하니 몸을 비틀자 시야에 끔찍한 인사가 기어 들어왔다.

지헌. 문가에 멈춰서 반히 우리 쪽을 주시한 놈이 걸음을 옮겨 다가오매 침이 꿀꺽 삼켜졌다.

“이가 새로이 들일 후궁인 것입니까. ……비쩍 마른 어린 나인 계집을?”

지헌이 경어를 쓰는즉, 주변을 의식해 황태손처럼 굴려나 싶어 그나마 안심이 되었다. 놈과 마찬가지로 나 또한 황후의 껍데기를 뒤집어쓰고 고아하게 말했다.

"한 명 더 있지만 안타깝게도 그이는 먼저 물러갔네요. 어차피 곧 볼 수 있을 테지만요. ……이 아이, 어여쁘지 않나요. 곁에 두면 분명 황태손을 만족시킬 겁니다. 당연히 후사도 곧 태어날 테고요."

"글쎄. 난 구미가 당기지 않는군?"

"……."

"먼저 물러갔다는 쪽도 그다지 궁금하지 않아."

지헌이 순식간에 표정이며 어투를 바꿔 돌변한 바람에 나는 빳빳이 경직되었다. 방금 전까지 무표정하던, 사내치고 흰 황태손의 얼굴에 생기가 차올랐다.

심장이 불안히 뛰어댔다. 등줄기에서 식은땀이 흘렀다. 겨우 정신을 차린 나는 조심스레 한 걸음 뒷걸음질 쳤다. 그러나 지헌은 눈 깜빡할 새에 내 팔 한 짝과 허리를 잡아챘다. 나를 가까이에 놓인 책상 쪽으로 우악스럽기 짝이 없게 밀어붙였다. 거의 책상 위에 드러눕기 직전이 된 내 아래턱을 큼지막한 손 하나가 곱지 않게 움켜쥐었다.

"태손, 이 무슨, 어찌 할미에게……."

두억시니처럼 끔찍하게만 보이는 지헌의 입꼬리가 비틀렸다. 예의 그 기분 나쁜 미소 탓에 점점 더 불안했다.

"금란전 앞에서 네가 꾀를 좀 내었다, 만조백관이 보고 있었다하여 잠자코 네 뜻에 따라준 거 같던가."

"……."

"앙큼한 네 모습이 우스워 봐준 것뿐이야."

"비, 비켜."

지헌을 슬쩍 밀었지만 당연지사 별 소득이 없었다. 그렇다고 온 힘을 다해 발악하기에는 무서웠다. 놈에게 죽은 모용덕부터 환관, 그리고 신료의 생각이 나서. 나 또한 그네들처럼 될까 봐.

"비키란 말이야."

"한데 네, 답지 않게 꽤 말을 잘하더군. 윤대니 조례…… 네가 그것들을 어찌 구별할 수 있게 된 거지? 견자근이 알려주었나."

"……."

"황제가 될 내게 대답을 아니 해?"

지헌의 두 눈에 냉기가 서리는 게 선명해 입을 열었다.

"견자근은…… 죽었어."

"그래? 허면 그 늙은 환관 나부랭이를 대신해 새로이 의지할 만한 것을 찾았나 보군."

아차 싶은 마음에 혀를 꾹 깨물었다. 왜인지 단규의 존재를 지헌이 알게 하고 싶지 않았다.

"그렇다 한들 상관은 없다만."

다행히 지헌은 더는 관심이 없어 보였다. 하여 까닭 없이 안도하던 나는 순식간에 완전히 책상 위에 밀어 눕혀졌다. 곧바로 바쁜 손길이 내 다리 위를 오고갔다. 치마를 들춰냈다. 바야흐로 놈이 또 패륜을 저지르려 하고 있었다!

놈의 어깨 너머를 바삐 살폈다. 억울함과 원통함으로 말미암아 흐릿해지는 시야에 여전히 바닥에 주저앉아 있는 알몸의 계집아이가 들어 왔다.

맹랑하게 굴 때는 언제고, 머저리 흉내를 내고 있는 기에게서 지헌에게로 시선을 옮겼다. 놈은 막 내 신이며 버선을 벗겨 내는 참이었다. 널따란 어깨를 밀어내며 다급히 애원했다.

"계집이, 계집아이가 보고 있어! 이러지 마, 제발!"

"무슨 상관이지. 어차피 네가 바라던 대로 내 후궁이 될 계집이고, 황궁에서 너와 내 사이를 모르는 이는 없을 텐데."

"아, 안 돼. 그래도 싫어. 남이 보는 앞에선 싫단 말이야……."

지헌은 기를 돌아보았다. 어서 물러가라 명하기 위해서가 틀림없었다.

"너 하나를 상대하는 것은 끌리지 않는다만 셋이라면 괜찮을 듯싶으니 원한다면 이리 오거라."

무어라는 거야?

말도 안 되는 소리를 지껄인 지헌이 다시 내게 집중했다. 속곳이 벗겨지는 느낌이 생생했다.

"대체, 대체 나한테 왜 이래!"

놈이 멈칫한 틈에 기에게 바락바락 소리를 질렀다.

"무얼 멍청하게 보고 있어! 나가거라, 당장 꺼지란 말이야! 눈을 도려내고 혀를 뽑아내기 전에 지금 당장 예서 꺼져 버려!"

지독한 악다구니에 그제야 정신이 들었는지 기가 발딱 자리에서 일어섰다. 치마로 대충 몸을 가린 아이가 막 사라진 참, 웃음기 서린 혐오스러운 목소리가 귀청을 파고들었다.

"그가 이제 궁금한가. 너와 내가 서로를 품은 지 육년 째인 이제야 내게 관심이 좀 생겼어."

언제 서로를 품었다는 거야. 항상 네놈이 멋대로 굴었잖아. 난 널 원한 적이 한 번도 없는데 매번 일방적이었잖아! 네가 싫다 못해 끔찍하고 증오스러워. 그러니까 마치 너와 내가 사이 좋은 연인이라도 되는 것처럼 말하지 마! 뱃속을 맴도는 원한 서린 말들을 입 밖으로 꺼낼 수 없었다. 대신에 눈물이 가득 차오른 두 눈으로 지헌을 노려보며 흐느꼈다.

"흐흑, 비켜. 제발. 난 정말 이러기 싫단 말이야."

"아니."

"……."

"꽤나 서운한 소리를 하는군. 우린 이미 돌이킬 수 없건만. ……네게 왜 이러냐는 물음에 대한 답은 나중에 주도록 할까. 먼저 내가 원하는 것을 얻고 난 연후에."

보기 싫은, 한쪽 입꼬리만을 슬쩍 올린 비린 웃음을 내보인 지헌이 다시 움직였다.

"아! 아흑!"

놈은 전혀 달궈지지 못한 내 안으로 파고들었다. 다리 사이 깊숙한 안쪽에 찌르르한 아픔이 퍼졌다.

"이 아이를 제외하고는 다들 나가보아! 지금 당장, 후궁으로 들이겠다 결정한 영주도독의 차녀를 데려가 마땅히 처리해!"

그렇게 말했으니 단규는 영주도독의 딸년을 후궁으로 데리고 갔을 텐데. ……어쩌면 안 갔을지 모르니까 불러볼까. 아니, 아니야. 불러서 무얼 어찌해. 이 꼴을 보라고? 나와 이놈이 이러고 있는 꼴을?

"하, 명아원."

지헌은 점점 달아올라 날 밀어붙이거늘 내 눈앞에는 환관만이 아른거렸다. 지금 같은 상황이 한두 번째도 아니건만, 뺨을 타고 눈물이 흘렀다.

정사가 끝났을 무렵, 내 몸뚱이는 차가운 바닥에 그대로 뉘여 있었다.

"무슨 까닭으로 널 붙들고 이러는지는 떠올려 본 적이 없지만, 관심이 생긴 계기는 마치 어제의 일처럼 분명하게 기억하고 있지. 네가."

"황제의 계집이어서."

"……자세한 것은 태창(泰昌) 이십구 년 십이월의 시정기(時政記)를 살펴봐. 네 그 새로이 비빌 언덕을 통해서건 아니면, 내 침소에 찾아와도 좋고. 더 흠뻑 어여뻐해 줄 테니까."

끔찍스러운 마지막 말을 내뱉은 지헌이 내 목에 고개를 묻은 채 커다란 숨을 들이켰을 때의 감촉이 되살아났다. 다시 떠오른 그 감촉이 역겹기 짝이 없어 목과 쇄골을 신경질적으로 긁어댔다. 역겨워. 역겹다고. 역겨워서 참을 수가 없단 말이야! 네놈이 네놈의 할아비인 영감과 함께 콱 뒤져 버렸으면 좋겠어!
"흑, 짜증나."
소리 낸 그대로 짜증이 들끓었다. 다리 사이까지 따끔하니 더더욱. 하여 냉기가 올라오는 바닥에서 몸을 일으켜 앉은 난 엉망이 된 머리에 매달려 대롱거리는 비녀를 빼어들었다. 그것을 냅다 집어던졌다. 뒤꽂이니 떨잠도 가능한 최대로 있는 힘껏 내팽개쳤다. 던져진 그것들이 바닥에 부딪쳐 둔탁한 듯 날카로운 소음을 일으켰다.
"대체 언제까지 이렇게 살아야 되냐고. 흐흑."
본격적으로 울려는 참, 등 뒤에서 다급한 발소리가 울렸다. 혹여 지헌이 다시 왔을까 싶어 심장이 철렁 내려앉았다. 그러나 두려움에 휩싸여 뒤돌자 보이는 이는 다른 이였다. 지헌이 아니라 환관이었다.
멍하니 그를 바라보는 내 입술이 달싹였다. 가냘픈 소리가 흘러나갔다.
"단규야."
"……괜찮으십니까."
"으흐흑."
경직된 표정을 한 환관의 걱정스러운 물음에 답을 하지 못했다. 대신 또 한 번 짜증이 서린 흐느낌을 흘린 나는 자리에서 일어섰다. 아픈 것도 잊고 두 다리를 재게 놀려 환관에게 달려갔다. 그를 껴안았다.

단규의 품에 안기자마자 대성통곡을 하게 될 줄 알았거늘 나는 의외로 담담했다. 그저 작은 소망 하나가 가슴 속에서 피어날 뿐이었다.

어서 가시기를. 내게 남은 지헌의 냄새가 어서 꺼져 버리기를. 단규의 향에 밀려서.

굳이 후궁에 갈 필요가 없었다는 것을 단규는 뒤늦게 깨달았다. 환관 생활을 한 지 얼마 되지 않았기에, 새로이 들일 도독의 여식에게 마땅히 해야 할 그 모든 절차를 위해선 상궁나인이 적법하다는 것을 미처 알지 못했었다. 가령 후궁 후보를 곱게 다듬거나, 황손을 생산할 것인가 혹은 황궁 내에서 분란을 일으키지 않을 것인가, 하는 등의 일들을 점치려 여인의 몸이며 얼굴의 상(相)을 살피는 과정에서 그는 딱히 할 일이 없었다. 물론, 있었더라도 어떻게든 핑계를 대 자리를 피했을 터였다. 그리고 실제로 그는 교태전으로 되돌아가고 있는 중이었다.

"금일 밤 함께 달맞이를 가겠소?"

틈만 나면 황후궁의 궁인들은 황후에게서 멀어지려 했다. 지금도 간택을 핑계 삼아 상궁나인들과 또 다른 환관들은 후궁에서 게으름을 부리고 있었다. 단 한 명을 제외하고.

흘끗, 옆에서 걷는 나인을 내려다본 단규가 무미건조하게 말했다.

"아닙니다."

"……참 너무하오."

나인의 목소리에서 서운함이 배어 나왔다. 시선이 환관의 옆얼굴에 박혔다. 허나 그 진득한 시선을 받는 환관은 앞만 보며 나갈 뿐이었다. 솔직히 그는 궁녀 자체가, 그녀가 하는 말들이 반갑지 않았다. 이름도 기억하지 못할 만큼 친하지 않은 나인이 틈만 나면 환관인 자신에게 달구경을 가자느니, 다과를 들지 않겠냐 묻는 것이 성가셨다. 그가 재차 태도를 확실히 했다.

"송구합니다만 그런 것을 즐기지 않습니다."

"허면……."

"잠시만."

막 교태전에 들어선 환관이 한 손을 들어 올렸다. 다시금 입을 벙긋거리려는 나인을 제지했다.

"흐흑."

희미한 흐느낌이 허공을 가로질렀다. 한 번 더, 그리고 또 한 번 더……. 발소리를 죽여 울음소리를 쫓은 단규는 곧 컴컴한 곁방의 앞에 멈추어 섰다. 그를 뒤따른 나인이 궁금증을 참지 못하고 물었다.

"어찌 그러오?"

"황후께서 혹여 침소가 아닌 곳에서도 우십니까."

나인이 피식, 조소를 내뱉었다.

"아니. 꼴에 창피한 줄은 아는지 울거나 발광하는 짓은 어지간해선 제 침소에서만 하지. 한 번씩 그럴 때마다 내 아주 귀가 아파 죽겠소. 괜한 불똥이 튈까 가슴이 조마조마하고. 하여간에 일단은 황후이면서 체통도 없소, 그 요부는."

그렇다면 이 안에 있는 누군가는 황후가 아니겠군. 어쩐지 마음이 놓이는 것을 느끼며 단규는 입술을 떼었다. 예의 그 무미건조한 저음이 환관의 입술 새로 흘러나왔다.

"안에서 나인이 우는 듯합니다."

"흐흑, 도와주세요."

그러니 좀 도와주겠느냐. 그가 나인에게 그렇게 묻기 전 문이 저 혼자 열렸다. 열린 문 틈새로 누군가가 느릿하게 걸어 나왔다.

치마 하나로 나체를 감싼 소녀가 복도에 나와 섰다. 기를 알아본 나인, 계금이 깜짝 놀라 물었다.

"기 너, 어찌 이 꼴이야?"

붉어지고 젖은 눈가를 애써 닦아놓고 기는 다시 울먹거렸다.

"후궁이 되면 황궁 밖의 어머니를 좀 더 편히 모시고 고된 일도 안 할 거라 생각했는데, 이제는 싫어요. 마음이 바뀌었어요, 흐흑. 그렇지만 황후가 후궁이 되라 하였으니 나도 곧 태손 저하에게 남들이 보건 안 보건, 낮이건 밤이건 상관없이 딱딱한 책상을 침상 삼아 안겨야 되나요."

"그게 무슨 말이…… 어디 가는 게요!"

둘에게서 뒤돌아선 단규가 걸음을 서둘렀다. 걷는 것으로 부족해 내달렸다.

교태전 황후의 집무실 앞에 다다른 그가 서둘러 내부에 들어섰다

황후는 차가운 바닥에 주저앉은 채였다. 뒷머리가 잔뜩 헝클

어져 있다. 의복의 이곳저곳이 흩어지고 구겨졌으며 말려 올라간 치마 덕에 기다랗고 가느다란 종아리가 슬쩍 보인다. ……무슨 일이 벌어졌었는지 더욱 확실해졌다.

무얼 어찌해야 할지 몰라 가녀린 뒷모습만을 물끄러미 주시하는 환관이건만, 그의 기척을 느낀 아원이 뒤를 돌아보았다. 그녀가 울음기 섞인 희미한 목소리를 흘렸다.

"단규야."

"……괜찮으십니까."

따스한 말을 건네는 것에 영 서투른 그가 고작해야 괜찮냐 묻자마자 여인은 울음을 터뜨렸다.

"으흐흑."

아원이 자리에서 일어섰다. 내달리다시피 두 발을 움직인 그녀가 환관을 끌어안았다

자신에게 얌전히 안겨 있는 아원을 단규는 한참을 내려다보았다. 보기만 했다.

이윽고 천천히 두 손을 움직인 그는 그녀를 살며시 감싸 안았다. 아원이 참…… 불쌍했다. 처음 보았을 때도 그녀의 사정이 약간 안쓰럽다는 생각을 하긴 했었다. 그렇지만 현재의 동정에 비할 바가 되지 못했었다. 그때에는 그녀가 그저, 전쟁 통에 팔다리를 잃은 군졸이나 자식을 먼저 떠나보낸 부모 같은, 또 다른 유의 안타까운 사연을 가진 한 인간이라고 생각했을 따름이었다. 그렇기에 모용덕이 그녀를 겁탈하려 했었다는 고백을 들었음에도, 자신을 포함한 친족 때문에 처참한 최후를

맞은 그에게 여전히 동정이 느껴져 묻어주었던 것이었다.

하지만 모용덕에게 괜히 묘를 지어주었나. 그러한 생각이 슬쩍 들 정도로 이전에 비해 아원이 한층 더 안쓰러웠다. 어쩐 일인지 그녀를 향한 측은지심은 나날이 커져가는 듯하다.

그가 그녀를 감싸 안은 두 손에 조금 더 힘을 실었다.

"대체 왜 더 강하게 밀어내지 않습니까."

속상함이 깃든 목소리로 물은 환관에게 서글픈 음성이 답을 해왔다.

"네 그를, 내 마음을 몰라? ……하기야, 알 리가 없지. 사내였던 너는 겪어본 적이 없을 테니까."

아원이 맥이 빠진 채로 중얼거렸다.

"지헌이 버거워. 밀어내는 것도, 받드는 것도. 아니 솔직히…… 무서워. 그리고 나는 죽고 싶지 않아. 죽는 것도 무서워. 아무리 센 척 소리를 질러도…… 나는 겁쟁이야."

그것은 많이 솔직하고, 많이 나약한 고백이었다. 커져가는 안쓰러움에 그는 아원의 등을 조심스럽게 토닥였다.

"다 괜찮아질 겁니다."

"……."

"황후께는 발복(發福)하는 일만이 남았을 터입니다."

새하얗던 종이 위로 하나둘, 반듯하고 굵직한 글자가 채워졌다. 촛불 하나에 의지해 한창 글을 써내려가던 단규는 종이가 반절 가량 찼을 즈음 붓질을 멈추었다. 희미한 신음이 들렸기 때문이다.

"바깥에 나가지 않고 옆에 있어줄 것이지?"

여느 때처럼 '그럴 수 없다' 말할 수가 없었기에 깊은 새벽녘인 지금까지 그는 황후의 침소를 벗어나지 않고 있었다.

재차 작은 신음이 귀를 스쳐 탁자 위에서 시선을 뗀 단규는 침상을 돌아보았다. 아원이 반대편을 향해 돌아누운 상태이기에 그는 의자에서 일어났다. 그녀의 곁에 다가섰다.

적어도 겉보기에 아원은 아프다거나 하지 않아 보였다. 그렇지만 자꾸만 신경이 쓰여 단규는 매끈한 이마에 손바닥을 가져다 대었다. 미열이 있는 듯싶지만 심각한 것 같진 않았다.

"싫어……."

작은 중얼거림으로 말미암아 아원이 썩 좋지 못한 꿈을 꾸고 있음을 예상할 수 있었다. 흐트러진 이부자리를 정리한 단규는 아원의 팔을 살짝 붙잡았다. 나직이 말했다.

"괜찮습니다. 지금 악몽을 꾸고 계실 뿐입니다."

당연히 대답이 돌아오지 않았지만 괴로운 소리도 더는 울리지 않았다. 잠시 더 아원을 내려다 본 환관은 탁상 앞으로 되돌아왔다. 자리에 앉아 붓을 집어 들고 다시 글을 써내려갔다.

「잘 지내고 계십니까. 만리타국(萬里他國)에서 고집스레 머무는 신하가 마땅히 충(忠)을 바쳐야 할 분을 근심케 할까 염려가 되어 덧붙이자면, 신은 무탈하게 지내고 있습니다. 그러니 걱정치 마십시오.

어찰을 전한 이가 이르기를 그것이 없어도 괘념치 아니한다 하셨다지만, 손에 넣는 편이 확실히 도움이 될 터입니다. 그런즉 아직은 돌아가지 않으려 합니다. 윤허해 주십시오. 그리고 또한 이곳에 신을 크게 의지하는 한 사람이 있습니다. 그를 보고 있노라니 과거에 소홀히 대했던 누군가가 떠올라 더욱이 안쓰럽게 여겨집니다. 하여 좀 더 지켜보고자 합니다. 황후께도 안부 전해주십시오.」

"음?"

서찰을 앞뒤로 휘휘 뒤집은 성운이 미간을 찌푸렸다.

"이게 다인가?"

그가 지척에 선 무관에게 물었다. 깊숙이 허리를 숙인 무관이 고했다.

"그렇습니다."

"그 무심한 성정은 어디 가지 않았군. 한데."

성운의 두 눈동자가 다시 서찰을 훑었다. 열댓 개의 문장들 중 한 구절에 붙박였다.

「과거에 소홀히 대했던 누군가가 떠올라 더욱이 안쓰럽게 여겨집니다. ……지켜보고자 합니다.」

"흐음……. 별 내색 않더니 아직도 육년 전의 일을 크게 신경 쓰는 것인가."

이마를 긁적이며 작게 중얼거린 성운이 재차 무관에게 눈길을 던졌다.

"그래, 게서 무얼 하고 있던가? 물건을 찾는 일 외에."

"패악스럽다 소문이 자자한 수의 황후를 웃전으로 받들고 있습니다."

"어? 허면…… 황후이면 여인일 게 아니야?"

깜빡 위엄 있는 어투를 사용하는 것을 잊은 성운이 당황을 내비쳤다. 자신의 물음에 짤막한 긍정의 대답과 함께 고개를 끄덕인 무관을 그는 멍하니 바라보았다. 한참만에 성운은 호탕한 웃음을 터뜨렸다.

"하하, 여자를 옆에 둔다고?"

"무에 그리 즐거우신지요. 여인을 곁에 둔다니, 설마하니 그것이 신첩의 낭군 되는 분의 이야기인 것은 아니겠지요."

"아, 황후. 그럴 리가."

단정한 목소리가 날아든 방향으로 돌아선 성운이 한 손을 휘휘 저어 보였다. 덕분에 그가 걸치고 있는 황금빛 용포의 널따란 소맷자락 또한 덩달아 흔들렸다.

단아한 외양의 여인이 성운에게 다가왔다.

"짐이 이미 후궁이 없지 않은 데다, 여러 비빈들 중 으뜸가게 총애하는 황후가 이리 곁에 있거늘 다른 여인을 또 들일까 봐."

"하오시면……."

능청스러운 성운의 말에 얼굴을 붉힌 것이 잠시, 가림은 지아비의 손에 들린 서찰을 날카로이 빛나는 눈으로 주시했다. 이어서 근처에 선 무관을 돌아본 그녀가 입을 열었다.

"저이는 달포 전에 수나라로 향했었으니 폐하께서 들고 계신 그 서찰은 또한 수나라에서 왔을 것이며, 그것을 보낸 이는."

"……."

"대장군 다음으로 제일가는 무관인 표기장군(驃騎將軍)이면서 무책임하게 타국으로 떠나 버린 데다, 반란을 진압하기 위한 이이면서 되레 분열을 몰고 다니는 그이겠군요."

"황후."

성운의 표정이 어두워졌다. 삽시간에 가라앉은 그가 나직이 뇌까렸다.

"말에 가시가 있잖소."

"……."

"그것이 종형의 뜻이 아님을 누구보다 잘 알 테면서."

아무 말 않은 가림은 한동안 물끄러미 그를 바라보기만 했다.

두 남녀는 썩 금슬이 좋았다. 그렇기에 그네들 모두 부부사이가 소원해지기를 바라지 않는즉, 내외간의 사소한 다툼이 일어날 때면 어느 한쪽이 적당히 물러나곤 했다. 그리고 금번은 누가 보아도 가림이 화해를 청할 차례였다. 소리 없는 한숨을 내쉰 그녀가 사과했다.

"송구하옵니다. 신첩이 앉은 이 자리가 사람을 참 불안하고 욕심스럽게 만드는 것 같아요."

"……."

"폐하를 향한 표기장군의 충심을 어찌 모를 수 있겠나이까. 다만 신첩이 아둔하여 실수를 범하였으니 부디 노여움 거두시옵소서."

"역정을 느끼지는 않았소. 짐도 그 마음을 이해하니까. 그건 그렇고, 아직은 돌아오지 않을 모양이야."

그의 곁에 가까이 붙어 선 그녀가 물었다.

"신첩이 서찰을 보아도 될는지요?"

"아니 될 까닭이 무엇이겠어. 부부지간에 보여주지 못할 것이 있을까 봐."

가림은 낭군이 내민 서찰을 받아들었다. 우리는 금슬 좋은 부부가 확실하다, 증명이라도 하는 겐지 반듯하고 굵직한 글씨체로 쓰인 내용을 읽은 그녀 또한 성운이 냈던 것과 비슷한 의문 섞인 소리를 흘렸다. 그녀의 입술이 우아한 곡선을 그렸다.

"그를 보고 있노라니 과거에 소홀히 하였던 누군가가 떠올라 더욱이 안쓰럽게 여겨집니다. 좀 더 지켜보고자 합니다……."

서찰의 한 구절을 읊은 가림의 귓가에 성운의 한마디가 되새겨졌다.

"여자를 옆에 둔다고?"

다시 서찰로 향한 그녀의 두 눈이 밤하늘의 별처럼 반짝였다. 그 무뚝뚝한 인사께서 누군가를, 그것도 여인을 안쓰럽게 여겨

위한다니. 이런 날이 올 줄이야. ……그러한 면모를 조금 더 일찍 보였다면 좋았으련만.

찰나에 눈앞을 스친 과거에서 빠져 나온 가림이 농을 던졌다.

“곧 해가 서쪽에서 뜨겠군요.”

“하하, 그렇지?”

“표기장군이 언급하는 이가 정확히 뉘라 하더이까?”

불과 일다경 전에 파안대소를 터뜨린 게 맞긴 한지, 정비의 한마디에 성운은 금세 진지해졌다. 그의 미간이 재차 구겨졌다. 지아비의 얼굴에 진 주름을 가림이 손끝으로 살며시 눌렀다.

“폐하, 하늘은 고작 지나가는 바람 한 결에 그 자태를 변화시키지 않습니다.”

“높다란 하늘을 만지는 여인은 있고?”

“신첩은 땅이라, 항시 우러러 보는 하늘인 지아비의 걸출한 용안에 주름이 지는 것이 싫은걸요.”

“하여간에 황후의 화술(話術)은 이길 수가 없구려.”

가림의 온기가 채 가시지 않은 이마에 찌릿하면서 기묘한 감촉이 도는 것 같아 이마를 문지르며 성운이 짓궂게 말했다.

“짐이 황후를 바로 엊그제 맞아들인 새색시처럼 여기는 것을 몰라? 그대 손길 하나에도 마음이 떨리거늘. ……그나저나, 표기장군이 떠나고 난 후에야 뒤늦게 위장군을 통해 수의 황태손에 관련해 들은 것이 정녕 아쉽소. 이전에 들었다면 보내지 않았을 텐데, 암군(暗君)의 싹을 보인다 하는 인사가 군림한 곳에 두려니 이거 원, 걱정이 가셔야지. 한데 짐의 속을 아는지 모르는지, 이 귀한 종형제께서는 황태손 못지않게 패악하다는 황후나 신경을 쓰다니 말이야. 이는 불충 아니오, 황후?"

"그 패악하다는 황후가 설마하니 신첩을 이르는 것은 아닐 테고, 수의 황후를 뜻하시는 것이겠지요."

"물론이지. 그 황후가 짐의 굄받이를 지칭할 리가 있나."

"……폐하."

이번에는 잘 익은 능금만큼이나 얼굴을 붉힌 가림이 자신도 모르게 슬쩍 고개를 숙였다.

"아직 무관을 물리지 않으셨다는 사실을 잊으신 듯합니다."

"아니, 전혀 잊지 않았어. 짐은 그대가 얼굴 붉히는 모습이 좋더라. 귀엽거든."

씩 웃는 성운을 피해 눈을 내리 뜬 그녀는 한참을 말이 없었다. 얼굴에서 홧홧한 기운이 가셔서야 가림은 성운을 올려다보았다.

"표기장군을 그토록 염려하시다 성체를 상하게 하실까 두렵습니다."

"그러게나 말이야. 짐은 황후와 오래오래 강녕하게 살고자 하거늘. 한데, 짐이 무관을 통해 걱정이 되니 물건은 그만 포기하고 돌아오라 뜻을 전하였건만 사촌이 영 들어먹지를 않으니."

'그'는 지아비에게 든든한 충신이면서 동시에 가장 위험한 적이기에, 가림은 실 위 씨 황가의 일원으로서 그리고 가족으로서 그의 안위가 보존되기를 바라면서도…… 가끔은 그렇지 않기를 바랄 때가 없지 않았다. 허나 지금 상황에서 현실적으로는, 종묘사직을 위해 그가 필요하다는 사실을 부정할 길이 없었다. 게다가 은애하는 지아비가 하루라도 속히 그가 무사 귀환하기를 바라니 별다른 수가 없었다. 성운의 바람대로 일이 흘러가도록 힘을 쓰는 것 외에는.

"시형(媤兄)을 불러 들여야겠사옵니다."

"저이를 보냈어도 소용이 없었거늘 무슨 수로. 허."

시름 섞인 한숨을 내쉬는 성운과 달리 가림은 담담했다.

"표기장군을 불러들기에 더할 나위 없는 적임자가 있습니다."

"뉘 말인가, 황후?"

"사르네를 수나라에 보내야겠습니다."

가림은 우아한 몸가짐이 무엇인지를 아주 잘 아는 황후이건만, 어인 일인지 그녀의 입가에 서린 미소가 짓궂었다. 반면 성운은 그녀와 달리 당혹스러운 기색을 내비추었다.

"황후 그대, 정녕 짐의 종형제를 염라에게 보내려고?"

"그럴 리가요. 신첩 또한 신첩의 욕심을 차리고자 표기장군을 버려서는 아니 된다는 것을 잘 알고 있사옵니다."

"허면 연유가 무어야."

"위 씨(氏) 문중의 그 고집을 뉘보다 잘 아실 것 아니옵니까? 표기장군을 불러들이려면 사르네 정도는 보내야 할 겁니다."

"허나……."

여전히 난색을 표하는 성운이건만 가림은 제 주장을 물리지 않았다.

"사르네의 성정이 대단하니, 시형은 그 아이가 난리를 피우기 전에 유(遺)로 돌아와야 할 테지요. 그렇지 않다간 정녕 목숨 줄이 끊길 수 있으니까."

"황후는 가끔 참으로 무섭소."

"폐하께서 그리 말씀하시다니요?"

"왜? 짐은 너그럽잖소?"

흐음. 정녕 무서운 쪽이 누구인데. 의미심장한 미소를 지은 가림이 다시 말했다.

"신첩이 무섭다 한들, 적어도 사사로운 잇속에 눈이 멀어 나라를 망친 여후나 가남풍처럼 미련스럽지는 않아요."

"물론 그는 그렇지. 그래서 짐이 황후를 괴는 것이 아니오."

"……폐하, 아직 무관이 가지 않았습니다. 그 같은 말씀은 저기 저쪽 느릅나무 아래에 가시어, 단둘이게 되었을 때에나 해 주시어요."

"좋아. 저이는 어쩜 저리 눈치가 없는지. ……따르지 말거라."

"본래에는 항시 폐하의 곁을 지키는 금의위(錦衣衛) 소속인 이잖습니까. 충심이려거니 치부하셔요."

구박하듯 무관을 쳐다보는 성운을 달랜 가림이 그와 함께 후원을 거닐었다.

삼. 기별(奇別)

칠 년 전의 그 날은 무언가가 이상했다. 달랐다.

그 다름에 이끌린 것이 얼마나 무모하고 어리석은 행동이었는지를, 얼마만큼이나 커다랗고 위험한 실수였는지를 열여덟의 아원은 슬프게도, 한발 늦게 깨닫고 말았었다.

드르렁드르렁, 요란스러운 코골이 소리가 아원의 귀청을 때렸다. 그 소리에 꼭, 마흔두 살 아래의 어린 계집을 실컷 탐하고선 곯아떨어진 이의 만족감이 깃들어 있는 듯했다.

망할 노친네 새끼. 소리 없이 욕지거리를 되뇐 아원이 늙은 황제를 노려보았다. 그녀의 두 눈동자에 서슬이 시퍼런 적의가 깃들었다. 원망 또한 맴돌았다.

누가 이 더러운 호색광에게 비상이라도 먹인다면 얼마나 좋을 텐가. 이뤄질 리 없는 즐거운 상황을 상상하며 아원은 널따란 침상에서 내려왔다. 냄새나는 늙은이의 곁에서 잠들고픈 마음은 추호도 없었다. 물론 후궁은 본디 황제의 옆에 나란히 누워 잘 수 없다. 그것이 가능한 이는 황후뿐이다. 허나 황제의 총애를 듬뿍 받는 그녀는 예외였다. 건청궁에서 눈을 감은들 그 누구도 무어라 하지 않았다. 심지어 황후조차 찍소리를 내지 못했다. 그리고 또한 아원은 황제에게 위해를 입힐까, 홀딱 벗겨져 이불에 둘둘 말린 채로 건청궁 태감에게 둘러메어져 건청궁에 올 필요도 없었다. 늙은이의 귀염을 독차지한 어린 계집에겐 황궁의 그 모든 규칙과 제한이 적용되지 않았다. 예외였다.

어쨌거나, 나이 든 황제의 옆에서 침수에 들고 싶지 않은 것은 물론이거니와 몸을 씻고 싶기도 해 아원은 옷가지를 주워들었다. 늙은이의 불쾌하고 역한 흔적을 가능한 최대한 빨리 없애고 싶었다.

대충 의복을 걸치고 문밖에 나와선 아원이 두 발을 멈췄다.

무언가가 이상했다. 매우 많이. 본래 같으면 궁인들이 가득해야 할 복도가 텅 비어 있다. 어둠만이 주위를 삼키고 있을 뿐, 개미 한 마리 보이지 않는다. 이게 대체 어찌 된 일이지.

스리슬쩍 두려움이 몰려들었지만 아원은 그것을 티내지 않았다. 요란하게 코를 고는 늙은이가 제 목소리를 듣고 깰까, 하여 옆에서 자고 가라 할까 그녀가 작게 소곤거렸다.

'아무도 없느냐? 견자근.'

'할머님.'

어둠을 꿰뚫고 날아든 목소리는 늙은 환관의 카랑카랑한 그것이 아니었다. 낯설었다. 할머님이라고? 황귀비가 아니라?

작은 발자국 소리를 인지한 아원의 어깨가 반사적으로 움찔했다. 그러나 마침내 모습을 드러낸 누군가를 확인한 그녀는 안도했다.

'태손 저하…….'

가까이에 서 있는 이에게 붙박인 그녀의 시선이 거두어질 줄을 몰랐다.

놀라웠다. 무엇이 그러하냐면 첫 번째로, 황태손이 자신을 불렀다는 사실이 놀라웠다. 두 번째로, 그가 황귀비가 아닌 '할머님'이라 소리 냈다는 것이 그러했다. 세 번째, 아원은 헌이 이렇게 오랫동안 자신과 눈을 마주하고 있는 것이 너무나 신기했다. 심지어는 기쁠 정도였다.

아원이 열다섯에 입궁한 이후 바로 어제까지 지난 삼 년간, 헌은 그녀를 할머님이라고 칭한 적이 단 한 번도 없었다. 아니, 그녀를 먼저 부르거나 말을 건 적조차 없었다. 그뿐인가. 그와 이리 긴 시간을 대면하고 있은 기회를 가져 보지도 못했었다. 황태손은 그녀에게 원체 무심하였었다. 그렇기에 아원이 황제의 옆에 있고, 때마침 헌이 문안 인사를 올리러 온 상황에서 아주 짧은 형식적인 인사말이 둘 사이에 오고 간 것이 전부였다.

그랬던 그가 어찌 저를 부르는 것일까. 어찌 후궁을 할머님이라고 칭했을까. 게다가 이 늦은 밤에 황제의 처소 앞에 서 있은 이유는 무엇인 거지?

아원이 물었다.

'태손 저하, 어찌 이곳에…… 궁인들이 보이지 않아요.'

'내가 모두 물렸습니다.'

'태손께서요?'

'긴히 할 말이 있어서.'

'나에게요?'

'…….'

헌은 대답이 없거늘 아원은 그의 침묵을 긍정이라 치부했다.

그녀의 의아함이 한층 더 커졌다. 빌어먹을 황궁에 들어온 지가 횟수로 사 년째이다. 그 긴 세월 동안 태손과 담소 한 번을 나눠본 적이 없는데 제게 무에 할 말이 있다는 것인가.

아원은 혹여 헌이, 정사가 한창이던 와중에 자신이 억지로 짜낸 소리를 들었을까 신경이 쓰였지만 그것보다는 궁금증이 컸기에 재차 입술을 떼었다.

'저한테 하실 말씀이 있어서, 그래서 궁인들을 물리고 예서 기다리셨다고요? 언제부터 건청궁에 와 계셨지요, 태손 저하?'

'황귀비와 내가 대면케 된 이 시점에 그것이 중요합니까.'

만났으면 된 게 아니냐. 얼마를 기다렸는지를 알 필요가 있겠느냐. 그 같은 뜻이었다. 꼬치꼬치 캐물었다간 얼굴 표정이 좋다고 할 순 없는 황태손이 귀찮다, 성이라도 낼 것 같아 아원은 대신 다른 것을 물었다.

'그러면…… 어찌 나한테 할 말이 있다는 건지…… 황후 폐하나 황제께 말씀드리지 않고…….'

주저하는 그녀의 말을 매몰차게 끊은 헌이 서늘히 뇌까렸다.

'이미 한 번, 긴히 할 말이 있다 언급했습니다. 그런 사소한 것을 설명할 겨를이라곤 없이 나는 꽤 급합니다, 황귀비.'

태손의 목소리에 한순간 날카로운 기색이 스쳤다. 당연지사 그 날카로움을 눈치챈 아원의 얼굴에 당혹감이 차올랐다.

헌은 한결 누그러져 마치 그녀를 달래듯이 나긋하게 말했다.

'내 심중의 울화병과 관련된 고민을 상담하고 싶은데, 두 폐하께 진언하기가 어렵게 느껴집니다. 아무리 조부모라 하여도 지존들이시잖습니까. 그렇다고 미천한 아랫것들을 붙잡고 토로할 수는 없고, 나와 비슷한 연령대인 황귀비에게는 좀 더 편안히 털어놓을 수 있을 듯하여.'

'……태손비에게도 말하기 힘든가요.'

'실은 내외간의 정이 도탑지 못합니다. 남보다 못하지요.'

'…….'

'저를 따르십시오.'

더는 질문을 던지지 않고 침묵하는 아원에게 짤막히 말한 헌이 돌아섰다.

그가 영 물러날 기미를 보이지 않는지라 아원은 별수 없이 황태손의 뒤를 따랐다. 솔직히 말해서, 그녀는 그를 매몰차게 뿌리치기가 어려웠다. 장장 삼 년여 만에 그가 저에게 말을 붙인 데다, 그것도 중한 고민을 상담하고 싶다는데 어찌 그럴 수 있겠는가. 그 고민이 무엇일지 궁금하기도 하고.

뒤 한 번 돌아보지도 않고 앞서가는 헌이 대체 어디를 향하는 것인지 의문스러웠다. 그 의문이 답답함이 되고 답답함이 짜증으로 변질될 즈음 해답이 드러났다.

헌이 그의 처소인 흥룡전(興龍殿)으로 들어서려 한다는 것을 깨달은 아원이 두 발을 멈췄다.

'황태손 저하의 처소잖아요. ……태손비가 안에 있겠거니와 시각이 늦었으니 내가 들어가기에 좀…… 그렇지 않을까요?'

황궁 안에 살면서도 황태손이 머무는 곳에 이리 가까이 와본 적이 처음이었다. 아주 가끔, 지나가면서 대충 겉모습을 본 적이 있을 뿐이었다. 그렇기에 가까이에서 보는 흥룡전이 자못 신기하게 느껴져 자꾸만 주변을 흘끔거리게 되면서도 막상 그곳에 들어가려니 아원은 어쩐지 껄끄럽고 쑥스러운 기분이 들었다.

'태손비는 후전인 성철전(聖哲殿)에서 머무르니 걱정할 것 없습니다.'

'그렇지만…….'

'내가 정녕 힘이 들어 그럽니다.'

'…….'

'고단한 속내를 내보일 이가 없거늘, 그렇다고 홀로 삼키기도 어려워서.'

아원이 보는 헌은 자신 앞에서만 그런 건지, 아니면 모든 이에게 그런 것인지 모르겠지마는, 항시 무표정했었다. 한데, 그랬던 그의 표정이 지금만큼은 참 애처로웠다. 대체 무슨 일이기에 저리 슬픈 얼굴빛을 하고 있는 것일까.

더는 싫다 말하지 못한 아원이 웅얼거리듯 말했다.

'알겠어요.'

그녀가 다시 발을 놀리자 헌 또한 흥룡전의 안으로 향했다.

'그런데, 태손 저하의 처소에도 아랫것들이 없네요. 내게 하고픈 말이 너무 비밀스러워 건청궁에서와 마찬가지로 모두 물린 건가요?'

아무런 대답 없이 앞장서 가던 헌은 아원이 그의 침소 안에 들어서자 묵직한 문을 닫았다. ……걸쇠를 걸어 잠갔다. 아직 사태를 파악하지 못하고 여전히 자신에게 측은지심을 느끼는, 어스름한 방 안을 둘러보는 그녀의 팔을 그가 우악스럽도록 세게 붙들었다.

움찔한 아원은 본능적으로 무언가 이상한 낌새를 느꼈다. 그녀의 앳된 얼굴에 불안이 스쳤다.

'태손 저하. 어찌…….'

'그 많은 후궁들을 내팽개쳐 두고, 옥새라도 내어줄 것처럼 너를 아끼는 연유가 무엇이지.'

불과 한 식경 전만 해도 애달픈 표정을 해보이던 헌이 돌변했다. 그를 올려다보는 아원의 두 눈동자가 흔들렸다. 붉은 입술이 헤 벌어졌다. 황제의 곁에 앉아 헌을 보곤 하였을 때, 그가 지금처럼 무섭게 느껴지는 낯빛을 해보인 적이 없었다. 방금 전의 위압적인 목소리며 어투를 내보인 적 또한 단 한 번도 없었다. 황제의 앞에서 그는 항상, 조용하고 얌전한 손자일 뿐이었다.

아원이 붙들린 팔을 슬쩍 비틀었다. 아무런 소용없이 팔은 빼내지지 않았다. 자신을 움켜쥔 커다란 손에 푸르른 핏줄이 더욱 선명하게 비칠 뿐이었다. 혀끝을 맴도는 당황 서린 신음을 삼킨 아원이 흔들리는 음성을 흘렸다.

'이, 이거 놓아요.'

'무슨 까닭으로 황제가 네게 그토록 지극정성인지 궁금하단 말이야.'

'이거 놓으라고!'

기묘하게 뒤틀리고 차갑게 식어가는 방 안의 분위기를 참지 못한 아원이 앙칼지게 소리쳤다. 잡힌 몸을 빼내려 최대한으로 힘껏 몸부림쳤다. 그러나 헌은 아무런 동요를 보이지 않았다. 오히려 무감정한 표정을 유지한 채로 그녀에게 가까이 다가설 뿐이었다.

……그로부터 얼마 후, 아원은 비로소 깨달았었다. 한순간이나마 황태손에게 동정을 느낀 제 행동이 얼마나 아둔한 것이었는지를. 그의 불쌍한 척이 무서운 덫이었음을.

손자가 조부의 후궁과 통정했다. 지헌과 내가 그 짓거리를 벌였다.

내게 있어 그 사실은 지금까지도 받아들일 수 없는 것이었다. 하물며 그놈과 처음 그랬을 때는 어떠했겠는가.

처음 지헌과 얽히고 섞였던 그날, 나는 엄청난 충격을 받았다. 정말이지 글자 그대로 엄청난 충격이었다.

"으읍……."

누운 자세 그대로 눈만 뜬 채, 새벽의 어스름한 빛에 휩싸인 천장을 멍하니 올려다보는 내 입술 새로 옅은 신음이 새어나왔다. 미간이 절로 구겨졌다. 재수 없게 칠년 전, 흥룡전에서 겪은 일을 꿈속에서 되새겨서 잠을 깬 줄 알았는데, 그게 아니었나?

쿡쿡, 아랫배가 쑤셨다. 허리가 끊어질 듯이 아팠다. 꼭 밑이 빠지는 것 같은 느낌도 들었다. 아프면 아픈 게지, 무에 이런 사람의 기분을 더럽게 만드는 아픔이 있단 말인가. 짜증나게.

뒤척인 몸을 옆으로 돌아눕던 나는 멈칫했다. 불쾌한 아픔 덕에 잔뜩 찡그려진 얼굴에 당황이 스쳤다. 혹시나 싶은 생각이 들어 손을 움직여 엉덩이 아래의 이불을 손끝으로 더듬었다.

……축축하다.

이 나이에 자다가 소피를 보았을 리는 없다. 게다가 손가락 끝을 통해 느껴지는 축축한 촉감이 그 정도로 심하진 않다.

"설마."

침상 아래에 내려와 섰다. 가늘게 떨리는 손으로 다급히 이불을 젖혔다.

"꺄아악!"

이부자리에 새겨진 무언가를, 끔찍한 참상을 확인하자마자 날카로운 비명이 터져 나왔다. 핏자국. 밤새 깔고 누워 있은 요에 붉은 핏자국이 새겨져 있다. 장장 육년 만에 내가 다시…… 달거리를 시작했다!

지금의 상황이 욕지기를 느낄 정도로 끔찍해 재차 짜증 서린 울부짖음을 토했다.

달거리가 끊긴 기간이 자그마치 육 년이었다. 육 년. 한데 이제 와서 다시 시작하다니? 대체 어찌하여 이런 재수 없는 일이 생겼단 말인가!

대개의 경우 계집아이들은 열넷, 열다섯 쯤 초경을 시작하건만 내 경우는 좀 달랐었다. 처음 이 거지같은 월사(月事)를 겪은 것은 열여섯의 끝자락, 열일곱이 되기 직전의 겨울이었다. 꽤나 늦은 편이었다. 게다가 '달거리'란 이름이 무색하게 내 그것은 굉장히 불규칙했었다. 어떤 때에는 두 달에 한 번, 또 어떤 때에는 석 달에 한 번을 하기도 했었는데 아마도, 늙어 빠진 이의 애를 배게 되면 어쩔까. 싶어 마음이 편치 못했었기 때문이었던 듯싶다.

불규칙하게 이어져 오던 달거리는 지헌과 처음 몸을 섞은 그날 이래에는 완전히 뚝 끊겨 버렸었더란다. 태의가 이르기를, 너무 과한 칠정울결이 원인이었다. 당시에는 나이든 황제가 쓰러지기 전이었던즉, 태의의 설명을 전해들은 늙은이는 냄새 나는 입을 자꾸만 열어 물었었다. 무엇이 그리 신경이 쓰이느냐고. 대체 무슨 고민을 떠안고 있기에 월사까지 끊기었냐고.

하…… 그 물음에 어찌 답을 할 수 있었으리요. 어찌, 지헌이 나와 그 짓거리를 벌였는데 당신이 알아챌까 봐, 그래서 목이 댕강 날아갈까 봐 무서워 죽겠다. 지헌과 내가 간음하던 모습을 혹여나 다른 누군가가 보았을까, 혹은 들었을까 신경이 쓰인다. 저들끼리 모여 날 흘끗거리는 궁인들이 그 방정맞은 입으로 '황귀비와 황태손이 황제의 뒤에서 망측한 짓거리를 벌였단다' 그렇게 떠드는 것만 같은 착각이 들어 미치고 환장을 하겠다. 라고 말할 수 있었겠는가.

여하간, 계집이라면 마땅히 해야 할 일을 아니 하게 된 것이 전혀 불만스럽지 않았었다. 불만스럽다니 그랬을 리가. 오히려 영감과 지현의 애를 가질 수 없다는 그 사실 하나만큼은 너무나 기뻐, 정전 뜰의 한복판에서 춤이라도 추고 싶었더란다. 그런데.

"그런데 왜 이제 와서야!"

길바닥을 헤매는 걸인일 때에 손버릇이 좋지 못했었다. 먹을 것을 구하려 번질나게 도둑질을 했었으니까. 그리고 황후인 지금은 그때와는 다른 방식으로 손버릇이 좋지 못한 나이니만큼, 내 손에 들린 베개가 금세 바닥에 패대기쳐졌다. 바닥에 부딪쳤음에도 베개는 아주 작은 소리 하나를 내지 않은지라 성난 속이 달래지지 않았다. 하여 나는 피 묻은 이불을 양손으로 와락 움켜쥐었다. 그것을 침상에서 잡아 빼어 신경질적으로 내던졌다.

"황후 폐하."

또 한 번 집어 던질 물건을 찾고 있는데 나직한 음성이 귀를 스쳤다. 그 고요한 소리를 좇아 몸을 돌리자 단규가 보였다. 그의 표정이 마치 '또 무슨 일이 났구나'라고 말하는 듯싶었으나…… 순식간에 얌전해진 나는 단규에게 다가갔다. 방금 전까지 '무엇을 집어던질까' 고민하던 것도 잊고 환관의 이상하리만치 단단한 두 팔을 냅다 움켜쥐었다. 서러운 하소연을 바삐 쏟아냈다.

"내가 다시 달거리를 해."

"……."

"지난 육 년간 안 했었는데, 태의가 심중의 화가 너무 커다래 끊겼다고 했는데 다시 한단 말이야! 이러다 재수 없게 지헌의 애라도 배면 어떡해?"

"진정하십시오."

입술이며 몸을 파르르 떨며 정신없이 하소연을 하던 나는 입을 꾹 다물었다. 왼쪽 뺨에 와 닿은 큼지막한 손길, 게서 전해지는 온기가 새하얗게 변해 버린 정신을 바로잡아 주는 것 같았다. 어디 그뿐인가. 이 짜증스러운 상황에서도…… 환관의 손은 좋았다. 환관으로 말미암은 기쁨이 가슴 속 역정을 인내할 수 있게 하는 것 같았다.

이전까지와 달리 울음을 터뜨리지 않은 나는 그저 뺨에 닿아 있는 단규의 손을 붙들었다.

"잘은 모르지만, 회임을 막는 약이 있다 들은 적이 있습니다."

커다란 손을 꼭 붙든 채로 환관의 새카만 눈동자를 들여다보고 있자니 성난 속이 가라앉아 가는 듯했다. 대신에 묘한, 좋은 기분이 그의 손이 닿은 곳뿐만이 아닌 전신을 타고 흘렀다. 그, 마음을 간질이는 기분을 좀 더 느낀 내가 차분해져 중얼거렸다.

"그거야 그렇기는 하지."

"태의에게 약을 올리라 일러두겠습니다."

배가 아픈 게, 다시 달거리를 시작하는 게 정녕 마음에 들지 않는데 그것들을 참게 하는 묘한 감정이 계속해서 어깨를 짓눌렀다. 발가락 끝을 맴돌았다. 한데 여태 내 뺨에 닿아 있은 환관의 손이 거두어지려 해, 그가 내게서 떨어지는 게 싫어 잽싸게 단규의 품속으로 파고들었다. 치를 꽉 끌어안았다.

환관은 날 껴안지는 않았지만 그렇다고 달리 거부를 하지도 않았다. 그것이 다행이라 여긴 것이 잠시, 욕심이 자라났다. 내가 그를 안고 있듯이 그 또한 날 마주 껴안았으면 좋겠다. 그러한 욕정이 솟아올랐다. 그렇지만 대놓고 '안아달라' 말하기가 머쓱해, 어찌 단규가 날 그러안게 할까 잠시 머리를 굴린 나는 그의 허리를 감싼 팔에 좀 더 힘을 주었다. 넓고 따스한 품에 바싹 파고들어 얼굴 가득 애처로운 표정을 지어 보였다. 그를 올려다보며 불쌍한 척, 주눅이 들어 소리 냈다.

"지헌이 설마하니 내게서 핏덩이를 보려 하진 않겠지? 아무리 미쳤거니와."

"그럴 일은 없을 겁니다. 그렇다한들 약은 제가 황궁 바깥에서도 구해올 수 있잖습니까."

"……."

"심려치 마십시오. ……이만 방을 치워야겠습니다."

나름대로 잔꾀를 부렸음에도 엉망이 된 방을 치우겠다. 기어코 단규가 떨어져 나가자 아쉬웠다. 아쉽기만 한가. 금세 심술이 치솟아 입이 부루퉁해졌다. 그러나 내게 뒷모습을 보인 환관은 그저 서툴고 열심히, 피 묻은 이부자리를 갈고 너저분한 주변을 정리할 뿐이었다.

그의 그 모습을 보고 있자니 머릿속에서 누군가가, '네가 아끼는 환관이지 않느냐. 그러니 도와주어라. 게다가 네 손으로 직접 어질러 논 것이면서' 그렇게 속닥거리는 것 같았으나 여전히 손 하나 까딱하지 않은 난 단규를 노려보기만 했다.

"네 참 곱기도 하구나."

"제 무엇이 그리 고와요, 황상?"

"얼굴도 그렇거니와 이 능라 안에 숨겨진 몸태도 그렇지."

늙은이는 정녕 진심이라는 듯이 그렇게 말했었는데.

"명아원, 너란 계집은 꽤 쓸 만하단 말이야."

"요망하긴 하나 겉모습만 본다 하면 황궁 내에서 제일 그럴듯하지요. 그래서 할아비와 손자를 꾄 게 아니겠소."

"꽃이 꽃인지, 황후 폐하께오서 꽃인지 구분이 안 가옵니다."

지헌도, 뒤에서 수군거리는 궁인들도, 심지어는 소려진조차 그리 말했었거늘. 한데 저 환관 놈만 저리 무심하구나. 고자인 바람에. 두 다리 사이에 그게 달려 있었다면 자진해서 저를 껴안은 날 절대 먼저 뿌리칠 수 없었을 텐데.

"갈아입으실 옷을 침상 위에 올려두었습니다. 시중을 들라 나인을 들여보낼까요."

"아니."

"나가보겠습니다."

세상에나. 내가 껴안았었음에도 초연하기 짝이 없던 고자는 이제는 바깥으로 물러가려 했다.

새벽녘에는 인간의 감성이 유독 물러 터지게 되는 겐가. 아니면 아랫배와 밑이 아파 어리광을 부리고 싶은 건가. 그도 아니면 뭇 계집들이 달거리만 하면 성정이 예민해지는 것처럼, 나 또한 피를 보느라 감성이 곤두서서 그러한가. 셋 중 무슨 까닭이건 간에, 단규가 태연한 게, 그래서 저리 미련 없이 물러가는 것이 지금 이 순간만큼은 너무 마음에 들지 않았다.

그렇다고 '아무리 네가 환관이라지만 내 널 껴안았었는데, 뭇 사내라는 종자들이 마땅하게 보일 반응이 없는 게 어쩐지 오늘따라 아쉽다'라는 소리 따위는 절대 지껄일 수 없었다. 대신에 뒷걸음질 치는 환관에게 냅다 달려가 그를 붙잡은 나는 괜한 투정을 부려댔다.

"이대로 물러가려고?"

"자리옷을 갈아입으시는 것을 도울 이를 원하신다면 나인을 들여보내겠습니다."

"아니, 아니, 그거 말고!"

속이 답답해 도리질을 쳤다. 견자근은 척하면 척, 항시 내 맘을 꿰뚫곤 했었는데 이 천치는 어찌 몰라. 어찌 이리 내게 무심해서, 그래서 득달같이 밖으로 내빼 멀어지려 하는 거냐고. 같이 있고 싶은데! 아까처럼 옆에 붙잡아두려면 천생, 지헌에게

가 그 짓거리라도 당해야 하는 건가?

"달거리 때문에 배가 아파."

"……."

"한데 네, 나를 두고 이대로 나가겠다고? 내가 걱정이 되지도 않아?"

"무얼 어찌해 드리길 원하시는지요."

무얼 달리 원하겠어. 옆에 있어주기를 원하는 거지. 나를 걱정하고 아끼는 태를 실컷 내주기를 또한 바라는 거지.

그 소리를 꾹 참고 있으려니 입술이 삐죽거렸다.

이치에게 나란 계집은 더도 말고 덜도 말고, 웃전인 황후일 뿐이구나. 그러한 생각까지 들어 많이 섭섭했다. 결국, 나는 나도 모르게 꼭 주먹 쥔 한 손으로 환관의 팔을 때렸다. 날카로이 소리 냈다.

"너는 환관이 맞느냐?"

"……."

"사내도 아니면서, 참 내 마음도 모르는구나. 아까 전에는 어찌 옆에 있어주었어. 내가 다시 겁탈이라도 당해야 걱정을 해줄 거지?"

"……."

"꼴도 보기 싫다. 나가."

홱 돌아서 침상으로 향했다. 한 번 더 그 생각이 떠올랐다. 저놈이 고자만 아니었어도, 이리 자리옷 차림에 머리까지 풀어 내린, 수수하게 곱다란 날 보며 태연스럽지는 못했을 거라고.

"나가 있을 테니 의복을 갈아입으십시오. 치마 뒷부분에……."

단규가 삼킨 뒷말이 무엇일지 알 만했다. 내 엉덩이를 감싼 흰 비단에는 새빨갛게 피 칠갑이 되어 있을 터였다. ……그래서 뭐, 어쩌라고.

"알아서 할 거야! 그러니 신경 끄고, 무어라도 집어 던지기 전에 예서……."

"다 입으시면 그때 들어오겠습니다. 그렇지만 곧 날이 밝아 궁인들이 깨어날 테니 곁에 오래 있지는 못합니다. 황후께서도 혹여 괜한 추문이 도는 상황을 원치는 않으실 테지요."

침상을 두 보 앞에 두고 발이 멈췄다. 보이는 사람의 뒤꽁무니마다 그저 좋다고 쫓아다니면서 헤헤거리는 똥강아지처럼 굴고 싶지 않아서 버텨보려 해도…… 슬그머니 고개가 뒤를 향했다. 부루퉁이 튀어나온 입술 새로 기쁨이 깃든 목소리가 새어 나갔다.

"예 있을 거야? 옆에?"

"그리하겠습니다."

"……계집년들이 달거리만 하면 까닭 없이 질질 짜고 우울해 하던데, 나도 그래서 그런가 봐. 그리고 저번에 배운 글자를 되새겨야 할 성싶기도 해. ……그거 말고는 달리 특별한 이유는 없어."

"……."

"내 말은, 기분이 좀 침울하거니와 글공부를 복습하고 싶은 게 네가 내 옆에 있기를 바라는 이유 전부란 말이야. ……잘 알아들은 게야?"

"예. 충분히 잘 알아들었습니다. 소인은 잠시 나가 있을 테니 갈아입으시면 불러주십시오."

입가에 열은 미소를 머금은 채로 물러난 환관은 분명, 얼토당토않은 내 변명의 진의를 꿰뚫은 게 분명했다.

"무어 어때. 저놈이 내게 져준 게 한두 번인가."

눈앞에 자꾸만 미소 띤 낯을 한 단규의 얼굴이 아른거렸다. 눈, 코, 입, 턱선, 어디 하나 모난 데 없이 뚜렷하고 반듯하게 생긴 치의 얼굴은.

"웃으면 더 봐줄 만하다니까."

비실비실 웃으며 그가 정리한 침상 위에 놓인 옷가지로 갈아입었다. 쿡쿡 쑤시는 아랫배를, 월경을 한다는 사실을 그럭저럭 참을 만했다.

실은, 저번 시간에 배운 글자들은 모두 다 기억하고 있었다.

"계집년들이 달거리만 하면 까닭 없이 질질 짜고 우울해 하던데, 나도 그래서 그런가 봐. 그리고 저번에 배운 글자를 되새겨야 할 성싶기도 해. 그거 말고는 달리 특별한 이유는 없어."

"기분이 좀 침울하거니와 글공부를 복습하고 싶은 게 네가 내 옆에 있기를 바라는 이유 전부란 말이야."

그렇지만 환관을 붙잡아 두려 하필이면 고 따위 핑계를 대었기에 잠시만이라도 글공부를 복습하는 척을 해야 할 성싶었다. 영 집중이 되지 않지만.

집 가(家), 노래 가(歌), 수레 차(車)……. 환관의 다리를 베고 누워 반듯한 글씨체로 쓰인 글자들이 빼곡히 들어 찬 책을 대강 훑어보던 나는 눈동자를 굴렸다. 책 너머로 흘끗, 치를 살펴보았다. 한데, 재수도 없지. 그리하자마자 환관과 딱 눈이 마주쳐 버렸다.

"다 외셨습니까."

단규의 눈매가 초승달 모양새로 휘어졌다. 선이 분명하지 않은 도톰한 입술이 곡선을 그렸다. 그 모양새를 보건데 그가 농을 치는 것도 같았다. 허나, 이놈이 원체 무뚝뚝하지 않은가? 그러니 혹시라도 착각일까 봐. 농인 것이 아니라 침소에서 나가려 말문을 튼 것일까 봐, 재빨리 책 속을 들여다보았다. 방금 전까지 무얼 보고 있었는지 새카맣게 잊어버리고선 눈에 들어온 아무 글자 하나를 열심히 중얼거렸다.

"지아비 부(夫), 지아비 부(夫)……. 아니, 멀었느니라."

"지아비 부(夫) 자는 어찌 읽는지만 알려드렸었습니다. 써보지도 않았고, 필순(筆順)에 관한 진도도 나가지 않았으니 복습하실 필요가 없습니다만."

아…… 웬일이야. 하필이면 골라도 아직 배우지 않은 걸 고를게 무어람? 어쩐지 생소하더라니. 하여간에 나란 년은 운도 없어. 그나저나, 이놈이 지금 상전인 나를 놀리고 있던 겐가? 다 외웠냐고 물으면서 웃은 것도, 방금 그 한마디도 모두, 나를 놀려먹느라 한 소리였던 거야?

"미리 익히는 거야. 내가 네놈이 짧게 언급만 하고 지나간 글자를 기억하고 있으면, 되레 칭찬을 해주어야 마땅치 않느냐? 한데 어찌 무안을 줘?"

약이 올라 톡 쏘아붙이고선 더 크게 글자를 중얼거리는데 옅은 웃음소리가 귓가를 스쳤다. 족제비의 것처럼 치켜 올라간 눈을 하고선 단규를 흘겨보았다. 내가 노려보는데도 그의 입술 끝은 내려올 기미가 없었다.

"무얼……."

뭘 웃느냐, 무엇이 웃겨서. 그리 쏘아붙이려다 입을 닫았다.

일개 환관 주제에, 치의 웃는 낯은 상당히 귀했다. 단규가 지금처럼 웃는 모양새를 한참 전, 금란전에 쫓아갔던 그날 이후 처음 보는 터였다. 그렇기에 간만에 보는 번듯한 미소를 망치고 싶지 않았다. 망치고 싶지 않을 뿐인가. 뾰로통해 있으면서도 자꾸만 단규를 흘끔거리게 되었다.

환관이 날 놀리는 것 같아 약이 오르면서도 그가 웃는 모습이 좋다. 그 두 가지, 상충하는 기분 덕에 자꾸 입술이 비죽거렸다. 한데, 그리 불만 가득한 얼굴로 단규를 노려보는 내 입가에 따스하고 작은 온기가 퍼졌다.

"그렇게 입꼬리를 내리고 계시면 버릇이 들어, 평상시에도 그 모양으로 굳습니다."

미소 띤 낯을 한 채로 말하는 단규를 멍하니 올려다보던 나는 한 박자 늦게 입술 옆의 작은 온기가 그의 손가락 끝으로부터 전해졌다는 것을 깨달았다. 그가 다시 한 번, 손가락 끝으로 내 입가를 톡 건드렸다.

"아……."

갑자기 두 뺨 가득 열기가 돌았다. 뺨뿐 아니라 온 얼굴이 새빨개지는 게 생생했다. 몸은 딱딱하게 굳어버린 듯했다.

날 반히 내려다보는 환관의 얼굴 가득 근심이 차올랐다. 손길을 거둔 그의 입술이 열렸다.

"옥안(玉顔)이 붉으십니다."

"……."

"그간에 꽤나 제게 짓궂게 구셨거니와, 농을 좀 쳐보았는데 심기가 상하셨나 봅니다."

"아, 아니. 그런 거 아니야. 그냥 네가 날 놀리는 모양새를 보니 견자근이 생각이 나서."

대충 얼버무린 난 다시 책을 들여다보았다. 그렇지만 책을 들여다보긴 하되, 여전히 글자들이 눈에 들어오지 않았다.

견자근이 떠오르기는 개뿔. 그 늙은 고자의 생각은 전혀 나지 않았다.

왜 이러지. 어찌 이리 뺨이 뜨겁고 환관의 웃는 낯이 책 속을 둥둥 떠다녀. 이놈의 다리를 베고 있는데, 단규는 바로 옆에 있는데도 보고 싶은 건 어찌 그래. 기다란 손가락 끝이 와 닿았던 입술 옆이 뜨겁다 못해 경련이 일어날 것 같은 연유는?

"정말 난감하네……."

"이해가 가지 않는 글자라도 있으십니까."

"그건 아니고 잘…… 안 외워지는 게 있어서."

또 어물쩍 말을 넘기고 책 속만 들여다보았다. 한참을 더 그러고 있어서야 살아 있는 개구리인 양 펄떡거리던 심장이 가라앉았다. 굳었던 몸이 움직였다.

내리 코앞에 책을 들이밀고 있었던지라 팔이 아파, 책을 아무렇게나 내던진 나는 옆으로 몸을 돌렸다. 단규를 올려다보며 문득 떠오른 생각을 종알거리기 시작했다.

"네놈은 얼굴이 번듯해서 뜻만 있었다면, 먹고 사는 것이 아쉽지 않은 과부에게 장가를 갈 수 있었을 것 같은데. 나처럼 부잣집 늙은이에게 시집을 갔다가 혼자 남은 계집들 말이야. 그런 이들을 꾀어내지 어찌……."

아무 생각 없이 중얼거리다가 입을 꾹 다물었다.

뒷말을 이을 수 없었다. 어찌 그럴 수 있으리오. '그런 이들을 꾀어내지 어찌 아깝게 환관이 되었느냐. 네놈이라면 좋은 지아비가 될 수 있었을 거 같고, 만약 내가 홀로 남은 부유한 과부였다면 널 낭군 삼았을 거다' ……그 말을 무슨 재간으로 소리 내겠는가.

"갑자기 그 무슨 말씀이십니까."

"아, 아니니라."

"환관인 제가 많이 불쌍해 보이시나 봅니다."

문득 떠오른 생각 탓에 당혹스러운 나와 달리 단규는 재차 웃었다. 그 웃음에 홀려 당혹을 잊었다.

"황후낭랑……."

몸을 뒤집어 엎드린 채로 다시금 조잘거리려는 참, 얇은 목소리 하나가 방 안으로 흘러 들어왔다. 순식간에 단규가 자리에서 일어선 것은 물론이요, 나 또한 침상에 바로 앉았다.

기분이 가라앉았다. 어떤 년이 환관과 나의 좋은 시간을 방해한단 말인가.

"이만 물러가 보겠습니다."

"아니, 그럴 필요 없다. 그냥 게 서 있어. 어차피 곧 쫓아낼 거야."

"하오나……."

"됐다니까."

신경질적으로 문밖을 향해 외쳤다.

"들어오너라!"

쪼르르 안으로 들어서는 이가 낯익었다. 바닥에 머리를 조아린 계집은 기였다.

"황제 폐하가 되실 분의 후궁이기 싫을 까닭이 무엇일까요."

그리 지껄였다 한순간에 내게 미운 털이 박힌 멍청한 계집.

"황후낭랑, 흐흑……."

"어찌 아침 댓바람부터 눈물을 보이느냐? 그것도 감히 내 방에서."

"이, 이년, 후궁이기 싫사옵니다."

얼씨구나 좋다 하고 지헌의 후궁이 되고 싶다 씨불인 계집아이에게 나는 기어코 첩지를 내렸었다. 한데 겨우 달포가 넘은 지금, 아이는 발밑에서 울고 있다. 이제야 제 어리석음을 깨달았는가 싶어 조소를 터뜨리던 내가 흠칫했다.

고개를 든 계집의 한쪽 뺨이 시퍼렇다. 입가가 터져 있다. 어찌 저 꼴이 되었단 말인가.

"후궁이기 싫사옵니다, 흐흑. 황후낭랑, 이 년을 다시 나인이 되게 해주시면 아니 될는지요."

"너는 황태손의 후궁이다. 그 사실을 영광으로 여겨야 할 것을 그만 고얀 소리를 하다니? 게다가 그리되기를 바란 것은 네 뜻이 아니었더냐?"

"으흐흑……."

눈물을 짜대는 계집아이에게 '어리석은 년, 허울 좋은 이의 옆에 붙어 있는 게 좋기만 하지 않지?' 라고 이죽거리고 싶었다. 그렇지만 궁금한 점이 있었다. 아픈 배를 부여잡고 침상에서 내려 서 기에게 다가갔다. 차디차게 물었다.

"혀를 뽑히고 싶지 않거든 다시는 후궁이기 싫다는 소리 말거라. 그건 그렇고, 태손이 너를 안았느냐?"

"으흑……."

"시끄럽게 울지 말고 답을 하여라!"

"지, 지난 한 달간 찾지 않으시다가 어젯밤 오시었사옵니다."

갔다고!

아, 제발. 지헌이 이 어리고 신선한 계집에게 잔뜩 관심을 가졌기를!

"다행이로구나. 네 앞으로 태손의 흥을 돋을 수 있도록 힘써야 할 것이다. 네 전담 환관을 통해 소녀경(素女經)의 내용을 열심히 익히는 것 또한 잊지 말아야 할 테야."

"흐흑, 이년에게 다녀가시기는 했사오나…… 서, 성공치 못하였습니다."

"무어라?"

소려진이 분명 말했었다. 이미 있던 후궁들이 지헌의 손에조차 닿아보지 못했다고. 그 마당에 그가 기의 처소에 들렀다하니 기대감이 치솟았었거늘, 이제는 슬슬 불안해져 갔다.

"네 이년 그것이 무슨 말이야? 성공치 못하였다니 허면…… 네 무슨 짓거리를 벌여 태손의 심기를 거슬렀기에!"

"그, 그분의 심기를 거스를 행동 같은 것은 전혀 하지 않았사옵니다!"

"그런데 어찌 그 좋은 기회를 날렸어! 네 처소에 들렀는데 어찌 못 했느냔 말이야, 이 멍청한 계집!"

"으흐흑, 황후마마, 싫사옵니다. 태손 저하의 후궁이고 싶지 않아요. 이년은 아무 잘못을 하지 않았사옵니다. 까닭 없이 저하께오서 초, 초야를 치르시는 것이 불가하게 되시어……."

"그것이 말이 돼? 그……."

말문이 막혔다. 그게 말이 되냐. 그 색마가 날 얼마나 못살게 구는데 널 안는 게 불가능할 리 있느냐. 그 말을 하고 싶지 않아 그저 도끼눈을 한 채로 씨근거렸다.

"처음에는 이년을 안으시는 것이 가능해 보였으나 곧 그렇지 못하게 되셨습니다. 그리 된 것에 마음이 상하셨는지…… 맞았어요, 흐흑.”

“…….”

“뺨도 아프고, 배도 아프고, 다리도 아픕니다. 맞은 곳이 너무나 아픕니다, 황후낭랑.”

“…….”

“괜한 입방정을 떨었다간 목이 잘릴 거라 말씀하시고 가시었는데, 무섭습니다.”

“…….”

“후궁이기 싫사옵니다. 황후낭랑…….”

퍼렇게 물든 뺨과 터진 입술을 한 우는 계집이 안쓰러워 보였다. 그렇지만 측은지심보다 역정이 큰지라 입술 새로 위로가 아닌, 날카로운 훈계가 튀어나갔다.

“꼴도 보기 싫다! 무얼 잘하였다 울며 하소연을 해, 후궁이면서 지아비의 마음도 얻지 못해놓고!”

“흐흑, 다시 나인을 시켜주시오면…….”

“말도 안 되는 소리 그만 하고 당장 나가거라!”

기는 더는 말을 잇지 못했다. 자리에서 일어선 아이가 바깥을 향했다. 비틀거리며 뒷걸음질을 놓은 계집이 시야에서 사라지자 나는 신경질적으로 발을 굴렀다.

“쓸모없는 것! 기껏 첩지를 내렸더니 지헌도 못 꾀고!”

“그렇게까지 모질게 구셨어야 합니까.”

성이 난 바람에 단규의 존재를 잊고 있던 나는 재빨리 뒤를 돌아보았다.

“무어?”

“제 눈에는 물러난 이의 처지가 황후 폐하와 크게 다르지 않아 보입니다. 한데, 그러셨어야 하느냐 물었습니다.”

다시금 날아든 환관의 목소리가 차가왔다. 날 향한 그의 눈초리가, 표정이 따스하지 않았다. 그래서 심장이 요동쳤다.

“다르지 않다니?”

처음이었다. 환관이 저리 딱딱한 표정을 내보인 것이. 그렇기에 마음이 불안했다. 고작 환관 나부랭이를 앞에 두고 스리슬쩍 겁도 났다. 그러나 내심과 달리 바락바락 소리를 내질렀다.

“저년과 내가 어찌 같아!”

“황후께서도 모용덕으로 인해 원치 않게 후궁이 되셨습니다. 황태손을 끔찍이 여기십니다. 방금 나간 저 아이와 무엇이 다릅니까. 제가 사내라, ……소인이 환관이라 비슷하다 여기는 것입니까.”

“이, 이…….”

순식간에 정수리 끝까지 열이 치솟아 말이 더듬거려졌다.

너도 원치 않게 후궁이 되었고, 또한 황후가 되었다. 그리고 지헌과 틈만 나면 질펀하게 그 짓거리를 해대면서도, 그를 싫어한다. 그래놓고 어찌 어린 계집아이를 후궁으로 둔갑시켰느냐. 너는 그렇게 질색을 하는 황태손을 꾀라 하다니, 그것은 모순이 아니냐.

치가 소리 낸 바가 그리 들렸다. 날 탓하는 것처럼, 비난하는 것처럼 들려 화가 났다. 더군다나 다른 이도 아닌 단규가 기를 두둔하니, 내 편을 들지 않으니 가슴 속 역정이 그 어느 때보다 크게 부풀었다.

"비슷하긴 무엇이 비슷해! 나는 속은 거였어! 명재평 그 빌어먹을 자식이 좋은 옷을 입게 해주겠다고, 평생을 굶지 않게 해주겠다 꾀는 바람에 속은 거였다고!"

"……."

"저년은 달라! 멍청하게 제 입으로 지헌의 후궁이 되고 싶다 했어! 그놈이 어떤 놈인 줄도 모르고, 사내라는 놈들이 얼마나 역겨운지 모르고 탐욕에 눈이 멀어 자진해서 후궁이 되었단 말이야!"

목이 따이기 직전의 돼지처럼 꽥꽥 쏟아낸 내게 환관은 한마디를 하지 않았다. 더더욱 심기가 비틀려 근처에 놓인 작은 장신구함을 움켜쥐었다. 하지만 차마 그것을 단규에게 집어 던질 수 없었다. 성질대로 패악을 부리지 못해 손이 떨리거늘, 그럼에도 그가 맞을까 봐 겁이 났다. 지난번 소려진이 황후궁에 들렀다 갔을 적에도 그릇을 내동댕이쳤다가 그 파편에 환관이 맞지 않았었는가.

그렇다고 마음이 가라앉은 것은 아니기에 씩씩대던 난 재차 소리를 질러댔다.

"나가거라! 네놈 따위 보기도 싫어! 숨이 콱 막혀 죽어버렸으면 좋겠어!"

필시 후회하게 될 망발을 지껄이는 나와 달리 단규는 아무 말이 없었다. 물끄러미 날 지켜볼 뿐이었다.

"명하신 대로 따르겠습니다."

환관의 입술이 열리매 위로의 말을 기대했었다. '기의 편을 들려던 게 아니다. 항시 당신의 편이다' 설사 아부라 한들 그러한 유의 속삭임을 기대했었다. 한데 기대와 완전히 다른 말을 소리 내고선 그는 멀어져 갔다.

나는 한참을 닫힌 문을 노려보았다.

환관이 기의 편을 듦으로써 치솟았던 노기는 이미 한참 전에 가라앉았다. 내가 정신 나간 계집애처럼 손톱을 잘근거리면서 방 안을 뱅뱅 도는 까닭은 다른 것이었다.

흘끗 창가를 돌아보았다. 바깥이 새카맣다.

"씨……."

넓은 방 한편의 탁상 위에 석반(夕飯)이 차려진 지 오래되었거늘, 게서 음식 냄새가 흘러나오거늘 배가 고프지 않았다. 목구멍에 음식을 쑤셔 넣을 기분이 아니었다. 온 정신이 저 문 바깥에 서 있을 고자에게 향하기에. 못된 놈 같으니라고.

"내가 무얼 잘못했다고?"

불만스럽게 중얼거려보아도 불안이 가시지 않았다. 아직도 화가 나 있을까. 여전히 나란 계집이 모질다고, 못돼 처먹었다고 생각하고 있을까. 단규에게 발광하는 모습을 보인 지로부터 한나절이 지났는데, 이 한나절이 일 년이 되고 또 십년이 되어, 저놈이 평생 멀어지면 어찌해?

"아니야. 황후인 내가 어찌 저딴 환관 나부랭이를 신경 써?"

괜한 반발심이 들어 탁상 앞에 앉았다. 그러나 숟가락을 집어 들어 놓고 시선은 다시 문으로 향했다.

"지금은 황제께서 정정하시다만, 고 따위로 굴다간 다 떠날 테야. 설마하니 궁인들이 입에 담는 사탕발림이 진심일 거라 생각하진 않겠지?"

"흥. 떠나라지. 나도 필요 없어. 한데 이 늙은 환관 나부랭이, 황후인 내게 또 은근슬쩍 말을 놓았어?"

스물의 나에게 견자근이 되뇐 말이 머릿속을 맴돌았다. 지헌 때문에 제일 예민해 있던 당시에는 늙은 환관의 충고를 매몰차게 무시했었지만, 그때에 들은 말이 저주가 된 양 지금 내 주위에는 아무도 없다.

죄 없는 숟가락만 씹어대던 나는 자리에서 일어섰다. 싫어하는 반찬인, 비린내가 풍기는 젓갈과 찝찌름한 장아찌가 담긴 그릇 두개를 집어 들고 문가로 향했다. 체통 없이 어깨로 문을 밀어 복도에 나와선 나를 단규가 내려다보았다. 아무 말 않는 그에게서 도망치듯 눈을 뗀 나는 대뜸, 손에 쥔 반찬 그릇 중 한 개를 먼 바닥에 내던졌다. 쨍그랑 하는 요란한 소리가 복도를 가득 메웠으매 그 소음이 사라질 즈음 날카로이 소리쳤다.

"어찌 내가 싫어하는 것을 상에 올려!"

다짜고짜 난리법석을 떨어대자 궁인들의 얼굴이 벌게졌다.

겁에 질려 굽실대는 치들이건만 나는 나머지 찬그릇마저 내동댕이쳤다.

"젓갈은 비려서 싫고 장지(醬漬)는 간이 세서 싫단 말이야!"

"사, 상에서 제하란 말씀을 아니하신지라 몰랐사옵니다. 황후 낭랑."

용기를 낸 상궁 하나가 해명했다. 하지만 내게는 지랄을 멈출 의도가 없었다. 도끼눈을 하고선 상궁 년에게 다가가 치의 어깨를 퍽 밀쳤다. 카랑카랑한 소리를 내질렀다.

"눈치도 없느냐? 매번 저것들에 손도 대지 않고 물리는 것을 보았으면 알아서 제했어야지!"

"소, 송구하옵니다."

"네 연놈들 얼굴 따위 보기 싫다! 내 명이 있을 때까지 예 들어오지 말아! 지금 당장 꺼져 버려!"

꼭 야차가 뒤쫓아 오기라도 하는 것처럼 상궁나인들과 환관들은 허둥지둥 바깥을 향했다. 그것들의 모습이 사라지자마자 고개를 돌리니 남아 있는 단규가 보였다.

떨어진 그릇을 주워들려 허리를 숙이는 그에게 재빨리 다가갔다. 바닥에 떨어진 음식물이 그의 손을 더럽힐까, 발을 움직여 찬그릇을 냅다 걷어찼다.

"심기가 불편하심을 알지만 어질러진 것만 치우고 나가겠습니다. 이리 두면 쥐가 꼬일지 모르니."

환관은 이번에는 내 의도를 눈치채지 못한 듯싶었다. 그저 내가 심통이 나 화풀이를 해대는 줄 아는 모양이다.

“그, 그게 아니라…….”

뒤늦게 상황을 파악한 환관이 허리를 곧추 세웠다.

“소인에게 하실 말씀이 있으십니까.”

내리꽂히는 단규의 시선이 생생한데도 엄한 허공만을 쳐다보았다. 생전 안 해본 말을 하려니 어렵기 짝이 없어 한참을 몸을 배배 꼬며 입술을 잘근거려서야 말문을 텄다.

“내가…… 잘못하였지?”

실은 기 그 계집에게 미안함 따위는 전혀 느껴지지 않았다. 대체 내가 무얼 잘못했단 말인가. 그년은 제 발로 후궁으로 기어 들어간 것을. 내 경우와 다른 것을. 그러나 환관을 잡기 위해선 마음에 없는 따스한 말 따위 한 번쯤은, 아니 여섯 번쯤은 씨불일 수 있었다.

“처맞은 년을 앞에 두고, 아니, ……초야부터 맞은 어린 계집아이를 앞에 두고 너무 모질긴 하였던 거 같아.”

흘끗 시선을 위로 올리자 보이는 단규의 얼굴이 무덤덤했다. 일개 환관의 눈치를 살피고 있다는 사실에 자존심이 상한다 느끼지도 못한 채 변명을 늘어놓았다.

“그렇지만 나로서도 방법이 없는 것을. 이미 황태손의 후궁이 된 계집을 힘 하나 없는 내가 무슨 수로 나인으로 되돌려? 그렇지 않아?”

“…….”

“그리고 아까 네놈이 죽어버렸으면 좋겠다고 한 것은…… 진심이 아니었던 거 같아. 말을 심하게 해서…… 자못 미안함을 느끼고 있어. 그러니 너무 서운케 생각 말았으면 싶고, 반나절이나 지났으니 이만하면 화도 풀었으면 싶은데. 흠, 흠."

"……."

어찌 암말 않는 거지. 못 알아들었나? 너무 돌려 말했어? 그도 아니면 이미 나한테 정나미가 떨어진 거야? 이제부터는 황궁 내의 다른 상궁나인 년들과 고자 놈들과 함께 날 씹어대려는 심산이야?

"화가 나진 않았었습니다."

"참, 참인 게야?"

머릿속의 잡념들이 싹 사라졌다.

"예. 그저 어린 계집이 안쓰러워 보여 저도 모르게 두둔했습니다."

"화가 난 건 아니었고? 하지만 네, 나가라는 내 말에 다른 때와 달리 순순히 나갔잖아."

"다른 때에는 소인에게 직접적으로 화가 나신 게 아니었지만 금일 새벽에는 아니었으니까요. 원흉인 소인이 폐하의 눈앞에서 사라지는 편이 화가 가라앉기에 낫다 생각했습니다."

"그럼 내가 네가 죽어버렸으면 좋겠다 말한 것은……."

"그 말을 듣고도 화가 나지 않았었습니다. 게다가 이미 진심이 아니었다 말씀하셨잖습니까. 한데, 그 말씀을 하시려 찬그릇을 뒤엎으셨는지요. 안으로 들라 명하셨으면 순순히 찾아뵈었을 터인데."

단규가 성이 나지 않았다는 것이 기뻤다. 하여 꼭 구름 위를 거니는 것 같은 기분을 느끼며 반색하던 나는 입가에 그려진 미소를 숨겼다. 재차 환관의 눈치를 살피면서 중얼거렸다.

"그냥…… 상 위에 차려진 음식이 너무 많아 홀로 다 먹지를 못하겠어서……."

단규의 입술이 곡선을 그렸다. 정갈한 미소에 홀려 나 역시 실실 쪼개고 말았다.

"황후 폐하의 호의는 감사하나 겸상을 할 수 없습니다. 다른 이들이 알게 되면 쉬이 넘어가지 않을 겁니다."

'네 감히 황후의 은혜를 거부해? 이 찢어 죽일 놈!' 그 같은 소리를 나는 입 밖에 내지 않았다. 대신에 그 옛날, 영감에게 필요한 것을 말할 때 그러했듯이 살살거리기 시작했다.

"그걸 아니까 모두를 물린 거잖아?"

"……."

"이번 한 번만. 나중에는 네가 황후가 먹는 진귀한 음식을 탐낸들 한입도 주지 않을 거야. 그러니 기회가 있을 때 뱃속에 넣어 두는 게 좋을걸?"

뭐가 웃긴지 대답 대신 단규는 또 웃어 보였다. 덩달아 신이 난 나는 그의 팔을 덥석 그러쥐었다. 훤칠한 환관을 방으로 끌어당겼다.

스르륵 눈이 떠졌다. 주변이 아직 어스름하다. 그로 보아 할 일이라곤 많지 않은 한가한 황후인 내가 일어나기에 이른 시각임이 분명했다.

어젯밤에 기분 좋게 잠들었는데 어찌 깼지. 허리가 좀 뻐근할 뿐 아랫배는 더 이상 아프지 않은데. 잠결에 취한 흐리멍덩한 정신머리로 생각하다 흠칫 어깨를 떨었다. 순식간에 시야가 또렷해졌다.

옆으로 누운 상태인 내 뒤에…… 누군가가 있었다. 뉘의 숨결이 귓바퀴며 목, 머리칼을 간질였다.

이를 어찌해. 고래고래 소리를 질러? 그러다 뒤에 있는 놈인지 년인지 모를 것이 입을 틀어막으면? 그 상태로 등허리에 칼이라도 쑤셔 넣으면?

손발이 달달 떨렸다. 침이 꼴까닥 삼켜졌다. 죽은 듯이 눈치만 살피길 한참, 슬며시 입술을 떼었다.

"뉘, 뉘인 게야."

돌아오는 답이 없다. 뒤편의 뉘는 요지부동일 따름이다. 그로 보아 소려진이 날 죽이라 보낸 자객 따위는 아닌 모양이다. 해할 생각이었다면 진작 죽였지 않았겠는가.

커다란 숨을 들이쉬고선 몸을 일으켰다. 쏜살같이 뒤를 돌아보았다.

"이, 이게 무슨……."

지헌이다. 지헌 미친 자식이 내 옆자리에 누워 자고 있다. 경악과 혐오에 젖은 내 얼굴이 처참하게 일그러졌다.

어젯밤엔 견자근이 없어진 이래 처음으로 뉘와 함께 겸상을 하였기에 기분 좋게 잠들었고, 또한 잘 자고 있었는데 이게 웬 날벼락이란 말인가?

"으, 으……."

꼭 벙어리가 낼 법한 끅끅거리는 소리가 입 밖으로 흘러나갔다. 혹여 자객 비슷한 것이 방에 들어온 것일까 싶어 솟았던 두려움은 더 이상 느껴지지 않건만 여전히 손이 달달 떨렸다. 옆에, 한 침상에 나란히 누워 있는 지헌이 징그러워서.

마음 같아선 지헌의 희고 매끄러운 뺨을 내려치고 싶다. 감긴 두 눈에 드리운 속눈썹을 박박 뽑아내고, 한쪽 눈 아래에 새겨진 저 작은 점을 바늘로 찌르고 싶어. 그리 못되게 깨워 어딜 누워 있냐고, 네 놈이 어찌 여기서 자고 있냐. 바락바락 소리를 지르고파.

잔혹한 마음과 달리 반편이처럼 더듬거렸다.

"이, 일어나."

이런 일은 처음이었다. 지난 육년 동안 한 번도 일어난 적이 없었다. 정사가 끝나면 이 미친놈은 늦어도 한 식경이 지나기 전에 사라지곤 했었다. 아니면 내 쪽에서 사라지거나. 한데 대체 왜.

옆에 있는 것이 말똥 혹은 새똥 같은 더러운 것이라는 양, 그래서 손을 대기 끔찍하다는 양 발끝으로 툭툭 다리를 차봐도 지헌은 일어날 기미가 없었다. 어쩔 수 없이 지헌의 어깨를 그러쥐어 흔들었다.

"일어나란 말이야."

"……명아원."

참으로 다행히 놈은 눈을 떴다. 건조한 음성이 방 안의 정적을 깨뜨렸다.

“웬 소란이지?”

웬 소란이냐고? 몰라서 물어?

“왜 여기서 자고 있는 거야?”

“…….”

“왜 여기서 자고 있느냔…….”

이 역겨운 작자가 어째서 내 옆에서 자고 있었는지, 그 이유보다 더 궁금한 것이 생겼다.

혹여 단규가 보았을까?

“여기, 여기 들어오는 모습을 뉘가 보았어?”

“…….”

“뉘가 보았느냐고.”

“아랫것들이 날 봤을까 신경 쓰는 건가? 아무도.”

아무도 안 봤다고? 입 안을 맴돌던 흐느낌이 목구멍 너머로 쑥 빨려 들어갔다.

“쥐새끼 한 마리 보이지 않더군. 네 처소의 궁인들은 기강이 해이한가? 감히 황후궁의 앞을 지키지 않다니. 다 네가 위엄이라곤 보일 줄 모르는 탓이야.”

마음에 들지 않는다는 듯 지헌은 입술을 비죽이거늘, 반대로 내 마음은 가라앉았다.

앞에서 티내지 않을지언정 실은 날 무시하는 황후궁의 아랫것들은 불침번을 서는 차례가 돌아온들 제대로 일을 하지 않았다. 곧잘 저들 처소에서 두 발을 뻗고 퍼질러 자거나, 문 앞을 지킨다 한들 바닥에 주저앉아 졸기 일쑤였다. 그리고 나는 그런 치들을 꾸짖지 아니했다. 언제 어느 때에 찾아올지 모르는 지헌이 치들의 눈에 뜨이고, 하여 또 내가 욕을 먹는 게 싫어 차라리 바깥에 뉘도 없는 것이 편하다 느꼈기 때문이다. 내가 꾸짖지 않는다는 것을 알게 되니 당연지사 게으른 치들은 점점 더 많이, 자주 불침번을 서지 않았다.

여하간에, 오늘도 마땅히 불침번을 서야 하는 당번이 제 할 일을 아니한 듯한데, 이 얼마나 다행인가. 덕분에 음란한 년이다 욕을 먹지 않아도 되게 된 것은 물론, 단규가 이놈이 내 방으로 들어오는 꼴을 보지 못했다.

안도하던 내가 흠칫했다.

"비켜."

몸을 뒤로 빼도, 재차 지헌의 어깨를 밀어내도 소용없이 내 허리를 붙든 손이 여전했다. 그로 모자라 지헌은 내 가슴 사이에 고개를 묻었다. 그 상태로 놈이 커다란 숨을 들이쉬매 끔찍하기 짝이 없어 속이 느물거렸다. 애 한 번 가져본 적이 없건만 꼭 그러한 것처럼 당장 입덧을 할 것 같은 느낌이 들었다.

"비키란……."

"조용히."

"……."

"간신히 상태가 나아졌거늘 네 울 것 같은 소리를 듣고 기분 상하고 싶지 않거든."

내가 그걸 신경 써야 해? 네놈이 어떠하건, 상태가 나아졌건 말건 그딴 걸 신경 써야 하냐고. 혀끝을 맴도는 불만을 씹어 삼키고 지헌을 흘겨보고 있으니 놈이 찬찬히 고개를 들었다.

또, 또 저 웃음. 잔뜩 인상을 찌푸린 나와 달리 지헌은, 전혀 내 취향이 아닌 놈 특유의 비릿한 미소를 지어 보였다. 처웃지 말라 욕지기를 내뱉고 싶은 충동을 참으려 혀를 꾹 깨물었다.

"명아원."

"……."

"네 처소의 환관이며 여관들이 황후인 너를 만만히 봐 머리칼 한 올 보이지 않은 게 아니라면, 네가 내가 올 것을 알고 주위를 물려놓기라도 했나. 너 홀로 반겨주려고?"

미친 새끼! 죽여 버리고 싶어! 저딴 말도 안 되는 소리를 해대다니!

"간신히 상태가 나아졌거늘 네 울 것 같은 소리를 듣고 기분 상하고 싶지 않거든."

그렇게 씨불이더니 정녕 기분이 좋기도 한가 보구나. 헛소리인지 농인지 모를 것을 입 밖에 내놓은 걸 보면.

지헌의 어깨를 다시 밀었다. 아무런 효과 없이 놈의 얼굴이 내 배 부근에 파묻혀 있는지라 점점 숨이 거칠어졌다. 분하고 싫기 짝이 없어 눈앞이 흐려져 갔다.

"저리 가."

"너는 주변에 어질게 굴지 않을 뿐더러."

"떨어지라고."

"정정하던 황제를 손바닥 위에 올려놓고 흔들고는 했었지. 내가 약한 모습이라도 보일라 치면 나 또한 쥐고 흔들려 할 게 분명해."

갑자기 이 무슨 개소리인가. 내가 영감에게 언제 그랬다고? 또, 이놈을 쉬이 여기지 않기에…… 두렵게 여기기에 화병(火病)을 끌어안은 채로 몸을 납작 엎드려 여섯 해를 보냈거늘, 쥐고 흔들려 할 거라니? 어찌 그딴 말을 씨불여?

쌓여가는 억울함과 원통함이 내 목소리에 고스란히 묻어 나왔다.

"난, 난 안 그랬어. 안 그럴 거야."

"걸핏하면 모용덕과 명재평을 잡아 달라 속살거린 것은 무엇이지? 네 소원을 들어 주려 남쪽으로 보낸 군사가 육만은 됐던 듯싶은데. 게다가 살아생전 단 한 번 널 구박한 내 친조모는 네가 그 일을 건청궁에 일러바친 바람에 붕어할 때까지 황제에게 미움을 받지 않았었나."

"……그 두 가지뿐이었어. 게다가 네 친할미가 잘못했잖아. 내가 무슨 죄를 지었다고 뺨을 때려? 그, 그거 때문에 나한테 이러는 거면……."

"아니. 난 그것 때문에 이러지 않아. 계집년들의 시시한 다툼 따위엔 흥미 없거든. 네 아직 시정기를 살펴보지 아니했지."

무엇인지 모를 그 시정기 어쩌구 하는 것을 살펴볼 생각조차 하지 않았다. 지헌이 찾아보랬다고 쪼르르 찾아보는, 말 잘 듣는 개나 고양이처럼 굴고 싶지 않았기에.

“널 힐난하려는 의도가 아니라 신기하단 말이야. 네 하는 짓을 되새기면 못된 듯싶은데, 황후이면서 하잘 것 없는 아랫것들과 세간의 평을 신경 쓰는 것을 보면 순진한 듯도 싶고……. 악녀인지 선녀인지 헷갈려.”

“헉!”

손바닥을 뒤집는 것만큼이나 쉽게 날 드러눕힌 지헌이 위에 올라왔다. 허벅지 부근에 닿은 놈의 불거진 아랫도리가 느껴지는지라 역겨웠다. 기, 이 찢어죽일 넌! 감히 거짓을 고해? 이토록 멀쩡한데 어찌 제 년을 못 안았단 소리를 했어!

“하기야, 선녀는 아닌 게 분명하군. 그랬다면 진즉 날개옷을 입고 달아났을 테니까.”

말이 많은 것을 보건데 지헌은 정말 많이 기분이 좋은 모양이었다. 그러나 난 아니었다. 이놈과 하고 싶은 마음도 전혀 없었다. 더군다나 달거리까지 하고 있잖은가.

“싫어! 돌아가! 태손궁으로 돌아가란 말이야!”

온몸으로 날 짓누른 채 지헌은 자꾸 손을 놀렸다. 내 자리옷을 벗겨내고, 맨살이 드러날 때마다 살결을 더듬었다. 그 손길이 짜증스럽기 그지없어 나는 두려움도 잊고 젖가슴 끝을 맴도는 손을 세게 쳐냈다. 꽤나 크게 찰싹 하는 소리까지 났기에 보답으로 지헌에게 뺨이라도 한 대 맞을 줄 알았다. 그래서 몸이 떨렸다. 그러나 놈의 입가에는 옅은 비소가 새겨질 뿐이었다.

“한 번은 귀엽게 여겨 봐주지.”

맞거나, 어떠한 유의 해를 입을 줄 알았는데 그렇지 않자 한결 기세등등해진 내가 앙칼지게 쏘아붙였다.

"나는 싫으니까…… 기 그년한테 가! 그날 밤에 그 계집애를 품는 것을 성공치 못했다며! 실패했다며! 지금은 능히 가능한 듯싶으니 초야도 못 치른 그 불쌍한 어린 후궁에게 가 욕정을 풀라고!"

몸부림을 치던 내 몸뚱이가 멈칫했다. 순식간에 지헌의 얼굴이 싸늘히 식어 내렸다. 더불어, 참으로 신기하지. 터질듯이 커져있던 지헌의 아래가…… 더는 그렇지 않았다. 그 크기를 축소해 갔다. 그것이 너무 신기해 저항하는 것을 잊은 나는 멍하니 눈을 끔벅였다.

"쓸데없는 소릴 지껄이다니, 그년의 입을 찢어놔야겠군."

날카롭고 냉담하게 뇌까린 지헌이 떨어져 나갔다. 기의 입을 찢어놓겠다는 말이 진심인 것 같았다.

그년이 좋진 않지만 지헌에게 하관이 들쑤셔지는 상상을 하매 무서워 나 또한 벌떡 자리에서 일어섰다. 흘러내리는 치마를 부둥켜 쥔 채로 밖으로 향하는 지헌의 소맷자락을 붙들고 매달렸다.

"찢지 마!"

"……."

"험담하던 게 아니었어! 무섭다고, 초야부터 맞아 무서우니 다시 나인이 되게 해달라 빌러 온 거였어! 그 말을 하다가 은연중에 흘러나온 것뿐이야! 제발!"

지헌은 아무 대답이 없었다. 불안이 가시지 않아 놈의 뒷모습만 보고 있는 것을 그만두기로 한 나는 두 발을 놀려 놈을 마주보았다. 다시 애원하려던 내 입이 다물렸다.

지헌이 하얬다. 본디부터 사내라기에 희긴 하다만 지금은 더더욱 그러했다. 마치 아픈 것처럼 창백한 것이, 체형까지 호리호리하기에 위태로워 보이기까지 했다. 두통이 몰려온다는 듯 놈의 미간이 구겨졌다.

"갑자기 어찌……."

"그 어린년을 찾았던 날 전날에는 유독 꿈이 생생하더군."

"……."

"그 꿈이 여전히 따라다녀."

"……."

"알았으니 물러서."

홱 하니 날 치워낸 놈이 사라졌다.

황태손이 어찌 그리 이상했을까. 내게 왜 그럴까. 이전까지 잘만 하던 그 짓거리를 금일, 너무도 갑작스레 할 수 없게 된 까닭이 무엇이며 생전 아니 그래 놓고선 내 옆에 와 잔 까닭은 무엇일까. 꿈 얘기는 또 무어란 말인가. ……시정기를 찾아보면 그 모든 걸 알 수 있을까.

"무슨 까닭으로 널 붙들고 이러는지는 떠올려 본 적이 없지만 관심이 생긴 계기는 마치 어제의 일처럼 분명하게 기억하고 있지. 네가, 황제의 계집이어서. 자세한 것은 시정기(時政記)를 살펴봐."

이미 말했듯이 지헌의 말을 따르고 싶지 않았었다. 이리 오란다고 쫄랑쫄랑 웃으면서 쫓아오는 강아지와 마찬가지이게 되는 것 같아, 지헌에게 시정기와 관련해 들은 지가 한참 지난 지금까지 그것을 찾아보지 않았다. 그러나 이제는 궁금증이 비죽비죽 돋아났다. 그 미친놈이 어찌 내게 관심을 가졌고, 방금 전 어찌 기이하게 굴었는지 알고 싶어졌다.

한번 그리 느끼자 마음이 급해졌다. 주위를 살펴보았다.

"오경(五更)쯤 되었을까?"

주변의 어두운 정도를 보건데 얼추 그 정도쯤인 듯싶으니 날이 밝을 때까진 많으면 한 시진, 적어야 반 시진이 더 남은 격이었다.

"급해 죽겠는데!"

새 하루가 시작될 때까지는 길지 않은, 짧다고 치면 짧은 시간이 남았지만 하고픈 일이 생기자 그 짧은 시각이 억천만겁처럼 느껴졌다. 대체 그 시정기가 무엇인지 궁금해 죽을 것 같다. 어림잡기를 책인 듯싶은데, 무어라 쓰였는지 보고 싶어 환장을 하겠다.

허나 문제가 몇 가지 있었다. 첫째, 나는 그것을 어디에서, 어찌 구해야 하는지 모른다. 둘째, 지금의 내 실력은 책을 읽기에 턱없이 부족하다. 그렇다고 지헌이 지껄인 대로 태손궁에 찾아가 시정기를 찾아달라, 또한 읽어달라 청하기는 절대 싫다.

"아으!"

머릿속이 복잡하니 확 짜증이 솟아 신경질적인 소리를 흘린 나는 탁상 위의 촛대를 움켜쥐었다. 두 손으로 붙든 그것을 번쩍 치켜들었다. 그러나 촛대를 내동댕이치기 직전, 눈앞에 단규가 떠올랐다.

환관이 날 도와줄 수 있을 듯해 그런지, 아니면 환관을 떠올려서인지 모르겠지마는 순식간에 화(火)가 스르륵 풀렸다.

"단규는 알 수도 있겠구나."

촛대를 다시 탁상 위에 내려놓고 머리를 굴렸다.

글자를 가르쳐주는 데다 금란전 앞에서 내 입이 나불대는 것을 도와준 영리한 환관이라면 시정기가 무언지, 어디서 구할 수 있는지 알 법했다. 아니, 알 게 분명했다.

강한 확신이 들자 당장 무어라도 하고 싶어 조급증이 났다. 그러잖아도 변덕이 팥죽 끓듯 심한 데다 성질이 급해 앞뒤 가릴 줄 모르는 나인데, 거기다 궁금한 것이 생겼으니 날이 밝을 때까지 기다릴 여유 따위가 있을 리 없었다.

복도에 나와 섰다. 아직 밑에 거느리는 것들 중 뉘도 일어나지 않았는지 인기척 하나가 없었다. 주변이 휑했다. 그럼에도 혹시 몰라 발소리를 죽였다. 도둑고양이처럼 살금살금 발을 놀려 내 방에서 정 반대편에 있는, 한 구석에 처박혀 있다시피 한 곁방의 문 앞에 섰다.

내가 거느리는 환관과 나인들이 먹고 자는 처소는 황후궁 밖,

후미진 뒤편에 위치한 작은 건물이었다. 그렇지만 밤중에는 복도에서 불침번을 서는 당번 한 명을 제외하고도, 환관 두셋과 나인 세넷이 돌아가며 황후궁 내의 곁방 십여 개 중 두 개를 임시 숙소로 쓰곤 했다. 하나는 환관들이, 다른 하나는 여관(女官)들이. 한밤중에 내 시중을 들어야 할 일이 생기거나, 변고가 일어난다면 불침번 서는 이 하나로는 대응하기에 부족할지 모르기 때문이었다.

황후궁 곁방에서 머무는 치들 또한 불침번과 마찬가지로 순차를 따라 바뀌는즉, 단규가 예 없을까 봐 슬쩍 걱정스러웠다. 단규가 이곳에 없다면, 황후인 내가 모양 빠지게 환관과 여관들의 처소에 들르기 무엇하니 천생 날이 밝을 때까지 기다려야 하지 않겠나.

예 있어라. 그리 빌며 곁방의 문을 조심스레 열었다. 방 안에 단규가 없었으면 짜증이 팍 솟았을 것을 천운으로, 비좁고 어스름한 안에 누운 이는 분명 단규였다. 어스름한데 어찌 아냐고? 황후궁에 있는 환관들 중 저리 우람한 어깨를 가진 이는 하나뿐이다.

단규를 찾았음에도 쉬이 방 안에 들어가지 않았다. 발 하나를 떼었다가 다시 바닥에 붙이는 것을 반복했다. 망설였다. 부끄럽다거나 민망해서가 아니었다. 사내 아닌 고자가 드러누워 있을 뿐인데 내외할 이유가 무어 있다고 망설일까. 다만 방 안쪽 더 깊숙한 곳에 단규 외(外), 등을 돌리고 누운 환관 하나가 또 있기 때문이었다. 반대편을 향해 누운 뉘인지 모를 고자가 깨어나 날 발견할까 봐, 그래서 환관의 숙소에 들어선 내 행동이 경망스럽다 뒤에서 욕을 하고 다닐까 봐 염려스러웠다.

들어갈까, 말까. 잠시 더 고민한 나는 문 앞에 서 있다 혹여 뉘의 눈에 뜨일까, 결국 안으로 들어섰다. 아무런 수확 없이 돌아가고 싶지 않기도 했다.

아무 소리를 내지 않으려 안간힘을 쓰면서 단규의 옆에 주저앉았다. 침상도 없이 이 차가운 바닥에서 어찌 잘 수 있지. 의문을 느낀 것이 잠시, 눈을 감은 환관을 뚫어져라 쳐다보았다. 갑자기 서둘러 시정기를 보고 싶다는 생각이 머릿속에서 지워졌다.

참 이상해. 묘하단 말이야. 내 옆에 누운 지헌을 보았을 때는 놈이 밉기 짝이 없었는데, 쥐어박고 싶을 지경이었는데 이치는 어찌 안 그러지.

괜스레 마주 잡은 손을 꼼지락거리며 계속 잠든 환관을 구경했다. 치의 모습에서 당최 눈이 떼어지지 않았다. 잠든 환관의 모습이…… 어여뻤다. 어여쁘다 여길 것 없이 환관은 속눈썹도 길지 않고, 눈도 기다랗고 코도 선이 굵게 우뚝한 게 마냥 사내처럼 생기었는데. 한데도 고와 보였다. 적어도 내 눈에는 서시니 왕소군 같은 한 인물 했다는 년들보다도, 심지어 나 자신보다도 단규가 더 고와 보였다.

"아, 이러고 있을 때가 아니지. ……일어나 보아."

작게 속삭인 나는 환관의 우람한 어깨를 붙들었다. 붙든 어깨를 흔들기 전, 환관의 두 눈이 번쩍 뜨였다. 자다 일어났음에도 졸린 기색 하나 없이 그는 빠릿빠릿해 보였다. 단규가 입술을 떼매 크진 않을지언정 또렷한 음성이 귀속을 파고들었다.
"무슨 일이 있으십니까."
"시정기……."
"으음…… 어찌 그러오?"
낯선 목소리가 울렸다.
방 깊숙한 안쪽에 누운 또 다른 환관 놈이 몸을 뒤집어 날 보기 전, 내 몸뚱이가 딱딱한 바닥에 바싹 붙었다.
득달같이 누운 것이 자의(自意)는 아니었다. 눈 깜빡할 새에 날 끌어당겨 안은 환관의 품속에서 나는 입도 뻥긋하지 않고 눈알만 굴려댔다.
단규의 냄새가 입과 코를 통해 밀려들어와 폐를 채운다. 그의 몸이 내게 닿아 있다. 손과 팔 또한 등허리에 닿아 있다. 그게 싫기는커녕, 이러한 적이 처음도 아닌데 익숙하기는커녕 심장이 쿵쿵, 빨리 뛰었다. 양 뺨이 뜨겁고 머리가 어지러웠다. 그럼에도 앓는 소리 한 번 내지 못한 나는 정신을 바싹 차리려 애썼다. 조용하려, 심장이 덜 빠르게 뛰는 데 도움이 될까 싶어 숨 쉬는 것마저 마음껏 하기가 꺼려졌다.
"잠꼬대를 했나 보구려."
또 다른 고자는 저 혼자 북을 치고 장구를 쳐댔다. 단규의 어깨가 넓거니와 내 존재를 들킬까, 그가 날 워낙 꽉 그러안은지라 옆으로 누운 상태인 그의 어깨 너머가 보이지 않았다. 그렇기에 단규의 가슴팍만 쳐다보며 두 귀를 쫑긋 세우고 있으니 옷자락이 부스럭거리는 소리, 몸을 뒤집는 소리가 들렸다. 다른 환관이 다시 우리에게서 등을 돌린 듯싶어 고개를 들어 단규를 올려다보았다.

"쉿."

길게 뻗은 둘째손가락을 입술에 댄 단규가 작게 소리 냈다. 하여 이제 된 거 아니냐. 속닥거리려다 입을 다물었다.

시간이 꽤나 흐른 동안 적응이 된 겐지. 여전히 뺨이 뜨겁고 심장도 조급히 뛰지만 이제는 그 증상들이 불편하지 않았다. 오히려 해괴하게도…… 기분이 점점 좋아졌다. 뿐인가. 까닭 모를 짓궂은 마음이 들기까지 했다. 그런고로 나는 단규의 단단한 가슴팍에 얼굴을 비벼보고, 손가락으로 그의 다부진 허리를 슬슬 간지럽혔다. 그리 짓궂게 굴면서 시선을 올리매 날 내려다보는 환관의 미간이 구겨져 있다. 그는 마치 어찌 이러냐는 표정을 해보이건만 못돼 먹은 나란 계집은 씩 웃어 보였다. 이번에는 발가락 끝을 까딱, 까딱 움직여 환관의 발목 부근을 간지럽히는 시늉을 해보였다.

"흠."

잔뜩 인상을 찌푸린 걸로 모자라 불편한 티를 내는 환관이 웃겨 입술 새로 웃음이 튀어나가려 했다. 이대로는 정녕 박장대소를 터뜨릴 것 같아, 단규를 쳐다보는 것을 멈췄다. 그의 가슴에 얼굴을 묻었다. 그 상태로 소리 내지 않으려 애쓰며 입꼬리가 찢어져라 웃었다. 얼마나 커다랗게 입을 벌려 웃었는지 내 입에서 흘러나와 단단한 가슴팍에 부딪친 뜨거운 숨결로 인해 얼굴이 뜨끈히 데워질 정도였다.

한참을 소리 없는 웃음을 흘려 속이 좀 진정이 되었을 즈음, 내 못된 손이 다시 꿈틀거렸다. 또 환관의 허리에 손을 얹어 간지럽히려는 찰나, 드르렁거리는 요란한 콧소리가 메아리쳤다. 이어 단규의 목소리도 날아들었다.

"그만 괴롭히시고 조용히 나가십시오."

쳇. 아쉬움에 꾸물거렸다. 버선도 신지 않은 발로 부끄러운 줄도 모르고 단규의 발목을 괴롭혔다.

"어서."

환관의 목소리에서 위엄이 새어 나왔다. 눈치는 빨라 환관의 인내심이 한계에 다다른 것을 이내 알아챈 나는 마침내 몸을 움직였다.

잡음 없이 쌩하니 움직여 내 방에 돌아와 있으니 머지않아 문이 열렸다. 열린 문 틈새로 단규가 나타났다.

날 바라보는 그의 표정이…… 뭐랄까. 근엄해 보이기도 하고, 난감해 보이기도 했다. 너무 심했나? 장난질의 정도가 지나쳤어? 난 좋아서 그런 건데, 저놈이 화가 난 걸까? 슬슬 눈치를 살피면서 입을 열었다.

"화났느냐?"

"……."

"그저 농이었다."

단규는 감히 황후의 앞에서 미간을 찌푸렸다. 허나 그 하극상에 기가 차기는커녕 오히려 겁이 찔끔 났다. 화해한 지 얼마 되지 않았는데. 다시 티격태격하고 싶지 않은데!

"정말로. 그저 농일 뿐이었어."

단규의 입술 새로 피곤한 한숨이 새어나왔다.

"확실히 짓궂긴 하셨습니다만 그것 때문에 화가 나진 않았습니다. 그저 좀……."

"그저 좀, 무어야?"

"……아닙니다. 그나저나, 손 환관이 입이 가벼운지라 황후께서 환관의 방에 들어오신 것을 들켰다간 좋은 말을 퍼뜨리진 않을 듯하여 옥체(玉體)에 손을 대었습니다. 결례를 용서하십시오."

"아…… 그거."

입꼬리가 슬며시 치켜 올라갔다.

"괜찮으니 송구할 필요 없느니라."

왜냐면 난 좋았으니까. 뒷말은 삼켰거늘, 어쩐지 몸이 배배 꼬였다.

"한데 어찌 오셨었습니까."

"혹여 시정기를 알아?"

"시정기?"

"그것을 보고 싶은데 무언지, 어디서 구해야 할지 모르겠어서. ……구해봤자 읽지도 못할 테고."

무식한 티를 내려니 자존심이 상했다. 그러나 단규는 기특하게도 오히려 날 두둔했다.

"충분히 그러실 수 있습니다. 시정기란…… 일기 비슷한 것이라 말할 수 있겠군요. 다만 개인의 일기가 아닌, 나라의 그것입니다."

"그런 거야?"

"다만 시정기는 황제조차 마음껏 볼 수 없으니 그것이 보관된 사관(史館)에 황후께선 들어가실 수 없을 겁니다."

"무어?"

이럴 수가! 이 무슨 소리야! 그 미친놈은 어쩌라고 황제조차 볼 수 없는 걸 보라 했어?

지헌이 날 놀린 건가 싶어 속이 부글부글 끓었다. 뜻하는 대로 일이 되지 않아 배로 속이 끓어 말이 더듬거려졌다.

"그, 그 미친 자식이……."

"너무 낙담하진 마십시오."

입술을 삐죽 내민 채로 암말 않는 나 대신 그가 이어 말했다.

"돌아오는 새벽, 저와 함께 사관에 들러보시겠습니까."

"그것이 가능해? 허면 지금 당장 가지 않고!"

"지금 들르기에는 늦지 않았겠는지요. 주변이 많이 밝아진 것이 사람들이 깨어날 때가 된 듯싶으니."

"……."

하루씩이나 더 기다려야 한다니 갑갑했다. 눈앞에 귀한 무언가가 담긴 보석함이 있어 열어보고 싶은데, 자꾸만 기다리라는 소리를 듣는 심정이었다. 하지만 투정을 부리는 대신 마음을 다스리려 애썼다.

하기야, 따지고 보면 나쁠 것도 없다. 시정기를 아예 못 보는 편보다는 하루쯤 기다려서라도 보는 편이 훨씬 낫지 않은가. 게다가.

"알겠느니. 보채지 않고 얌전히 기다릴게."

"영명하십니다. 허면 저는 이만 나가보겠습니다."

"그리해."

혼자가 된 나는 입꼬리가 찢어져라 웃었다.

그래. '다시 생각해 보니 그리 나쁘지 않은' 정도인 게 아니라 훨씬 잘됐어. 지금 급하게 사관에 다녀오는 것보다 돌아오는 새벽, 느긋이 움직이는 편이 좋잖아?

"그러면 금일 밤에 환관과 단둘이 놀러가는 건가?"

기분이 확 좋아져 콧노래를 흥얼거렸다. 황궁 밖으로 나가는 것도 아니요, 거창한 곳에 가는 것도 아닌데도 무슨 옷을 입고 머리 모양을 어찌 할지 고민이 들었다.

내 입술이 비죽 튀어 나와 있음을 다른 뉘보다 내가 제일 잘 알았다. 입이 튀어나왔을 뿐인가. 나는 두 눈꼬리까지 쫙 찢은 채로 옆에서 걷는 환관을 흘겼다. 점잖지 않게, 발뒤꿈치를 끌며 터덜터덜 걷기까지 했다. 내가 이리 비뚤어진 거, 모두 환관 탓이었다.

지난 새벽부터 하루 종일, 내리 기분이 좋았었다. 날이 어둑어둑해질수록 더더욱 그러했었다. 남모르게 사관에 가자는 환관의 말이 자꾸 떠올라서. 그리 기분이 좋아서였나. 평소라면 나인들이 골라주는 장신구로 머릴 치장하고, 입혀주는 대로 입었을 테지만 금일 나는 그러지 않았다. 본래 나란 계집은 죽은 순황후나 소려진 등등, 황궁 안의 다른 년들에 비해 장신구니 보석 같은 것에 크게 욕심을 내지도, 관심도 없었다. 그러나 금일 아침엔 그렇지 않았다. 어인 일인지 패물함을 채운 보석들이며 비단옷에 한 번 더 눈길이 갔다. 눈길을 던졌을 뿐 아니라 무얼 입을지, 머리를 무엇으로 장식할지 직접 고르기까지 했다. 그 정도로 기분이 좋았었다. 한데.

"차림새를 간소히 하시는 것이 좋겠습니다. 많은 머리 장신구며 소매와 옷자락이 긴 화사한 옷은 지금부터 하려는 일에 그다지 도움이 되지 않을 테지요."

다시 곱씹은 그의 말이 불만스러워 입술이 씰룩였다.

안 하던 행동까지 보일 만큼 어인 일인지 유쾌했던 나인데, 새벽이 되어 다시 만난 환관에게 저 소리를 들으니 기분이 와장창 깨졌더란다. 그것이 바로 지금, 내가 부루퉁한 이유였다.

사실 화를 낼 거리는 아니었다. 못 배운 나란들 그 정도는 알았다. 환관의 말마따나, 화려한 치장이 남 몰래 움직이는 것에 무에 도움이 되겠는가? 만약 사관에 몰래, 재빨리 들어가다가 치렁치렁한 치맛자락을 밟아 나자빠지기라도 할지 어찌 알겠는가. 그러나 환관의 말에 공감하면서도 무언가가 신경을 거슬렀다. 불쑥불쑥 심술이 솟았다. 결국, 나는 기어코 한마디를 이죽거렸다.

“아예 상궁이나 나인으로 변장하라지 않고?”

“그도 방법이긴 합니다만, 곤란한 상황이 일어났을 때 황후께서 ‘황후’이신 편이 낫습니다.”

저리 침착한 반응을 기대하고 빈정거린 게 아닌데? 저 못난 놈이 설마 비꼼을 눈치채지 못한 건가.

“가령 사관에 몰래 들어갔다 발각된 누군가가 환관과 나인 혹은 환관과 ‘나인으로 분한 황후’인 편보다는, 환관과 지엄하신 황후 폐하 그 자체인 편이 낫지 않겠습니까. 물론 황후께서 지난번 금란전 앞에서 그러하셨듯 적합한 위엄을 보이실 수 있다는 가정 하에 말입니다.”

단규가 말하는 바가 무슨 뜻인지 알 법했다. 설사 사관에 몰래 들어간 것을 재수가 없어 어느 관리에게 들킨들 내가, ‘난 황후인데 예 좀 들어온 게 어떠해서? 네 감히 날 죄인 취급이라도 하려고? 그런 거 아니면 금일 일을 입 다물라!’라고 강하게 쏘아붙인다면 곤란을 피할 수도 있지 않겠는가. 물론 그럴 수도 있다는 것일 뿐, 장담할 수 없다는 것이 문제이지만.

여하 간에, 단규의 말을 이해했음에도 대꾸하지 않았다. 조용한 내가 말귀를 못 알아먹었다 생각했는지 단규는 설명을 덧붙였다.

“그러니 운이 따르지 않아 일이 잘못되었을 때엔 황후 폐하의 역할이 매우 큽니다. 좋지 못한 경우의 수가 일어나지 않는다면 제일 좋겠지만…….”

흘끗 날 돌아본 그가 입을 닫았다. 내리 앞만 보고 걷다가 멈춰선 치와 마찬가지로 나 또한 발을 멈췄다. 그가 날 반히 바라본다. 마침내 무언가가 잘못되었다는 것을 깨달은 성싶다.

"무엇이 불편하십니까?"

그걸 이제 알아채? 네가 감히? 뭐가 불편하냐고? 그래, 불편하다, 이 고자야! 마음이 불편하다고, 마음이! 이 하찮고 눈치 없는 놈!

"화가 나셨군요."

환관이 알아챘음에도 나는 치켜 올라간 눈꼬리를 내리지 않았다. 새 부리처럼 툭 튀어나온 입도 집어넣지 않았다. 오히려 단규를 쌩하니 지나쳐 발을 쿵쿵 굴렀다. 사관이 어디에 있는지도 모르면서.

"연유가 무엇입니까?"

둔한 환관 놈의 다리가 원체 길어서인지 금세 따라잡혔다.

"어찌 심기가 불편하신지, 까닭을 말씀해 주십시오. 그리고 사관은 그쪽이 아닙니다. 황실 서고 뒤편인 만큼 동향하셔야 합니다."

내 팔을 잡은 단규의 손을 흘끗 내려다보았다. 커다란 손을 뿌리치려다가 참은 대신 앙칼지게 쏘아붙였다.

"절대 안 알려줄 테야. 네 잘난 재주껏 알아내든가."

"……."

순한 환관은 아무 말 않건만, 멈추지 않은 난 계속 투정을 부렸다.

"정말이지 너처럼 눈치 없는 이가 또 있을까. 사내면 이해라도 할 텐데 그렇지도 않으면서, 계집이나 다름없으면서 어쩜 그러해? 견자근과 달라도 너무 달라.”

속력을 높여 또 단규를 앞서가매 환관은 이번에는 나를 따라잡지 않았다. 슬쩍 곁눈질을 해 그가 한 걸음 뒤에서 걷고 있는 것을 확인한 내가 망설였다. 그토록 구박을 해놓고, 두 번씩이나 단규를 떨어뜨려 앞서 걸어놓고 막상 그가 멀어지자 탐탁지 않았다.

결국 슬그머니 다시 환관의 옆에 붙어 선 나는 퉁명스러운 어투로 변명을 늘어놓았다.

“글도 모르는 내가 황실 서고니 사관이 어디 있는지 알 게 무어야. 이 캄캄한 새벽에 넓은 황궁에서 길이라도 잃으면 어찌해. 귀신에게 끌려가 우물에라도 빠지면.”

“그래서야 되겠습니까.”

“…….”

“황후 폐하.”

바닥만 보며 걷다가 그를 올려다보았다.

“어찌 기분이 상하셨는지 알 듯합니다. 맞혀볼까요.”

수수께끼라도 하자는 거니? 불난 곳에 부채질해? 그렇게 톡 쏘아붙일까 하다가 포기했다. 작은 미소를 지어 보이는 환관이 꼭, 날 달래주려 애쓰는 것처럼 느껴졌기에.

“맞히면 화를 좀 푸시겠는지요.”

다정히 말하는 단규를 보건데, 예상이 얼추 들어맞은 듯했다. 환관의 노력이 가상해 조금 기분이 풀렸다.

“네 하는 거 봐서.”

“금일 유독 곱게 꾸미셨었거늘, 소인이 주제넘게 단출히 차려입으시라 해서가 아닙니까.”

웬일이래. 맞혔네. 못 맞힐 줄 알았는데. 그래도 황궁 생활을 몇 달 하였다, 눈치가 좀 늘었나.

“틀렸습니까?”

잠시, 틀렸다고 할까 고민이 들었지만 단규에게 거짓을 고하고 싶지 않아 순순히 긍정했다.

“맞아. 그렇지만 주제넘다 여겨서는 아니었어. 그냥…….”

‘신이 나서 곱게 단장했다가, 네게 옷을 갈아입으라는 소리를 듣자 서운했다. 서운해서 또한 화가 났다’ 라고 솔직히 말하려니 궁색하게 느껴졌다. 옷 갈아입으란 소리를 들은 게 나는 왜 그토록 섭섭했을까? 나 스스로도 이해가 가지 않는다.

말끝을 흐린 내게 캐묻지 않은 단규는 대신 작지만 부드러운 미소를 지어보였다.

“소인이 주제넘다 생각하시어 화나신 것은 아니었군요.”

“그건 아니고 그냥…… 그 말이 서운하였어.”

“…….”

“어이 그랬는지는 나도 모르니 묻지 말아.”

우리는 한동안 말이 없었다. 드문드문 발자국 소리를 흘리며 걷기만 했다.

“지금처럼 소박하게 하고 계셔도 충분히 반짝이십니다.”

“무, 무, 무어라고?”

휘둥그레져 단규를 올려다보았다. 어머, 웬일이야. 이치가, 이 환관이 방금 내게…… 어여쁘다 한 건가?

몸이 덥기 짝이 없다. 금방이라도 얼굴이 터질 것 같았다. 심장은 꼭 살가죽을 뚫고 튀어 나올 기세로 쿵쾅쿵쾅 뛴다.

가슴께의 옷깃을 한손으로 꽉 움켜쥐었다.

"무, 무어야 그게. 갑자기 어인 헛소리람."

퉁명스럽게 말했지만 실은 너무 좋았다. 여태껏 살면서 어여쁘단 칭찬을 들었을 때에 별다른 감흥을 느껴본 적이 없는데, 지금은 그렇지 않았다. 엄청난 환희가 뒤꽁무니를 졸졸 쫓아오는 느낌이었다.

"이틀 전 황후께서 찬그릇을 내던지셨을 때는 먼저 달래드리지 못했는데, 이번에는 괜찮았는지 모르겠습니다."

"그러니까, 날 달래려 그냥 한 소리란 말이지?"

"꼭 그렇지만은 않습니다."

"치."

불만스러운 소리와 달리 새쭉이 웃었다. 좋은 기색을 숨기지 못하는 날 내려다보는 단규 또한 옅게 웃었다.

"흐흐, 얼마나?"

두 손으로 단규의 왼팔을 붙들었다. 그에게 매달리다시피 해 걸으며 종알거렸다.

"얼마나?"

"……."

"내가 얼마만큼이나 반짝이느냐?"

"……."

꿀 먹은 벙어리가 되었나. 왜 말을 안 해.

"어서. 어서 답을 해보아, 으응?"

아, 답답해! 방금 전까지 말만 잘하더니, 이놈의 고자가 어찌 답이 없어? 어찌 내 맘을 들었다 놨다 하냐고. 말로만 닦달하는 것이 소용이 없자 단규를 흘겨보는 척했다. 딱히 듣고자 하는 말이 있는 것도 아닌데, 나조차도 내가 무얼 원하는지 모르는데 그럼에도 그에게서 어떠한 말을 듣고 싶었다. 방금 전의 것과 같은, 조청처럼 단 사탕발림을.

다시 재촉했다.

"어찌 답을 안 주어? 정녕 마음에 없는 거짓말을 했구나."

"꿈에 나올까 두려우니 그만 흘기시지요."

"대답을 해줘어. 내가 귀신처럼 눈을 까뒤집고 널 노려보는 것이 싫으면 말을 하면 되잖아."

"대체 무어 말해야 할지 열심히 고민하는 중입니다."

"무슨 고민이 이렇게 길어!"

단규의 얼굴 가득 난감한 기색이 들어찼다. 그가 속으로 무슨 생각을 하고 있을지 뻔했다. 뭘 더 원하느냐. 무뚝뚝한 환관이 그 정도 해주었음 됐지 얼마나 더 듣기 좋은 소릴 해주길 바라서. 그 같은 생각을 하고 있을 터다.

"설마 아직도 고민 중인 게야?"

물러나지 않은 내가 기어코 또 보채니 단규는 어두운 주변을 둘러보았다. 그의 시선이 하늘을 향했다가 다시 나에게 쏟아졌다. 그가 올려다본 하늘 천장이 얄미워 새침하게 지껄였다.

"네 나랑 얘기하다 하늘은 무엇한다고 쳐다봐?"

"……차라리 삐쳐 계실 때가 좋았던 듯합니다."

"감히 그런 말을! 불경하다만 용서해 줄 터이니 어서 말해. 얼마나 반짝이는지 알려 달란 말이야."

민망스럽다는 티를 여실히 내는 환관이건만 나는 고목나무의 매미처럼 그에게 달라붙었다.

"별…… 만큼."

"무어?"

고요한 음성이 귀청을 두드렸다.

"저 밤하늘의 별만큼 반짝이십니다."

"……."

"살아생전 이런 말을 입에 담을 줄은……."

마치 속이 메스껍다는 표정을 하고 있는 환관과 달리 내 표정은 이보다 환할 수가 없었다.

내가 밤하늘의 별처럼 반짝인다는 그 말은 거짓이 분명했다. 왜냐하면 거짓이니까. 어쩌면 진실일지도 모른다. 나는 별과 같이 빛나 보일지도 몰라. ……껍데기만 본다 하면. 껍데기만 본다 하면 난 꽤 반반하니까. 그렇지만 속은 그렇지 않다. 교양이니 글자를 모르는 무식한, 개만도 못한 놈들의 꾐에 빠져 머나먼 남쪽에서 태어났음에도 북쪽인 이곳으로 팔려올 만큼 어리석은, 늙은 영감의 애첩이었고 지금은 그의 손자의 그것인 음탕한 나. 그런 내가 어찌 저 별과 같을까.

단규의 말이 적절치 않음을, 사실이 아님을 알지만 그래도 기뻤다. 너무 너무 좋았다. 하여 함박 미소를 지었다.

"어느 별?"

한참을 웃은 끝에 물었다.

"정확하게 어느 별만큼 빛나?"

단규가 난색을 표하거나 말거나. 오른팔을 번쩍 치켜들었다. 두 번째 손가락으로 검은 밤하늘에 촘촘히 수놓아진 별들 중 하나를 가리켰다.

"세세히 콕 집어주어. 저 조그맣고 흐린 것은 아닐 테고, 저거? 아님 왼쪽에……."

"다음에."

단규는 하늘을 향한 내 손을 붙잡아 끌어내렸다.

"어느 별을 닮으셨는지는 다음번에 알려드리겠습니다. 안타깝게도 목적지에 거의 다 왔으니, 지금부터는 말을 아끼셔야 합니다."

방금 전까지 조잘댄 게 맞긴 하냐는 듯 나는 입을 꾹 다물었다. 환관에게 귀찮은 짐덩이 혹은 골칫덩이가 되고 싶지 않아 정신을 바싹 차리려 애쓰며 걸으니 돌연, 허리에 다부진 팔이 둘러졌다. 움찔한 나를 낚아채듯 끌어당긴 단규는 근처의 측문(側門)으로 이어진 높다랗고 기다란 담에 붙어 섰다.

열린 측문 사이를 통해 반대편을 살핀 그가 또 한 번 날 끌어당겼다. 환관이 워낙 날쌘즉, 뒤처지지 않으려 두 발을 재게 놀렸다. 지난 십년간 별 것 아닌 일을 할 때조차 아랫것들의 도움을 받아왔고, 여유란 여유는 다 누려왔기에 민첩하게 움직이려니 여간 고생스러운 게 아니었지만 나는 불평하지 않았다.

나자빠지거나 하는 사고 없이 우리는 측문을 통과해 낡아빠지고 허름한 전각의 뒤편에 몸을 숨겼다. 내 허리에는 여전히 우람한 팔이 둘러져 있다.

단규는 날 끌어안은 채 날카로이 빛나는 눈으로 어딘가를 살폈다. 그가 주시하는 방향으로 고개를 향하니 등불 하나를 든 군졸 두 놈이 우리가 숨어 있는 전각 앞을 지나는 것이 보였다.

이윽고 텅 빈 안뜰에서 단규는 눈을 떼지 않았다. 연유가 궁금했지만 입을 꾹 다물고 있자 아까의 그 군졸 놈들이 다시 시야에 들어왔다.

한 번 더. 총 세 번, 군졸 두 놈을 보내서야 단규는 날 내려다보았다. 옅은 숨결이 환관에게 꼭 붙어선 내 이마를 간질인다.

"지루하셨지요. 저들의 동선과 시간 간격을 알아두는 게 좋을 듯하여."

"……."

"일각에 조금 못 미치는 시간마다 이곳으로 돌아오고, 안뜰의 중간에 다다른 때를 기준으로 오십 보를 걸어 황실 서고 구역으로 들어가는군요. 여유롭지는 않지만, 문제는 없겠습니다."

단규는 어인 일인지 실소했다. 왜 웃는 거지?

"이리 조용한 모습을 처음 보는 듯합니다."

칭찬인 거야, 평소에도 지금처럼 닥치고 있었으면 좋겠단 비꼼인 거야?

"금번에 근위병 둘이 다시 나타나 저쪽, 북향에 있는 측문을 가로지르면 속으로 열을 세십시오. 다 세시자마자 왼편 대각선 방향에 위치한 사관으로 달리는 겁니다. 이해하셨습니까?"

삐죽, 고개를 빼 사관의 위치를 확인하고 고개를 끄덕였다.

군졸 두 놈이 다시 시야에 들어왔다. 그놈들이 북향 측문을 넘어서는 순간 속으로 숫자를 세었다. 하나 두울 셋…… 아홉 가량 센 참, 또 한 번 단규에게 이끌렸다. 강한 힘이 실린 손에 의지한 채 사관을 향해 내달렸다. 날 먼저 건물 안으로 밀어 넣은 단규가 소리 나지 않게 문을 닫았다.

거친 숨을 씨근거리며 주위를 둘러보았다. 별 달리 특별한 것은 없었다. 다만 널따란 내부 가득 탁한 종이 냄새와 고릿한 먹 냄새가 떠다닌다는 것이 색다르다면 색다를 뿐이다.

"최대한 발소리를 죽여 걸으시면 됩니다."

단규의 뒤를 졸졸 쫓으매 그가 가장 가까이에 있는 방문을 열어 젖혔다. 붓, 벼루, 종이 등 잡다한 물건들이 잔뜩 쌓여 있다. 두 번째 방에는 널따란 탁자와 의자들이 가득하다. 단규가 세 번째 방문을 열었다.

"이곳인 것 같군요."

여러 개의 책장, 책장에 겹겹이 쌓인 서책으로 채워진 세 번째 방에 조심스레 발을 들이밀었다. 소리 나지 않게 문을 닫자마자 빼곡한 책장 사이를 거니는 환관과 달리 나는 문가에 멀뚱히 서 있었다. 글을 제대로 알든지 해야 시정기인지 뭔지를 찾을 수 있을 것을, 하여 환관에게 도움이 될 수 있을 것을, 그렇지 못하니 움직여봤자 불필요한 발소리밖에 더 내겠는가.

"이리 오십시오."

재주 좋게 어디선가 호롱불을 찾아낸 단규가 가까이 오라 손짓을 해 재까닥 두 발을 옮겼다.

"귀신이 무섭지도 않으십니까. 이 어두운 곳에서 홀로 계시었다 해악이라도 입으시면 어쩌시려고요."

흥, 이 고자가 날 놀리는구나. 아까는 조용한 게 신기하다고 놀리더니 이번에는 귀신 타령으로 겁을 줄려 하네. 발뒤꿈치를 들어 환관의 귀에 소곤거렸다.

"내 이제 말해도 되느냐?"

"예. 단, 너무 크게는 아니 됩니다."

"그 정도는 나도 알거든?"

곧바로 '세상에 귀신이 어디 있느냐. 살면서 한 번도 그딴 것을 본 적이 없다. 본 적이 없으니 귀신 따윈 없는 게 아니냐. 한데 네 그딴 상상 속 미물을 들먹여 날 놀리려 해?'라고 따져 물으려 하다가, 나는 변덕을 부렸다.

어찌 변덕을 부렸느냐 하면, 돌연 내 두 팔로 환관의 왼팔을 감싸 안았다. 그와 닿은 한쪽 어깨를 일부러 부르르 떨렸다.

"네가 귀신 소릴 하니 무섭잖아."

앙큼한 내 속삭임을 듣고 작게 웃은 단규는 내게 잡힌 왼팔을 거둬들였다. 되레 그가 내 오른팔을 단단히 붙잡았다. 마치 귀신이 날 끌고 가도 놓치지 않겠다는 듯이. 으흐, 좋아.

"몇 년도의 시정기를 살펴봐야 하는지 아십니까."

몇 년도였더라. 태창 이십…… 무엇이었지? 기억이 가물가물해 끔찍스러웠던 그날 지헌이 지껄인 말을 다시 곱씹을 수밖에 없었다.

"내가 영감의 후궁이라 관심이 생겼다고, 자세한 것은 시정기를 읽어보라고 했어. 태창 이십…… 십이월. 이십과 십이월은 분명하게 기억이 나는데……."

창피하게 이딴 것도 헷갈리다니. 시정기가 뭔지도 몰랐었어, 예까지 환관의 도움으로 와, 게다가 몇 년도였는지 기억도 못해. 이게 무어야.

정녕 창피하기 짝이 없어 절로 눈이 내리 뜨였다. 입술 새로 자신 없는 목소리가 흘러나갔다.

"팔년 아니면 구년이었던 것 같아. 아니, 칠 년이었나? 아, 아무튼 간에 이 셋 중 하나인 건 확실해."

"그 정도면 충분합니다. 그날 고된 일을 겪으셨음에도 자못 세세하게 기억하고 계시니, 황후께선 진정 영명하시잖습니까."

"아, 아부는."

"진심입니다."

"……너는 참 착해."

작게 칭찬한 나는 창피함을 떨치고 환관의 뒤를 쫓아다녔다.

책장 대여섯 개를 지나친 그가 멈춰 섰다. 나 또한 옆에 멈춰 섰다. 나는 환관만 올려다보고, 환관은 겹겹이 쌓인 책 더미의 겉면을 살핀 것이 한참. 이윽고 그가 읊조리듯 말했다.

"황후께서 찾아보시고자 한 편은 태창 이십구 년의 시정기인가 보군요."

"이십칠, 팔, 구 중에 헷갈린다 했거늘 어찌 단언해?"

"이십구 년도의 시정기가 없습니다."

"없다고?"

왜 이십구 년도 것만 없어?

방금 전까지 단규가 살핀 책 더미를 뒤적였다. 다른 건 몰라도 숫자만큼은 제대로 읽을 수 있기에, 이십에서 삼십이 적힌 책들 중 이십구 년도의 책만 없다는 사실을 직접 확인할 수 있었다.

"어찌 없지. 나처럼 보고 싶어 한 이가 있어서 가져……."

"쉿."

갑작스레 등잔불을 끈 단규는 나를 바닥에 주저앉혔다. 차가운 바닥에 엉덩이를 붙이자마자 발소리가 들렸다. 두근두근, 심장이 불안히 뛰어 환관의 허리를 꽉 끌어안았다.

덜커덕하고 문이 열리는 소리, 부산스런 발걸음 소리가 선명하지 않았다. 그로 보아 누군가는 옆방을 거니는 듯했다. 놈이 우리가 숨은 방에도 오면 어쩌지?

불안감에 굳어 있는 내게 단규가 말했다.

"돌아갔습니다. 긴장 푸십시오. 근위병이 아니라 사관에 속한 관리였나 봅니다. 관리들은 순번을 정해 황궁 내에서 숙직하니 필요한 것이 있어 들렀을 테지요."

"그, 그래?"

단규의 말이 사실인 듯 어디에서도 더는 소음이 일지 않았다.

"그래도 만약을 대비해 시차를 넉넉히 두고 나가는 편이 좋겠습니다. 잠시만 예 앉아 계십시오."

"으응."

희미한 달빛에만 기대 단규는 다시 책장들을 살폈다. 그렇지만 책들을 휙휙 스쳐지나가는 모습을 보건데 시정기를 찾는 듯싶진 않았다. 무얼 찾는 걸까.

호기심이 솟아 단규에게 다가갔다. 한참 더 책장을 살핀 환관이 혼잣말을 하듯 중얼거렸다.

"혹시나 싶었는데."

"무얼 찾는 게야?"

"……."

단규는 나를 돌아보았다.

"지난날, 소인에게 갖고 싶은 것이 있냐 물으셨습니다. 기억하십니까."

"네, 무어 갖고 싶은 게 있어?"

"갑자기 그것은 어찌 물으십니까."

"그냥…… 아주 조금 네놈, ……네가 귀, 귀여워서 그런 게지."

환관이 어여쁘고 기특해서, 비위를 맞춰주고 옆에 있어주는 게 너무 좋아 앞으로도 그러길 바라 물었었다. 견자근이 그러했듯이 끝까지 나의 곁을 지키길 바랐기에 황후로서 가능한, 나름의 아부를 부렸었다. 그를 어찌 까먹었을까.

그런데 저 얘길 왜 지금 꺼내는 걸까? 묘한 긴장이 열 발가락 끝을 휘감는 것을 느끼며 조용히 답했다.

"기억하느니."

"지금 말씀드려도 될는지요."

"……말해보아."

"지도가 가지고 싶습니다. 수나라의 지도를."

"……."

"그저 평범한 지도여도 좋지만, 솔직히 말해 군사지도가 갖고 싶습니다."

"……."

"그것이 소인이 원하는 것입니다."

무어라 대답을 하려다 다시 입을 다물었다. 어찌 이러지. 환관은 그저 지난날 내 물음에 답해 갖고 싶은 걸 말했을 뿐인데. 한데 어찌해서 갑자기 마음속이 불안한 걸까.

단규에게 무슨 까닭으로 지도가 필요하냐 묻지 않았다.

"……생각해 보겠느니."

그저 생각해 보겠다 하고 처소로 돌아왔을 뿐.

등잔 속에서 일렁이는 촛불을 바라보며 나는 생각에 잠겼다. 먼저 갖고 싶은 게 있냐. 물어본 쪽은 나 자신이었음에도 환관에게 알았다는 확답을 주지 않은 것은 그새 마음이 바뀌어서가 아니었다. 금은보화 따위가 아닌 지도를 원한다는 그가 의문스럽기는 했다만, 그 의문 또한 어물쩍 답을 넘긴 것에 대한 직접적인 이유는 아니었다. 다만 무언가가 마음에 걸렸다. 무엇인지 모를 무언가가 자꾸 날 불안하게 했다. 아직 그에게 자초지종을 따져 묻지도 않았는데.

슬쩍 열린 창 틈새로 부우– 부우, 하는 부엉이 울음소리가 날아들었다. 그 뒤를 이은 날갯짓 소리에 비로소 내 자신이 무얼 찝찝해 하는지 알 성싶었다.

단규에게 지도를 구해주면 원하는 것을 얻은 그가 내게서 도망을 놓을까 두렵다. 저 밖에서 운 날개 달린 짐승처럼, 잡을 새도 없이 멀어질까 봐 무섭다. 환관 나부랭이는 죽기 전엔 황궁을 절대 벗어날 수 없거늘 어찌 공연한 걱정이 드는 걸까.

쓸데없는 걱정으로 골머리를 앓을 바엔 차라리 환관의 청을 못 들은 척 시치미를 떼버릴까. 하는 생각이 머리통을 스쳤으나 결국 나는 몸뚱이를 움직였다. 환관을 기쁘게 해주고픈 마음도 크기에 침상에서 내려서 문밖으로 향했다.

끼익하는 문소리가 울렸다.

"지도를 원하는 이유가 무어야?"

나긋이 물은 내 시선이 커다란 환관에게 붙박였다. 문가에서 내리 불침번을 선 그 또한 나를 물끄러미 내려다본다. 단규는 한참을 말이 없었다. 그의 새카만 눈동자에 고뇌가 일렁이는 듯싶단 착각을 느낀 참, 마침내 답을 돌아왔다.

"거창한 이유는 없습니다. 어릴 때부터 전국을 유람할 수 있기를 꿈꿨거늘, 바람과 달리 황궁에 매인 몸이 되었으니 온 나라가 담긴 그림이라도 들여다보고 싶은 게지요."

"그러면…… 군사지도여야 할 필요는 무엇인데."

"언젠가 귀동냥하길 군사지도가 보통의 지형도보다 세세하다기에 여쭸습니다."

"……."

……거짓말도 하는구나.

환관이 내게, 거짓말도 해. 고작 저런 이유로 지도를 구하려 할 리 없는 것을.

"그래?"

겉으로는 환관의 말을 곧이곧대로 믿는다는 듯 빙긋 웃어 보였지만 속이 쓰렸다. 마음 깊숙이에 우울감이 차올랐다.

아픈 속과 달리 부러 발랄한 소리를 흘렸다.

"네 말대로 정말이지 거창하지 못한 이유네. 여하간, 너는 황궁에서라면 쉬이 지도 구경을 할 수 있을 거라 생각했지만 실제로는 그렇지 않았던 게지. 하여 사관에서까지 그것을 찾았던 거야. 내 말이 틀리었어?"

"……."

왜 내게 거짓말을 해? 이전에도 이런 적이 있었던 거야? 지금껏 네게 들은 모든 말을 의심 한 번 않고 믿었는데.

잡념들이 머릿속에서 뱅뱅 맴돌건만 내 목소리에서는 이제 거들먹거리는 듯한 기색까지 묻어 나왔다.

"하지만 걱정 말아. 난 지도가 어디에 보관되어 있는지도 알고 실제로 본 적도 있으니까. 그러고 보니 네게 복이 없지 않잖아. 지도를 갖고 싶어 하는 네가 그것이 있는 곳을 아는 몇 안 될 이들 중 하나인 날 웃전으로 모시게 되었으니 말이야. 천지신명과 내게 감사하려무나."

"송구하오나 황후께서 하시는 말씀을 도통 알아듣지 못하겠습니다."

"무어?"

정녕 내 말을 이해할 수 없다는 듯 혼란스러운 표정을 한 단규가 나 역시 이해가 가지 않았다. 얘가 의외로 바보스럽나?

"내가 한 말 중 무엇이 헷갈려?"

"지도를 구하기가 그토록 어려운 겁니까."

"……."

말문이 턱 막혔다. 대체 어찌해서 저렇게 당연한 걸 묻는 거지? 항시 똑똑하기만 하던 고자가 금일은 어인 일로 반편이 흉내를 내?

눈앞에 있는 이가 다른 상궁나인이었다면 '네 그것도 모르느냐. 천치 같으니!' 그 같이 지껄이며 한껏 무시를 했을 터였다. 잘난 체를 할 이 흔치 않은 기회를 거저 날리진 않았을 것이다. 하지만 단규에게 그러고 싶진 않기에 겸손하게 들리도록 애를 쓰며 말했다.

"미친 황태손 때문에 민가에서는 물론, 고관들조차 지도를 가질 수 없잖니."

이 수나라에서는 사사로이 지도를 만들거나, 통용할 수 없었다. 심지어는 황궁을 들락거리는 고관들조차 저들이 원하는 대로, 필요한 대로 지도를 갖지 못했다. 대리청정을 한 지 두해째에 지헌이 금지시켰기 때문에.

상기시켜 주었음에도 불구, 단규의 얼굴에 의문이 해결되었다는 기색이 비추지 않았다. 정말 모르는 건가? 그 난리가 났었거늘 모르는 게 말이 돼?

"너는 남쪽 끄트머리, 광주 태생이라 하였지. 황성에서 너무 먼 지방이라 잘 모르는 건가? 아니면 일개 백성들은 대부분 모르는 거야? 하긴, 나도 황궁에 오기 전엔 내 나라에서 무슨 일이 벌어지고 있었는지 몰랐었어. 먹을거리를 찾아 하루라도 더 목숨을 연명하기만 급급했지."

"황태손이 무얼 어찌한 것인지 가르침을 주십시오."

가르침? 제대로 배운 거라곤 어찌 사내를 홀리는지 뿐인 내가 뉘에게 그런 걸 줄 수 있는 인사였나? 그렇지 않음을 잘 알면서도 은근히 뿌듯한 기분이 들었다. 매번 무언가를 듣고, 배우는 입장은 나였으매 환관은 항시 내게 알려주는 입장이었거늘, 처음으로 역할이 뒤바뀐 격이 아닌가. 그래도 우쭐대진 말아야지.

"대리청정을 시작한 지 두 해째 되던 해, 지헌은 갑자기 모든 지도를 불태우라 명하더구나. 그해에 그놈의 명령을 재깍 따르지 않았다가 도륙당한 이가 수만 명에 이르렀다던데, 네 살던 곳에는 엮여 죽은 이들이 없었나 보아?"

"……전혀 듣지 못했습니다."

"그래? 그것 참 신기하네."

산은 높고 황제는 멀리 있다더니(山高皇帝遠), 이 경우가 딱 그 짝 아닌가?

"어떠한 명분을 내세워 그 같은 명을 내렸는지요."

"그건 나도 몰라. 견자근이 전하길, 신료들에게조차 이유가 무언지 말해주지 않았대. 계속 따져 물었다가 죽거나 고초를 겪은 늙은이들도 몇 있었다던데. 아, 그 난리가 있고 얼마 후 이상한 말이 떠돌긴 하였어. 내 나이가 스물둘일 때니까……."

잠시 계산하고 말을 이었다.

"삼년 전 지헌이 늙은이 하나가 저를 귀찮게 한다 정전에서 목을 내리쳐 죽였는데 그때 벼슬아치들이 걸핏하면 이 말을 되뇌었다지? 지도를 없앤 건 폭군이, 폭군이 되기 전에 준비를 한 것이었다고."

"터무니없는 말은 아니군요."

견자근을 통해 그 구절을 들었을 당시 뜻을 몰랐지만 되묻지 않았었다. '지헌에 관한 것은 먼지만큼 작은 것조차 알고 싶지 않으니 더 이상 얘기 꺼내지 말라!' 늙은 환관을 다그쳤을 뿐. 하지만 뒤늦게 궁금증이 돋았다.

"무슨 뜻인지 알아?"

"수는 거대한 나라입니다. 그러니 황태손이 포악하여 지방 세력이 반란을 일으킨들, 지리를 꿰뚫지 못한 상태에선 승리할 확률이 한층 낮아지지 않겠습니까."

"그렇게 말하니까 꼭 환관이 아니라 장군 같구나."

“…….”

“아무튼, 네 원하는 바를 잘 알아들었으니…… 지도를 구해줄게. 그렇지만 시일이 얼마나 걸릴지는 모르겠느니.”

“황태손은 그토록 귀중하게 여기는 지도를 어디에 보관하고 있으며, 황후께선 어찌 구하실 생각이십니까.”

어찌 구하겠어. 십중팔구 훔쳐내야겠지. 지헌의 처소인 흥룡전에서.

지헌은 무기를 좋아하기에 흥룡전의 방 한 칸엔 놈이 수집한 온갖 종류의 창이니 칼 따위가 가득했다. 지도 또한 거기 있었다. 나인 계집들이 청소를 할 때를 제외하곤 뉘에게도 출입이 허락되지 않는 그 방에 나는 몇 번 가보았기에…… 그곳의 차가운 바닥에 눕혀진 적이 있기에 지도를 본 적이 있었다.

그렇지만 내게는 환관에게 무슨 수로 지도를 빼돌릴 것이며, 그것이 어디에 있는지 알려줄 의사가 없었다. 절대 말해주지 않으리라. 흥룡전에 있다고 알려주었다 단규가 날 걱정한답시고, 그리고 또한 지도가 너무 갖고 싶어 직접 그곳에 가면 어쩌겠는가. 그랬다가 지헌에게 들키기라도 하면.

그 다음은 상상만 해도 끔찍해 두어 번 도리질을 한 나는 부러 야멸차게 쏘아붙였다.

“네까짓 환관에게 일러줄까 봐? 나만 알고 있을 테야.”

“저로 인해 위험에 처하실까 우려됩니다.”

“졸리느니.”

제멋대로 화두를 돌린 난 슬쩍 그를 껴안았다. 따스하고 평평한 가슴에 뺨을 대었다.

"황후 폐하."

"……."

"대답하지 않으실 요량입니까."

"……."

"좋습니다. ……더는 지도가 필요치 않으니 금일 제 청은 듣지 못한 걸로 하십시오."

필요하면서. 원하면서. 나에게 거짓말을 할 정도로.

지헌에게 처음 그 짓거리를 당한 곳이 홍룡전이니만큼 치가 떨릴 정도로 그곳이 싫었다. 하물며 치 떨릴 정도로 싫은 장소에 자진해 걸어 들어가고 싶겠는가. 절대 그렇지 않았다. 하지만…… 엄청난 수고를 감수하고서라도 단규에게 그가 원하는 것을 안겨주고 싶다.

단규가 군사지도를 얻어 무얼 하건 상관없다. 반란을 꾀하는 지방관에게 그것을 비싼 값에 팔아버리든, 갑자기 필요가 없어졌다 불태우든, 타국의 첩자에게 넘기든, 그걸 가지고 무슨 짓을 하건 상관없어. 그저 그가 필요하다니까, 갖고 싶다니까 주고 싶단 말이야. 그가 바라던 것을 손에 들고 웃는 모습을 보고 싶다고.

"약조해 주십시오."

"……."

"알았다 한마디만 말씀해 주시면……."

"졸려, 졸리다고!"

대답을 강요하는 환관에게 괜히 소리를 내질렀다.

실은 환관의 곁에 다가온 순간 졸음기가 싹 가셨던 터다. 그렇기에 괜한 핑계를 들어 짜증을 부린 것이 미안했지만 치켜올린 눈꼬리를 내리지 않았다. 애틋한 마음과 달리 재차 뾰족한 어투로 말했다.

"알았느니. 이제 되었느냐? 그리고, 내가 미치었다고 내 무덤을 파는 일을 해주겠다 했을까 봐? 아무렴 널 좀 어여뻐 했다지만 그래봤자 일개 환관인 너이거늘, 착각 한번 크게도 하였다. 요즘 내가 지랄을 덜 했지?"

한껏 쏘아붙여 놓고는 무슨 일이 있었냐는 듯, 다시금 단단한 품에 얼굴을 묻었다. 군살이라곤 느껴지지 않는 환관의 허리를 껴안고선 두 팔에 힘을 주었다. 그 상태 그대로 허리며 엉덩이, 다리에까지 힘을 주어 뒷걸음질을 치려 애쓰는 나이거늘, 환관이 내 뜻대로 딸려오지 않았다. 은근슬쩍 그를 침실 안으로 끌어들이기는커녕 한 발자국조차 움직이지 못한 나는 또 한번 고개를 치켜들었다. 그러나 톡톡거리는 대신 난 이번엔 알랑대기 시작했다.

"네가 아까 사관에서 귀신 얘기를 꺼낸 바람에 곤한데도 무서워서 잘 수가 없어. 침상 밑에서 머리를 산발로 풀어 헤친 귀신 계집이 튀어 나올 것 같아."

"……하여 무얼 어쩌란 말씀인지 모르겠습니다."

일다경 전과 완전히 돌변해 나긋나긋이 구는 나란 계집의 얼굴이 참 두껍지 않은가. 그러나 내 하는 짓이 뻔뻔한 것을 잘 알면서도 나는 도리어 착한 환관을 낯짝 두꺼운 이로 몰아갔다.

"세상에나! 이 환관 놈이 뻔뻔한 것 좀 보아! 인두겁을 쓰고 이럴 수 있다니!"

"……."

"네가 날 겁준 바람에 잠들지를 못하겠으니 당연지사 책임을 져야지!"

"……."

책임져. 책임지란 말이야. 어서……. 앵무새처럼 같은 말을 반복해 앙앙거리는 날 내려다보는 단규의 입술 새로 깊은 한숨이 새어나왔다. 세상에 이보다 더 난처한 일이 없다는 듯한 표정을 해보인 그가 말했다.

"도무지 폐하를 당해낼 수 없군요. 알겠습니다. 무슨 말씀인지 알았으니, 안에 들어가 잠드실 때까지 곁에 있을 테니 이것 좀 놓아주십시오."

"싫어. 이대로 들어갈 거야. 네놈이 그토록 낯짝이 두꺼운데 도망갈지 어찌 알고 놔줘?"

실은 환관을 붙잡고 놓아주지 않는 까닭이란 그와 닿아 있는 게 좋아서일 뿐이다. 그리고 또한 놓아주면, 고자는 분명 내 침상에서 멀찍이 떨어져 있으려 할 터였다. 그러니 침상에 앉혀두려면 지금부터 붙잡고 늘어져야 하지 않겠는가.

거머리처럼 단규에게 딱 붙어 있는 내게 한이 서린 것 같은 목소리가 날아들었다.

"이 상태로 대체 어떻게 걸음을 옮깁니까?"

"어찌 아니 돼? 할 수 있어."

환관을 부둥켜안고 다시 뒷걸음질 쳤다. 또 한 번 한숨을 내쉬긴 했지만 포기한 듯, 단규 또한 짧은 보폭으로나마 걸음을 옮기기 시작했다. 내 입가에 자신만만한 미소가 떠올랐다.

"봐봐, 되잖아. 내 말이 맞지 않아."

"예, 그렇군요. 어련하겠습니까."

뒤로 걷다시피 하는 나 대신 문을 밀어젖힌 단규의 목소리가 어느 때보다 피곤했다. 하지만 그를 귀찮게 하는 것에 미안함조차 느끼지 못한 난 또 한 번 철면피처럼 웃어 보였다.

「수(殊)의 황태손이 포악하고 황성의 민심은 흉흉하다 들었다. 종형제가 봉변을 당할까 우려된다. 돌아오라. 종묘사직을 생각해야 할 터.」

「폐하께서 춘추정성에 이르러 계시거니와, 종묘사직에 관한 한 신에게 무슨 걱정이 있겠습니까. 남쪽이 북쪽을 공격하여 지배한 전례가 없었던즉, 지도를 얻게 된다면 수만 군사의 목숨을 아낄 수 있을 겁니다.」

「이유는 그뿐인가?」

「뜻하시는 바를 알지 못합니다. 하문해 주십시오.」

「呵呵, 뒤늦게 꽃향기에 취한 것은 아니고? 게 패악한 꽃 한 송이가 있다지. 안쓰럽게 여겨 지켜보고자 하는 이는 그이를 뜻하는 것 아닌가? 군졸들을 위하여 적진에 남아 있는 척, 실상 다른 셈을 품고 있는 모습이 졸렬하다. 짐이 잘못 생각하고 있는 것이라면 당장 돌아오라.」

「답신을 아니 해? 종형제의 목숨은 두 개이렷다.」

「술에조차 취해본 적이 없습니다. 아직 지도를 찾지 못하였습니다.」

「졸렬하다. 졸렬해.」

졸렬하다. 졸렬해.

짧은 구절을 이기죽거리는 목소리가 귓가에 울려 퍼지는 듯했다. 잠시 미간을 구긴 단규는 어찰 끝을 탁자 위 촛불에 가져다 대었다. 화르륵, 순식간에 잿가루가 된 종이가 바닥에 가라앉았다.

"걱정이 이 할, 농이 팔 할인 듯하군."

"혹여 답장을 아니 보내실 참입니까?"

"놀릴 건수를 잡으셨다. 답신을 띄운들 졸렬하단 저 한마디만을 열 번이고 백번이고 반복하실 테지."

"귀국에 관해선 어쩌실는지요."

돌아오는 음성이 없으매 무관은 뜻을 알아들었다. '이미 말했다. 답은 변함없으니 더 이상 묻지 말라. 돌아가지 않는다'일 터였다. 그럴 줄 알았다는 듯 작게 고개를 끄덕인 무관은 품속에서 작은 서신을 하나 더 꺼내들었다.

"폐하께선 장군의 그 반응을 예상하셨습니다. 답신을 보내지 않으리란 것, 귀국하지 않으리란 것, 둘 모두 말입니다. 받으십시오."

단규는 무관이 내민 두 번째 어찰을 받아들었다.

「목숨이 두 개라 무시할 줄을 알고, 하나 더 보내느니.」

작은 종이의 겉면에 촘촘히 적힌 문장을 읽은 그의 미간이 재차 구겨졌다. 여하간에 참으로 장난을 좋아하는 인간적인 황상이 아닌가. 불충한 생각이 떠오르는 것을 막지 못한 그는 펼친 종이를 촛불에 비췄다. 날카로이 빛나는 새카만 두 눈동자가 내용을 훑었다.

「후회할 것.」

"후회할 거라."

서신에 적힌 한 줄을 되뇐 단규의 시선이 무관에게 향했다.

"동명, 폐하께서 무얼 뜻하시는지 알고 있을 터다."

그러니 솔직히 털어놓으란 말이었다. 하지만 단규의 바람과 반대로 동명이라 불린 무관은 토설하지 않았다.

"물으신다 한들 알리지 말라는 황명입니다. 덧붙여, 고국으로 돌아오란 폐하의 명을 거역하고 있는 장군이 괘, 괘씸하다고, 그러니 선물을 받고 한껏 당혹을 느끼길 바란다고 전하라 하셨습니다. 송구합니다, 장군. 부디 소인은 황제 폐하의 말씀을 전한 것일 뿐임을 참작해 주시길."

이쯤 되면 걱정이 일 할, 농이 구 할인가.

"사리분별을 못하여 널 탓할까 봐."

겸연쩍어하는 무관을 위로한 단규는 두 번째 어찰마저 태워버렸다. 작다 한들 강렬하게 타오르는 촛불을 주시하며 그는 상념에 잠겼다.

선물을 받고 당혹을 느끼기 바란다는 말의 뜻은 무엇인가. 황제인 사촌은 무엇을 획책하는 것이던가. 짐작이 가지 않으매 설핏 불안감이 돋았다. 동명에게 좀 더 세세히 묻고 싶었다. 그렇지만.

물어도 알려주지 말라. 자못 유치한 황명일지언정 그 또한 엄연히 황명이었다. 즉, 더 이상 캐묻는다면 불충하는 것이었다. 별수 없이 단규는 질문의 방향을 틀었다.

"어찰을 전하는 임무 외에 따로 하명 받은 바가 있느냐."

"황궁에 들어가 장군을 보필하라 하셨습니다. ……장군처럼 환관으로 분해야 할 듯싶습니다."

부적절하게도, 무관의 얼굴에는 그의 싫은 속내가 여실히 드러나고 말았다. 남근 없는 환관으로 분하는 것이 전혀 내키지 않음은 물론, 자존심 상한다는 속내가.

"되었으니 남하(南下)하여라."

마음 같아서야 알겠다고, 그러겠다고 순순히 수긍하고 싶지만 어찌 그럴 수 있으리오. 무관은, 동명은 객잔에서 나가려 하는 단규의 뒤에 대고 덥석 외쳤다.

"이 역시 황명이잖습니까, 표기장군!"

그놈의 황명. 몰려드는 피곤함에 이마를 어루만지는 단규 대신 동명이 말을 이었다.

"장군께서 황궁에 들어가는 것을 도와준 그 환관 노인을 만나려면 어디로 가야 합니까?"

황궁 밖에 사둔 호화로운 사저 내에 재물을 한가득히 쌓아두고 있던 여든 살 배불뚝이 환관, 견자근. 참으로 오래간만에 그가 떠올랐으매 단규는 아직까지 해소되지 못한 의문이 고개를 빳빳이 치켜드는 것을 느꼈다.

노인과의 대화가 어제 일처럼 생생했다.

"네놈처럼, 거세하지 않은 채 환관이 되게 해달라 뇌물을 바친 이들을 꽤나 많이 도와주었다. 허나 매관매직한 나란들, 그렇지 않아도 황궁 내에 많은 탐관오리의 수를 좀 더 불렸을 뿐이야."

"네놈의 어투가 묘하다. 묘하면서 익숙하다. 그다지 수나라인 것과 다르지 않다만, 아주 조금 다르기도 해. 몇몇 발음이 혹은 억양이 이곳 사람들의 것에 비해 조금 더 또렷하다고나 할까. 저 남쪽, 지금은 망조가 된 동진에서 건너온 친한 장사치가 너와 같지. 앞서 말했듯이 나는 매관매직하여 탐관오리의 수는 불렸다만, 하지만 아직까지 첩자를 도운 적은 없다."

"재물을 쌓느라 나라에 불충하는 이라기엔, 그 현명함이 아깝소. 노인장."

"허허, 이 아래 없는 배불뚝이 노인 따위 천천히 죽여도 좋잖은가? 가는 길 심심하지 않게 사연이나 말해주는 것이 어떠하냐. 황궁에 숨어들려는 까닭이 무엇인 게야."

서슬 퍼런 칼날이 목에 겨누어졌을 때도 웃어넘겼으면서.

"남쪽을 통일한 유조(遺朝)는 이제 이 수(殊)까지 넘볼 심산인가? ……좋소. 황궁에 들어갈 수 있도록 도와주리다. 허나 조건이 있소."

"다 늙어빠진 이 몸은 머지않은 날 썩어 문드러져 흙으로 되돌아갈 터. 조금 일찍 죽었다 치고 이만 황궁을 떠나는 것도 나쁘지 않을 테지. 조건은 나를 대신해 황후궁 태감으로 들어가는 것이오. 다른 궁은 불가하오. 반드시 황후궁이여야 함세. 그러겠다 약조한다면 나의 종자(從子)라 하여 황궁 내에서 편안한 생활을 영위할 수 있도록 손을 써주리다."

그랬으면서 갑자기 마음을 바꾼 연유가 무엇이었던가?

분명한 점은 특유의 압삽함과 눈치로 알게 모르게 환관부를 휘어잡고 있던 탐욕스런 환관이 돌연 변덕을 부려 마음을 바꾼 연유는, 목에 칼이 들이밀어져서가 아니었단 것이다. 그렇다기에 견자근은 너무 흔쾌했었다. 너무도 흔쾌히 적국에서 숨어든 첩자를 도와주겠다 선언했다. 늙은 환관의 빛바랜 두 눈동자에는 죽음에 대한 두려움 대신 기대감 같은 것이 묻어 있었다.

견자근이 원한 것은 무엇이었을까. 어찌하여 태도를 바꿔 도움의 손길을 내어준 것이며, 어찌 황후궁의 태감이 바뀌길 원한 것인가. 그것도 적국의 첩자로.

"표기장군."

아무렴 좋다. 환관이 반색하여 태도를 바꾼 바람에 조부 격인 그를 해하지 않을 수 있었으니까. 견자근을 지운 단규가 뇌까렸다.

"이제는 정녕 죽었을 것이다."

"예? 허면 어찌 황궁으로……. 그 노인을 대신해 근래 득세하는 환관이 누구인지 아십니까?"

"황명을 받은 쪽은 내가 아니라 동명 너이지 않느냐. 능력껏 찾거라."

"장군!"

황후궁에 있는 웃전만 해도 버거운 이 마당에 단규는 동명까지 황궁에 들어와 그의 곁을 맴돌길 바라지 않았다. 하여 무심히 소리 낸 그가 서둘러 바깥으로 향했다.

침상 위에 누운 성운은 흘긋, 정실의 눈치를 살폈다. 재빨리 시선을 허공으로 돌리는가 싶더니 그는 다시 가림을 흘끔거렸다. 황제인 그라 한들 조강지처의 눈치를 살피는 것은 일개 범부들과 같았다. 성운이 또 한 번 시선을 위로 향했다.

"낭군께서 무슨 말씀을 하시고자 하는지 깊이 궁금하옵니다."

성운에게 무릎을 내어주고 있음에도 흐트러짐이라곤 없이 꼿꼿한 자세를 유지한 채 수를 놓던 가림이 눈을 내리떴다. 지아비를 살핀 그녀가 다시 손에 쥔 비단 조각에 집중하며 말했다.

"폐하, 표기장군은 수에서 어찌 지내고 있는지요. 잘 지내고 있답니까."

뉘 얘기를 꺼내고자 했는지 완벽하게 들킨 격이었다.

"흐흠."

뜨끔하여 괜한 헛기침을 내뱉은 성운이 조심스레 운을 뗐다.

"이번에 종형제가 돌아오면...... 더는 미룰 것 없이 황태자로 삼을까 하는데. 황후는 어찌 생각하시오?"

성운은 여전히 눈치를 살피건만, 그가 신경 쓰는 당사자인 가림은 태연스러웠다. 적어도 겉으로는.

"일개 아녀자인 신첩의 생각이 무에 중요할까요. 폐하께서 그리하시겠다면 따를 뿐입니다."

겸손히 소리 낸 처에게 성운은 짐짓 화를 내는 척했다.

"어허, 일개 아녀자라니. 황제인 짐의 조강지처이고 만백성의 어미인 황후가 그대인데 그 같은 표현이 가당한가. 절대 그렇지 않은 것을."

그가 아무 말 않는 가림을 부드러이 재촉했다.

"그대 의견이 듣고 싶어 속이 여간 바싹 타는 게 아니야. 어서 말해보아."

열심히 수를 놓던 바늘 쥔 손을 멈춘 가림이 입술을 떼었다.

"표기장군을 황태자로 삼으면…… 나쁠 것 없지요. 나쁘지 않은 정도가 아니라 어느 모로 보나 좋기만 하지 않겠나이까."

"꾀꼬리처럼 고운 목소리를 계속 듣고프니 자세히 말해주오."

"무엇이 좋냐 하면은 첫 번째로 국본을 튼튼히 할 수 있어 좋고, 두 번째로 분열된 두 세력이 더는 싸울 일이 없어지니 좋지요. 그리고 또한…… 표기장군의 심적 부담이 줄어들 테니 그 또한 좋지 아니하겠는지요. 선황께서 붕어하신 후 조정이 두 파(派)로 갈라진 것이 자신 때문이라 여겨 그간 많이 자책해 왔을 테니."

이때다 싶어 성운은 사촌을 두둔했다. 아니, 가림을 위로하려 했다.

"그랬을 것이오. 그 우직한 성격에 이만저만 괴로워한 게 아니었을 거야."

"예. 하온데, 그이를 황태자로 칭하는 것이 가능할지 모르겠습니다. 황태제…… 황태자보다는 낫지만 그도 딱 들어맞지는 않으니 이를 어찌해야 할지."

"아, 그것에 관해선 걱정할 필요 없소. 손자나 형제를 황태자 혹은 세자 삼은 전례가 허다하니까."

"그렇다면 다행입니다."

속이 후련하다는 듯 시원스레 웃어 보이는 성운에게 가림 또한 미소를 지어 보였다. 그 미소에 홀린 양 젊은 황제가 스리슬쩍 섬섬옥수에 쥐인 바늘을 빼앗는 참, 방해꾼의 우렁찬 목소리가 날아들었다.

"황제 폐하, 장 승상이 폐현하길 청한다하옵니다."

"이런."

문가를 노려본 성운이 자리에서 일어났다. 침상에서 내려서 가림의 뺨에 쪽 소리가 나도록 입을 맞춘 그가 그녀의 귀에 속삭였다.

"야심한 밤에 다시 봅시다, 황후. 방금 것까지 더해 많이 기대하고 있겠소."

"아랫것들이 들을까 두려워요."

"들으라지."

한 번 더 자신의 뺨에 입을 맞추고 사라지는 성운의 뒷모습을 가림은 미소 띤 얼굴로 지켜보았다. 그러나 낭군의 모습이 시야에서 사라지자 그녀의 입가에 그려진 미소 또한 금세 자취를 감추었다. 무릎 위 청색 비단에 부질없이 붙박인 가림의 두 눈동자에 묘한 빛이 서렸다.

지아비의 종형제를 후계로 삼으면 나쁠 일이 없을 터다. 좋기만 할 것이다. 스스로 그렇게 말했다만, 기실 거짓이다. 그녀는 그가 다음 황제가 되길 원치 않는데, 어찌 좋기만 하겠는가?

"하늘도 무심하시지. 십사 년이란 오랜 세월동안 지아비와 애틋한 마음을 나눠왔거늘 황자 한 명을 내려주시지 않다니."

심지어 후궁들에게조차도.

결국 이렇게 될 거였으면, 다음 황위가 기어코 그에게, 혹은 그가 얻을 그의 아들에게 되돌아갈 거였다면 자신은 무엇하러 스스로의 두 손으로 지아비의 품에 후궁을 들이밀었던가. 어찌 제 입으로 '신첩이 부덕하여 혼인을 올린 지 한참인 지금까지 회임하지 못하였으니, 후궁을 들이소서' 그리 소리 냈던가. 하물며 성운은 후궁을 들이는 것을 탐탁지 않아 했었는데.

"좋겠어요, 적운."

작게 중얼거린 가림의 입술이 다시 벌어졌다.

"당신을 황위에 세우고 싶어 하는 역신들을 피해 전쟁터를 떠돌았고, 첩자가 되겠다 자청까지 해가며 먼 북쪽으로 도피했는데, 결국 황제가 되겠군요."

설사 당신이 못되더라도 추후 태어날 당신의 아이가. 나와 성운의 아이가 아닌.

"회임에 관해선 내 마음대로 되지 않음을 다른 뉘보다 잘 아는데, 아직도 욕심이 나는구나."

문득, 계속해서 홀로 넋두리를 하는 스스로의 모습이 초라하다 느껴져 가림은 소리 없는 실소를 흘렸다. 목표지도 없으면서 괜스레 샘솟는 원망을 억누르며 그녀는 다시 수를 놓는 것에 집중했다.

사. 적기(敵旗)

소년의 아름다운 두 눈 가득 애처로운 눈물이 차올랐다.

두려웠다. 오금이 저리고 다리가 벌벌 떨렸다. 물론 눈치를 살필 줄 알게 되었을 무렵부터 항상 두렵고, 가슴이 조마조마하긴 했다. 그렇지만 금일은 조금 달랐다. 금일은 기어코, 몇 년을 가슴 속에 담겨 있은 불안이 펑 하고 터진 격이었다. 그렇기에 당장 처소로 되돌아가고 싶건만, 소년은 땀이 배어나와 축축한 두 발을 움직이지 않았다. 대신 맑은 눈동자를 움직였다.

찬란한 금빛 용상에 앉은 이를 황공히 올려다본 소년이 금세 시선을 떨구었다. 차가운 바닥에 꿇어앉은 사내의 뒷모습을, 그의 앞에 던져져 있는 단도를 차례로 바라본 소년이 다시 용상을 향해 눈을 돌렸다. 어찌하여 사내의 앞에 단도가 던져져 있는지 궁금했지만 '저것이 어찌 저기에 있냐' 물을 상황이 아님을 본능적으로 알 수 있었다.

두렵기만 한 이의 눈을 감히 마주할 엄두가 나지 않아 고작 해야 용상의 발치를 쳐다보며, 소년은 작은 입술을 움직였다. 와락 울음부터 터뜨리고 싶은 마음과 달리 최대한 떨지 않고 말하기 위해 애썼다.

'황제 폐하…….'

'짐이 더 이상 어찌 네 죄를 묵과하리.'

아쉽게도 소년이 간신히 소리 낸 한마디는 때마침 날아든 냉혹한 목소리에 완전히 묻혀 버렸다. 하지만 이대로 포기할 수 없었다. 소년이 쥐어짜내듯이 말했다.

'황제 폐하.'

'앞에 놓인 물건의 뜻을 알지어다. ……자결하라!'

자결? 자결이 무엇인가? 이전까지 들어보지 못한 생소한 단어를 혀끝으로 굴리는 참, 재차 불호령이 떨어졌다.

'어서 네 손으로 목숨을 끊으렷다!'

자결이란 단어는 모를지언정 소년은 뒤의 것은 알아들었다. 환관과 궁녀들이 꿇어앉은 사내가 휘두른 검에 베였을 때, 누군가가 '목숨이 끊어졌다'라고 말하는 것을 들었기 때문이다.

이번에는 정말 큰일이 났구나. 금일은, 무언가가 잘못되어도 단단히 잘못되었구나. 그러한 생각이 작은 머리를 스쳐 소년의 얼굴이 창백하게 질려갔다. 솜털이 가시지 않은 희고 앳된 얼굴 가득 절망과 공포가 차올랐다.

'용서하여 주시옵소서. 용서하여 주시옵소서.'

무엇이 어디서부터 잘못된 것인지, 무얼 용서해 달라 비는 것인지 아직 덜 성숙된 머리로나마 따져볼 새도 없이 소년은 대뜸 빌기부터 했다. 차갑고 딱딱한 바닥에 무릎을 꿇었다. 뺨을 타고 주룩주룩 흘러내리는 눈물방울을 대충 훔쳐낸 고사리 같은 손 두 개가 서로 맞닿았다. 맞닿은 그대로 쉴 새 없이 위아래로 움직였다.

'살려주시옵소서, 황제 폐하. 부러 그런 것이 아니옵니다.'

'어찌 황손을 예 오게 했던가? 하물며 황손을 당장 처소로 데려가지 않고 환관들은 무엇 하는가!'

대로한 외침이 끝나기 전, 여러 개의 굵직한 손들이 소년의 가는 팔을 붙들었다. 젖 먹던 힘을 다해 버티는 소년의 몸을 안아 올렸다.

'폐하, 살려주시옵소서! 한번만 더 황은을 내려주소서!'

어떻게든 빠져나가려 사지를 버둥거리는 소년이었지만 소용없었다. 환관들은 놓아주지 않았다. 소년의 고개가 뒤를 향했다. 그러나 아무리 애달프게 쳐다보아도 용상에 앉은 이의 매섭게 굳은 얼굴은 풀리지 않았다. 그럴 기미조차 없었다. 소년이 꿇어앉은 이를 살폈다. 태산 같이 크게만 보이던 뒷모습이 이상하리만치 작아 보였다.

'일부러 그러신 게 아니어요. 일부러 그러신 것이 아니라 마음이 너무 슬프셔서……'

뚝뚝, 눈물을 떨구며 중얼거리던 소년의 눈이 휘둥그레졌다. 굵다란 손아귀에 잡힌 단도가 허공으로 들리매 소년의 몸부림이 다시 거세졌다. 덩달아 그를 붙든 환관들 또한 점점 우악스러워졌다.

'아니 되옵니다. 아니 되옵니다……. 아니 되옵니다! 아바마마! 아바마마!'

'황손께서는 뒤돌아보지 마옵소서.'

'놓아라! 놓지 못하겠느냐! 아바마마! 아바마마!'

최대한으로 몸부림침에도 불구하고 아비는 점점 멀어져갔다. 무서운 광경이 굳게 닫힌 문 너머로 사라졌다. 그러나 애달픈 울음을 그칠 수 없었다. 자꾸만 뒤를 돌아보는 것도, 한껏 힘이 실린 손들을 뿌리치려 애쓰는 것도 멈출 수 없었다. 소년이, ……헌이 또 다시 외쳤다.

'할바마마! 할바마마, 용서하여 주시옵소서! 할바마마! 아바마마를 살려주십시오!'

헌은 침상에서 일어나 앉았다. 이마를 감싸 쥔 그는 거친 숨을 몰아쉬었다. 머리가 지끈거렸다. 아니, 지끈거리는 정도가 아니라 너무나 아팠다. 꼭 창에 꿰뚫린 것처럼. 혹은 검에 베여 반으로 쪼개진 듯이.

이 만성적이고 발작적인 두통에는 도무지 익숙해질 수가 없었다. 두통에만 익숙해질 수 없을 뿐 아니라 그것을 일게 하는 끔찍한 악몽에도, 악몽을 꾼 후면 평소보다 몇 배로 솟구치는 분노에도 마찬가지였다. 그 모든 것이 지긋지긋하거늘, 그럼에도 적응이 되지 않았다.

침상에서 내려선 헌은 식은땀이 타고 흐르는 맨 상체에 대충 옷가지를 걸쳤다.

"따르면 죽일 것이다."

문밖에 나와 서자마자 득달같이 따라붙은 누군가에게 날카롭게 내뱉은 그가 거침없이 걸음을 옮겼다. 어둠을 가로질러 그가 도착한 곳은, 황제의 편전이자 침궁인 건청궁이었다.

시체나 마찬가지이게 된 늙은 황제가 누워 있는 건청궁에는 반드시 필요한 인원만이 배속되어 있을 뿐이었다. 황태손에 의해 소속 인원이 감축된 데다, 정신을 잃은 채 누워 있는 웃전이 불호령을 내릴 일도 없음이랴. 텅 비다시피 한 건청궁은 고요했다. 그 고요함 속에서 헌은 쉬이 황제가 누워 있는 방 안으로 들어섰다.

침상 옆에 다가선 그가 눈을 감은 노인을 내려다보았다. 노인이 비춘 그의 눈동자에 서로 뒤엉킨 각양각색의 감정들이 일렁였다.

"폐하."

작게, 그러나 공손히 깊게 잠든 이를 부른 헌의 매끄러운 이마에 땀방울이 맺혀들었다. 겨우 가라앉았나 싶던 숨소리가 다시 거칠어져 갔다.

"……할아버지."

손자의 태도에 묻어 있던 공손함이 불현듯 자취를 감췄다. 할아비를 부른 입술은 어느 샌가 비틀려져 있을 뿐이었다.

"자, 장경(莊敬)."

저도 모르게 더듬거린 헌은 이내 흰 얼굴을 광폭하게 일그러뜨렸다.

"다시는 폐위된 이를 입에 담지 말라. 홀로 있을 때조차 그러지 말라. 알았느냐?"

고작 그 명 하나를 어기었다, 말더듬이 흉내를 낸 스스로의 모습이 마음에 들지 않았다. 마음에 들지 않다 뿐인가. 혐오스럽고 용납이 되지 않았다. 나약함이란 죄악인 것을. 그가 다시 한 번 떨리는 입술을 움직였다.

"장경."

또렷이 두 글자를 되뇐 순간 그의 가슴 속 분노가 터져 버렸다. 섬광이 번쩍이듯 삽시간에 움직인 헌은 정신을 잃은 늙은 황제의 목을 움켜쥐었다. 그에게 붙들린 이는 분명 그의 조부이거늘, 그러나 주름진 거죽에 뒤덮인 목을 조르는 젊은 손자의 손아귀에는 점점 더 무자비한 악력이 실렸다. 숨통이 막힌 황제의 호흡이 한결 희미해졌다.

"내가 어찌 효명황태자의 아들입니까. 그자는 세 살 나이에 손(孫) 없이 죽었는데. 그자는 내게, 백부인 이인데."

돌아오는 반박이 없은들 울분은 가시지 않았다. 심하게 떨리고 식은땀이 배어나와 자꾸만 미끄러져 내리는 손을 추켜올린 헌은 다시금 원망 서린 음성을 내뱉었다.

"나는 장경황태자의 아들 아닙니까!"

"황태손 저하."

놀라 흠칫한 헌의 손이 거두어졌다. 반사적으로 뒷걸음질 친 그의 두 눈동자가 바삐 황제를 살폈다. 숨이 끊기기 직전이었던 듯, 늙은 황제가 퍼렇게 질려 있다. 굳게 닫힌 입술 새로는 아무 말소리도 나오지 않는다. 여전히 황제의 두 눈은 감겨 있음이요, 그가 내뱉는 것은 무서운 일갈이 아닌 희미한 숨소리뿐이다. 방금 전 그 목소리는 뉘의 것인가?

펄떡이는 심장을 가라앉히려 노력하며 헌은 뒤편을 돌아보았다. 예의 바른 자세로 서 이쪽을 주시하는 뉘가 보였다.

"차라리 독을 올리시지요."

조등. 쓰러져 누워 있는 황제만큼이나 노쇠한 건청궁의 환관. 물끄러미 그를 꿰뚫어보는 헌의 얼굴이 차게 식었다. 자신을 놀라게 한 이가 겨우 환관 나부랭이라는 사실로 말미암은 안도감. 황태손인, 황제가 될 자신을 놀라게 한 이가 또한 겨우 환관 나부랭이라는 괘씸함. 그 두 가지가 묻어나오는 헌의 못마땅한 눈빛이 내리꽂히건만 나이 든 이는 변함없이 침착했다.

"그리하시면 손자국이 남지 않겠나이까."

헌은 쭈글쭈글하고 비탄력적인 살가죽의 촉감이 아직 가시지 않은 스스로의 두 손을 내려다보았다. 멍이든 양 푸른 기가 비추는 황제의 목을 곁눈질한 그가 홱 하니 침상에서 멀어졌다.

"죽을 것이 두려워 입을 다물고 있는 환관 따위가 내 충신인 척을 하는군."

"……."

"날 끌고 가던 네놈의 손길을 똑똑히 기억하고 있다."

"……."

"찢겨 죽고 싶지 않거든 잡음이 일어나지 않도록 하여라."

대답 대신 허리를 수그려 보이는 환관을 지나친 헌이 건청궁을 빠져나왔다. 차가운 바람이 몸과 정신을 식혔다. 그러나 기분이 나아지기는커녕 다시 머리가 아파왔다. 해소되지 못한 울분도 다시 가슴을 채웠다.

문득, 헌은 홍룡전으로 향하던 발걸음을 멈췄다.

황후의 침전인 곤녕궁은 황제의 침전인 건청궁 뒤에 있다.

"명아원."

뉘의 이름 석 자를 되뇐 그가 몸을 틀었다.

건청궁의 뒤에 황후의 집무실인 교태전이 있고, 바로 그 뒤에 황후의 침궁인 곤녕궁이 있었다. 그렇기에 헌은 머지않아 곤녕궁에 발을 디뎠다. 건청궁과 마찬가지로 곤녕궁 또한 사방이 고요했다. 앙칼지고, 못됐으면서 동시에 순진한 계집. 그러한 계집이 들어 있는 방 앞에는 불침번을 서는 아랫것 단 하나가 보이지 않았다.

텅 빈 복도를 가로지르는 그의 눈앞에 계집이 아른거렸다. 사막에서 신기루를 만난 양, 저 앞에서 아원이 어서 오라 눈짓하며 살랑대는 바람처럼 걸어가고 있는 듯했다. 비록 현실은 그렇지 않아 그녀는 그를 증오하지만.

침방이 가까워질수록 낯익은 향기가 짙어져 가는 듯싶은 고로, 머릿속을 뒤흔드는 두통이 아스러져 갔다. 약해지는 두통과 반대로 몸은 덥게 달아올라 헌은 걸음을 재촉했다. 그의 손이 굳게 닫힌 문에 닿았다. 이 문만 지나면.

"멈추십시오."

그 계집이 있거늘. 명아원이.

"그 방에는 들어가실 수 없습니다."

한데, 감히 황제가 될 이를 가로막는 겁 없는 것이 무언가? 감정이라곤 내비추지 않는 평소의 모습으로 완전히 돌아온 채 헌은 찬찬히 뒤를 돌아보았다.

환관. 시야에 든 무언가란 환관이었다. ……호기롭잖은가. 고작 환관 따위가 황제 될 이를 멈춰 세우다니. 불쾌한 흥미를 느끼며 헌은 하찮은 것을 살폈다. 굵직한 선의 이목구비, 헌칠하고 장대한 체격을 짧게 훑은 시선이 다시 위로 향했다.

황궁 내에서 나고 자랐으나 헌은 많은 환관과 여관(女官)을 알지 못했다. 고귀한 그에게 수발이나 드는 아랫것들이 무에 중요할까. 그것들은 벌레와 크게 다르지 않은즉, 주의 깊게 살피지 않으니 스물아홉 해를 마주쳐 왔다 한들 제대로 알지 못했다. 그나마 확실하게 아는 것들이라 해봐야 흥룡전의 태감, 건청궁에 있는 조등 그리고 견자근 정도가 다였다.

앞에 있는 것 또한 당연지사 처음 보는 터였지만, 대강 어림잡을 만했다. 어찌하여 환관 나부랭이가 겁도 없이 황태손인 자신을 제지했는지를. 어찌하여 건방지게 굴었는지를.

그가 이내 입술을 떼매 미끈거리는 듯한 목소리가 적막을 깨뜨렸다.

"네놈인가. 견자근을 대신해 명아원이 새로이 비빌 언덕이."

단규는 아무런 대답을 하지 않았지만 헌은 개의치 않았다. 한쪽 입꼬리를 올려 비식 웃은 그가 가벼이 말했다.

"꽤나 네놈에게 앙탈을 부렸나보군. 내가 저를 품는 게 싫으니 어떻게든 막으라고 말이야."

직접 보지 않았다 한들 눈앞에 선했다. 칭얼거리며 보채는 아원의 모습이. 환관 놈의 혀가 건방지게 움직인 까닭은 웃전인 황후에게 보챔을 당한 적이 한두 번이 아니었기 때문일 터.

"전에 황후의 곁을 지킨 견자근이란 환관은 나이가 여든에 이르렀었다."

애처럼 앙앙대는 아원의 모습을 떠올려 한 번 더 비소한 헌은 그러나 순식간에 표정을 굳혔다.

"견자근이 어찌 그리 장수했는지 아느냐. 명아원이 칭얼대면 적당히 달래주되, 보채는 말을 한 귀로 듣고 한 귀로 흘려 버렸기 때문이다."

하지만 단규는 그러지 않았다. 그녀의 말을 허투루 듣지 못해, 나서지 말아야 함을 알면서도 그를 제지했다. 대답 없는 환관에게 확인사살을 하듯, 한 번 더 서늘한 경고가 떨어졌다.

"죽음을 바라는 것이 아니라면 다시는 내 두 발에 치여 걸리적거리지 말거라."

명심하겠다. 소리 내지 않는 환관에게 헌은 어찌 대답이 없느냐 재촉하지 않았다. 다른 것들에 비해 배포가 조금 더 커다랄지언정, 그래봤자 환관은 그의 경고를 뼛속 깊이 새겨들었을 것이기에. 반항할 생각 따위, 떠올릴 리가 없기에. 어찌 그럴 수 있겠는가? 그는 현재, 무소불위의 권력을 휘두르며 모든 이들의 두려움을 받고 있는데. 과거와 완전히 다르게.

방 안으로 들어서려 문을 밀어 젖히던 헌은 돌연 다시 뒤를 돌아보았다. 살짝 열렸나 싶던 문이 도로 닫혔다.

헌의 고개가 비스듬히 기울었다. 재차 눈에 담은 환관은 여전히, 일개 환관의 것이라기에 이질적인 생생한 눈빛으로 제 쪽을 바라보고 있었다. 그 모습이 마음에 들지 않아 선량한 기운이 깃든 환관의 두 눈을 멀게 해버릴까. 잠시 고민이 들었지만 마음을 바꾼 헌은 대신 물음을 던졌다.

"나이가 몇이지."

본디 태어나기를 무덤덤한 성정을 갖고 태어난지라, 단규는 한 개인에게 이렇다 할 악감정을 느껴본 경험이 드물었다. 없다시피 했다. 하지만 어인 일인지 황태손에는 꽤나 강한 불호가 느껴졌다. 그 생소한 속내를 숨긴 채 단규가 담담히 답했다.

"이립이 조금 넘었습니다."

얼추 헌이 예상한 답이었다. 호기로운 환관은 그쯤 되어 보였다. ……그 나이쯤의 '사내'로 보였다.

다섯 보 가량 걸음을 옮겨 헌은 환관과의 거리를 반절로 줄였다. 재차 단규를, 정확히는 그의 건장한 몸을 훑은 그가 혼잣말처럼 나직이 뇌까렸다.

"황후와 어울리기에 많지 않은 나이로군."

스물다섯의 계집과 이립이 갓 넘은 젊은 환관. 황궁의 밖에서, 거세당하지 않은 상태로 만났다면 정을 통하지 않는 게 이상할 법한 나이 차가 아닌가. 헌이 다른 것을 물었다.

"환관이 된 지가 오래이지 않은 듯한데."

오래되었다기에 단규에게는 굽실거리는 태도가 덜 배여 있었다. 모두가 경외시하는 잔혹한 황태손을 쳐다보았으며, 그를 말리고 들었다.

황태손의 속내를 눈치챈 단규는 뒤늦게 눈을 내리떴다. 잠시, 거짓을 고해야 하나 싶은 생각이 머리를 스쳤지만 그는 결국 사실을 내놓았다.

"황궁에서의 생활이 석 달을 넘긴 참입니다."

"그런가?"

"……."

"여든의 견자근을 대신해 동년배라 보아도 무방한 한창 때의 환관이 곁을 지키게 되었어……. 한데 특이하군."

"송구하나 신이 아둔하여 무슨 말씀을 하시는지 알아듣지 못했습니다."

"별것은 아니고, 네처럼 이립을 넘겨 거세한 경우는 처음 봐서 말이야."

환관이 될 이들은 대게 십대 초반, 늦어도 중반 가량에 거세를 받았다. 물론 그렇지 않은 경우도 있긴 했겠지만, 적어도 헌은 오랜 세월 환관이 득실거리는 황궁에서 살아오면서 이전까지 단 한 번도 서른을 넘겨 거세한 이를 보지 못했었다.

"그 나이면 계집 맛도 실컷 보았을 터, 아까워서라도 잘라내

기 힘들었을 텐데. 이유가 무엇이지?"

아래 없는 이가 불쌍하다는 양, 동시에 우습다는 양 빈정거리듯이 소리 낸 그가 재까닥 스스로의 말을 정정했다.

"아니, 아니다. 하나하나의 사연이 모두 다른데, 이립을 넘긴 사내라 하여 환관이 되지 말란 법도 없는 것을. 그렇지 않느냐? 게다가 하찮은 네놈 따위의 과거를 무에 써먹는다, 구구절절이 듣고 있을까. 귀찮게 따로 설명할 필요 없이."

불과 일다경 전까지 내보인 조소가 헌의 얼굴에서 사라졌다.

"네놈의 잘린 물건을 보여 보거라."

무미건조하게 명한 그의 두 눈에 스산한 빛이 돋았다.

세대 차이가 커다래 지루할 법도 하건만, 명아원은 견자근의 뒤를 졸졸 쫓아다녔다. 지난 십년간 계집은 여든 노인에게 열렬히 의존하고, 매달렸다. 그것이 나쁠 일은 아니었다. 유일하게 말을 트는 이 하나를 곁에 두겠다는데, 그것도 계집과 다를 바 없는 환관을. 한데 그를 무어라 해서야 되겠는가. 다만.

헌은 또 한 번 단규의 단단해 뵈는 몸을 꿰뚫어보았다.

다만 계집은 이제 이 젊은 치에게 그럴 것이었다. 견자근에게 하였듯 화풀이를 해대고, 응석을 부리고 그러다가도 친근한 척을 해댈 터. 늙어 빠진 여든 노인의 껍데기를 하고 있지 않은, 그렇다고 갓 환관이 된, 어린애로만 보일 십대의 신출내기도 아닌, 이 젊고 '사내처럼' 보이는 환관에게. 황궁에서 보낼 남은 일생 동안 내리.

그러한 마당이거늘, 헌은 눈앞의 환관에게서 자꾸 사내 냄새가 나는 듯싶었다. 그렇기에 확실히 짚고 넘어가야 했다.

"환관들은 잘린 아랫도리를 작은 함에 넣어 항시 몸에 지니고 다닌다 들었다."

"……."

"네놈의 것은?"

"……."

"여러 말을 하게 하는군. 차라리 베는 편이 덜 성가시겠어."

침묵하는 단규에게 싫증이 인다는 양, 헌의 미간이 구겨졌다. 하여 마침내 단규는 입술을 떼었다. 그가 막 목소리를 흘리려는 참, 끼익거리는 문소리가 번졌다.

"남의 환관에게 왜 그러는 거야?"

잔뜩 곤두선 카랑카랑한 목소리가 문소리를 뒤이었다. 그 신경질적인 음성을 좇은 두 사내의 시선이 붉은빛 장미목(薔薇木)으로 만들어진 두꺼운 문에 붙박였다. 곧, 그네들의 눈에 야리야리한 몸태를 한 인형이 비췄다.

열린 문틈 새로 나와선 아원은 되는 대로 인상을 구긴 채 주변을 휘둘러보았다. 그녀의 시선이 단규에게서 헌으로, 단규로, 그리고 다시 헌에게로 옮겨갔다. 잠은 쏙 달아났건만, 하여 정신이 말짱하건만 평소와 달리 꼬리를 내리지 않은 아원은 헌을 향해 앙칼지게 쏘아붙였다.

"내가 밑에 두고 부리는 환관에게 어찌 이러는 거냐고."

저 미친 새끼! 어찌 남의 환관에게까지 발광이야?

속이 부글부글 끓었다. 방금 전까지 침상 위에서 퍼질러 자고 있었거늘, 달리기라도 한 양 숨소리가 씩씩거렸다. 나는 분명 지헌을 무서워하는데, 지금만큼은 무서움 따위 느껴지지도 않았다. 저놈이 내 목을 댕강 잘라 버리거나 말거나 상관없었다. 그만큼 심하게 역정이 났다.

"여러 말을 하게 하는군. 차라리 베는 편이 덜 성가시겠어."

여러 말을 하게 한다고? 차라리 베는 게 덜 성가시겠다고? 이 빌어먹을 놈, 빌어먹을 놈, 죽어버려! 환관이 몇 마디 토를 달았던들 무어 얼마나 달았을 거라고? 성가시게 굴었음 무어 얼마나 성가셨을 거라고! 네놈이 훨씬 더 말 많은데! 네놈에 비하면 벙어리라 착각이 들 정도로 과묵한, 성가시기는커녕 귀찮게 구는 나한테 단 한 번을 짜증을 안 낸 내 환관인데! 그런데 지헌 너 따위가 단규를 겁박해!

문 뒤에서 유일하게 제대로 들은 지헌의 한마디를, 환관에게 쏟아졌던 위협을 되새긴 입술 새로 기어코 울분이 터져 나갔다.

"무어가 문제야? 왔으면 방 안으로 들어오면 되지 어찌 이러느냐고, 그것도 이 오밤중에!"

참으로 앙칼진 외침이었다. 그러나 흘끗 날 쳐다본 지헌은 별다른 반응 없이 다시 단규에게 시선을 꽂았다. 지헌이 자꾸 단규를 보는 게 싫었다. 불안했다. 이놈은 회의 중에 신료를 해한 놈이 아닌가. 그러고 보니, 나이 든 환관을 죽인 경험도 있잖은가?

나는 겁도 없이 지헌의 가슴팍을 감싼 옷깃을 두 손으로 움켜쥐었다. 놈의 시선을 단규에게서 떼어내려, 날 보게 하려 안간힘을 써댔다.

"어찌 이러느냔 말이야!"

"당장 놓지 못해."

다행인지 불행인지 한껏 날이 선 지헌의 눈동자가 내게 내리꽂혔다.

"감히 계집 따위가 천자의 멱을 틀어쥐어. 그것도 비천한 것 앞에서."

움찔한 내 두 손이 떨어졌다. 지헌의 시선을 받아내는 것에는 성공했으나 순식간에 싸늘히 식은 놈을 마주하려니 소름이 끼쳤다. 이러다 정녕 죽는 게 아닌가? 피를 철철 흘리며 고통스럽게 죽는 상상을 하자 무서웠다. 그렇지만 어디서 무슨 용기가 혹은 오기가 샘솟는 겐지, 이대로 물러서기 또한 싫었다. 난 황후이자 지헌의 조모라는 껍데기를 뒤집어썼다.

"태손이 지금, 체통을 신경 쓰나요? 그리 아랫것들의 눈을 의식하면서 이 새벽에 할미의 처소에 찾아왔어요?"

"……."

"그리 위아래를 잘 지키어 할미가 묻는 말에 대답도 않은 채, 할미가 거느리는 아랫것에게 무어라 하는 것이고? 그것도 이 곤녕궁에서?"

"……."

"태손은 태손의 체통은 잘 차리면서 할미의 것은 조금도 고려하지 않는군요."

냉랭한 뇌까림을 끝내자마자 두 손이 떨렸다. 다리가 후들거리고 심장이 벌렁벌렁했다. 겁 없이 떠든 대가가 무엇일까. 단규를, 한참 아랫것인 환관을 근처에 두고 지헌에게 훈계를 늘어놓은 결과는?

지헌의 손이 허공 위로 들렸다. 나에게 뻗쳐 왔다. 드디어 맞는구나. 기 그년과 같은 꼴이 되는 거야. 아니면 한 짓이 있으니 더 심할 수도. 희멀건 손에 뺨을 맞게 될지, 목이 졸릴지 가늠하고 있는 나였으나, 그러나 예상은 빗나갔다. 포악한 패륜아는 나를 때리지 않았다.

내 왼팔을 꽉 움켜쥔 지헌이 날 끌어당겼다. 서로 간의 숨소리조차 들릴 정도로 얼굴이 가까워진 참, 지헌의 양쪽 입꼬리가 말려 올라갔다. 그 미소가 소름끼쳐 물러나려 했지만 나머지 오른팔마저 붙들렸다. 하여 더는 꼼짝할 수 없었다.

"무어……,"

"명아원."

가볍고 경쾌한 웃음소리 뒤로 나직한 속삭임이 날아들었다.

"저놈을 그렇게 아껴."

"……."

"기분 참 오묘하군."

또 한 번 짧은 웃음소리가 울렸다.

"바락바락 대들고, 정신없이 화를 내고, 그러다가 이성을 차려 똑똑한 척을 해댈 정도로 저놈을 아낀다라……. 네가."

"……."

"견자근은 십 년짜리였지만 저놈은 고작 석 달을 넘겼을 뿐인데, 너무 빠른 것 아닌가?"

마음이 한층 더 불안했다. 이유는 모르겠지만 또 그런 생각이 들었다. 단규를 아낀다는 사실을 지헌에게 들키면 안 될 것 같다는, 단규는 견자근의 대용품 그 이상도 이하도 아니라는 인식을 심어주어야 할 것 같다는 생각이. 어째서일까. 찬찬히 따져 보고 싶었지만 한가하게 사색에 잠겨 있을 때가 아니기에 재빨리 입술을 움직였다. 지헌이 그랬듯이 나직이 뇌까렸다.

"저놈은 견자근의 대용품일 뿐이야. 물론 조금쯤은 아끼긴 한다만, 그래서 이러는 게 아니거든? 너 때문에 잘 자다가 잠을 깨서 이러는 거란, 앗!"

꼭 늑대나 개가 새끼의 목덜미를 물어 자리를 옮기듯이, 지헌은 갑자기 내 목을 물었다. 새빨간 거짓말을 지껄이다 움찔한 내가 그를 밀쳤다. 그러나 목에 닿은 입술이 여전했다. 살을 잘근거리는 딱딱한 이의 감촉도 여전했을 뿐더러 강한 힘이 실린 두 팔이 허리를 둘러왔다.

"아……."

절망 섞인 탄식이 잇새로 흘렀다. 어떻게 해. 단규가 보고 있는데! 싫은 놈의 입술이 더욱 노골적으로 살결을 빨아들이는 참, 차마 한번을 환관을 쳐다보지 못한 내가 거칠게 외쳤다.

"그만해!"

"소인에게 요구하신 바가 있잖습니까."

자못 커다랗게 외쳤건만 나보다 더 크게 소리 낸 이가 있었다. 단규. 지헌이 멈칫한 사이 놈에게서 떨어져 나온 나는 홧홧해진 눈시울을 한 채로 환관을 돌아보았다. 방금 전의 나직하면서 우렁찬 저음을 내뱉은 적이 없다는 듯 단규의 얼굴은 무표정했다. 공손히 눈을 내리 뜬 채 그가 고했다.

"환관임을 증명해 보이라 명하셨습니다."

뭐? 홱 돌아간 내 고개가 지헌을 향했다가, 다시 단규에게 향했다. 무엇하러 그딴 수고스러운 짓을 한단 말인가? 환관인 이에게 어찌 환관임을 증명해 보이라 한 거야? 정말이지 미친놈!

"새벽녘이라는 핑계로 말미암아 스스로의 기강을 무너뜨린 불찰을 저지른 터, 몸에서 떼어놓은 함은 곁방 안에 있습니다. 용서하십시오. 황태손 저하께서 허락하신다면 지금 바로 대령하겠나이다."

"도대체 무엇하러 그런 쓸모없는 짓을……."

"글쎄."

중얼거리는 나를 무시한 지헌이 제 할 말을 이어갔다.

"나 또한 이 재미없는 의심놀이 따위 속히 끝내고 싶다만. 급한 일이 있으니."

날 흘끔거린 지헌의 한쪽 입꼬리가 기분 나쁜 모양새를 그리며 추켜 올라갔다. 재수 없어.

"그렇지만 네가 방 안에서 다른 이의 것을 가지고 나올지 어찌 알겠느냐."

이 상황을 최대한 빨리 끝내고 싶은 것은 나 또한 마찬가지라, 단규가 미처 대답을 하기 전 재빨리 말했다.

"내가 들어가서 가져오면 되잖아? 네놈은 그 자리 그대로 꼼짝 말고 있거라."

지헌에게, 단규에게 옴팡지게 쏘아붙이고 곁방에 들어섰다. 안에는 뉘도 없었기에 주변을 살펴보고 말고 할 필요도 없었다. 문 가까이의, 지난번 나와 단규가 나란히 누웠었던 바닥 머리맡의 낡은 장(欌) 위를 대충 훑어보자 기다랗고 얇은 통 따위가 눈에 들어왔다.

저러한 물건을 본 적이 있었다. 견자근이 달고 다니기에 무엇이냐 물으니 노인네는 짓궂게 웃으며 설명을 해줬었다. 환관된 이의 자른 아랫도리를 담아놓는 거라고.

견자근에게 그 놀림 섞인 설명을 들었을 때는 속이 매슥거려 당장 치우라 소리쳤었으나 이번은 아니었다. 거리낌 없이 옻칠이 된 나무함을 움켜쥐고 복도로 나온 나는 지헌에게 손을 내밀었다. 그러나 지헌은 받아들지 않았다.

"찾았다면서 받지 않고 무어해?"

"……."

"안에는 뉘도 없었어. 의심스러우면 들어가 보아."

"금일 밤 소인과 함께 머물던 이는 몸이 좋지 않아 부득이하게 합숙각으로 돌아갔습니다."

뒤에서 설명을 덧붙이는 단규를 흘끗 돌아보았다가 다시 지헌을 향해 고개를 틀었다. 한 번 더 손을 흔들어 재촉하자 함이 천천히 빠져나갔다. 그러나 한참이 지나도록 지헌은 안에 든 내용물을 확인하지 않았다. 차마 그러지 못하겠다는 듯, 손에 쥔 것이 더럽기 짝이 없다는 듯, 찝찝함과 경멸이 놈의 희고 날카로운 얼굴에 비쳤다.

"열어보아. 열어보란 말이야. 그거 하나를 확인하겠다 곤녕궁을 들쑤셨으면서."

여전히 안을 들여다보지 않은 지헌은 대신 그것을 두어 번 흔들었다. 사스락거리는 가벼운 소리, 상대적으로 묵직한 소리가 뒤엉켜 바깥으로 쏟아져 나왔다. 무슨 소리이겠는가? 바싹 말라 건조되었을 살덩이가 움직이느라 낸 음(音)일 터.

뒤늦게 비위가 상해 미간을 찌푸리던 난 재빨리 표정을 풀었다. 혹여 단규가 얼굴을 찌푸린 나를 보고 기분이 상할까 봐. 그렇지 않아도 저걸 보면 떼어낼 당시의 아픔이 되새겨질 텐데. 못 쓰니 아쉽고, 없으려니 자존심이 상할 텐데. 그래서 잔뜩 속이 쓰릴 텐데 나까지 좋지 못한 얼굴빛을 해보여서야 되겠는가.

"네놈의 것인지 어찌 알지."

"소인의 이름이 겉면에 쓰여 있습니다."

"또 말귀를 못 알아먹는군. 설마하니 내가 글을 읽지 못할까 봐. 이 안에 든 것이 네게서 나오지 않았을 수도 있지 않느냐."

잠자코 오고가는 대화를 듣던 나는 재차 미간을 구겼다. 저게 말이야, 개 짖음이야? 아직도 의심하는 거야? 단규가 무어, 남의 잘린 물건을 훔치기라도 했을까 봐?

당최 지헌이 이해가 되지 않았다. 별다른 이유도 없이 갑작스레, 당연지사 고자일 환관을 의심하지 않나. 이제는 저 안에 든 살이 다른 누군가의 것이 아닐 수도 있잖느냐 묻다니. 대체 어찌 저래. 혹여, 처음부터 의심하지 않았으면서 괜한 트집을 잡아 환관에게 화풀이라도 하고 있는 걸까?

"환관부가 삼엄하기 그지없건만 소인이 무슨 재간으로 부정을 저질렀겠습니까."

불만스레 씰룩이던 입술을 뗀 나는 지나가는 말을 하듯 툭 던졌다.

"문지방 넘을 힘만 있으면 그 짓거리 하려드는 것들이 사내놈들인 마당에 세상천지 어느 놈이 제 그걸 잘라주려 하겠어?"

그게 가능할 리가 없지 않느냐. 그 같은 어조로 앙칼지게 쏟아낸 내 말을 듣고 피식 웃어 보인 지헌은 다시 함을 가벼이 흔들었다. 놈이 여전히 미심쩍어 하는가 싶어 단규에게 다가가 그의 팔을 움켜쥐었다. 지헌의 가까이로 끌어왔다.

"보이거라."

"……."

"이게 대체 무슨 말도 안 되는 소란이냔 말이다. 더는 시간 끌 것 없으니 벗어보아."

"……."

"하찮은 놈이라 한들 수치심을 느낄 테니 내 뒤돌아 있으마."

단규가 지헌에게 죽은 환관과 같은 꼴이 될까 봐. 해코지를 당할까 봐 속이 탔지만 마음과 달리 부러 야멸차게 쏟아낸 난 붙잡은 그의 팔이 더럽다는 양 내팽개쳤다. 먼지를 털듯 손을 탈탈 털기까지 했다. 그에게 괴팍하게 굴어 너무 미안하고 속이 쓰렸다. 그렇지만 환관을 향한 지헌의 이상한 관심을 꺼뜨릴 수만 있다면야 아픈 마음 따위, 열 번이고 참아내야 할 터.

"어서 벗어보라니까!"

또 한 번 짜증스레 소리 친 참, 서늘한 음색이 울렸다.

"잠깐."

돌연 지헌은 단규에게 바싹 다가섰다. 내게 그러했듯이 환관의 목 가까이에 고개를 들이밀었다. 이윽고 상체를 꼿꼿이 세운 놈의 미간이 팍 구겨져 있었다.

"향유라도 바른 건가?"

향유? 갑자기 무슨 소리지. 그러고 보니, 단규에게서 소려진이나 순황후가 내뿜을 법한 향이 났다. 처음 맡는 향이었다. 매번 환관에게 매달릴 때마다 맑고 달큼한 살 내음만 났었는데.

"사향 내음입니다."

공손히 답한 환관이 가슴께의 옷깃 안에서 무언가를 꺼내어 보였다. 그의 손 안쪽을 확인한 내 입이 슬쩍 벌어졌다. 그가 내보인 무언가, 어떻게든 황제 한 번 꾀어보겠다. 후궁들이 들고 다닐 법한 향낭이었다. 알록달록한 무늬가 수놓아진 데다 보랏빛 술까지 달린.

고자임에도 사내 같기만 하던 이 환관이 어인 일로 저런 걸 품고 있었지? 안 하던 짓을 한 단규가 놀랍고 새로이 보인 것은 물론이거니와 진정한 환관으로, 고자로 보였다.

자못 놀란 속을 내색하지 않는 나 대신 경멸과 조소, 불쾌감이 가득 서린 지헌의 싸늘한 목소리가 단규를 찔렀다.

"계집들이나 할 법한 짓을. ……장대한 기골이 아깝군."

"송구합니다."

짓씹듯이 내뱉은 지헌은 더는 확인할 필요가 없다는 듯, 그러고 싶지도 않다는 듯 함을 내던졌다.

"역겹기는."

얼굴 가득 경멸을 담아 단규를 노려본 놈이 날 끌어당겼다.

환관을 돌아보았다. 내 시선이 그에게, 그의 시선이 내게 박혔다. 좁혀지는 문 틈새로 우리의 눈이 마주쳤다.

"명아원."

지헌의 얼굴 위로 단규가 아른거렸다. 문이 닫히기 전 마지막으로 본, 차갑게 굳어 있던 그가.

단규의 표정이 좋지 못했던 이유가 무얼까. 내가 너무 야멸차게 굴어서? 아니면…… 더러워 보였나? 내가 지헌이 좋아서, 그래서 넙죽 이놈을 쫓아가는 걸로 보인 걸까?

아니야. 아니야. 이는 내 망상일 뿐일 거야. 괜한 걱정일 거라고. 그가 그럴 리 없어.

끊임없이 샘솟는 걱정을 뿌리치려 해도 뜻대로 되지 않았다. 단규의 눈매가 차갑던 까닭은 지헌에게 모욕을 당해서일 수도 있거늘, 자꾸만 내 탓일 것 같아 겁이 났다.

"나를."

화도 났다. 단규가 나와 지헌이 한 방으로 들어가는, 지헌이 내 목에 입술을 대는 꼴을 본 게 싫다. 지헌만 없었다면.

“아끼지도 않으면서.”

그러한데 지헌 너는 왜 자꾸 나에게 이래. 왜 단규가 날 좋지 못한 얼굴로 보게 만들었어. 달궈진 쇠붙이만큼이나 뜨거운 원망과 증오가 가슴 속을 채웠다.

“날 아끼지도 않으면서! 좋아하지도 않으면서! 그런데 어찌 이래!”

거대한 역정에 휩싸여 목에 핏줄이 돋을 만큼 빽 소리쳤다. 지헌에게 이렇게까지 목소리를 높여 따지고 든 적이 없었다. 그렇지만 상관없었다. 나한테도 베어버리겠다, 협박하라지. 아까처럼 또 ‘감히 계집 따위가’ 어쩌고 운운하며 싸늘히 식으라지. 기 년에게 그랬듯이, 때리라지!

“목소리 낮춰.”

“싫어!”

예상대로 지헌은 으르렁거렸고, 굴하지 않은 난 그의 명령을 거부했다.

“듣기 싫으면 곤녕궁에서 나가면 되잖아! 흥룡전으로 돌아가면 되지 않느냐고! 헉……!”

갑자기 허공이, 몸뚱이가 휘청거려 입술 새로 놀란 소리가 터져 나갔다. 반사적으로 지헌의 어깨춤을 움켜쥔 내가 방향 감각을 찾았을 때에는 이미 등허리에 서늘한 기운이 완연했다.

침상이 십 리 밖에 있는 것도 아니건만 지헌은 나를 바닥에 눕혔다. 재빨리 일어나는 나보다 먼저 움직여 내 위에 올라왔다. 그럼에도 포기하지 않고 사지를 버둥거렸지만 하나둘, 옷가지가 자꾸만 떨어져 나갔다.

"황후께서 근래 들어 여유를 얻으시었나. 두렵게만 여기던 이 황태손에게 심하게 대드시지 않나, 이전에는 궁금치 않아 하던 것을 궁금해하시다니."

한 꺼풀 한 꺼풀 날 벗겨가며 지헌은 여유롭게 지껄여댔다. 놀리고 있는 것인 분명한즉, 약이 올라 이가 악 물어졌다.

"시정기를 찾아보라 했잖아."

결국 나신이 된 내 목에 더러운 입술이 와 닿았다. 쇄골을 지나 더 아래로 내려간 그 입술이 가슴을 핥고 빨아댔다. 서늘한 손 두 개는 내 배며 몸 이곳저곳을 마치 제 살을 만지듯 마음껏 주물렀다.

홧홧해지는 눈시울과 구역질을 참으려 입 안쪽의 살을 아득 깨물었다. 이제 더는 이놈 앞에서 눈물을 보이지 않으리. 절대로. 우는 것도 지겨워. 이놈 때문에 흘리는 눈물이 아까워.

"그 잡스런 시정기 타령 좀 그만해! 사관에는 황제조차 들어가면 안 되는 걸 나보고 무얼 어찌하라고?"

물론 단규와 몰래 들어갔었지만 아무리 크나큰 역정을 느끼고 있는 나란들, 그 사실을 말해서 좋을 게 없다는 것쯤은 잘 알았다. 하여 거짓을 내뱉은 내게 숨소리가 불안정해진 지헌이 말했다.

"그러한 불문율이 있기는 하지. 허면 힘없는 황후이자 내 애첩인 명아원 너는, 무얼 어찌해야 할까."

지금 그걸 나한테 묻는 거야?

"그걸 내가 어떻게 알아! 네가 구해오든지!"

짜증스레 뇌까린 나와 반대로 지헌은 재수 없는 웃음을 흘렸다. 돌연 온몸을 짓누르던 압박감이 줄어들었다. 상체를 일으켜 앉은 지헌이 아직 덜 벗은 옷가지를 마저 벗는 것을 확인한 나는 재빨리 몸을 움직여 자리에서 일어나 앉았다. 그러나 속적삼을 벗던 지헌은 내 양팔을 득달같이 틀어쥐었다.

"이거 놔! 나한테 손대지 말란 말이야!"

"그 환관!"

힘이 실린 위협적인 목소리가 방을 울리매 몸부림을 멈췄다. 잠시간의 저항이 물거품이 되어 뒷머리와 등허리가 다시 바닥에 닿았다. 세게 밀쳐진지라 뒤통수와 어깻죽지가 아렸으나 신경 쓰지 않은 난 내 위에서 날 내려다보는 지헌을 독이 오른 눈초리로 노려보았다.

내가 갑자기 얌전해진 까닭은 지헌의 낮게 깔린 목소리가 무서워서가 아니었다. 환관. 그 단어 하나에 정신없이 움직이던 사지가 멋대로 반응한 터였다. 어찌 또 단규 얘기를 꺼냈단 말인가. 화(火) 대신 불안과 두려움이 마음을 채웠다.

"환관이 무어."

"간만에 울지 않는 것은 만족스럽다만, 건방지게 구는 것도 적당히 해야지."

"……."

"밑에서 사내를 받드는 것이 존재 이유인 계집이 일개 필부도 아닌, 황제의 품을 거역해서야."

건방지게 구는 쪽이 뉘인데! 아직 등극도 안 했으면서 황제인 척은! 혀끝을 맴도는 욕지거리를 애써 삼켰다. 아무 말 않는 내가 흡족한지 잔뜩 날이 섰던 지헌의 눈매가 약간이나마 부드러워졌다.

"덩치는 커다래 하는 짓은 영락없는 계집이던 그 허접스러운 환관 나부랭이."

내 어깨가 움찔거렸다. 저 입에서 단규의 얘기가 나오기만 하면 불안했다.

"그놈을 아끼면서 부러 무심한 척하는 네 속이 내 눈에는 훤히 보이던데, 명아원."

쿵 내려앉았던 심장이 그 어느 때보다 급하게 뛰기 시작했다. 비죽 웃은 지헌이 입술로 귓불을 희롱하건만, 아래턱을 지나 목에 와 닿건만 더는 거부할 수 없었다.

"왜. 내가 그놈에게 관심을 보이니 두렵던가. 삼년 전에 늙은 환관에게 그러했듯, 죽일까 봐."

"……."

"그렇다면 더더욱 내게 잘 보여야 하지 않을까."

"……."

"앙탈도 과하면 질리는 법이거든."

짐승만도 못한 자식. 나쁜 놈.

놀리듯이 지껄여졌다만 완벽한 위협이요, 겁박이었다. 지헌은 나에게, 내가 저의 밑에 깔렸을 때 마음에 들지 않게 행동한다면 단규를 죽이겠다. 그러니까 저항은 집어치우고 제 품 안에서 온순히, 열렬히 굴라. 으르고 있었다. ……무어 이런 놈이 다 있어. 흐흑.

굳어 있던 몸을 움직인 나는 두 다리로 지헌의 허리를 감쌌다. 팔을 뻗어 지헌의 목을 꽉 끌어안았다. 분노를 싹 숨긴 갸륵한 표정을 지어 보인 채, 그러나 자못 단호히 속삭였다.

"환관을 해하지 마. 네가 날 데리고 놀듯, 고양이가 쥐를 노리개 삼듯 나도 그러해. 그놈은 내 쥐야. 재미없는 이 황궁에서 가지고 노는."

실은, 나 자신이 단규의 쥐가 아닌가. 그에 관한 찍소리 한 번 못 내는.

"하나뿐인 네 장난감을 뺏을 수야 없지. 하여 견자근도 장수하지 않았어."

견자근과 관련된 마지막 말이 의아했지만 무슨 뜻이냐 묻지 않았다. 대신 다른 걸 강요했다.

"약조해."

"그리하지."

"……으읍."

이상하리만치 쉬이 수긍한 지헌이 내 두 다리 사이를 파고들었다. 놈을 밀쳐내기는커녕 온 힘을 다해 끌어안았다. 아래위로 뒤흔들리는 황태손의 몸에 내 몸을 최대한 밀착했다.

"아……!"

잇새 사이로 애정 없는 신음을 흘리자 지헌의 움직임이 더 빨라졌다. 짙은 쾌감에 젖어가는 놈의 몸 일부를, 빳빳이 곤두서 나를 찔러대는 그것을 꽉 옥죄었다. 지헌의 흡족한 신음이 귀청을 울린다.

점점 더 격렬히 날치는 지헌을 껴안은 채로 단규를 떠올렸다. 지난 육 년간 겪어온 이 역겨움 따위 참을 수 있어.

네가 온전할 수만 있다면, 그럴 수 있어.

정사가 시작된 때로부터 꽤나 시간이 흐른 듯싶건만 끝이 보이지 않았다. 살이 맞부딪치는 곱지 않은 소리, 지헌의 거친 호흡이 귀를 스쳤다. 그 두 가지 음(音)에 계집의 교태 서린 신음까지 덧대고 싶지 않아 이를 악물고 있으니, 내 허리를 뜨겁게 달아오른 손이 낚아챘다. 엎드려 있은 지 한참 만에 천장을 보고 눕게 된 내게 지헌은 다시 침범해 왔다.

"아, 아앗……."

내 거짓 교성을 들은 지헌이 한층 격렬하게 움직였다. 만족스러워하는 증거였다. 지헌이 기뻐하는 꼴을 두 눈으로 직접 보려니 짜증과 심술이 치솟았다. 그래서 나는 되는 대로 늘어뜨려 놓았던 두 손을 들어 놈을 감싸 안았다. 바짝 세운 손톱 끝에 지헌의 살이 닿는 족족 할퀴고 꼬집었다.

황태손의 몸에 새겨진 생채기를 태의와 상궁나인들이 보면 망극하다 기겁을 할 터. 한데, 정작 당사자는 개의치 않는 듯했다. 흐릿해진 눈빛으로 날 내려다보는 지헌은 안간힘을 다한 내 공격에 아파하기는커녕 알아채지도 못하는 듯싶었다.

그럼에도 계속해서 지헌의 팔, 등, 목과 가슴을 할퀴었다. 동시에 어찌하면 지헌을 식게 만들 수 있을까. 머리를 굴렸다. 곧, 나는 헐떡이는 숨소리와 함께 반항 섞인 한마디를 던졌다.

"나, 나는 네 할미야."

"더할 나위 없는 개소리군."

"아……!"

화가 난 겐지 그새 취향이 바뀐 겐지, 허리 놀림의 속력을 낮춘 지헌은 이번엔 느긋이 그리고 묵직하게 날 밀어붙였다. 지친 나는 꽤 메말랐기에 드세게 들이닥치는 하체를 받아들일 때마다 아팠다.

"너는 그저 내 손안에 떨어진 계집일 뿐이야. 황제로부터 내가 빼앗은. 윽…… 명아원."

내 이름 부르지 마. 그 이름 따위 좋아하지 않지만 그래도 부르지 마. 지헌의 움직임이 다시 빨라지는 바람에 나 또한 거세게 흔들렸다.

"명아원. ……아원."

사내놈들의 욕정이란 그토록 커다란 걸까. 그네들이 느끼는 열락이란 술보다 독한 걸까. 그래서 한 없이 사람을 취하게 만들어, 지헌이 저리 애틋이 내 이름을 부른 걸까.

"아원아."

뜨거운 숨결과 함께 귀에 쏟아진 지헌의 목소리가 낯설었다. 지헌이 아니라 다른 사람의 것인 양, 이상하리만치 다정스러웠다. 이렇게 나긋이 군 적이 없었는데.

이전과 사뭇 다른 지헌의 반응이 신기했지만 그게 다였다.

신기한 것 그 이상도, 이하도 아니었다. 내 가슴 속에는 여전히 나와 살을 섞는 놈을 향한 혐오감만이 가득할 뿐이었다.

"아원아."

"……."

"……그리 나를 노려만 보고 있으면, 내, 환관을 살려주고 싶을까 봐."

미묘하게 위협적인 한마디에 흠칫한 나는 다급히 지헌의 상체를 껴안았다. 손바닥에 닿는 살결을 살살 어루만졌다.

그로 모자라 쾌락에 취한 표정을 짓고 있길 한참, 나는 나긋이 지헌을 불렀다.

"헌……."

내 거짓 연기에 지헌은 별다른 반응을 보이지 않았다. 이전과 마찬가지의 속력으로 움직일 뿐이었다. ……좋은 척을 더 해야 하는 건가?

"아……."

부러 담백한 신음을 흘리고, 지헌의 뺨을 쓰다듬었다. 지헌은 여전히 주목할 만한, 기쁜 반응을 보이지 않아…… 보였다.

더러운 손이 내 귀를, 귓가의 머리칼을 살살 어루만진다. 고개를 숙인 지헌의 입술이, 혀가 귓불을 찬찬히 애무한다. 처음 받아보는 정성스러운 행위가 멈춘 찰나 자못 따스한 목소리가 울렸다.

"널 아끼지도, 좋아하지도 않으면서 왜 이러느냐 물었던가. 그런 식으로 물은 건 처음이지."

"기억 안 나……."

거짓이었다. 왜 기억나지 않겠는가. 지헌과의 정사는 내게, 정신이 멀어 다른 생각 따윈 할 수 없을 정도의 쾌락을 전혀 주지 못하는데. 그럼에도 취한 척을 하고 있으니 혼잣말 같은 작은 중얼거림이 내리꽂혔다.

"어쩌면 널 많이 아끼는지도 모르지."

집어치워. 목구멍에 차오른 그 말을 거뜬히 짓씹어 삼킨 나는 천장을 노려보았다. 지헌은 내 목에 고개를 묻은 터라 내가 어떠한 표정을 짓고 있는지 볼 수 없었다.

여느 때와 마찬가지로 지헌은 행위가 끝나자 지체 없이 곤녕궁을 떠났다. 홀로 남은 나에게는 허탈감과 자기혐오, 짜증과 무력감 등등, 온갖 부정적인 감정만이 남아 있을 뿐이었다. 나 자신이 싫다.

"잠시 들어가도 되겠습니까."

침상 위에 늘어져 멍하니 눈만 깜빡이던 나는 벌떡 일어나 앉았다. 다급히 문가를 돌아보았다.

문 뒤에 서 있을 단규의 모습이 벌써부터 눈에 선했다. 그래서인가. 죽은 이의 것처럼 느릿하게 뛰던 심장이 방망이질을 해대기 시작했다. 어떡해. 무어라 해. 어찌 마주해. ……문밖에서 다 들었을까? 단규가 정사의 와중 나와 지헌이 흘린 끈적한 신음을 듣는 상상을 하자 온몸의 피가 바깥으로 빠져나가는 것 같았다. 등허리를 따라 소름이 돋았다.

똑똑. 문을 두드리는 소리가 날아들어 얼결에 입을 움직였다.
"드, 들어오지 말아. 가서 쉬든지, 네 할 일 하도록 해."
다시 침상에 엎어졌다. 문짝으로부터 등을 돌리고 누워 발끝에서 머리끝까지 이불을 뒤집어썼다. 실은 당장 들어오라 말하고 싶었다. 어서 와서 옆에 앉으라, 불쌍한 나란 계집의 하소연을 들어달라 외치고 싶었다. 한데 어찌 마음에 없는 소리를 했느냐? 단규를 보기가 껄끄럽다. 보고 싶은데, 보려니 두렵다. 어째서인지 콕 집어 설명할 수는 없지마는.
"송구합니다. 물러갈 테니 쉬십시오."
가는 거야? ……이대로? 물러갈 거라니, 환관들의 합숙각에 간다는 건가? 아니면 곁방에? 들어올 거 없다 한 건 나인데 막상 단규가 담백하게 떨어져 나가자 아쉬웠다. 아쉽다 뿐인가. 서럽기 짝이 없었다. 그래도 혹시나 싶어 귀를 쫑긋 세우니 옷깃이 펄럭이는 소리, 뚜벅뚜벅 멀어져 가는 발소리가 들리는 듯싶었다.
"흐윽."
가란다고, 진짜 가니? 고작 환관 나부랭이인 네놈 때문에 내가 무슨 짓을 했는데. 지현이 좋아 죽겠다는 것처럼 그놈의 뺨을 쓰다듬고, 그놈의 더러운 이름을 불렀는데. 싫은 내색조차 실컷 내보이지 못하고 그놈의 아래에서 헉헉거렸는데. 앞으로도 그럴 텐데!
"너무해, 으흐흑."
한 서린 울음이 잇새로 새어 나갔다. 쉬이 그칠 것 같지 않은 시끄러운 곡소리를 숨기는 데 도움이 될까. 침상에 고개를 처박은 채 애처럼 끅끅거렸다. 정사 중에 참았던 눈물까지 뒤늦은 지금에서야 터져 나오는 겐지 이불이 금세 축축해졌다.

"싫어. 다 싫다고……."

지헌이 나와 잔 게 싫어. 내가 자진해서 그놈에게 매달린 게, 그놈이 단규를 가지고 협박한 게, 아니, 내 인생 자체가 싫단 말이야!

"흐으윽, 흐윽……으허엉."

"어찌 우십니까."

본격적으로 통곡을 하려다 뚝 울음을 그쳤다. 번개처럼 빠르게 일어나 앉아 후다닥 뒤를 돌아보았다.

"어, 언제……."

가버린 줄 알았던 환관이 어느 틈엔가 방 안에 들어와 있다. 문가에서 물끄러미 날 바라보고 있다. 놀란 마음도 잠시, 반가움이 솟구쳤다.

"어차피 들어올 거였으면 어찌 가는 척을……."

반갑기에 오히려 불평하듯 외치던 난 말끝을 맺지 못하고 입을 앙다물었다. 단규에게 다가가려 급히 바닥에 닿은 내 두 발이 더는 움직이지 못했다.

단규의 표정이 좋지 못하다. 나를 향한 두 눈이 자못 날카롭다. 빈틈없이 맞물린 도톰한 입술 끝이 올라가기는커녕 금방이라도 아래로 처질 것만 같다. 나와 지헌이 한 방으로 들어가던 모습을 지켜봤을 때처럼, 날 바라보는 단규의 낯빛이 서늘하다.

여전히.

"내가 천해 보였구나."

눈앞이 다시 흐려졌다

"천하고 음탕한, 값싼 계집으로 보였어. 으흑……."

"그럴 것 같습니까."

다시 침상에 엎어지려 하던 나를, 내 어깨를 큼지막한 손이 붙들었다. 곁에 다가온 단규를 젖은 눈으로 올려다보았다.

"아원을 그리 여기지 않습니다."

축축한 내 뺨을 닦는 단규의 손이 차가웠다. 오랫동안 바깥에 있다 들어온 것처럼.

"밖에 있다 들어온 게야?"

"예."

단규의 표정은 여전히 좋다 할 수 없거늘 그가 밖에 있었다는 사실, 그가 내 눈가를 닦아주는 행위로 말미암아 안도감을 느꼈다. 더군다나 날 더럽게 여겨 차가운 표정을 지어 보인 것이 아니라잖은가.

이제는 다른 의미로 눈에서 눈물방울이 흘러내렸다.

"흐으윽, 나를 음탕하고 지저분하다 생각한 것이 아니면, 허면 표정이 어찌 그러해."

마음이 한결 가벼워졌지만 그렇기에 나는 외려 트집을 잡아댔다.

"좋지 못하잖아. 속으로 내 욕을 한 게 아니면 어찌 그러냐고. 어흐흑……."

간접적으로 웃어달라, 잘 대해 달라 투정을 부리는 내게 단규는 그러나 한참을 아무 말을 하지 않았다. 화가 난 것도 같고 속상한 것도 같은, 복잡한 얼굴로 볼품없이 우는 나를 빤히 내려다볼 뿐이었다.

거 봐. 아니긴 무어가 아니야. 나란 년을 창기와 별반 다를 바 없다 생각했으면서. 침묵에 지쳐 좋지 못한 결론을 내린 순간, 저음이 날아들었다.

"아원이 황태손에게 휘둘리지 않았으면 좋겠습니다. 스스로를 위해서도, 그리고……."

다시 침묵.

어찌 말을 하다 멈춰. 나 자신을 위해서, 그리고 또 뉘를 위해 황태손에게 휘둘리지 않았으면 싶다는 거야. 아니지, 그게 중요한 게 아니야. 저러하길 원한다는 자체가 지헌과 붙어 있는 내 꼴이 불결해 보인다는 뜻인 거잖아. 겨우 그쳤나 싶던 눈물바람을 난 또 시작했다.

"그러니까 내가 더러워 보였다는 거잖아."

"……."

"지헌과 함께 있는 모습이 흉하니 떨어지라는 말뜻 아니냐고, 그게. 흑."

허면 나보고 무얼 어쩌라고. 지헌 그놈이 내가 저를 거부하면 널 해하겠다, 겁박하는데 얌전히 굴지 않으면 무얼 어찌하느냔 말이야.

잠시, 실은 황태손이 너를 들먹여 나에게 협박을 가했다. 잠자리에서 저의 맘에 들지 않게 굴면 내가 유일하게 아끼는 환관인 널 죽일 거라 했다. 앞으로도 그럴 테니 나도 싫지만 어쩔 수가 없다. 그러니까 날 너무 값싸게 보지 마라, 라고 사실을 토설해 버릴까 싶은 고민이 들었다. 하지만.

어찌 말하랴. 그랬다간 단규가 불편해할 텐데. 부담과 죄책감을 느낄지 모르는데. 아니, 분명 순한 환관은 사실을 알면 기분이 좋지 못할 터였다.

"제가 싫습니다."

결국 아무 말도 못하고 소맷부리로 눈가나 닦아내던 나는 고개를 쳐들었다.

"무어?"

"제가 싫습니다."

"……."

"아원이 변변찮은 자에게 휘둘리고, 그래서 눈물 흘리는 것이 싫습니다."

"……."

"그만 그치십시오."

진즉부터 눈에 고여 있던 눈물이 한 박자 늦게 흘러내렸을 뿐인데 단규는 내가 또 울었다 생각한 듯, 선이 뚜렷한 얼굴에 속상한 기색을 내비치었다. 청하지도 않았건만 자진해서 침상에 앉은 그의 커다란 손이 내 뺨 위를 부지런히 오고갔다.

단규가 날 걱정한다. 날 이름으로 부르고 엉망진창일 내 얼굴을 정리해 준다……. 여러모로 기분이 좋아져 나는 얌전한 척,

꼼짝하지 않았다. 잡담 한마디 없이 공손히 눈을 내리뜬 상태로 뺨만 붉혔다.

한데 문제가 생겼다. 한순간에 봄눈이 녹듯 마음이 풀리고 기분이 좋아져서 그런지 입술이 자꾸 움찔거렸다. 방금 전까지 질질 짜다가 갑자기 웃으면 얼마나 미련해 보이겠는가? 그보다는 움찔대는 입술을 움직여 쓸데없는 말이라도 조잘대는 편이 나을 듯했다.

"네 방금…… 나를 이름으로 불렀어."

그것도 세 번씩이나. 뺨에 다시 열기가 돌았다.

참 이상해. 명재평이 지어준 이름 따위 싫어하다시피 하는 나인데. 지헌이 '아원'이라 불렀을 때에는 구역질을 느낀 나인데. 한데 단규가 불렀을 때에는 어찌해서 나 자신이 '명아원'이라 행복하다 느꼈을까.

"송구합니다. 벌을 내리신들 달게 받을 겁니다."

온몸 구석구석을 간지럽고 덥게 만드는 이상한 수줍음에 젖어 있는 내게서 단규의 손이 떨어져나갔다. 아쉬움에 멀어진 그의 손을 흘끗 쳐다봤다.

"아니야. 나도 실수 많이 하는걸. 그리고…… 내 앞으로, 할 수 있는 데까지 열심히 그놈을 밀어낼게. 눈물 흘리는 일 없도록 심신도 굳건히 할 테야. 그렇잖아도 금일은 다른 때보다 심하게 밀어낸 참이었어."

이제는 안심했겠지. 걱정을 그쳤겠지. 그리 생각하며 고개를 들었다. 하지만 예상과 달리 날 보는 단규의 표정은 이전보다 더 어두워진 것 같았다. 해결할 수 없는 무거운 문제를 양어깨에 짊어지고 있는 듯이 보였다. 거짓을, 지키지 못할 소릴 한 게 티가 났나?

침묵하는 그를 대신해 입을 열었다.

"무슨 생각을 그렇게 골똘히 해?"

"대체 어찌해야 할지…… 아닙니다."

"……."

"그러고 보니, 뵙기를 청한 이유를 까맣게 잊고 있었군요. 약을 올려야 할 테지요."

"약? ……아."

그렇지. 난 이제 아이를 밸 수 있지. 그거 때문에 들어와도 되느냐 물었구나.

"불편하시겠지만 태의원에 다녀올 동안 침수에 드시지 말고 기다려 주십시오."

"나, 나중에 가!"

일어서려는 단규의 허리춤을 대뜸 부둥켜안았다. 단단한 품에 바싹 파고들었다. 내 몸 속에 지헌의 애새끼가 자랄 상상을 하자 역겹기 짝이 없었다. 구역질이 치밀었다. 그렇지만…… 설마 하니 약 좀 늦게 마신다, 무슨 일이 있겠어?

"약은 아침에 일어나서 마실게. 그러니까 옆에, 잠들 때까지만이라도 좋으니 옆에 있어주어."

"조급하실 거라 예상했습니다."

"조금 늦게 먹는다고 무슨 일이 있겠어? 그랬으면 황궁 안에 진즉 황태손의 새끼가 넘쳐났게?"

소려진의 주둥이에 따르면 지헌은 후궁들에게 손을 대지 않았고, 소려진 그년과도 고작 열 번 남짓 합방을 했지만 그것까지 말할 필요는 없을 거다.

"정 무엇하면 깨어나서 피임약과 낙태약, 둘 모두 마시면 되잖아."

"안 됩니다. 의술을 잘 모르나 두 약을 모두 복용하는 것이 황후 폐하의 몸에 좋을 거라 생각되지 않습니다."

"아, 잠시만! 제발 가지 말아!"

일어나려는 환관을 안간힘을 다해 붙잡아 앉힌 내가 절박하게 말했다.

"여태껏 자식 하나 못 둔 지헌이잖아! 그런데 하룻밤 만에 내가 그놈의 애를 밸 리가 있어?"

"여인이 아이를 품는 일은 예측하고 말고 할 수 있는 유(類)가 아니잖습니까."

"한 번만! 이번 딱 한 번만! 다시는 조르지 않을 테니까!"

"……."

"잠시라도 혼자 있으면 울 것 같아. 나 우는 것이 싫다며?"

아니 실은, 너랑 같이 있고 싶어서 그래. 나도 물론 찝찝하지만, 당장 약을 마시고 싶지만 그보다는 너와 함께 있고픈 욕심이 훨씬 커. 잠시라도 떨어지고 싶지 않아.

심각한 얼굴로 나를 내려다보는 단규가 당장이라도 안 된다, 지금 바로 태의원에 가야겠다, 말할 듯했다. 하여 눈물을 짜내려 애썼다. 얼마 전까지 질질거린지라 시야는 쉬이 뿌예졌다.

"흐읏, 나 또 눈물이 나와."

소매 끝으로 눈가를 찍자 한숨소리가 울렸다.

"울지 마십시오. 원하시는 대로 할 테니."

"고, 고마우이. 으흐읏……."

또 한 번 내 얼굴을 정리해 준 손이 물러갔다. 간간히 훌쩍이는 것을 잊지 않은 나는 단규의 허리를 두 팔로 껴안고, 단단한 가슴에 뺨을 대었다.

일각쯤 지났을까. 그가 권유했다.

"이제 그만 누우셔야지요."

대답 없이 버티매 재촉이 떨어졌다.

"앉아서 침수 드실 것은 아니잖습니까."

"나…… 혼자?"

"무슨 말씀인지 모르겠습니다만."

잠시 머뭇거린 끝에 말했다.

"나 혼자 누워?"

단규는 꼭, 무슨 소리를 하느냐는 얼굴로 내려다보았다. 그렇지만…… 환관이 어찌 내 말뜻을 모를 수 있단 말인가?

나와 환관은 ―비록 항상 내 쪽에서 일방적으로 매달렸던들― 번질나게 껴안아보았다. 지금도 껴안고 있잖은가. 난 침상에 눕고, 그는 곁에 앉아 재워준 적 또한 횟수로 치면 꽤 된다. 즉 환관을 껴안거나, 혹은 환관이 나를 재워주는 것은 이제 내게 꽤 익숙하다. 그리고 지난번 곁방에서 우리는 나란히 누워 서로를 끌어안아 보았다. 이쯤이면 내가 무얼 바랄지 명확하지 않나?

"실은 그간에 네게 말하지 않은 것이 있어. 궁금하지 않아?"

환관의 눈치를 살핀 나는 꿋꿋이 말했다.

"견자근은 내가 심하게 울었을 때면 누운 내 옆에 같이 누워 어미처럼 토닥여 줬었어."

그 괴팍한 환관이 어미처럼 굴기는 개뿔. 견자근은 기껏해야 단규가 그러했듯이 침상 끝에 앉아주었을 뿐이다. 애초에 나도 늙은 환관이 옆에 눕길 바라지 않았지만. 그렇지만 단규에게는 아니었다. 나는 지금, 십 년짜리였던 견자근에게조차 바라지 않았던 바를 그에게 요구하고 있었다.

죽어서 말이 없는 노인을 팔아먹자니 속이 뜨끔했다. 그럼에도 다시 견자근을 들먹였다.

"견자근은 그랬었어."

"……."

"견자근은 그랬었는데……."

어찌 아무 말이 없어. 눈치가 딸려 못 알아먹었나? 조금 더 직접적으로 표현해야 해?

"하기야, 너는 견자근이 아니지. 같은 것을 바란 내가 어리석었구나. 잊어버려. 악몽 그까짓 거 꾸게 되면, 땀에 절어 깨었다가 다시 잠들면 되지 무어."

견자근 타령을 멈추고 단규를 곁눈질했다. 무표정하다. 안 먹히네. 이렇게까지 했는데 못 알아먹었을 리는 없고. ……또 무어라 하지.

"어차피 아니 된다 한들 계속 우기시겠지요. 하나만 약조하신다면 이번 것도 따르겠습니다."

"정말? 참인 게야?"

내 눈이 휘둥그레졌다. 예상 외로 긍정적인 반응을 내보인 환관이 놀라운 것은 물론이요, 기뻤다. 그러나 너무 좋아하는 티를 내지 않으려 어깨를 축 늘어뜨렸다. 더불어 기운이 없는 척, 조용히 물었다.

"무언데?"

"지난번처럼 간질인다거나…… 발로 희롱하시면 안 됩니다."

"간지럼을 많이 타나 보아? 알았느니. 절대 그러지 않을게."

별거 아니잖아. 난 또, 껴안거나 만지지 말라는 줄 알았네. 단규가 볼 수 없도록 고개를 숙여 히죽 웃은 나는 다시 시무룩이 얼굴을 굳혔다.

쓰러지듯 힘없이 침상에 누워 단규를 올려다보았다. 난 누웠는데 넌 뭐하니? 그리 묻는 듯한 표정을 해보였건만 환관은 움직일 기미가 없었다.

"무어해?"

"……."

"옆에 누워 재워준다며?"

"……약조한 바, 반드시 지키십시오."

"내가 언제 너를 속였어? 아니면 황궁 밖에서 살 때 속고만 살은 게야?"

"……."

"으흐흑, 되었어. 조를 힘도 없으니 싫으면 관두어."

고개를 침상에 파묻고 울먹거리는 척을 해서야 단규는 몸을 누였다. 그토록 마땅찮은 내색을 뿜어대더니, 일단 눕자 그는 내게 팔을 뻗었다. 의외의 그 적극성이 놀라웠지만 지체 않은 나는 날름 단규의 팔에 머리통을 얹었다. 곧장 너른 품 안으로 파고들어갔다.

온몸을 통해 타인의 온기가, 내 것과 다른 탄탄한 살결이 느껴진다. 쌕쌕대는 내 것과 비교되는 점잖은 숨결이 이마 근처를 넘실거린다. 이 모든 게 단규의 것이매 심장이 거세게 뛰기 시작했다. 얼굴 가득 열이 차올랐다. 정신을 차리려 단규의 등을 감싼 피륙을 꽉 움켜쥐었다.

아주 한참 만에 입술을 움직였다.

"어미 품 안에 들어온 것처럼 편안해. ……좋아."

단규가 더는 나를 걱정하지 않았으면 싶어 뇌까린 거짓이었다. 좋은 것은 진심이지만 환관의 품은 전혀 편하지 않다. 어미의 얼굴도, 어미의 품의 편안함과 따스함도 지금은 기억이 나지 않지만 하나는 확실하다. 잠에 들려 어미에게 안겼을 때 지금처럼 불편했을 리가 없다. 지금처럼, 잠이 오기는커녕 오히려 정신이 말짱해지고 목과 뺨이 뜨거워지지 않았을 것이었다.

"다행이군요. 한데, 아직 깨어 있으셨습니까. 일각은 지난 듯싶은데."

"잠이 오지 않는 걸 어찌하라고."

단규는 대답하지 않았다. 대신 따스한 손이 목 아래 어깨 부근을 토닥이기 시작했다. 어서 잠들라는 뜻인 게지, 치. 불만스레 속으로 꿍얼거렸다만 그의 노력이 헛되게 하고 싶지 않아 질끈 눈을 감았다.

"으음……."

반대편으로 돌아누우려 했는데 뜻대로 되지 않았다. 맘대로 움직이지 못하니 짜증이 나 미간을 구긴 나는 졸음기가 눌러앉은 눈꺼풀 중 하나를 겨우 추켜올렸다. 나머지 눈꺼풀마저 위로 올리니 환관이 보였다. 곤하게 잠든 환관이.

방 안의 어스름한 정도를 보아 동이 틀 무렵인 듯한데, 여태껏 무뚝뚝한 고자가 옆에 있을 리가, 그것도 자고 있을 리가 없으니 꿈인 건가?

꿈인가 현실인가. 확인을 위해 단규의 얼굴을 주무르려다 마음을 바꾸고 대신 조심스레 허리춤을 더듬었다. 분명하게, 허리에 둘러진 단단한 팔이 느껴진다. 이불 속에서 꼼지락거리는 발가락을 통해서는 타인의 종아리며 발목이 느껴진다.

꿈이 아니다.

옆에 누운 이가 지헌 혹은 다른 이였다면 질색했을 터. 당장 나가라 고래고래 소리쳤을 터. 하지만 그러기는커녕 여유를 부렸다. 말똥말똥해진 눈으로 잠든 단규를 뜯어보았다. 지금쯤이면 부지런한 아랫것들은 깨어났을 것인즉, 얼른 환관을 깨워 내보내는 편이 현명하다는 걸 앎에도.

"코가 어쩜 저리 높지?"

제멋대로 흘러나간 한마디가 끝나자마자 잘 자던 환관은 두 눈을 번쩍 떴다. 새카만 눈동자가 나와 마주친 순간, 샐쭉이 미소를 지어 보였다.

"일어난 게야?"

"……."

"잘 잤, 악!"

단규가 벼락이 치듯 빠르게 상체를 일으킨 바람에 그의 팔을 베고 있던 내 머리통이 속절없이 침상에 처박혔다. 풀어 헤친 기다란 머리칼이 시야를 가렸다. ……왜인지 기분이 비참하다.

"이런 실수를……."

또한 서럽다. 굴욕적이다.

혼잣말에 이어 탄식을 내뱉는 고자 놈의 뒷모습을 원망스레 흘겼다. 네가 내팽개친 나를 좀 보라. 시위라도 하듯 밀어내어졌을 때의 자세 그대로, 손가락 하나 꼼짝하지 않은 채.

짜증나. 무어 이런 경우가 다 있어. 내가 귀신이라도 돼? 아니면 저놈에게 허튼 짓이라도 했어? 눈만 떴을 뿐이지 얌전히 있었는데. 한데 어찌 놀라, 놀라기는. 재워 달라 했을 뿐인 내 옆에서 버젓이 잔 건 제 놈이면서, 그러면서 왜 나를 역병 대하듯이 하느냐고.

"몸 뒤집지도 못할 만큼 꽉 껴안고 잠든 건 네놈이면서! 그러한데 어찌 날 박대해?!"

설움을 참지 못한 내가 꽥 외쳐서야 고자는 뒤를 돌아보았다.

"놀라서 그만."

재빨리 침상에서 내려선 단규의 도움을 받아 일어나 앉은 나는 여전히 쭉 찢어진 눈을 풀지 않았다.

“내가 무어, 귀신이야? 네놈을 어찌하였어?”

“송구합니다. ……이것도 저것도 다.”

‘이것도’는 밀친 거고, ‘저것도’는 밤새 같이 누워 있은 걸 말하는 건가.

미안하다 말하는 이에게, 그것도 다른 이 아닌 저 환관에게 무어라 더 쏘아붙일 수 있겠는가. 아직 속이 다 풀리진 않았지만 참는 수밖에.

“되었거든.”

부루퉁한 소리를 흘린 나를 잠시간 살핀 단규가 말했다.

“이만 나가야겠습니다. 최대한 서둘러 약을 올릴 것이고, 공연한 추문이 일지 않도록 주의하며 나갈 테니 염려 마십시오.”

“기다려 보아.”

물러가려는 그를 붙잡은 나는 방 한편에 놓인 화장대에 다가섰다. 어지러이 놓여 있는 경대들 중 하나를 열어젖혀 번쩍이는 금비녀와 황금빛 배경에 푸르른 나비가 수놓아진 향낭을 꺼냈다. 다시 환관에게 다가서 비녀를 쥔 오른손부터 내밀었다.

“피임약을 먹었다는 소문이 돌길 원치 않아. 어느 태의에게 약을 처방받건, 건네주고 잘 좀 말해주어. 입단속 단단히 시키란 말이야. 그리고 이런 일로 태의를 마주치고 싶지 않으니까 시간이 좀 걸리더라도 약이 다 달여질 때까지 기다렸다가 네가 직접 가지고 와.”

"그리하겠습니다."

비녀를 받아든 그에게 이번엔 왼손을 내밀었다.

"이도 받아. 어서."

순순히 내게서 빠져나간 향낭이 환관의 손에 들린 고로, 입이 찢어져라 웃은 나는 단규를 놀려대기 시작했다.

"그것은 네게 주는 선물이야. 내 너에게 그런 취향이 있는 줄은 몰랐어?"

"……."

"아니면, 향낭은 이미 있으니 노리개를 줄까?"

단규의 표정이 식어가건만 나는 히죽거리는 것을 멈출 수 없었다. 저 표정 좀 보라지. 그간에 성인군자처럼 굴더니 삐치기도 하나 봐?

"그도 아니면 연지를 주어? 내가 직접 어여쁘게 발라줄 수도 있어."

"지난밤, 좋아서 향낭을 품고 있던 것이 아닙니다."

딱딱하게 굳은 그에게 다 이해한다는 것처럼 한쪽 손을 휘휘 휘둘렀다.

"괜찮아. 변명할 필요 없어. 멋 내는 것으로라도 없이 사는 설움을 달랠 수야 있다면 그리해야지."

더 이상은 진지한 척을 할 수 없어 나는 깔깔, 경쾌한 웃음소리를 흘렸다. 상체를 고꾸라뜨린 채 아랫배를 움켜잡은 내게 엄한 목소리가 떨어졌다.

"지난밤 실제로 일어났듯이, 제 자신에 관한 불필요한 의심을 사는 상황이 생길 수도 있겠다 예상했었습니다. 그러한 때에 도움이 될까 싶어 손 환관에게 부탁해 구비해 놓았을 뿐, 저는 심지어 향낭을 어디서 파는지도 모릅…… 그만 웃으십시오."

얼굴이 붉어진 날 내려다보는 환관의 얼굴이 한층 딱딱하게 굳었다.

"좋아서 가지고 있던 것이 아니라 했습니다."

목소리 또한 심각한 것이, 이 이상 웃다간 단규가 정녕 크게 화를 낼 것 같았다.

팔 안쪽을 꽉 꼬집었다. 눈물이 찔끔 날 정도의 아픔 탓에 마침내 파안대소를 그칠 수 있었다.

"알았느니. 웃지 않을게."

"……."

"참이야. 정말이지 안 웃을 거야. 놀리지도 않을 거고. 그러니까…… 그만 표정 푸는 것이 어떠해?"

살살 달래보아도 환관은 누그러지는 기미가 없었다. 많이 삐쳤나. 당분간 뚱해 있는 거 아냐? 그러면 싫은데. 실컷 놀리고, 웃어놓고 뒤늦게 걱정이 몰려들었다. 이를 어찌해야 하나. 머리를 굴린 나는 화두를 돌리면 좀 나을까 싶어 그다지 궁금하지 않은데도 질문을 던졌다.

"의심받을 수도 있겠다 싶었다니. 왜, 지헌이 그랬듯이, 뉘가 네게 정녕 환관이 맞느냐 물었었어? 바지춤이라도 까보라던?"

화가 나서 아무 말을 하지 않으면 어쩔까 걱정됐거늘 다행히 단규는 대답을 해주었다.

"나인 하나가 저를 사내처럼 대하는 듯하다, 몇몇 환관들이 진정 환관이 맞느냐 집요하게 묻더군요. 그래봤자 진심이라기보다는 놀리느라 물은 거였겠지만."

"……."

"여하간에 일일이 대응하기 성가시거니와, 누군가는 진심으로 의심을 품을 수도 있겠다는 생각이 들었습니다. 하여 황궁 내의 환관들 중 으뜸가게 여인스러운 손 환관의 흉내를 냈습니다. 덕분에 새벽의 소란을 편히 넘겼지 않습니까."

"……."

"어찌된 영문인지 아셨으니 바라건대 부디 놀리지 않으셨으면 합니다."

"……알았어. 간밤에는 쓸데없이 너를 의심하는 황태손 때문에 나도 귀찮은 게 이만저만이 아니었는데. 손 환관 그놈에게 고마워해야겠구나. 향낭은 그놈에게 주든지, 네가 가지든지 마음대로 해. 다시 경대에 넣기 귀찮아."

잠시, 단규의 얼굴에 향낭의 향 자(字)도 싫다는 기색이 스쳤다. 그러나 그는 별 말 없이 한 발짝 뒤로 물러났다.

"한데, 너를 사내 대하듯이 했다는 그 나인이 뉘야?"

나는 일상적인 것을 묻듯 대수롭지 않게 물었다.

"고자를 사내처럼 대하다니. 신기하여 그런가, 궁금해. 그 별난 애가 뉘야? 이름이 무어야? 얼굴 한번 보고 싶어."

순전히 궁금해서 물을 뿐이라는 양 두 눈을 동그랗게 뜬 나를 단규는 전혀 의심하지 않는 듯했다.

"계금이라는 나인입니다."

"아…… 이만 가보아. 너무 붙잡고 있었지?"

손을 휘휘 흔듦에 단규가 사라졌다.

닫힌 문을 확인한 내 얼굴이 험상궂게 일그러졌다.

"찢어죽일 년."

계금이라고. 이 정신 나간 계집이, 황궁 안의 상궁나인은 모두 천자의 소유이거늘 감히 환관에게 관심을 둬? 대식(代食)이라도 하려는 셈인가?

속이 펄펄 끓었다. 당장 무어라도 집어 던지고 싶었다. 그뿐인가. 계금인가 하는 그 얼빠진 년의 머리칼을 닭털 뽑듯 뽑아내고 싶었다. 하지만.

간신히 충동을 참아낸 내가 바깥을 향해 외쳤다.

"씻을 것이니 준비시켜 놓거라!"

일단은 좀 씻어야지. 지헌 때문에 찝찝한 몸뚱이를 정화시켜야 하거니와 계금이라는 그 개잡년이 뉘인지 알아봐야 하니까. 그러니까 조금만 참자, 명아원.

톡, 톡, 톡. 화장대를 손톱 끝으로 두드리며 면경을 들여다보았다. 면경 속에 두 사람이 비춘다. 나와, 이제 막 다 마른 내 머리칼을 분주히 빗어대는 나인 계집 하나가.

본래 황후의 머리 손질에는 못해도 두 명이 달라붙지만 금일엔 한 년만 방 안으로 들였다. 맹해 보이는, 그래서 무언가를 물으면 아무 생각 없이 술술 불 것처럼 생긴 한 년만을. 왜냐고? 왜긴 왜겠어. 캐낼 것이 있으니까 그렇지. 약은 년들에게 물었다간 제 동료를 감싸겠다, 그 개잡년에 대해 털어놓지 않으려 시간을 끌어댈지 모르잖아, 급해 죽겠는데. 그러니까 쉬워 보이는, 입 잘 열게 생긴 년을 골라 들였을 수밖에.

"앗."

갑자기 머리카락이 콱 당겨져 나는 아픈 신음을 흘렸다.

"소, 송구하옵니다. 송구하옵니다, 황후낭랑."

손길이 서툴다 하였더니 기어코 사고를 친 나인 년이 재까닥 바닥에 무릎을 꿇었다. 빗을 쥔 손을 싹싹 비벼댔다. 그리 굽실거리는 치에게, 여느 때와 달리 성을 내지 않았다. 성낼 시간조차 아까워서.

"계속하여라."

"예에. 황후낭랑께 감읍하옵니다."

나인 년의 손이 다시 머리카락을 매만졌다. 포가계(抛家髻)한 내 머리에 화관(花冠)을 꽂는 년을 면경을 통해 빤히 바라보던 내가 툭 물었다.

"혹여 계금이라는 나인을 아느냐."

동작을 멈춘 계집의 맹한 눈이 느릿하게 깜빡였다.

"계금이 말씀이옵니까?"

"아느냐?"

"알긴 아는데 계금이를 어찌……."

찝찝하다는 얼굴빛을 해보이는 하찮은 것에게 버럭 소리를 지르고 싶었다. '상전이 물으면 재깍 대답할 것이지 어딜 감히 되묻느냐! 황후의 물음보다 네 동료가 더 중하다, 감싸는 게냐! 그는 나를 만만히 보는 것 아니냐!'라고. 하지만 별수 있나. 아쉬운 쪽은 나이니 참아야지.

"그 애에 관한 재미난 말을 들어 궁금하여 그러느니. 지나가다 얼굴 한 번 보려고. 어찌 생겼는지 말해주면 네게도 그 재미난 소문을 알려줄게."

빙긋 웃어 보이자 나인 계집은 경계가 좀 풀린 모양이었다. 그 증거로, 다시 바삐 내 머리에 생화니 보요, 비취 장식 등등, 이것저것을 찔러 넣으며 계집은 입을 나불거렸다.

"계금이는 턱이 약간 각이 지었사옵니다. 두 눈은 짙고 동그랗지요. 그런데 이년에게 물으실 필요가 있을까요? 바깥에 나가시어 계금이 누구냐, 얼굴을 보게 나오라 하시면 될 텐데요."

야 이 멍청한 것아, 설마 그걸 몰라 네년에게 그 망할 잡것이 어찌 생겨 먹었는지 묻고 있는 걸까 봐?

"이왕 시작한 김에 계속 말해보려무나. 네 목소리가 꾀꼬리 같아 듣기 좋아."

울컥울컥 요동치는 마음을 참으려 어금니를 꽉 무는 나와 반대로 무엇이 좋은지, 나인 년은 발그레 뺨을 붉혔다.

"꾀꼬리 같은 이년의 목소리로 노래를 부르면 황태손 저하의 눈빛을 받을 수 있을…… 소, 송구하옵니다. 이, 이년이 그만 실언을 하였습니다. 부디 용서하여 주시옵소서!"

단규에게 들이댄 년을 한시라도 빨리 족치고 싶어 하는 나에게 전혀 관심 없는 지헌에 대해 떠들어댄 저년이 싫다. 꼭 내가 지헌의 비빈이라도 된다는 양, 그놈에게 잘 보이고 싶은 마음을 떠들다가 화들짝 놀라 눈치를 살피는 저년이 끔찍하다.

한 번, 두 번. 커다란 숨을 들이쉬고 내쉬어 이성을 붙들었다.

"계금이는?"

"예, 예? 아…… 계, 계금이는 신장이 작달막하고 몸태가 제법 튼실하옵니다. 이마에는 곰보 자국이 대여섯 개 있고, 새끼손톱만한 부스럼도 난 상태이어요. 해서 계금이가 흉이 하나 더 늘까, 근래에 기분이 좋지 못……."

"나가거라."

"예?"

이만 하면 개잡년을 쉬이 찾아낼 수 있지 않겠는가. 고로, 어리바리한 치에게 더 이상 볼 일 없음이었다. 잘 대해줄 까닭도 없음이었다.

"나가, 나가라고!"

의자에서 일어서 화장대 위에 놓인 장신구를 손에 잡히는 족족 계집에게 집어던졌다. 당연지사 집어 던지는 것으로는 모자라 악다구니도 써댔다.

"그리 황태손의 눈에 들고 싶으면 늦은 밤 홍룡전 앞에 찾아가 그 쉬어 빠진 목소리로 노래를 처부르든가! 네년이 그놈을 꾀어내려 발광하든 말든 상관없으니까 당장 꺼지란 말이야!"

계집이 사시나무 떨듯 하는데도 고함을 멈추지 않았다.

"늙은 황제는 병상에 누워 있는데 뉘에게 잘 보이라 이것저것 머리에 쑤셔 넣었어! 목 부러져 죽으란 게야!"

"그, 그것이 아니오라……."

"웃전이 나가라 했으면 재깍 나갈 것이지 무에 토를 달아 이 미련한 계집아!"

그제야 나인 년은 뒤꽁무니가 빠져라 줄행랑을 놓았다. 씩씩거리던 나는 바깥에 나간 치가 제 동료들에게 '황후가 단단히 뿔이 났다' 말할까 봐, 하여 혹시라도 계금이 년이 도망을 칠까 봐 재빨리 움직였다. 뒤늦게 조금 후회가 들었다. 한 번만 더 참을 것을.

복도에 나와 서자 참으로 다행히 아랫것들은 제자리를 지키고 있었다. 막 도망치려는 참이었는지 몇 연놈들의 자세가 엉거주춤하지만.

주르륵 늘어선 상궁 나인 년들을 훑는 내 눈에 한 년이 들어와 박혔다. 턱이 약간 각지고 눈은 짙으면서 동그란, 이마에 곰보 자국이 있는 데다 큼지막한 부스럼까지 달고 있는, 바로 그 계금이 년이 말이다. 너 이년 딱 걸렸어.

내색하지 않을지언정 긴장하고 있을 게 분명한 아랫것들을 풀어주려 나는 아주 부드럽게 소리 냈다.

"홀로 산책할 것이다. 하는 일도 많아 피곤할 터인데, 움직일 필요 없으니 자리들 지키어라."

방긋 미소까지 지은 채로 사뿐사뿐 걸었다. 부러 벽 쪽에 줄지어선 상궁나인들에게 가까이 붙어서.

한 년, 두 년, 세 년…… 여섯 번째 년을 지나쳐 치맛자락이 원수 같은 개잡년의 발을 덮는 순간, 난 돌연 몸뚱이를 바닥에 고꾸라뜨렸다.

"아악……!"

"황후낭랑!"

환관과 여관들이 차가운 바닥에 나동그라진 나에게 몰려들었다. 여러 개의 손들이 다닥다닥 날 붙들었다. 그 귀찮은 손길들을 뿌리치고 구태여 스스로 일어난 나는 허리를 올곧게 펴자마자, 냅다 곰보 년의 뺨을 후려갈겼다. '짝' 아닌 '철썩' 하는 커다란 소리가 복도를 울렸다.

맞은 뺨을 부여잡은 계금이 잡것은 감히 황후인 나를 휘둥그레진 눈으로 쳐다보았다. 참으로 건방진 년이 아닌가.

개잡년의 발목 근처를 걷어찼다.

"아으, 화, 황후낭랑……."

"감히 뉘를 똑바로 쳐다봐!"

잡년은 뒤늦게 차가운 바닥에 납작 엎드렸다. 허옇게 질린 나머지 아랫것들은 혹시 모를 불똥을 피하려, 조금이라도 내게서 멀어지려 움찔움찔 움직였다. 그야말로 곤녕궁이 긴장에 흠뻑 젖어가고 있었다. 하지만 멈추지 않은 나는 다시 잡년에게 쏘아붙였다.

"네년 때문에 내가 넘어졌잖아!"

"그, 그것이 무슨 말씀인지……."

"네년의 그 하찮은 발에 걸려 넘어졌단 말이야!"

"아니옵니다, 아니옵니다, 황후낭랑. 이년의 발에 닿지 않으셨사옵니다!"

"그러면 무어, 내가 거짓이라도 늘어놓는다는 것이냐?"

"그, 그것이 아니오라……."

"그것이 아니면 무언데!"

황후가 제 년의 발에 걸려 넘어졌다면 그도 죄요. 아니라 우긴다면, 그는 나를 거짓말쟁이로 만드는 것이니 그 또한 난감하기 매한가지였다. 뒤늦게 그 이치를 깨달은 잡년이 빌었다.

"살려주시옵소서! 모두 소인의 잘못이옵니다! 용서하여 주시옵소서, 황후 폐하!"

머리털이란 머리털은 죄 다 뽑아내려고 했는데. 한데, 지은 죄 없이 손이 발이 되도록 비는 년을 보려니 안쓰러운 감이 없지 않았다. 안쓰러우면서도, 년이 단규에게 껄떡대는 모습을 상상하매 화가 치솟았다. 이를 어찌한담.

저년이 단규에게 추근거릴 틈이 없도록, 그럴 기운이 없도록 만들어야겠다.

"네년의 이름이 무어야."

"계, 계금이라 하옵니다. ……용서해 주시옵소서. 부디 이 미천한 것을 용서해 주시옵소서, 황후 폐하."

제대로 짚었던 거구나. 이년이 맞았어. 환관에게 꼬리친 년이 바로 이년이라고. 다시 속이 끓었다. 한대 더 걷어차고 싶은 충동이 솟구쳤다. 충동을 참으려 소맷부리 속 두 손을 꽉 주먹 쥐어야 했다.

"하찮은 네년으로 인해 황후인 내가 넘어졌거늘 어찌 그냥 넘어갈 수 있을까. 물론 마음 같아서야 네 죄를 눈감아주고 싶다만, 가벼운 벌 하나 내리지 않았다가는 내명부의 기강이 무너질 테지. 너는 앞으로 여궁(女宮)들과 함께 곤녕궁을 비롯한, 동서육궁(東西六宮)에 필요한 물을 나르거라."

하루 종일 커다란 물동이를 머리에 이고 드넓은 황궁을 왔다 갔다 하는 일은 몹시 고된 일이었다. 또한 바쁜 일이었다. 그러한데 곤녕궁뿐만 아니라 동육궁(東六宮)과 서육궁(西六宮), 총 열두 개의 궁에 물을 나르려면 밤마다 뼈마디가 쑤실 터였다. 자리에 앉기만 하면 피곤함에 잠이 쏟아질 터였다. 그를 잘 알기에 불만이라도 느끼는 겐지 잡것은 말이 없었다. 내 눈초리가 사나워졌다.

"어찌 답이 없어?"

"……황후낭랑의 은덕에 이년, 황송하고 또 황송하옵니다."

"알면 되었다."

굳어 있는 아랫것들을 남겨두고 바깥으로 향했다. 몸 힘들고, 시도 때도 없이 움직여야 하는 소임을 내렸으니까 단규에게 추근거리지 못하겠지. 그리 생각하자 갑자기 기분이 좋아졌다.

슬쩍 올라가려는 입꼬리를 참고 있는데, 곤녕궁을 나와 서자저 앞에서 걸어오는 환관이 보였다. 하여 내 입가에 기어코 미소가 번졌다.

"단규……."

크게 환관의 이름을 부르려다 주위를 의식해 입을 다문 나는 대신 치마 속 두 발을 지네처럼 재게 놀렸다.

태의원에서부터 얼마나 걸음을 서둘렀는지, 날이 덥지도 않건만 가까이에서 본 환관의 반듯한 이마에 송골송골 땀방울이 맺혀 있었다. 그를 닦아주고 싶었다. 방 안이었으면 그리했을 텐데. 아쉬움에 입술을 삐죽이는 내게 저음이 쏟아졌다.

"어디를 가시는지요."

"산책 가자꾸나."

"잠시 안에 드시어 약부터……."

단규의 말이 끝나기 전, 그의 손에 들린 옥쟁반 위의 약그릇을 집어든 나는 열은 갈색빛깔 액체를 벌컥벌컥 들이켰다.

"물도 체한다 하는데 하물며 약을 그리 급하게 드십니까."

"노인네처럼 잔소리 말아."

단규에게서 쟁반을 빼앗아 약그릇과 함께 바닥에 아무렇게 내려놓았다.

"산책이나 가자. 응?"

"그릇을 치우고 뒤따르겠습니다."

"아니 돼. 싫어. 그러기만 해보아."

조금이라도 빨리 곤녕궁에서 멀어지고 싶단 말이야. 함께 산책 가 단둘만이고 싶다고. 그리고 또, 혹여 계금이 년이 밖에 나왔다 너를 볼까 봐 조급하다고. 그년의 눈에 네가 비추는 게 싫어.

"예 내려두면 뉘라도 보고 치우겠지. 내 뜻에 따르지 않으면 나중에 늙었을 적에 네가 할멈이 될 판이라고, 벌써부터 계집애들 향낭이나 차고 다닌다고 이리저리 떠들고 다닐 테야."

어찌 또 그 얘기를 꺼내느냐는 듯 날 내려다보는 단규의 얼굴이 굳어갔지만 개의치 않았다. 그를 숨기려, 나만 보려, 주변을 의식한다는 것도 잊은 채로 환관의 팔을 붙잡아 당길 뿐이었다. 다행히 단규는 떼를 쓰는 내 뜻을 따라 걸음을 옮기기 시작했다.

옆에서 걷는 단규를 빤히 올려다보니 단규 역시 나를 쳐다보았다.

"표정이 밝지 못하신 것을 보아하니, 아직 성에 차지 않는 무언가가 남아 있나 보군요. 제가 무얼 어찌해 드리면 될까요."

슬며시 올라가는 환관의 입꼬리를 보건대, 초승달 모양으로 휘어지는 두 눈을 보건대 조금쯤은 나를 놀리고 있는 것이 분명했다.

"웬 애 취급이람."

괜스레 퉁명스레 쏘아붙인 나는 앞을 향해 홱 고개를 돌렸다. 그 덕에 방금까지 입 안을 가득 메우고 있던 말마디가 목구멍 너머로 넘어갔다. 너는 내 환관이야. 내 꺼야. 그러니까 다른 상궁나인 년들에게 눈길 주지 말아. 손가락 하나조차 닿지도 말아. 대식 따위 하는 건 당연지사 절대 안 돼. 나랑 같이, 서로에게만 의지하면서 살아. 앞으로 평생. ……이라는 긴긴 말이.

금일은 후궁들에게 궁분을 배분하는 날이다.

궁분(宮份). 즉, 비빈들의 녹봉에는 일 년에 한 번 받는 유(類)가 있고, 다달이 받는 유가 있으며, 매일 받는 유도 있었다. 금일은 다달 치의 궁분을 배분하는 날이었으매 그 귀찮은 일은 안타깝게도, 내 몫이었다. 하기야. 내 몫이라지만 한 번도 제대로 신경 써본 적 없이 이전까진 견자근에게 맡겼었지만.

그리고 견자근이 죽은 지금은 단규가 대신하고 있기에, 그는 이른 아침나절부터 바쁘기 짝이 없었다.

"이제는 숫자에 관련한 글자를 모두 외셨으니, 스스로 처리하시는 법을 배우셔야지요."

"싫어어……. 귀찮고 골치 아픈 것은 질색이란 말야. 그리고 무에 걱정이야? 앞으로도 네가 계속 해줄 텐데."

반면 장부를 점검하거나, 배분할 물건을 확인하고 허락하는 등등, 궁분에 관한 일을 배우라 하는 단규의 권유를 물리친 나는 따분하기 짝이 없다.

단규에게 가볼까. 가서 마음이 바뀌었다. 배우는 척이라도 해? 아니야. 일하느라 바쁠 텐 데다 소고기니 양고기니, 매달치 궁분을 나르는 아랫것들이 그의 주변에 득실득실할 거야. 그러한 상황에선 말 한마디도 편히 못 섞을 거고.

탁자 앞에 앉아 책 하나를 펼쳤다. 무슨 책이냐 하면 지금껏 배운 글자를 정리해 놓은 책이었다.

책장을 쭉쭉 훑다가 한 글자에 시선을 고정했다. 배웠으니 적혀 있을 것이 분명한, 그러나 배운 기억이 없는 글자에. 이게 무슨 뜻이었더라. 어찌 소리 냈더라. 머리를 굴려도 생각나지 않는다.

“나쁜 놈들. 잘난 체하느라 일부러 외기 어렵게 만든 게 틀림없어.”

뉘인지 모를 이에게 욕지거리를 내뱉은 나는 얇은 붓 하나를 집어 들었다. 곧장 종이 한 장을 끌어당겨 그 위에 붓을 대었다. 뜻과 음은 생각나지 않지만 모양이라도 확실히 기억하도록 까먹은 글자를 스무 번만 쓸 요량이다.

讓, 讓, 讓, 讓, 讓, 讓…… 새하얀 종이에 여섯 번째 써내린 찰나, 문이 열리는 소리가 들렸다. 열린 문 틈새로 보이는 뉘의 옆모습을 확인하자 심장이 기분 나쁘게 요동쳤다. 어째서겠는가? 답은 하나.

글 연습을 한 종이를 반사적으로 책 속에 구겨 넣은 내가 자리에서 일어섬과 동시에, 지헌은 널따란 방 한편에 굳어 있는 나를 찾아냈다. 경직된 얼굴을 한 내게 의미 모를 시선이 내리꽂힌다.

“무어…….”

“저하!”

무어냐. 대낮부터 어찌 왔느냐. 형식적으로나마 물으려다 입을 다문 내 미간이 구겨졌다. 지헌을 부르짖으며 방 안으로 들이닥친 뉘가 경멸과 증오가 담긴 눈빛으로 나를 쏘아보니…… 그 뉘란 소려진이었다. 지헌도 모자라 저년까지.

이게 대체 무슨 상황이야. 저 연놈들이 곤녕궁엔 어찌해서, 그것도 연달아 들이닥친 거야. 나란히 서 있는 꼴이 아주 잘 어울리는데 저들끼리 놀지 왜 여기에 왔느냐고.

한결 썩은 얼굴로 버러지 같은 한 쌍에게 다가갔다.

"무슨 일이에요? 손자, 손부께서 어찌……."

"피임약을 복용했다지."

홱, 내 팔을 거칠게 움켜쥐는 지헌을 멍하니 올려다볼 수밖에 없었다. 놀라움에 헤 벌어진 입술 새로 탄식이 새어 나가려는 걸 가까스로 참았다. 어떻게 안 거지. 소려진이 말한 건가? 하지만, 저년이 어찌 알고?

하얗게 달아오른 머리통을 억지로 굴린 나는 일단 시치미를 떼기로 결정했다. 이 혐오스런 연놈들에게 굳이 사실대로 털어놓을 이유가 없잖은가? 오래 말을 섞고 싶지도 않거니와.

"태손이 무슨 말을 하는지 모르겠네요."

"같잖은 조모 흉내 집어치워."

이 미친놈이 제 본처까지 보고 있는데 왜 이래!

"이거 놓아요!"

"저하!"

나머지 한 팔마저 지헌에게 잡힌즉, 놓으라. 외친 내 목소리는 그러나 다른 이의 고음에 묻혀 버렸다.

"흉내가 아니라, 실로 저하의 조모예요. 계조모(繼祖母)일지언정 조모란 말입니다."

자못 강하게 주장한 소려진의 두 눈이…… 물기를 머금어 반짝였다. 저의 지아비를 보는 표정이 나를 노려볼 때와 달리 애틋했다. 처음이었다. 저년의 저러한 얼굴을 보는 것이. 안쓰럽다. 평시 소려진을 아니꼬워하는 나조차 이리 느낄 정도라면 남들이 보는 지금의 황태손비는 정녕 안쓰러움 그 자체일 터.
"성철전으로 돌아가시오."
한데. 정작 지아비 되는 놈은 한 톨의 동정도 느끼지 못하는 듯, 대충 소려진을 곁눈질한 지헌이 내뱉은 목소리가 찼다. 차갑고 무감정했다. 그러나 지헌의 그 같은 대우에 이골이라도 난 겐지 물러나지 않은 소려진은 다시 입을 움직였다.
"말씀드렸어요. 황후는 목단피를 삼켰습니다. 저하의 아이를 가지지 않으려……."
"황태손비는 더는 말을 하고 싶지 않은가."
"……."
입을 딱 다문 소려진은 뒷말을 잇지 못했다.
"돌아가라 하였는데."
그뿐인가. 더는 버티고 서 있지도 못했다. 원망이 가득 담긴 눈초리를 내게 한 번 던지고 물러날 뿐이었다. 저년이 곁에서 꺼지는 게 아쉽다 느껴지는 날이 올 줄이야. 가는 김에 이놈도 데려가면 얼마나 좋을까. 아쉬움을 삼키는 내 턱을 움켜쥔 지헌은 강제로 저를 보게 만들었다.
철썩. 턱에 닿은 손을 쳐낸 나는 지헌을 쏘아보았다. 화가 나 입술이 부르르 떨렸다. 피임약에 관해 떠들어댄 뉘인지 모를 이에게 화가 난다. 지헌이 예 찾아온 것이 화가 난다. 소려진의 앞에서 나를 비빈 대하듯이 한 것도 거슬리기 짝이 없다. 이번 일을 들먹여 소려진이 또 얼마나, 오랫동안 빈정거릴는지.
"소려진 앞에서, 황태손비 앞에서 그러면 어찌해? 둘이 있을 때처럼 굴면 어찌하느냐고!"

그래도 주위에 눠가 있을 때에는 할미와 손자 흉내를 내는 척이라도 했었는데. 기 년 앞에서의 그 한 번을 제외하고는.

"황태손비를 신경 쓸 여유도 있다니, 대단하군."

그럼 무얼 신경 써야 하는데 이 육시랄 놈아. 욕지거리를 삼키는 나를 내려다보는 지헌의 눈매가, 입술이 비틀렸다. 우악스런 손길이 내 양어깨를 으스러뜨릴 듯이 움켜쥐었다.

"목단피의 맛은 어떠하던가."

어깨가 아팠지만 앓는 소리 한 번 내지 않은 나는 날카로이 맞받아쳤다.

"눠에게 무슨 소릴 들었는지 모르겠지만, 헛소리야. 게다가 딱히 수고하지 않아도 난 어차피 아이를 못 가져."

천연덕스러운 거짓말을 듣고 지헌은 조소를 흘렸다. 무어야. 찝찝하게.

"그랬었겠지. 지금은 상황이 달라졌고 말이야."

"……."

"네가 너인 것을 감사히 여겨. 아니었다면 혀가 뽑혔을 테니까. ……들여라."

지헌의 두 손이 내게서 떨어져 나갔다. 두근두근. 불안히 뛰는 심장과 함께 놈의 시선을 따라갔다. 문가를 바라보았다. 홍룡전의 젊은 환관이 나타나는가 싶더니 치의 뒤를 이어 시위(侍衛) 둘과, 그네들에게 양팔을 붙들린 사내놈 하나가 방 안으로 들어왔다. 붙들린 사내놈이 입은 짙은 청색 관복이 익숙했다.

태의들이 입고 다니는 옷이었다. 설마.

"화, 황후낭랑."

바닥에 무릎 꿇은 채로 떨어대는 치가 단규가 약을 지어달라 부탁한 태의임을 본능적으로 알 수 있었다.

두 손이 떨렸다. 다른 게 아니라, 단규가 언급될까 봐 두려웠다. 꼭 꽁꽁 숨겨놓은 나만의 보물인 양 나는 단규가 지헌에게 드러나는 게 싫다. 단규의 이름이 지헌의 귓가에 울리는 것조차 싫다. 그러한데 저놈이 입을 열면 무어가 어찌 될 것인가. '황후에게 피임약을 처방해 주었다. 황후궁 환관 하나가 번쩍번쩍 빛나는 금비녀를 뇌물로 주었다. 환관의 얼굴도 기억하고 있다' ......분명 이 비슷하게 이야기가 진행되지 않겠는가.

흘끗 지헌을 곁눈질한 나는 팽팽 머리를 굴렸다. 까닭은 모르겠지만, 저놈의 기분이 좋지 못하니까. 그러니까 보물을 더욱 깊숙이 숨기는 것이 좋을 테지.

단규가 언급되지 않도록 선수를 치기로 결정했다.

"약을 마시었어."

따지고 보면 사실을 말한들 문제될 것도 없었다. 왜냐하면 내가 피임약을 삼킨 것은 너무나 당연한 행동이기에. 황후가 황태손의 씨앗을 품지 않으려 약을 먹은 것은 자연스럽다 못해 칭찬을 받아도 부족하지 않은 일이기에.

"목단피가 들어갔었는지 아닌지는 모르겠지만, 저 태의에게 피임약을 처방 받아 마시었다고. 내 다 털어놓았으니 그만 돌려보내."

"그리 간단히 끝낼 문제가 아닌 것을."

바닥에 코를 박은 채 떠는 태의에게서 시선을 돌려 지헌을 쳐다보았다. 여느 때처럼 지헌의 얼굴은 표정이 없지만, 하여 무슨 꿍꿍인지 짐작조차 되지 않지만 그렇기에 외려 불안했다.

"내 아들이 들어서는 것을 막으려 한, 아니지."

역겨운 손이 내 아랫배를 더듬거렸다. 덕분에 어깨가 부르르 떨렸다.

"어쩌면 이미 들어섰었는지 모르는 용종을 해한 죄를 쉬이 넘어가서야."

최대한 침착함을 유지해 최대한 빠르게 이 상황을 마무리하자. 마음먹었던 바를 까맣게 잊어버린 내가 울컥하여 언성을 높였다.

"그럼 무어, 나보고 네 아이라도 낳으라는 거야? 약 들이켠 건 당연한 처사였어!"

게다가 너 닮은 애의 탄생은 더할 나위 없는 재앙이야!

열에 받쳐 당장이라도 뒤로 고꾸라질 것처럼 몸을 떨어대는 내게 아무 대답 않은 지헌은 대신, 번뜩이는 두 눈동자를 태의에게 고정했다.

"참수하여 태의원 내정에 효시하라."

"황명 받들겠나이다."

"화, 황태손 저하!"

지금 이게 무슨 일이야?

황태손 저하, 황후낭랑, 살려주시옵소서……. 부르짖는 목소리가 멀어져 간다. 불과 일다경 전까지 태의가 엎드려 있던 곳을 얼이 빠져 쳐다보는데, 시야에 지헌이 비집고 들어왔다.

"태의를, 태의를 어찌 참수해. 무슨 죄가 있다고……."

만약 환관의 이름이 나왔으면, 단규가 약을 타러 간 것이 밝혀졌었다면, 그도 태의와 같은 꼴이 되었었겠구나. 그 같은 생각이 들자 현기증이 돋아 한순간 눈앞이 핑 돌았다.

"충분히 답이 되었을 테지만 친절을 베풀어 한 번 더 명확히 말해줄까."

굳어 있는 나의 아랫배를 지헌은 또 기다란 손가락 끝으로 훑었다.

"별수 있나, 생기면 낳아야지. 더욱이 손(孫)이 귀한 황궁이거늘."

"……."

"황자나 황녀의 웃음소리가 울리면 삭막한 황궁이 한결 밝아질 테지."

나보고 네 아이라도 낳으라는 거냐. 악을 쓰며 내뱉었던 질문에 뒤늦은, 그렇지만 세세하기 짝이 없는 답이 날아왔거늘 속이 후련하기는커녕 메스꺼웠다. 머리가 지끈거렸다.

"지헌이 설마하니 내게서 핏덩이를 보려 하진 않겠지? 아무리 미쳤거니와."

"그럴 일은 없을 겁니다."

아니야. 아니야, 단규야. 네가 틀렸어. 이 미친놈이 나보고 약을 먹지 말래. 애가 생기면, 낳으래. 하. 기가 막혀.

"이제 네 신경 거스를 것들이라곤 없이 단둘뿐이니 회포나 풀어볼까."

내 허리를 감싸 잡는 지헌을 밀어내지 않았다. 오랜 세월 묵어 온 가슴 속 울화가 기어이 터지다 못해 증발했는지, 얼마 전까지만 해도 지끈지끈하던 머리가 차갑게 식어갔다.

무슨 배짱 혹은 오기였을까. 지헌의 아래에서 나는 꼼짝하지 않았다. 말 못 하고 움직이지 못하는 시체처럼 신음 한 번을 내지 않고 누워 있었다. 그러한 나의 태도를 당연지사 탐탁지 않아 한 지헌은 나를 위협도 해보고, 거칠게도 대했다. 단규를 거들먹거리기도 했다. 한데. 대체 무슨 일이 생긴 겐지 차게 식은 내 마음과 머리는 단규라는 이름에도 끄덕하지 않았다.

그리 지독히 버티는 내가, 소리를 내지도, 움직이지도 않는, 하물며 뿌리치려 저항하지도 않는 계집이 재미없었던 듯. 흥이 식은 듯, 지헌은 결국 정사가 시작된 지 얼마 되지 않아 곤녕궁을 떠났다. 내게로 향한 화풀이를 애꿎은 탁상 위 다기를 깨부수는 것으로 대신하고선. 그리고 나는.

하도 머릿속이 차갑기에 울화통이 터지다 못해 증발한 줄 알았더니 그건 아니었는지, 홀로 남게 되자마자 분통이 터졌더란다. 뒤늦게 감정의 산(山)이 뾰족이 솟아올랐더란다. 그리하여 펄펄 끓는 속을 달래기 위해 내가 선택한 길은 피임약에 관해 떠들어댄, 관련된 치들을 족치는 거였다. 앞으로는 그 뉘도 나를 음해하지 못하게 하리라.

씩씩. 거친 숨을 몰아쉬며 성철전에 들이닥친 내가 외쳤다.

"소려진!"

처음이다. 황태손비가 아닌 소려진 년을 본명으로 부른 적이. 이전까진 소려진이 나에게 막말을 지껄여도 똑같은 방식으로 대꾸하지 않았었다. 되로 주고 말로 받는 격이 될까 봐. '역시, 못 배운지라 교양이라곤 없이 무식하다. 창기와 다름없는 것이 입까지 험하다' 그 비슷한, 사실이기에 더더욱 자존심이 상하는 소릴 저년에게 듣게 될까 봐. 그렇지만 더 이상은 상관없다.

저년이 무어라 지껄이건 신경 안 써. 글공부를 하는 난 무식하지 않아. 난 더럽지 않댔어.

"체통 없기는."

멸시 가득한 어조로 지껄인 소려진은 저보다 윗사람이 왔음에도 의자에 붙박은 질펀한 궁둥짝을 떼지 않았다. 곁에 선 나인 하나에게 유유히 차 시중을 받을 뿐이었다. 체통 없다고? 그러는 지는.

"예의 없는 년."

욕지거리를 던진 나는 공격을 이어갔다.

"고상한 척은 혼자 다 해대더니 웃어른이 왔으면 자리에서 일어나야 한다는 기본 중의 기본 소양도 모르는가 보구나?"

"무어야?"

생전 처음 들은 비꼼이 꽤나 분한 모양, 쾅 소리가 나도록 탁자를 내리친 소려진이 자리에서 일어섰다.

쓰러진 찻잔에서 흘러나온 찻물이 탁자를 적셨다. 물러간다는 말 한마디 않은 나인이 바깥을 향해 슬금슬금 뒷걸음질 쳤다. 그러나 서로에게 날을 세우는 것에 정신이 팔린 나와 소려진은 다른 그 무엇에도 눈길을 주지 않았다. 살쾡이처럼 찢은 눈꼬리로 상대만을 노려볼 뿐.

잔뜩 날이 선 정적 속에서 먼저 입술을 뗀 쪽은 나였다.

"네가 피임약에 관해 어찌……!"

말끝을 맺지 못한 내 입이 앙다물렸다. 두 눈이 절로 감겼다. 저 상년이. 지헌에게 냉대 받는 것을 잠시나마 안쓰럽다 여겨주었더니. 뺨을 지나 턱 끝에서 뚝뚝 떨어지는 미지근한 찻물을 대충 훔치고 눈을 뜬 참, 울분에 찬 날카로운 고함이 머리통을 울렸다.

"더러운 년! 네 년 따위 정녕 혐오스러워!"

"……."

"근본 없고 무식한 걸로 모자라 수치심도 느끼지 못하는 요망한 네년, 반드시 지옥 불에 떨어질 게다!"

한순간에 남이 먹던 차를 뒤집어썼다. 그것도 아랫사람인 황태손비에게. 상소리도 듣고 있다. 물론 저년에게 지난 삼년간 들어왔다지만, 뉘가 나를 욕하는 소리에 그러려니 하는, 적응을 하는 이가 세상천지 어디에 있겠는가? ……여러 모로 내 기분이 좋을 턱이 있겠는가?

더 이상 어찌 감정이 상할 수 있을까 싶었건만 지금 이 순간.

기적적이게도 내 기분은 한층 상해가고 있었다.

"네년은 정절이 무언지도 모르지! 내가 너였다면 진즉 목을 매었어!"

나에게 투기를 해대는 소려진. 혼인한 지 십 오년이 지나도록 제 낭군과 열 번 남짓 합방을 한 소려진. 내 앞에서 낭군에게 쫓겨난 소려진. 그 모든 소려진을 새끼손톱 크기 정도 만큼이었을지언정 안쓰럽게 여겼었다. 하지만 지금은 아니다. 지금은 그저, 발광하듯 나에게 울분을 토해내는 저년의 머리채를 휘어잡고 싶을 뿐이다.

나는 머리채를 휘어잡는 대신 달리 소려진을 채찍질하기로 결정했다.

"이제 보니 네가 그토록 업신여기는 나와 네년, 별반 다를 바가 없어. 모르는 이들이 네 그 발광하는 꼬락서니를 보았다면 우리 중 뉘가 번듯한 가문 출신이며, 뉘가 보잘 것 없는 태생인지 짚어내지 못했을 테지."

소려진의 얼굴이 한결 야차처럼 일그러졌다.

"감히 나를 네년 따위와……."

또 다시 언성을 높이려 하는 소 씨 년을 싹둑 잘랐다.

"시끄럽게 돼지처럼 꽥꽥대지 말고 내 묻는 말에 답이나 하여. 곤녕궁에 코빼기도 비추지 않는 네가 피임약에 관해 어찌 안 거야."

이제야 타인이 보는 앞에서 지아비에게 냉대를 받은 충격에서 벗어난 걸까. 그토록 욕지거리를 내뱉더니 화가 좀 가라앉아 정신이 든 걸까. 아니면 자꾸 꽥꽥거리다간 그렇지 않아도 돼지를 닮았거늘 진정 돼지가 될까 봐 걱정스러운 걸까. 이유가 무엇이건 간에 소려진은 시끄럽게 굴지 않았다. 대신 한쪽 입꼬리를 비뚜름히 추켜올리곤 고상한 척 주절거렸다.

"황궁에 비밀이 어디 있답니까. 그럼에도 비밀을 만들고자 했다면 아랫것들 관리를 제대로 했어야죠. 하여간에 멍청해서는."

어떤 년 아님 놈이 일러바친 거지. 질문을 바꿔 다시 물었다.

"네게 곤녕궁 일을 일러바친 것이 뉘야. 어느 여관, 아니면 환관인 게야."

"내가 왜 말해주어야 할까요."

"……."

"출신도 허접해. 머리 나쁜 데다 사교적인 것도 아니어 세력도 없어. 하나뿐인 뒷배이던 폐하께서는 몇 해째 병석에 누워 계시어……. 그러한 황후에게 묻는 바를 대답하지 않은들 문제 생길 일도 없는데, 어찌 말해주어야 하느냐고?"

하찮은 아랫것 쳐다보듯 나를 쳐다보는 소려진의 입가에 비린내가 날 듯싶은 웃음이 걸렸다. 저토록 웃는 모양새가 지헌과 똑같은데. 한데 그놈은 저랑 똑같게 웃는 저년을 어찌 박대할까.

"네 나를 멸시하지. 창녀와 다를 바 없다 여겨."

소려진의 주둥이에서 피식하는 소리가 흘러나왔다.

"황궁 내에 그리 생각지 않는 이도 있답니까?"

아니 그러는 이는, 날 더럽게 여기지 않고 창기 같지 않다 생각하는 이는 단 한 명뿐이었다. 그러나 구태여 그 사실을 밝히지 않은 나는 소려진에게 순순히 긍정했다.

"그래. 맞아. 네들이 욕하는 대로 나란 계집은 손자인 황태손에게 꼬리친 요망하고 더러운 년이야."

"흥, 그걸 꼭 이제 와서 깨달은 듯이 말하는군."

콧방귀를 뀐 소려진의 얼굴이 다시 사나워졌다.

"역겨우니 이만 성철전에서 나가."

골이 올라 또 한 번 막말을 토해낸 소려진이었으나 무시한 나는 태연스레 선언했다.

"황태손에게 네년을 내쫓으라 할 거야."

"무어야?"

예전의 나라면 이런 식으로 말하지 않았을 터였다. 차라리 황태손비를 참아내고 말지. 곤녕궁에 돌아가 홀로 난동을 부리며 울고 말지. 떠올리기조차 싫은 지헌을 들먹여 소려진을 밟을 생각 따윈 결코 하지 않았을 터였다. 하지만 대체 무슨 바람이 어찌 분 겐지, 내 입은 재차 지헌의 이름을 들먹였다. 그것도 꽤나 찐득하게.

"헌에게 네 년을 내쫓으라 할 거라 말했어."

"제정신인 게야!"

소려진의 목에 핏줄이 돋았다.

"미천한 출신에 아둔하기까지 해 조정에 세(勢) 하나 없는 나라 하였던가? 한데 어찌한담. 나는 요사스럽기까지 한지라, 늙은 황제가 무용지물이 되어버릴 때를 대비해 진즉부터 다음 후계를 이을 황태손을 꾀었는데."

약이 오르라. 새치름히 웃어 보인 나는 순식간에 얼굴을 굳혔다.

"폐비 되고 싶지 않거든 곤녕궁의 일을 일러바친 것이 뉘인지 말해."

고압적으로 물은 나에게 아쉽게도 소려진은 순순히 답할 마음이 없는 모양이었다.

"저하께서 날 내치실 것 같아! 난 그분의 정실이야! 더군다나 네년을 찾으실지언정 그분은 뉘의 말에, 그것도 계집의 속닥거림에 휘둘리실 분이 아니야! 그러실 거였다면 네가 정전에 쫓아간 삼 년 전 그날 아무 일 없이 넘어가시지 않았을 거야!"

저년의 말이 맞다. 나 또한 저 계집의 말에 구구절절이 공감한다. 허나 개처럼 싸우는 와중에 어찌 상대의 반박을 쉬이 인정하리.

"그것은 두고 보면 알겠지."

거친 숨을 씨근거리는 소려진과 반대로 나는 평소의 나답지 않게 참으로 침착히 속닥거렸다.

"금일 곤녕궁에서 네 두 눈으로 똑똑히 보았듯이 그간에 나는 항상 지헌을 밀어내기만 하였어. 앞에서 웃어 보인 적도, 아양 한 번 떨어본 적도 없어. 한데, 내 그 차디찬 태도에도 불구하고 그이는 지난 육 년을 나만 찾았더랬지?"

"......"

"전번에는 글쎄, 새벽에 자다 깨니 어느 틈엔가 헌이 내 옆에

와 자고 있더군. 그뿐인가. 합궁에 실패했을 때 기 년은 얻어맞았지만 나와 잘 되지 않았을 때에 나는 머리칼 한 올 다치지 않았어. 아참…… 기 그년의 입이 찢기지 않고 성한 것도 내 덕이야. 내가 찢지 말라 하였거든."

마치 '황태손비는 소려진이 아닌 명아원'인 것처럼 지껄이는 나를 더는 참을 수 없는 듯 소려진의 입술 새로 사나운 외침이 튀어나왔다.

"내 처소에서 당장 나가!"

싫거든?

나 역시 언성을 높였다.

"어디 한 번 두고 보자고. 내가 지헌을 받아들여 살랑대어도, 갖은 교태를 떨어대며 네년을 쫓아내라 베개송사질을 해대도 네년이 온전할 수 있는지를!"

소려진의 입이 꾹 다물렸다. 그러나 표독스러운 얼굴을 한 나는 계속해서 악다구니를 쏟아냈다.

"어쩌면 네년 말대로 너는 계속 그 자리에 붙어 있을지도 몰라. 허나 그렇지 않다면, 방금 전 머리가 잘려 효시된 그 태의!"

황궁에는 비밀이 없는 만큼 저년은 이미 들었을 터. 내게 피임약을 처방해 주었다 죽은 태의의 일을.

"그놈과 네가 같은 꼴이 될지 어찌 알까!"

저주처럼 퍼붓고 소려진에게서 뒤돌아섰다. 속 빈 강정 같은 협박이 먹힐까. 먹히지 않을까. 골똘히 머리를 굴리며 문가로 향하는 순간 다급한, 울음기 섞인 외침이 뒤통수를 후려쳤다.

“나보고 무얼 어찌하라고!”

흥. 그래도 겁이 나긴 하는가 보지?

기실, 내게는 소려진에게 말한 바들을 실제로 행할 마음이 있지 않았다. 지헌에게 아양을 떨고 사근사근하게 굴어? 하여 황태손비를 내쫓고 나를 그 자리에 앉게 해달라 해? 내가 미쳤다고 그딴 짓들을 할까. 상상만 해도 속이 이리 메스꺼운데. 난 하루라도 빨리 황궁 밖으로 나가는 게 소원인 인사인데. 게다가, 설사 내가 그리한들 지헌이 잘도 나보고 ‘그래. 네가 내 본부인을 해라’ 할까.

말도 안 되는 내 공갈에 불안을 느끼는 소려진이 이해가 되지 않지만 그냥 넘어가기로 했다. 저년에 관해 이해되지 않는 점이 어디 한두 가지인가. 저년이 지헌을 좋아하는 것. 지헌에게 박대당해 속상해하는 것. 계속 황태손비이고 싶어 하는 것. 그 모든 것을 이해할 수 없거늘.

여하간에 지금 이 순간 가장 중요한 사실은 협박이 통했음이요. 굴복한 소려진의 기세가 한풀 꺾였음이니. 여유롭게 소려진을 돌아본 난 더는 목 아프게 소리칠 일 없이 고아히 말했다.

“이미 말했잖아요, 태손비. 본궁에 관해 떠들어댄 치가 뉘인지 말하라고요.”

황후가 된 나에게 소려진은 한참 만에 황태손비가 돼 고해 올렸다.

“이 양원(良媛)이 알려줍디다.”

양원이 황태손의 후궁이 받는 직첩 중 하나임은 알고 있다.

그렇지만 건방진 황태손비년을 따라해 황후궁에 문안 인사 따위 올리지 않는 지헌의 후궁 년들 중 어느 년이 양원이라 불리는지 내 알 바 아니잖은가.

“이 양원이라…… 할미는 그게 뉘를 이르는지 모르겠는데요, 태손비.”

“그이는 멀지 않은 과거에 황후낭랑께서 손수 간택하셨습니다. 황후낭랑처럼 하찮은 출신이지요.”

“그 하찮은 황후에게 밀려 황후가 되어보기도 전에 황궁 밖으로 쫓겨나 볼래요?”

다시 머릴 굴렸다. 내가 손수 간택한. 근래에. 그는 둘뿐이잖은가. 거기다 하찮은 출신이라면.

“기.”

그년이로구나.

“이 양원은 기, 그 아이를 이르는군요.”

대답 없는 소려진을 보건데 제대로 짚은 셈이었다. 기 그년이. 입 찢기지 않게 해주었더니만. 또 슬슬 머리가 뜨거워지는지라 체통을 내던졌다.

“기를 불러.”

“내게 아랫것 대하듯이 명령하지 마!”

“지헌이 나에게 약을 처방해 준 태의를 참수시킨 것이 무슨 뜻인지를 몰라? 내게서 제 아들을 보고 싶어 한다는 의미인 걸 정녕 모르느냔 말이야.”

지헌에게 들은 끔찍한 말을 자진해서 되풀이하려니 입이 썩어 문드러지는 듯했으나 멈출 수 없었다. 금일 하루 입이 썩어 다시는 황태손비 계집이 내게 기어오르지 못하게 할 수 있다면.

"황태손이 내게 한 말을 똑똑히 전해주어? 아이가 생기면, 편히 낳으라던데."

"……."

"황자 혹은 황녀의 웃음소리가 울리면 삭막한 황궁이 밝아지겠다고도 하였지. 지난 십오 년간 단 한번이라도 네년도 이런 한 말을 들은 적이 있는지 궁금한걸."

"……."

답을 듣지 못했지만 답이 뻔했다. 없는 게 분명했다. 그렇지 않고서야 소 씨 년은 어찌해서 눈만 부릅뜨고 있단 말인가.

재차 명령했다.

"기 년을 불러. 그리고 그년이 오는 동안, 네년이 아는 바를 모두 말해."

"……가서 이 양원을 데려오너라!"

울분에 찬 목소리로 문가를 향해 쩌렁쩌렁 외친 소려진의 원망스런 시선이 내게 쏟아졌다.

"곤녕궁 나인에게서 전해 들었다더군요. 나는 양원에게서 들은 바를 저하에게 말했을 뿐이에요. 황후는 저하의 아이를 품고 싶지 않아 목단피가 든 피임약을 마시었는데…… 그러한 이가 무에 어여쁘다 자꾸 찾느냐고요. 나머지는 무지렁이가 아닌 이상 충분히 예상할 수 있겠지만, 저하의 위엄에 억눌린 그 태의가 일의 전말을 자백하였지요."

"……."

"더 이상 할 말 없어요."

"……그래?"

불쌍한 소려진. 너는 정말로, 내가 지헌에게 상냥히 굴며 베개송사를 해대면 그 놈이 내 뜻에 따라 네년을 폐비시킬 수도 있다 생각하는 거야?

잔뜩 골이 난 게 분명한데도 내게 망발을 지껄이기는커녕 수그리는 소려진이 우스워 비식 웃은 나는 유유히 자리에 앉았다.

"그렇담 나머지는 기 년에게 듣지 무어."

소려진의 명이 바깥에 떨어진 지 얼마 되지 않아 모습을 드러낸 기 년은 어안이 벙벙해 보였다. 재가 왜 여기 있냐는 듯한 얼굴로 내 쪽을 흘끔거린 기 년의 허리가 한 박자 늦게, 깊숙이 숙여졌다 펴졌다.

"소인 이 양원, 황후 폐하와 황태손비 저하를 뵈옵니다."

"네년이 태손비에게 곤녕궁의 일을 떠들었다지?"

다짜고짜 쏟아진 내 물음에 어린 계집의 얼굴 가득 아차 싶은 표정이 스쳤다.

아무 말 않은 기 년이 도와달라는 듯 소려진 쪽을 쳐다보았다. 자리에서 일어난 나는 두 년들이 괜한 수작을 부리지 못하도록 기 년의 코앞을 막아섰다.

솜털이 가시지 않은 어린년의 뺨을 의미심장하게 어루만진 내가 뇌까렸다.

"어려서 그러하니? 입을 함부로 놀리는 것은?"

"태, 태손비 저하."

보이지도 않을 소려진을 찾아대는 계집아이의 머리채를 내 오른손은 봐주는 것 없이 우악스레 움켜쥐었다. 고이 빗은 머리칼이 순식간에 엉망진창으로 흐트러졌다. 바닥에 떨어진 서너 개의 떨잠이 영롱한 소음을 흘렸다.

"소려진은 어찌 불러대는 게야? 뉘에게서 본궁의 일을 들었는지 고하라니까!"

움켜쥔 머리칼을 뒤흔들자 기 년의 가느다란 목과 얼굴이 시뻘겋게 달아올랐다.

"태, 태손비 저하!"

"양원은 황후께 알고 있는 모든 것을 고하게."

제게 도움을 청하는 기 년을 소려진은 매몰차게 뿌리친즉, 전혀 놀라울 일이 아니었다. 저까지 난처해지지 않기 위해 같이 어울리던 이를 하루아침에 모르는 척하는 것. 그는 계절 따라 낙엽색이 변하는 것처럼 자연스럽기 짝이 없는 황궁의 이치였다. 그러나 그 이치를 덜 깨달은 어린 계집아이는 서운한 기색을 숨기지 못했다.

"태손비 저하……."

"황후께 이실직고하라 하였네."

제 머리채를 휘어잡은 나와 어서 말하라 재촉하는 소려진. 이쯤 되면 새파랗게 어린 열네 살 계집이 무얼 어찌 더 버틸 수 있으리오.

"곤녕궁…… 나인에게서 들었사와요."

"곤녕궁에 나인이 몇인데!"

날카로이 외친 나는 움켜쥔 머리칼을 한 번 더 거칠게 뒤흔들었다. 우두두둑, 무언가가 뽑히는 느낌이 손을 통해 전해짐과 동시에 아픈 신음이 귀를 스쳤다.

"계, 계금이 언니에게……."

"무어?"

계금이.

계. 금. 이? 그년이 또?

얼굴이 일그러졌다. 삽시간에 이마 가득 열기가 퍼졌다.

"그 계집이 어찌 알고!"

"폐하께서 약을 드시고 난 후 빈 그릇을 곤녕궁 안뜰에 내려두셨다며……."

"……."

"계금 언니, ……계금이 그릇을 챙겨 태의원에 가 물었답니다. 그릇 밑바닥에 남은 약간의 약만으로도 태의는 무슨 약인지 알려주었고요. 그리고 소인은……."

반사적으로 소려진을 찾아 헤맨 기의 눈동자가 재빨리 바닥을 향했다.

그렇게 된 거로군. 이게 다 '그년' 때문이야. 그년 때문에 내가 지헌의 애를 배게 생겼어. 애가 생기면 낳으라는 끔찍한 소릴 들었어. 그년 때문에.

"이번 일에 원한을 품어 저하께 나를 내치라 할 순 없을 거예요. 그러는 것은 태의를 참수해 효시하라 명한 저하의 처분을 불만스레 여긴다는 뜻이니까."

불안히 주절거리는 소려진을 무시한 나는 붙잡은 기의 머리칼을 놓아주었다. 긴장으로 얼굴이 파랗게 물든 어린 계집에게 나지막이 물었다.

"너는 어쩌자고 소려진에게 내가 피임약을 먹었다는 말을 전하였느냐."

"……."

"그저 입이 심심하여 수다거리 삼은 게 아니지. 황태손비가 황태손에게 말을 전해 괘씸하다, 지헌이 나를 벌하길 원한 것이지 않아."

"아, 아니옵니다. 이년이 어찌……."

"후궁이 되기 싫다, 다시 나인이 되게 해달라 청하는 너를 내가 무시했었으니 날 원망할 이유가 충분하잖느냐?"

"……아니어요. 폐하께서 오해하신 것이옵니다."

아니건 말건, 실은 크게 상관없었다. 앞으로는 수다거리로라도 나에 관해 쉬이 떠들지 못할 테니까.

문가에 다가가 두 손으로 문 두 짝을 활짝 밀어 젖혔다. 훤히 보이는 복도에는 성철전 소속 소려진의 아랫것들과 나를 쫓아온 곤녕궁의 아랫것들이 섞여 있었다.

"네들 먼저 곤녕궁으로 돌아가거라. 발바닥에 불이 나도록 재빠르게 가서 계금이라는 나인 계집을 잡아."

"잡아서 무얼……."

쭈뼛거리며 물은 곤녕궁의 환관에게 냉담히 내뱉었다.

"곤녕궁의 환관들과 여관들은 웃전의 일을 허락도 없이 외부에 떠들어댄 그년을 곤죽이 되도록 매질해야 할 것이다. 만약 본궁이 곤녕궁에 당도하였을 때 그년이 입은 옷이 붉어져 있지 않다면, 네 연놈들의 주인을 퍽 아끼시는 황태손께서 네놈들부터 찢어 죽이실 것이니라. 금일 죽은 태의처럼 말이다. 그러니 살고 싶다면 당장 바지런히 움직이거라."

뉘도 대꾸하지 않았다. 날 쫓아온 아랫것들은 계집이건 고자건 상관없이 허겁지겁 밖을 향해 내달릴 뿐이었다.

한바탕의 소란이 가라앉은 복도에서 고개만 돌려 방 안을 돌아보았다. 소려진을 훑은 내 시선이 기 년에게 붙박였다.

"양원. 어찌 네가 입조심을 해야 하는지 태손비에게 물어보려무나. 웃전의 귀중한 가르침을 단단히 새겨들어야 할 게야."

"……."

"왜냐하면 입 찢기는 것을 막아주었더니 주둥이 간수 못 한 네년, 한 번만 더 내 눈에 거슬렸다간 가만 두지 않을 거거든."

사납게 내뱉은 나는 너도 마찬가지라는 듯 소려진을 노려보곤, 곤녕궁을 향해 느릿한 걸음을 옮겼다.

철썩…… 철썩…….

흉포한 황태손을 들먹인 효과는 가히 환상적이라, 안뜰을 가로질러 곤녕궁에 가까워질수록 주장(朱杖)이 살덩이를 내려치는 소음이 커져갔다. 착각일지 모르지만, 코끝에는 비릿한 피

내음이 감도는 듯싶었다.

송충이처럼 느릿느릿 옮겨온 발걸음을 멈춘 나는 눈앞의 풍경을 차게 꿰뚫어보았다. 차마 쳐다볼 수 없다는 표정을 짓고 있으면서 꾸역꾸역 잔혹한 광경을 구경하는 환관들과 여관들. 나를 의식해 더욱이 거세게 붉은 몽둥이를 흔드는 대여섯의 환관들. 그리고 그네들에게 둘러싸인 피투성이의 '무언가'가 들어찬 풍경을 말이다.

너덜너덜해지고 피에 절여진 옷감에 감싸인 무언가는, 차디찬 바닥에 엎어지다시피 한 채 산발이 된 머리칼을 늘어뜨리고 있는 그 무언가는 당연히 계금이 년이었다. 굳이 얼굴을 바싹 들이밀어 가까이에서 들여다보지 않아도 세 치 혀를 함부로 놀린 나인 계집의 모습이 참혹했다. 참혹했지만 안타깝게도, 내 성에 차지 않았다.

"멈추어라."

매질 소리가 끊겼다. 피투성이가 된 계집을 보고도 성에 차지 않는다. 느꼈으면서 관대한 척, 그만 때리라 명한 까닭은 다른 게 아니라 직접 저년을 손보고 싶어서였다.

다시 느릿느릿 움직여 다섯 보, 네 보…… 건방진 치를 두 보 앞에 남겨 둔 참, 바닥을 향해 고꾸라진 계금이 년의 고개가 홱 치켜 들렸다. '퉤', 더러운 소음이 울리는가 싶더니 새빨간 피가 섞인 침이 발치에 떨어졌다.

……무어지 이게?

"더, 더러워."

이게 지금 무슨 상황인 거지? 나인 년을 요절내야겠단 작심마저 잊은 나는 오른발 근처의 침을 멍하니 바라보다가 시선을 들어올렸다.

"네 방금…… 나에게 말한 것이냐? 내게 더럽다 한 게야?"

설마 그럴 리가 없잖은가? 재까닥 떠오른 부정(否定)이 와장창 깨어졌다.

"발정 난 암캐 같은 년."

세상에나…….

어쩌려고…….

실컷 맞은 바람에 독이 올라 제정신이 아닌가 봐요…….

주변에 둥글게 모인 환관들과 여관들의 놀란 중얼거림이 아주 멀리서 메아리쳐 오는 듯싶었다. 꼭 뉘가 철퇴로 뒤통수를 내리친 양 머릿속이 멍했다.

정말로, 저년이 욕을 던진 대상이 나인 거라고? 나?

"허……."

그간에 이런 적이 없었다. 소려진의 경우를 제외하곤 이리 면전에서 욕을 얻어먹은 적이 없었다. 저마다 뒤에서 수군거리다 우연찮게 나에게 들켰을 뿐.

황궁 안에서 숨을 쉬는 그 모든 것들이 심심찮게 날 욕함을 아주 잘 알고 있었지만 그럼에도 충격이 컸다.

"네 감히…… 나를 그리 불러. 감히……."

그것도 이 많은 연놈들 앞에서.

뒤늦게 정신을 추스른 내 얼굴이 일그러졌다. 하찮은 네깟 것이 나를 욕보이느냐, 괘씸함으로 말미암아 활활 치솟는 분노. 예 있는, 아니, 황궁 안의 모든 치들이 이년처럼 나를 발정 난 암캐로 볼까 싶은 의문으로 말미암은 씁쓸함. 두 가지 감정이 엉겨 붙은 마음이 우기(雨期) 때의 폭풍우처럼 거칠게 요동쳤다. 거대한 모욕감에 속이 울렁거리고 소매 속 두 손이 떨렸다. 정수리 끝에 뜨거운 열이 몰리매 눈앞이 흔들렸다. 한데, 웃전의 상태가 이러한데도 눈치가 없는 겐지 아니면 방금 뉘가 중얼거렸듯 잔뜩 맞아 제정신이 아닌 겐지, 계금이 년은 또 하관을 움직였다.

"황상이건, 손주건…… 환관이건, 가리지를 않지."

뚝, 머릿속 무언가가 끊어진 느낌이 들었다.

"저년을…… 매우 쳐라. 지금 이 자리에서 머리통이 깨어져 명줄이 끊어져도 상관없으니 치란 말이야!"

목이 찢길 것 같은 고음으로 외친 나는 환관들이 움직일 때까지 기다리지 못했다. 요동치는 속을 참지 못해 가까이에 선 환관 놈에게서 피가 베인 몽둥이를 빼앗아 들었다. 한 손으로 들기 버거운 그것을 두 손으로 움켜쥐곤 직접 매질을 시작했다.

"죽고 싶은 게지! 목숨이 아깝지 않은 게야!"

"으으……."

철썩 혹은 퍽 하는 살덩이와 나무 덩어리가 부딪치는 소음과 불태워 죽여도 모자랄 계집의 고통에 찬 신음, 패악한 내 몸부림이 내전을 핏빛과 잔혹으로 물들였다. 처맞으면서도 도발적으로 나를 노려보는 계금이 년의 작태를 진정 참을 수가 없어 팔이 아픈데도 불구, 또 한 번 무거운 매를 들어올렸다. 크게 들어 올린 그것을 치의 두 눈이 달려 있는 곳을 향해 내려치는 순간, 방해꾼이 끼어들었다. 뒤의 두 손이 나를 붙잡아 말렸다.

"이러다간 정녕 죽겠습니다!"

"뒤지든 말든 상관없어! 이거 놓아! 이거 놓으란 말이야, 감히 뉘를……."

회까닥 눈이 뒤집혀 난동이란 난동은 다 부려대던 내가 움찔했다. 발악스레 버둥거리던 내 사지가 얌전해졌다.

"황후께선 고정하십시오."

우렁우렁한 목소리와 뒤섞여 귀를 파고든 단규의 숨소리가 거칠었다. 곤녕궁에서 일어난 좋지 못한 사건을 뒤늦게 듣자마자 내달리기라도 한 모양이었다.

"진정 죽이실 요량입니까."

고르지 못한 숨을 들이쉬며 주변을 둘러보았다. 마치 지헌을 바라보듯, 경멸 대신 두려움을 두 눈 가득 담고선 날 쳐다보는 환관들과 여관들…… 저것들은 신경 쓰이지 않는다. 다만.

시선을 아래로 내려 방금 전까지 두드려 팬 계집을 찬찬히 살펴보았다. 계금이 넌의 바닥을 짚은 두 손이 바들바들 떨렸다. 맞는 동안 내리 꼿꼿하게 나를 노려보던 두 눈은 어느 틈엔가 다소곳이 내리 뜨여져 있다. 군데군데 찢어진 넝마 사이로 피떡이 된 상처가 보인다. 목과 뺨에는 퍼런 멍이 새겨져 있다. 그러한 치의 모습이 안쓰러워 보였다. 그러니…… 단규 또한 이 년을 안쓰러워하고 있겠지? 이년을 이리 만든 나를 못됐다 속으로 탓하고 있겠지?

손에서 빠져나간 몽둥이가 땅에 부딪쳐 요란스런 굉음을 토해냈다. 계금을 향한 분노? 그딴 건 더는 느껴지지 않는다. 대신 무섭다. 무엇이 무섭냐면 단규가 나를 어찌 볼까 싶어 무섭다. 굵다란 주장으로 아랫것을 사정없이 내려치는 내 모습이 그가 보기에 얼마나 표독스러웠을까. 얼마나, 천하에 둘 없을 고약한 계집으로 보였을까. 나는 저년이 죽건 말건 정말로 괘념치 않았는데, 그가 이런 나의 마음을 꿰뚫었으면 어찌하지? 못돼 처먹은 계집이다, 내게서 정나미가 떨어지면? 실망하면? 그 또한 나를 저들과 마찬가지로 발정 난 암캐라 생각하면?

실은 아닌데. 내가 모진 것이 아니라 저 꼴을 당해도 당연할 만큼, 저년이 잘못한 건데. 환관에게 치근대는 걸 용서해 주었음에도 또 괘씸한 짓거리를 벌인 저년이.

"내치어라……."

마음 같아서야 목을 베라 하고 싶었지만 단규의 눈치가 보였다. 그가 나를 악독한 년이라 생각하게 만들고 싶지 않다.

차마 단규가 있는 쪽을 쳐다보지 못한 나는 대충 내뱉었다.

"저 무도한 계집은 금일부로 나인이 아니다. 그러니 황궁 밖으로 쫓아내 버려. 어서, 지금 당장!"

나인 몇과 환관 몇이 사악한 혓바닥을 감추고 있는 치를 강제로 일으켜 세웠다. 제대로 서지 못해 발 두 개로 바닥을 질질 쓸며 끌려가는 년의 뒷모습이 개미만 해졌을 즈음, 나는 단규에게 고개를 돌렸다. 여전히 그와 눈을 마주치지 않고 읊조리

듯 말했다.

"네게 시킬 일이 있으니 따르거라."

단규를 염두에 두었어야 하는데. 그가 볼 일이 없도록 어화원 저 뒤편 으슥한 곳에서 그년을 매질하라 했어야 하는데 병신처럼 감정도 주체 못해 날뛰어선! 후회와 아쉬움을 삼키며 방 안에 들어선 나는 문이 닫히는 소리가 날아듦과 동시에 재빨리 뒤를 돌아보았다.

"괘, 괜히 그런 게 아니야. 아무런 까닭 없이 그년이 곤죽이 될 때까지 때리라 한 게 아니라고."

단규의 옷깃을 움켜쥐었다. 쉴 새 없이 입을 움직여 절실한 변명을 토해냈다.

"그년이 나보고 더럽다 했어. 발…… 정난 암캐 같다고도 했어. 황제건 손주건…… 가리지 않는다고도 하였어."

끔찍한 망발을 되새기자니 열이 뻗쳤다. 열이 뻗칠 뿐인가. 설움이 휘몰아쳤다. 내가 대체 무얼 잘못하였다고 이렇게 불안해해야 해.

"맞을 만하였어. 내가 때릴 만하였다고, 흐윽…… 흐으윽, 내 잘못이 아니란 말이야."

계금이 년한테도, 기 년한테도 소려진한테도, 난 그럴 만했어. 그러니까 나한테 실망하지 말아. 나 그렇게 못된 년 아니야.

나는 입 안을 맴도는 구구절절한 변명 대신 우는 소리를 흘렸다. 내가 우는데도 무덤덤한 환관이 무서워 그에게 답삭 안겨들었다.

다시 변명을 흘리려 하는데, 다행스러우면서 예상치 못한 일이 벌어졌다. 안겨든 나를 밀어내지만 않아도 다행이라 여겼건만 단단한 팔이 내 상체를 감싸 온 것이다. 등허리에 닿은 손을 통해 타인의 온기가 전해진다.

"까닭 없이 매질하라 했겠습니까."

바꿔 말하자면 '그럴 만한 이유가 있었으니 네가 그 나인을 벌하였겠지'라는 의미가 아닌가. 아, 다행이다. 그가 나를 조비연처럼 생각지 않아서, 외려 나를 편들어주니 너무 다행이야.

"그보다."

안도의 숨을 내쉰 나는 다부진 가슴팍에 파묻은 고개를 들어 단규를 올려다보았다. 귀를 쫑긋 세워 돌아올 뒷말에 주목했다. 잠시, 그의 얼굴에 어찌 말해야 할까 고뇌하는 기색이 스쳤다.

"몸은 괜찮습니까."

"무슨 뜻이야?"

"약을 처방한 태의를 참수하라 명한 황태손이니만큼, 기분이 좋았을 리가 없으니……무언가 좋지 못한 일이 있었을까……."

말끝을 흐리고 입을 꾹 다문 환관의 얼굴에 냉기가 차올랐다. 불쾌감 또한 차올랐다. 내가 놀려도, 나무라도, 발광을 떨어도 웬만해선 큰 동요를 보이지 않는 목석같은 그인즉, 냉랭한 낯빛이 무섭게 느껴질 법도 했다. 하지만 나를 걱정하여 그렇다는 것을 모르지 않기에 무섭지 않았다. 오히려 기분이 좋고 든든하기까지 했다.

"있었어."

다시금 단규의 가슴팍에 뺨 한쪽을 붙인 나는 어리광쟁이처럼 속닥였다.

"좋지 못한 일이 있었어. 그놈이 왔을 때마다 좋지 못한 일이 없는 때가 없었어. 매번 그렇지 무어. 그렇지만 괜찮느니."

"……."

"네가 말했었지. 내가 그놈에게 휘둘리고 우는 것이 싫다고. 나는 더 이상 그놈 앞에서 울지 않아. 예전에 비해 덜 휘둘려."

"……."

"황궁 안의 모든 이들이, 개 고양이들까지 나를 발정 난 암캐로 불러도 상관치 않아. 너만 그리 여기지 않으면 상관없어."

"……."

"내게는 그거면 됐어. 너만 있으면 나는 괜찮아. 전부 다."

단규는 말이 없었다. 그렇지만 위로는커녕 대답조차 없는 환관의 반응이 크게 불만스럽지 않았다. 한결 차갑게 굳은 얼굴을 하고 있으면서도, 숨이 턱 막힐 정도로 세게 그가 나를 그러안아 주었으므로.

이 환관만큼은, 단규만큼은 내가 무슨 짓을 하건 항시 나를 편들어줄 것 같다. 오늘에서야 완전한 확신이 듦에 그렇잖아도 따스한 몸이 더욱 덥혀지는 듯싶었다. 옴짝달싹 못할 만큼 날 옥죄인 품 안에서 기어코 꼼지락거린 나는 마찬가지로 그를 힘껏 껴안았다.

"……그년이 어찌 알고 네년한테 알렸느냐 물었더니 글쎄, 접

때 산책 가느라 내가 안뜰에 피임약이 담겼던 그릇을 내려놓았던 거 기억하지? 그 빈 그릇을 들고 태의원에 쫓아가 물어보았대나 무어라나. 밑바닥에 남은 약이라 봤자 얼마 되지 않았었는데 어느 태의 놈인지, 귀신같아서는. 하여간 그래서……."

팔을 살짝 붙잡는 손길에 돌연 벙어리가 된 나는 체통 없이 침상 아래에 주저앉은 상태인 내 옆에 앉은 단규를 올려보았다.

"나 떠드는 동안 내내 한마디를 않더니, 이제 말하고픈 게 생기었어?"

초저녁의 얕은 어둠이 드리운 창가를 눈짓한 단규가 다시 나를 돌아보았다. 무슨 의미인지 알고도 남아 그의 허리춤을 움켜쥐었다. 어째서 이렇게 시간이 빨리 가는 거야. 얼마 전까지만 해도 햇빛이 쨍쨍했는데.

"밤이 되었으면 무어, 같이 있으면 아니 되니?"

"황상이건, 손주건…… 환관이건, 가리지를 않지."

그 모욕을 들었음에도 환관을 붙잡자니 모욕이 모욕이 아니라 사실인 듯해 신경이 쓰였지만…… 그래도 같이 있고 싶은 것을. 허리춤을 부여잡은 손에 한결 힘을 실고 졸랐다.

"그년이 그러했듯이, 천생 요부인 황후가 이제는 환관에게까지 껄떡댄다 곤녕궁 아랫것들이 비웃건 말건 신경 쓰지 않을 테야. 아니, 안 써. 그러니까 조금만 더 있다 나가. 응?"

"황후께 고된 날이었거늘, 석반까지 거른 채로 계속 말씀하셨지 않습니까. 말하는 것도 기운을 소모케 하는 법입니다. 지금 이라도 저녁상을 내오라 명해 몸을 보신하고 계십시오. 그간에 저는 피임약을 가져올 테니.”

“무슨 소리야!”

자리에서 일어선 단규를 따라 재빨리 일어섰다. 얘가 어찌 이래! 진정한 지 얼마 되지 않은 나를 어찌 또 애타게 만들어!

“부루퉁히 앉아만 있더니 방금까지 늘어놓은 내 말을 모두 허투루 들은 게야? 태의가 죽었다니까! 내게 피임약을 처방해 준 태의가, 지헌에게! 그것이 무슨 의미인 줄 몰라? 네, 헛똑똑이야?”

“아뇨, 잘 알고 있습니다.”

약을 처방한 태의의 죽음은 날 향한 경고일 뿐 아니라, 아직 살아있는 태의들과 궁인들에게로 향한 경고이기도 했다. 내용인즉슨, 명아원은 지헌의 애를 배게 되면 낳아야 하며, 태의들은 죽기 싫거들랑 황후에게 피임약 혹은 낙태약을 지어주지 말아야 하며, 궁인들은 황후에게 무슨 수로든 약을 구해주지 말아야 한다는.

그 뜻을 잘 안다면서 이 환관은 어찌하여 피임약을 가지러 나서려 한단 말인가. 걱정됨은 물론이요, 내 맘을 아는지 모르는지 속을 태우는 고자가 원망스럽기까지 해 주먹 쥔 두 손으로 그의 상체를 때렸다.

“알면! 알면 정신이 나간 것이 아니고서야 어찌 약을 얻어오겠다 나서!”

몇 대 때리지도 못했거늘 양팔을 쉬이 붙들려 대신, 매섭게 단규를 노려보았다. 두렵지도 않은지 단규는 날카로운 내 눈빛을 똑똑히 마주보았다. 오히려 그의 눈동자가 내 것보다 강렬히 빛나는 듯싶었다.

"허면, 그자의 아이를 잉태하시려고요."

그뿐인가. 짜증이 치민다는 표정을 숨기지 않는 단규라, 움찔하여 기세가 꺾인 난 그의 눈치를 살폈다. 황후가 일개 환관에게 비실거리는 것이 매우 부당당함을 깨닫지 못한 채.

나직한 한숨을 내쉰 단규는 구겨진 표정을 풀었다.

"송구합니다."

환관의 기(氣)에 의해 주눅이 든 상태를 아직 회복하지 못한 나는 조심스레 주장했다.

"네가 내 걱정을 하는 것을 모르지 않지만, 나 또한 걱정이 돼 그래. 약을 구하러 갔다가, 혹여 뉘가 너를 보고 고자질하면 어찌해. 아무리 곤녕궁 아랫것들이 계금이 년이 곤죽이 되도록 맞는 모양새를 보았다지만 그것들은 기본적으로 나를 우습게보고, 업신여겨. 그러니 또 다른 계금이 년이 생기지 말란 법이 없잖아."

무슨 일이건 간에 네가 관련되면 난 불안하고 또 불안한데. 한데 이런 나를 어찌 몰라줘.

물가에 자식새끼를 내어놓은 어미의 마음이 환관을 생각하는 내 마음과 비견할까?

"걱정 마십시오. 폐하의 그 같은 반응을 예상했거니와, 급히 곤녕궁에 오느라 황궁 밖으로 나갈 형편이 되지 못했었기에 다른 이에게 부탁을 해두었습니다."

"자세히 말해보아."

"궁분을 배분하던 차에 함께 있던 경사방 소속의 환관에게 황궁 밖에서 약을 구해 달라 일러두었습니다. 황후께서 말씀하신대로 태의의 목이 잘린 마당에 황궁 안에서 약을 구하기는 더 이상 불가할 테니까요."

"그러니까, 다른 환관 놈에게 바깥에서 피임약을 지어다 달라 청해두었다고?"

그 환관 놈을 어찌 믿고 그토록 민감한 부탁을 하였어! 그놈이 배신하여 어디 가서 고자질이라도 하면! 내 얼굴에 떠오른 경악과 의심을 눈치챈 단규가 설명을 덧붙였다.

"믿을 만한 자입니다. 한가하기 이를 데 없는 경사방 소속인 만큼, 자리를 비워 바깥에 나갔다온들 누군가의 이목을 끌지도 않을 테지요."

"……."

"최대한 많이 약을 지어다 달라 부탁했지만, 지금쯤이면 만나기로 약속한 장소에 와 있을 겁니다."

그러니까 난 이만 물러가련다. 굳이 그 말까지 소리 내지 않은 단규가 한 걸음 멀어지매 득달같이 그에게 붙어 섰다. 그의 소매를 붙들었다.

"같이 가."

"……."

"나도 같이 갈래."

"……."

"가고 말 거야. 그러니까 안 된다는 소리 말아."

너무나 걱정이 돼 환관을 혼자 보내기 싫다. 혹여나 무슨 변고가 생기면 어쩐단 말인가.

"근래에 일교차가 커 감모에 걸릴까 걱정되는데."

혼잣말처럼 중얼거린 단규는 그러나, 내 팔을 조심스레 붙들어 잡아끌었다.

그가 마음을 바꿀까, 뒤쳐지지 않으려 발을 바삐 놀렸다.

단규를 쫓아 도착한 곳은 어화원 북쪽 끝의 으슥한 한구석, 커다란 동백나무 연리지 아래였다.

경사방에 소속된 그 믿을 만하다는 환관 놈이 계금이 년처럼, 뉘에게 피임약에 관해 일러바치진 않았을까. 약속 장소에 당도하였더니 지헌 그 찢어죽일 놈 혹은 시위대가 튀어나오진 않을까. 그래서 단규를 잡아가는 건 아닐까. 쉴 새 없이 떠올린 망상이 부질없게 어느덧 새카매진 주위는 고요하기 짝이 없었다.

아냐, 안심하긴 일러. 이 근처 어딘가에 지헌이 숨어 있을 수도 있어. 경사방 환관 놈이 단규에게 피임약을 건네주는 순간을 노리고 있을지 모른다고. 또 한 번 의심한 나는 더 바싹 단규에게 붙어 속삭였다.

"언제 오는 게야. 어디서 오기에 아니 와 있어."

"신무문(神武门)을 통해 올 겁니다. 이미 와 있을 줄 알았는데 조금 늦나 봅니다."

"이미 와 있을 줄 알았는데 어찌 없어. 정녕 믿을 만한 치인 거야? 죽은 태의 꼴이 될까 봐 겁이 나 도망을 놓았거나, 지헌에게……."

"그 이름은 듣고 싶지 않습니다."

단규는 금세 다시 부드러워져 날 안심시켰다.

"정녕 믿을 수 있는 자입니다. 걱정 그치시고 마음을 편히 가지십시오."

"그러한데 어찌 안 오느냔 말야."

"약을 짓는 시간이 길어진 것 아니겠습니까. 원체 넓은 황궁이니만큼 예까지 오는 데 걸리는 시간도 적잖을 테고."

그렇게까지 위로 겸 설명을 들었음에도 여전히 시무룩한 나를 달래주려 커다란 손이 내 등을 한 번 토닥인 참, 어둠속에서 발자국 소리가 날아들었다. 또. 그리고 또 한 번…… 계속해서.

바쁜 발소리를 좇은 우리의 눈에 사람의 형상이 아른거렸다. 한데, 참으로 이상하게 반쪽짜리의 사내라기엔 다가오는 뉘의 신장이 작았다. 그렇지만 상대는 분명 단규와 내가 서 있는 쪽으로 다가오고 있었다.

"환관이 아니라 계집인 것 같아."

"황후께서 옳으십니다."

"무엇이 잘못되었으면 어찌해."

불안에 젖어가는 나를 내려다본 단규의 시선이 다가오는 이에게 향했다.

"황실의 어른이 계시다. 예를 갖추어라."

어둠을 꿰뚫은 위엄한 목소리를 듣고 잠시 주춤하는가 싶던 상대가 돌연 걸음을 빨리했다. 번개처럼 빠르게 나와 환관에게 내달렸다.

순식간에 서로 맞닿은 두 사람의 옷이 바스락거리는 소음을 일으켰다. 소음을 뒤이은 카랑카랑한 목소리가 동백나무 연리지의 나뭇잎을 뒤흔들었다.

"나만의 마르지 않는 바다, 오래간만이야."

"……사르네."

멧돼지처럼 달려든 무언가 덕에 놀라 경을 칠 뻔했다는 사실을 싹 잊은 나는 단규의 목을 끌어안은, 작달막하지만 다부져 뵈는 나인 복장의 계집년을 얼이 빠져 쳐다보았다. 짐승처럼, 계집은 환관의 목에 코를 박고 냄새를 맡아댔다.

"내 사랑, 당신 향기로운 체취는 여전하네."

……무어라 씨불이는 거야 저 미친년이.

겨우 정신을 차린 내 얼굴이 인정사정없이 뒤틀렸다. 눈덩이가 불어나듯 몸체를 부풀린 화(火)가 춘절(春節) 때의 폭죽처럼, 마음속에서 펑펑 터져 댔다.

새카만 어둠 속에서 두 여인은 잰걸음을 놀렸다. 다닥다닥 붙은 허름한 가옥들로 둘러싸인 좁다란 길에 그네들의 발소리가 번졌다. 한 채짜리 낡은 가옥의 안뜰에 들어서서야 여인네들은 소음을 흘리는 일을 멈췄다.

"여기서 기다리어라."

"예."

명령을 내린 여인이 가옥의 오른편에 놓인 방으로 향했다. 삐거덕 소리와 함께 열린 방문으로 들어선 그녀의 얼굴에 희미한 촛불이 비쳤다. 보잘 것 없는 방 한구석에 보잘 것 없는 모양새로 누워 있는 누군가를 발견한 여인이 속상한 투로 말했다.

"계금이 언니, 그러니까 내가 하지 말자고 했잖아요."

위태로이 떨리는 두 팔로 침상을 짚어 자리에서 일어나는 계금의 옆에 붙어 앉은 기가 그녀를 도와주며 투덜거렸다.

"이게 무어냔 말이에요. 나까지 황후에게 눈엣가시가 된 것은 물론이고, 언니는 초주검이 되도록 맞은 걸로 모자라 황궁에서 쫓겨나고."

"구태여 확인시켜 주지 않아도 내 꼴은 아주 잘 알고 있어."

날카로이 쏘아붙인 계금의 눈치를 살핀 기가 변명하듯 중얼거렸다.

"황태손비가 말하지만 않았어도 황후만 큰코다치고 끝나는 거였는데. 정말 일이 이렇게 끝날 줄 몰랐어요. 아무튼 간에 언니, 자리 털고 일어나 새 일거리를 찾을 때까지 수발들 사람도 틈틈이 보내고, 끼니를 굶지 않게 내가 도울게요. 내 녹봉이라 봐야 얼마 되진 않지만."

"그것보다 다른 부탁이 있어."

까칠하게 튼 손으로 기의 팔을 붙든 계금의 눈에 스산한 빛이 스쳤다.

"나를 다시 황궁에 들여보내 줘."

"네? 그게 무슨 소리에요! 내가 무슨 힘이 있다고 쫓겨난 언니를 황궁에 들여줘요? 아니 그보다, 어찌 다시 입궁하려는 거예요, 황후에게 걸렸다간 이번엔 정말로 온전치 못할 텐데!"

'흥, 내가 죽을 게 걱정되는 것이 아니라 날 황궁에 들여주었다. 연루되어 너 자신이 곤욕을 치를까 겁나는 게지' 죽기 직전까지 두들겨 맞은 몸이 고통스럽기 짝이 없으니 덩달아 정신까지 날카로운즉, 비꼬고픈 충동을 겨우 참은 계금은 차근히 어린 후궁을 설득했다.

"하루를 꼬박 거닐어도 곳곳에 다다르기 힘든 황궁이야. 궁인은 또 얼마나 많아? 게다가 '그년'은 후궁들의 처소 근처에도 오지 않잖아."

"하지만……."

"그년과 마주칠 일 없으니까 걱정 말고 나를 네 처소로 데려가 줘. 후궁들은 못해도 두 명은 시녀로 부릴 이들을 친정에서 들여오잖아? 너도 그런다 생각해."

"우리 후궁들은 태손비 저하께는 꼬박꼬박 문안 인사를 올리는데……. 만약에라도 언니를 보고 저하가 황후에게 말하면요?"

"황궁 안에 그년을 좋아하는 이가 어디 있다고. 이번에는 어쩐 일로 태손비 저하께서 그년한테 협조하셨는지 모르겠지만, 앞으로도 그년 좋을 일을 하시진 않을 거야."

"……."

"네가 정 찝찝하면 태손비 저하의 눈에도 뜨이지 않도록 주의할게."

내키지 않는 표정을 당최 지우지 못한 기가 물었다.

"언니, 내가 도와줘 다시 황궁에 들어온들, 황후에게 인정받지 못하는 이상 녹봉도 받지 못할 거예요. 한데도 괜찮아요?"

"상관없어."

"그렇게까지 해서 돌아오고 싶어 하는 이유가 무언데요?"

말할까. 말까. 한참을 뜸을 들인 계금이 입을 열었다.

"너는 그년이 어찌해서 나한테 내가 짓지도 않은 죄를 뒤집어씌운 줄 아니?"

짓지도 않은 죄란 두 말 할 필요 없이, 아원이 계금에게 '웃전에게 발을 걸어 넘어지게 하였다'는 명목으로 동서육궁에 물을 길러 나르는 벌을 내린 사건을 뜻했다.

"기분이 좋지 않아 아무에게나 트집을 잡아 화풀이하려는 심산 아니었어요?"

"……."

"황후와 언니 사이에 내가 모르는 무슨 일이 있었던 거예요?"

"그년은 질투한 거야."

"질투?"

"그이에게 나에 관해 들었을지 모르지. 내가 그이에게……."

치근댄 것을. 제 살 깎아먹는 뒷말을 삼킨 계금의 광대뼈 부근에 분홍빛이 퍼졌다. 방 안이 어두운 것이 천만다행이었다.

"그이가 누구를 이르는 거예요?"

"……환관."

"환관? ……황후가 가까이에 두는 그 커다란 환관?"

나이로만 보면 저보다 한참 윗사람인 계금이 귀엽다는 양, 기는 피시시 웃음을 터뜨렸다.

"어찌해서 황후가 환관을 사이에 두고 언니에게 질투하겠어요? '환관'인데. 아, 생각해 보니 할 수도 있겠네요. 나도 예전에 한 방을 썼던 나인 동기가 나 아닌 다른 이와 더 친하게 지내는 듯싶어 샘내본 적이……."

"그딴 게 아니야!"

버럭 소리를 지른 계금을 향한 기의 두 눈이 휘둥그레졌다. 목청을 높인 탓에 여기저기 피멍이 든 몸이 아파 계금은 한동안 거친 숨을 씨근거렸다. 통증이 사그라져서야 그녀는 조용히 뇌까렸다.

"사내야."

"오늘 나한테 짜증 엄청 심한 거 알아요? 환자이니까 이해하겠지만, 앞으로도 계속 그러면 내 기분도 좋지 못해요. ……사내라니, 누가요."

아직 심각성을 느끼지 못하는 기에게 계금은 다시 한 번 천천히 곱씹어주었다.

"견 태감이 죽은 이후부터 황후가 항시 옆에 끼고 다니는 그 환관은, 사내야. 화자(火者)가 아니야."

그게 무슨 말이냐. 말이 되느냐. 그리 되물으며 웃음을 터뜨리고 싶었지만 기는 그러지 않았다. 그러기엔 마주한 이가 진지하기 그지없었으므로.

선불리 말을 꺼내지 못하는 기를 대신해 계금의 목소리가 가느다란 촛불을 흔들었다.

"그년도 그 사실을 알고 있는지 아닌지 모르겠지만 은연중에 느끼고 있는 건 분명해. 환관이 사내임을. 왜냐하면 그년은 발정 난 암캐니까. 그래서…… 내가 그 사람을……."

악의를 담아 사납게 내뱉을 때는 언제고, 계금의 얼굴 한편에 다시 홍조가 떠올랐다.

"그 환관은 늦게 들어왔잖아요. 양물을 없앤 지 얼마 되지 않았기 때문에 사내의 기운이 다 가시지 않아 언니가 착각한 거 아닐까요? 화자가 아니라는 증거가 있어요? 목욕하는 모습이라도 본 게 아니고서야 확실하게 알 길이……."

촛불이 흐리다고는 하나 계금의 얼굴이 원체 붉은지라 기는 마침내 그녀의 이상한 낌새를 눈치챘다. 흠칫한 기가 새빨갛게 달아오른 얼굴을 숙이고 있는 계금에게 조심스레 물었다.

"언니 혹여, 보았어요?"

"그냥 얼핏…… 그이가 내 인기척을 느끼는 바람에 도망치느라 제대로는…… 아무튼, 날 들여보내 줘."

후궁이 되지 않고 계속해서 궁녀였다면, 그 상태로 저 언니의 나이쯤에 이르렀다면 나도 저렇게 되었을까? 본능적으로 사내 냄새에 이끌려 그가 목욕하는 모습을 훔쳐보는, 그런 엉큼한 계집이 되었을까? 불현듯 떠오른 께름칙한 생각을 뿌리치려 기는 작게 고개를 저었다.

"환관이 가짜라고 쳐요, 그렇다 한들 황궁에 들어와 무얼 어쩌려고요?"

"캐묻지 말고 도와주기나 해."

"……좋아요. 언니 속은 모르겠어요. 그렇지만 그 환관이 가짜인 게 확실하다면 적어도 이번처럼 우리가 곤욕을 치를 일이 없을 듯싶으니까 입궁할 수 있도록 수를 써볼게요. 설마하니 저하께서 황후가 가짜 환관을 옆에 끼고 시시덕거렸다는 것을 아시고도 황후를 가만두시겠어요?"

"그리고 또, 너도 그년한테 앙금이 없지 않으니까 그년이 된통 당하는 꼴을 보고 싶기도 하겠지."

"그런 거 아니에요."

대답과 달리 기의 앳된 얼굴에 얄궂은 미소가 떠올랐다.

황제가 보냈다 하는 선물이 무엇인지 마침내 밝혀졌다. 그런즉, 유(遺)의 황제가 바랐듯이 적운의 입술 새로 피곤에 절은 한숨이 새어나왔다.

"내 사랑, 삼 년 만에 나를 만나게 되었는데 웬 한숨이야? 당신과 나 우리 둘, 기뻐서 춤을 춰도 모자라."

뒤편에서 튀어나와 거리낌이라곤 없이 가슴팍을 쓰다듬는 두 손을 적운은 단칼에 거절했다.

"너도 이제 열여섯이다, 사르네."

간소한 한마디가 뜻하는 바, 열여섯 나이면 어엿한 처녀이니만큼 몸가짐을 정갈히 해야 하지 않느냐는 엄한 꾸짖음이었다. 하지만 보통의 여인들이 들었다면 몸을 찔끔 떨었을 치욕스러운 훈계는 사르네에겐 전혀 먹혀들지 않았다.

"우리 여란의 여전사들은 당신네 족속들의, 깍깍거리며 내숭 떠는 일밖에 할 줄 모르는 계집들과 달리 감정 표현에 솔직해서 말이야. 그나저나."

적운의 옆에 바싹 붙어 앉은 사르네는 그의 귀에 '후~' 더운 입김을 불어넣었다.

"삼 년 전 내 열세 번째 청혼을 거절할 때만 해도 내가 젖비린내 나는 어린 계집인 듯이 굴더니 왜, 이제 좀 여자로 보여?"

축축한 오른쪽 귀를 훔쳐낸 적운은 어둠 한편에 몸을 묻은 채로 흥미롭다는 듯, 상황을 구경하는 동명에게 명했다.

"사르네와 함께 남하하여라. 상관의 명령이 아니라 사람 대 사람으로서의 간절한 부탁이라 여겨도 좋다."

어찌 보면 눈물겨운 청처럼 느껴져 흔쾌히 들어줄 법도 하건만, 적운에게 돌아온 답은 번지르르하기 이를 데 없었다.

"폐하께서 장군의 옆에 딱 붙어 도움을 주라 하셨습니다. 장군과 함께이지 않다면 평생 조국에 발 디딜 생각 말라고도 하셨지요."

"도움이 아니라 폐가 되고 있다는 것을 알긴 아느냐."

꽤 서슬 퍼런 반박이었으나 동명은 태연히 어깨를 으쓱했다.

"궁분 나눠주다 앞뒤 잴 겨를 없이 곤녕궁으로 향하신 장군 대신 바깥에서 약을 구해온 것은 저였습니다."

더 이상 대화를 이어간들 무슨 소득이 있으리오. 아무 대답 않은 적운은 또 한 번 피곤 섞인 한숨을 내쉬었다. 두 사내가 말이 없으매 이제 좀 조용해지려나 싶던 주변을 카랑카랑한 목소리가 인정사정없이 찔러댔다.

"나만의 바다, 대체 왜 하찮은 환관 흉내를 내며 적국에 있으려 하는 거야? 다들 돌아오라잖아. 돌아가자잖아. 가자, 돌아가서 이번에야 말로 위대한 칸의 질녀인 나의 영광스런 신랑이 되는 거야."

묵묵부답인 적운을 대신해 동명이 사르네에게 말했다.

"적국에 있기를 고집하시는 까닭은 적국의 황후가 신경 쓰이시기 때문이란다."

"조금 더 나은 상황에서 지내게 될 때까지만 지켜보고자 할 뿐이다."

"황후가 감업사로 나갈 수 있게 된들 끝은 결국 죽음뿐입니다. 왜냐하면 장군께서 누구보다 잘 아시다시피, 수나라는 장군과 저의 조국에 멸망할 테니까요."

공연히 날이 선 두 사내의 대화 속에 소녀는 구태여 끼어들었다.

"잠깐 잠깐. 황후를 신경 쓴다니? ……수풀 속에서 본 바싹 마른 계집을 말하는 거야? 위엄이라곤 없어 뵈던, 반질반질한 게다이던 그 계집이 황후야? 첩이 아니라?"

고개를 끄덕인 동명을 확인한 사르네의 도끼눈이 적운에게 메다 꽂혔다.

"당신이 나 외의 계집에게 신경을 써주는 날이 올 줄은 몰랐는걸? 당신 이상한 처(妻)가 죽은 이후로 난 항상 당신의 옆자리가 내 것이 될 거라고 생각했는데. 설마, 나를 노려볼 때의 표정이 꼭 소똥 냄새라도 맡고 있는 듯하던 황후라는 그 계집을 이성으로 신경 쓰는 건 아니지? 아니라고 말해줘. 무언가 사연이 있어서, 그래서 약자에게 약한 당신이 한낱 동정을 베풀고 있을 뿐인 거라 말해달라고."

"먼저 간 이에 관해선 언급하지 말 걸 그랬구나, 사르네."

귀찮아하는 기색을 여실히 내보여 왔을지언정 성을 내진 않은 적운이건만 마지막 한 마디를 소리 낸 그의 목소리가 차디찼다. 의자 다리가 바닥을 긁는 소음이 피어올랐다.

"내 신랑 될 당신에 관해 내가 못 말할 게 뭐있어?"

오래간만의 해후의 자리를 일방적으로 파하고 사라져 가는 적운의 뒤에 씩씩하게 외친 사르네가 동명에게 돌아섰다.

"알고 있는 것을 말해."

"뭘 말하라고."

"무엇이든지, 이 나라 황후 계집에 관련한 것 모두!"

민첩하게 움직인 사르네에게 멱살을 잡힌 동명이 쯧, 혀를 찼다. 금일 밤은 어린 계집아이의 궁금증을 풀어주느라 한숨도 못 잘 판이었다.

오. 와병(臥病)

"아! 아아! 저하!"

시끄럽기는.

불현듯 헌은 모든 것이 불쾌해졌다. 들인 지 오래 되었을 게 분명하지만 금일에서야 처음 승은을 내려주게 된, 그의 아래에 깔린 이름조차 생각나지 않는 후궁 계집의 땀내. 땀내와 뒤섞인 체취와 독한 사향내. 자극적이기는 고사하고 거슬리기 짝이 없는 요란한 신음소리. 필요 이상으로 산만하게 버둥거리는 계집의 사지며 허리. 그 모든 것이.

"아아아! 저, ……."

다시금 '저하' 하고 타령을 해대려는 후궁의 목소리가 끊긴 대신 철썩하는 마찰음이 축축한 공기를 갈랐다. 빰이 후려갈겨져서야 조용해진 후궁의 아랫배 안쪽, 생명을 잉태하는 밭에 대충 파정을 끝낸 헌은 곧바로 불쾌한 몸뚱이에서 그의 몸을 떼었다. 계집을 품었거늘 기분이 좋지 않았다. 좋기는커녕 오히려 나빠진 듯했다.

정사가 끝났음을 알아채어 방 안으로 들어온 아랫것들에게 옷 수발을 받으며 헌은 나직하지만 위협적으로 들리는 목소리로 명령했다.

"저것을 당장 치워라."

웃전의 좋지 못한 상태를 알아챈 환관 하나가 새빨갛게 부어오른 뺨을 부여잡은 채로 침상 위에 늘어져 있는 알몸 상태의 후궁을 붉은 솜이불로 감아 쌌다.

"무언가를 배는 일이 없도록 처리하고."

'무언가'는 아이를, '배는 일'은 수태를 의미했다. 즉, 황태손께서는 방금 품은 후궁에게서 그분의 손(孫)을 보고 싶지 않아하시니, 서둘러 후궁에게 피임약을 지어 먹여야 함이었다. 어깨에 후궁을 둘러맨 상태로 엉거주춤히 문가에 서 있던 환관 둘 중 하나가 굽실거렸다.

"예에. 명심하겠나이다."

짜증만 덧댄 후궁을 포함한 환관들, 옷 수발을 든 나인들이 모두 사라지고 적막해진 방 안에서 헌은 다른 계집을 떠올렸다. 아원을, 곤녕궁에서 가진 그녀와의 가장 최근의 정사를 되새긴 그의 미간이 구겨졌다. 깊디깊은 주름이 매끄러운 두 눈썹 사이에 새겨졌다.

시체를 상대하는 듯싶던 정사는 며칠이 지난 지금까지 불만족과 불쾌감을 불러일으켰다. 적당히 어르고 위협하면 결국에는 항상, 명아원은 그의 뜻대로 휘둘렸었는데. 그랬는데 그날의 완곡한 저항은 무엇이었을까. 겁 많은 계집이 어인 일로 그렇게까지 버텼을까.

며칠간 반복해 왔듯 또 한 번 헌은, 체격만 본다 하면 헌헌대장부(軒軒大丈夫)인, 하지만 실속은 영락없는 계집인 곤녕궁의 환관을 죽여 버릴까 고민했다. '나를 정성을 다해 대접하지 않는다면 네가 아끼는 환관을 가만두지 않겠다' 아원에게 던진 위협을 지키기 위해서. 허나.

발치에 차이는 벌레와 다름없는 환관을 찢어 죽이는 일 따위야 무엇이 어렵겠느냐마는 걸리는 점이 있었다. 유일하게 말동무를 삼는 환관을 죽였다. 이미 충분히 커다랄 명아원의 그 자신을 향한 반감이 더 커지면.

"허, 헌……."

"널 아끼지도, 좋아하지도 않으면서 왜 이러느냐 물었던가. 그런 식으로 물은 건 처음이지."

"기억 안 나……."

"어쩌면 널 많이 아끼는지도 모르지."

하여 진정 다시는 나긋나긋했던 그 같은 음성과 손길을 받아내지 못하면 어쩌지. 거짓이라는 것을 모르지 않았음에도 나쁘지 않았던 제 이름을 부르는 애틋한 목소리. 뺨을 어루만지는 부드러운 손길. 그것들을 놓칠지 모른다 생각하자 꽤 아쉬웠다.

불만스레 입술을 비튼 헌은 바깥을 향해 뇌까렸다.

"들어오너라."

재까닥 열린 문 틈새로 제 주인의 연치와 비슷해 보이는 환관이 모습을 드러냈다. 실제로 황태손과 나이가 같은, 그렇다 한들 황궁 생활을 한 지는 어언 스무 해를 넘긴 젊지만 노련한 흥룡전의 태감이었다.

바닥에 이마를 붙여 엎드린 태감이 고해 올렸다.

"하문하시옵소서, 저하."

아랫것에게 일어나라 하지 않은 채 헌은 홀로 커다란 호피가 깔린 의자 등받이에 상체를 기댔다. 멸시와 친근감이라는 전혀 상생할 것 같지 않은 두 감정이 뒤섞여 담긴 차가운 눈초리가 태감에게 내리꽂혔다.

"그자가 나에게 건넸던 짐승들을 기억하느냐?"

태감은 겁도 없이 고개를 들어 포악한 황태손을 올려다보았다. 그자가 뜻하는 이는 병상 위의 황제요, 황태손은 몇 해 전부터 태감의 앞에서만은 황제를 무도히 지칭하는 게 가능해진 터였다.

여하간에 황제가 건넸던 짐승들이라니? 과거를 회상하는 태감의 두 눈이 차분히 깜빡였다.

"태손이 매사는 물론이고, 주변 사람들에게까지 무심하여 정한 틈을 주지 않는 듯하다. 그래서야 되겠는가? 더 늦기 전에 무언가를, 누군가를 소중히 여겨 관심을 주는 법을 배워야 할 터. 곡지니 길러보아라."

병상의 황제가 강녕했던 시절, 십대 중반의 황태손에게 그렇게 말하며 젖을 뗀 지 얼마 되지 않은 몇몇의 개, 고양이를 내려준 그때에 어린 태감 또한 황태손과 함께 있었다. 그로부터 두어 달 후의 굵은 눈발이 흩날리던 어느 겨울 날, 태감과 황태손은 여전히 황궁에 남아 있은 데 반해 새끼 개들과 고양이들은 차가운 눈 속에 파묻혀 삭막한 곳을 떠나갔지만.

"열을 셀 동안 입을 열지 않는다면 목을 베리라."

어린 마음에 충격으로만 다가왔던 나날을 추억하는 것을 끝낸 태감이 입술을 벌렸다.

"기억하옵니다."

"열."

두 사람의 목소리가 울린 것이 동시였다. 비식 웃은 헌이 덧붙였다.

"이번에도 목숨을 건지었군."

"죽이셨잖습니까."

피골이 상접한 모양새로 죽은 짐승 새끼들이 여태껏 가엽게 여겨져 태감의 목소리에서 절로 비난조가 묻어 나왔다.

"저하를 교육하겠다 그자가 건넨, 어미에게서 억지로 떼어놓은, 태어난 지 얼마 안 되었던 불쌍한 짐승 새끼들을 굶겨 죽이지 않으셨습니까."

"감히 네깟 것이 나를 탓하는 건가. 혀를 잘라주랴."

"……."

"아니면 목에 쇠붙이를 찔러 넣어주랴."

"……."

"나도 그러했다. 셋에 어미를 여의고 열하나에…… 그분을 잃었지. 한데 그깟 짐승 새끼들 따위."

"……아직까지 이놈의 목이 붙어 있는 까닭은 황은을 베풀어, 귀하신 분을 탓한 이 노재를 용서해 주시겠다는 뜻일 테지요. 그때의 이야기를 어찌 꺼내셨나이까."

겁을 집어 먹어야 마땅할 것을, 담담한 태감이 고깝다는 듯 눈살을 찌푸린 헌은 이윽고 가벼운 어조로 말했다.

"다시 구해오거라."

"또 굶겨 죽이시려고요."

"그따위 귀찮은 짓을 할 바엔 네 놈을 죽이면 될 터."

아니 죽이겠다는 뜻이었다.

'늦어도 저녁까지 구해오겠사옵니다' 아뢴 태감이 뒷걸음질로 물러났다.

적운은 하릴없이 목욕간 앞을 지키고 있는 중이었다. 그렇지만 불만스럽진 않았다. 여인이 안에서 홀로 목욕하는 동안 그 자신은 바깥을 서성이는 겸연쩍은 상황. 이 같은 상황을 한두 번 겪어본 것이 아니거니와.

"들어와. 들어오라니까. 나 씻는 동안 옆에 앉아서 아무 얘기나 해주어. 응?"

임시로 웃전으로 받들고 있는 적국 황후의 명을 거부하지 못해, 씻는 그녀와 한 공간에 있게 되는 경우를 피한 것만으로도 크나큰 행운이었기 때문이다.

환관 노릇을 해내는 게 이토록 어려울 줄이야. 시름 섞인 한숨을 흘린 그의 시선이 불현듯 어둠속 한편으로 향했다. 누군가가 다가오고 있었다.

이윽고 나타난 누군가를 확인한 적운의 미간이 살짝 구겨졌다. 검붉은 피딱지가 붙어 있는 입꼬리. 찢어진 데다 시퍼런 멍이 든 눈가. 까칠하게 튼 피부와 핼쑥하여 푹 파인 뺨. 처참한 이목구비를 하고 있는 나인을, 아니, 한때 나인이었던 이의 이름을 적운은 이제는 알고 있는 터였다.

계금이라 하였던가. 쫓겨난 이가 어찌 황궁에 있는가.

뒤편의 목간문이 단단히 닫혀 있음을 반사적으로 확인한 적운은 두세 걸음 정도를 옮겨 계금에게 다가갔다. 거리를 좁혔다지만 그는 굳이 무슨 말을 하진 않았다. 네가 왜 이곳에 있느냐. 묻는 듯한 눈초리로 말없이 계금을 꿰뚫어볼 뿐이었다.

그의 시선에 수줍음을 느낀 계금의 두 눈이 바닥을 향해 내리 뜨였다. 잠시간 발끝을 내려 보고 있은 그녀는 홧홧한 가슴과 얼굴이 조금 식어서야 다시 고개를 들었다.

"암캐와 너무 친하게 지내지 말아요."

수줍은 마음과 달리 그녀의 입에서 튀어나온 글자들이 거칠었다. 불쾌한 속내를 숨기고 있는 가짜 환관에게 계금이 바싹 다가섰다. 슬며시 쳐들린 그녀의 손이 그의 단단한 가슴팍에 닿았다.

"황후와 가깝게 지내지 말아요."

"이유가 무엇입니까."

"싫으니까."

"……."

"저 지저분한 년과 당신이 친밀한 게 싫어요."

"……."

"당신은…… 당신은 내 거예요!"

무슨 말도 안 되는 소리를. 적운은 단호히 계금의 손을 밀어냈다.

"한 나라의 황후 되는 이를 그토록 저열히 부를 수 있는 방자함을 어디서 배웠는지 만큼은 궁금합니다."

냉담한 꾸짖음에 계금의 얼굴이 불덩이처럼 달아올랐다.

"나는 분명히 경고했어요."

날카로이 맞부딪친 두 사람의 시선이 돌연 목욕간 쪽을 향했다. 게서 찰랑이는 물소리와 투덜대는 말소리가 새어나왔기 때문이다. 아닌 게 아니라, 목욕간에서는 이제 누군가가 급히 움직이는 기척이 흘러나왔다. 황후가 밖에 나오려는 듯싶었다.

다시 계금을 돌아본 적운이 무심히 말했다.

"다시는 금일처럼 부정(不正)을 모르는 척하지 않을 겁니다."

네가 또 한 번 내 눈에 뜨인다면 그때에는 반드시 황후에게 사실을 고변할 것이니, 죽고 싶지 않거들랑 황궁에 오지 말란 경고였다. '저런 멍청한 년 따위 무섭지 않아요!' 그리 외치고픈 충동을 삼킨 계금이 다급히 어둠에 몸을 숨겼다.

딱 적당한 온도의 따스한 물이 가슴 위, 쇄골 근처를 넘실거린다. 수면(水面)을 꽉꽉 채운 장미꽃잎에서 뿜어져 나오는 향기로운 내음이 코끝을 간질인다. 참 좋아하는 상황이건만, 전혀 기쁘지 않다.

습기로 인해 뿌연 허공을 공연스레 노려보던 나는 입술을 아득 짓씹었다.

"나만의 마르지 않는 바다, 오래간만이야."
"내 사랑, 당신 향기로운 체취는 여전하네."

"이잇!"

출렁. 다량의 물이 탕조 바깥으로 흘러넘치도록 몸부림을 쳐댄 걸로 모자라 장미꽃잎 한 움큼을 양손 가득 움켜쥐었다. 성난 속을 여실히 대변하듯, 찢어발길 것처럼 세게 움켜쥔 꽃잎을 곧장 탕조 바깥으로 내던졌다.

오늘까지도 단규에게 어화원에서 본 그 시커멓고, 도드라진 광대뼈에 넙대대한 턱을 가진, 난쟁이처럼 작달막한 년에 관해 묻지 않았다. 네 불같은 성정에 어찌해서 아니 물었느냐? 자신이 없었다. 환관에게 안겨들어 아양 섞인 소릴 지껄이는 그년을 보고 있노라니 당장 머리뼈가 쪼개질 것 같았던 나 자신이, 지금처럼, 그년을 떠올리는 것만으로 역정이 치솟는 나 자신이 '그년이 뉘냐' 물으려 입을 여는 순간 펑하고 폭발해 미친년처럼 난동을 부려댈 것 같았더란다. 성난 속을 이기지 못해 단규의 뺨이라도 갈길지 모른다는 생각이 들었더란다. 하여 지난 며칠 동안 그 이상하게 생긴 -솔직히는 이국적으로 생겨 눈길이 가는- 년에 대해 묻고 싶은 욕구를 꾹꾹 참아온 터였다.

한 가지 문제가 있다면, 인내심이 바닥난지라 더는 못 참겠다는 것이다.

그년이 뉘인지 알고 싶어. 어찌 감히 멧돼지처럼 달려들어 환관에게 댕강 안겼는지, 둘이 무슨 사이인지, 어떻게 알게 된 건지 얼마나 알고 지냈는지, 아니 그냥 다 알고 싶어. 둘 사이에 관한 한 모두 다! 무엇하겠다고, 어쩌자고 그년이 내 환관을 바다니, '내 사랑'이라 처불렀는지 꼬치꼬치 캐물어야겠어!

"그년이 대체 뉘인 게야! 무엇하는 년이야!"

정신없이 탕조 밖에 나와서 또 정신없이 욕실 바깥으로 향하다가 멈칫한 나는 바닥 한편에 벗어둔 옷가지들 중 대수삼(大袖衫) 하나를 주워들어 대충 몸을 감쌌다. 며칠을 묵힌 분노에 취해 알몸 상태라는 사실도 망각한 채 뛰쳐나가다 돌연 무언가를 걸친 이유는, 욕실로 따라 들어오라는 내 명령을 한사코 뿌리치던 단규의 모습이 떠올라서였다. 근래 들어 환관은 처음 막 황궁 생활을 시작했을 때와는 비할 수 없을 정도로 목욕 시중을 드는 일을 꺼려했으니, 그것은 발가벗은 알몸 상태의 나를 보기가 멋쩍어서임이 분명했다. 고자 주제에. 멋쩍어할 필요가 무어 있다고.

왼손으로는 대수삼의 앞섬을 아무렇게나 움켜쥐고, 오른손으로는 목간문을 벌컥 열어젖혔다. 다짜고짜 외쳤다.

“대체 그년이 뉘야? 네들 둘, 무슨 사이인 게야?”

속살이 비칠 만큼 얇디얇은 비단으로 지어진 대수삼 하나만을 덩그러니 걸친 나를 돌아본 단규가 흠칫하여 표정을 굳히거늘, 상관치 않고 질문을 주르륵 쏟아냈다.

“그년은 나인이 아닌 게지? 네 그년을 사…… 그래, 사르네라고 불렀어. 이름이 이상해, 꼭 오랑캐 이름 같아. 네 대체 어쩌다가 오랑캐 년을 알게 된 거고, ……앗!”

열심히 입을 나불대는 나와 반대로 한 마디를 소리 내지 않은 단규는 다짜고짜 내 두 팔을 부여잡았다. 휙, 너무나 손쉽게 나를 돌려 세운 그가 등을 밀어댄 통에 나는 속절없이 다시 욕실 안에 떠밀려 들어오고 말았다. 떠밀려 들어왔을 뿐인가. 닫힌 문을 밀자 열리지 않았다. 반대편에서 커다란 고자 놈이 내가 나올 수 없도록 방해하고 있는 게 분명했다. 이게 무슨 상황이람?

더더욱 머리통에 열이 차올라 대수삼 앞자락을 쥐고 있은 왼손을 풀은 나는 두 손으로 문을 두드려 댔다. 쾅쾅 하는 소리가 울렸다. 하지만 문은 여전히 꼼짝하지 않았다.

“이게 무슨 짓이야! 나를 어찌 가둬!”

"나오시려거든 다 갖춰 입고 나오십시오."

문 뒤편에서 우렁우렁 울려온 목소리에 짜증이 묻어 있는 듯해 주먹질을 멈췄다. 아래를 향해 고개를 떨궜다. 느슨히 벌어진 대수삼의 앞자락 틈새로 가슴 두 개가 각각 반절씩, 허벅지 중간 부분 아래의 두 다리가, 맨발 두 개가 보인다. 어쩌면 환관의 눈에 배꼽도 보였을지 모르겠다. 한데.

"그래서 무얼, 어쩌라고."

다시 문짝을 두드려댔다. 앙칼지게 외쳤다.

"어쩌라는 게야! 어찌 유난을 떨어, 고자 주제에! 다른 환관들은 시침 들 후궁이 씻는 모습을 감시하면서도 아무렇지 않아 해! 문 열어! 물어볼 것이 있으니 열라고!"

이제는 발바닥으로 문짝을 차는 내게 아까보다 좀 더 날이 선 음성이 돌아왔다.

"체통을 지키십시오."

"무어야?! 누굴 가르치려 들어! 어디서 잘난 체야!"

"기어코 그 차림새로 나오신다면 맹세컨대, 저는 황후께서 물으시는 바에 대답을 아니 할 겁니다."

씨, 무어 저런 놈이 다 있어. 그렇지 않아도 시커먼 오랑캐 년 때문에 속이 끓어 죽겠는데.

다른 의미로 역정이 치밀었지만 어디까지나 아쉬운 쪽은 나인 고로, 주섬주섬 옷가지를 주워들었다. 재빨리 옷을 차려입고 말했다.

"다 입었으니 열거라!"

열린 문틈 새로 나와 선 나를 한 번 쳐다본 단규는 이유는 모르겠지만, 더는 나와 눈을 마주하지 않았다. 무어지 이건. 체통을 안 지켰다, 나한테 화가 났나? 시선을 피하는 그가 여간 신경 쓰였지만 일단은 물을 것을 묻기로 했다.

"어화원에서 본 그년이 뉘인지 궁금해."

그러니 속속들이 알려달란 뜻을 쉬이 눈치챈 환관이 말했다.

"고향에서부터 알아온 이민족 출신의 여동생 같은 아이입니다. 어디선가 황궁에 숨어 들어올 수 있는 부정한 방법을 습득해 저를 보러 온 듯합니다만, 황후께서 용서해 주셨으면 합니다. 그러지 못하시겠다면 제게 대신 벌을 내려주십시오."

어찌 네가 대신 벌을 받아? 새카만 년을 감싸고도는 단규 때문에 미칠 노릇이었다.

안달복달하는 마음을 겨우 억누르고 다른 걸 물었다.

"알게 된 지 얼마나 되었어?"

"사르네의 나이 여덟일 때 만났으니 올해로 팔 년이 되었습니다."

세상에나. 팔년씩이나 연(緣)을 유지해 왔다니. 게다가, 오랑캐 년은 그럼 열여섯 살이란 말인가. 이팔청춘의 그 열여섯! 어리고 신선한, 앞으로 고와질 일만 남은 그러한 년이 단규를 좋아하는 거야? 하지만 이 고자는, 내 고자는 '고자'인걸.

"너는 환관인데…… 한데 어찌하여 그 계집은 앞으로 남은 평생을 황궁에서 보낼 너를 사랑한다느니 떠들어대며 쫓아다니는 게야."

정말 싫어. 하체 멀쩡한 놈팡이에게 얼른 시집이나 가버릴 것이지.

"어려서 무얼 몰라 그러는 것일 테지요."

어려서 모르긴 무얼 몰라? 그 나이면 놈이건 년이건 알 거 다 아는데! 점점 더 얼굴이 굳었다.

"허면, 그 계집은 언제 제 고향으로 돌아간다니. 아니 애초에, 오랑캐 년이 어찌 수나라 땅에서 설쳐."

"때가 되면 되돌아가겠지만, 저도 확실히는 모르겠습니다."

빨리 꺼져줬으면 싶은데. 설마 황성에 아예 눌어붙는 것은 아니겠지. 만약 그러면, 계속 환관을 쫓아다니며 치근대면…… 그년을 시집보낼 만한 곳이 없나? 하지만 뉘가 오랑캐 년 따위를 처(妻)로 들이려 하겠어. 그러면 그년을 어찌 처리해?

"황후께서 사르네에 관해 지나치다 싶을 정도로 신경 쓰실 뿐더러, 노하신 것처럼 보입니다. 그 까닭은 여관(女官)이 아닌 이가 부정히 황궁에 들어와서입니까."

황궁에서 쫓겨난 계금이 년은 나인이었던 시절, 일하느라 바쁘기 짝이 없었을 와중에도 단규에게 치근대었다. 계금이 년도 그러했는데 하물며 사르네라는 어린 계집애는 내가 안 보는 곳에서 얼마나 단규에게 치근거릴까.

단규와 계집이 내가 잠든 틈에 혹은 황궁 밖에서 몰래 만나 시시덕대거나, 대식하게 할 수 없다. 결론을 내린 나는 뒤늦게 대답했다.

"화나지 않았느니. 오히려 그 아이와 친해지고 싶어. 그래서 캐물은 게야."

"……사르네와?"

전혀 믿기지 않는다는 듯, 흘끗 날 내려다본 단규의 눈동자에 의구심이 스쳤다. 또 다시 내게서 시선을 회피하는 그에게 천연덕스레 거짓말했다.

"그래. 솔직해 보이던 것이 마음에 쏙 드는 게, 말동무를 삼고 싶어. 그러니까 그 아이에게 넌지시 물어봐 봐. 잠시만이라도 좋으니 내 시녀가 돼 황궁에서, 내 곁에서 머무를 생각이 없느냐고. 녹봉도 두둑이 받을 수 있다고. 나중에 다시 저 살던 곳으로 돌아가고 싶다, 시집이라도 가고 싶다 하면 물론 내보내 줄 테야. 어때? 좋은 조건이지?"

당연하게도 모두 거짓말이었다. 작달막한 오랑캐 년이 나는 끔찍이도 싫다. 그러한데 옆에 붙여 두려 하는 까닭이 무엇이냐? 내 시선이 닿지 않는 곳에서 오랑캐 년이 환관에게 찝쩍댈 상상을 하매 속이 뒤집히는즉, 그년이 황성에서 꺼진다 할 때까지는 내가 볼 수 있는 곳에 배치해 두는 편이 좋지 아니하겠는가. 혹여 예 눌러 붙으려 한다면, 그리하여 계속 환관 곁에서 알짱대려 한다면 내 쪽에서 어떻게든 신랑감을 물색해 치워 버릴 수도 있을 터.

"거절할 것이 분명하지만 물어는 보도록 하지요."

"고맙느니. 한데…… 아까부터 거슬리는 것이 있어."

상황이 내 뜻대로 흘러가는 듯해 만족스럽던 것이 잠시. 여전히 나를 외면하고 있는 단규의 시선에 꾸역꾸역 기어들어갔다. 그러나 어떻게든 환관의 눈길을 받겠다. 요리조리 몸을 움직이는 나를 고자는 참으로 집요히도 피했다. 그의 눈동자는 자꾸만 내게서 빗나갔다.

부루퉁히 입술을 내민 채 한참을 단규를 노려본 내가 짜증스레 외쳤다.

"어찌해서 나를 아니 쳐다봐? 체통 아니 지켰다, 교양 없다, 네 날 무시해?"

"……예."

"무어라고……?"

당연히 아니라고 할 줄 알았는데 긍정하는 단규가 놀라워서, 충격적이어서 몸이 뻣뻣이 굳었다.

"네, 네, 네가……."

"그리 울먹이신들 달래 드리지 않을 겁니다."

"……."

"그러니 앞으로는 씻던 와중에 아무것도 입지 않은 것과 마찬가지인 상태로 밖에 나오는 방금과 같은 행동을 삼가십시오."

"……."

"시각이 늦은 데다 밤바람이 서늘하니 어서 처소로 돌아가시는 게 좋겠습니다. ……저도 몸이 좋지 않은지라 합숙각에 가 쉬어야 할 듯하고요."

거짓말. 아까까지만 해도 멀쩡하더니 갑자기 몸이 안 좋기는, 어이 안 좋아. 밤바람이 서늘하기는, 무어. 네 아까 목욕간에 오는 길에 나한테 그랬잖아. 오늘 밤은 이상하리만치 밤공기가 따스하다고.

여전히 울 것 같은 표정을 하고 있는 나를 끝내 돌아보지 않은 단규는 심지어, 근처를 지나가던 나인 하나를 불러 나를 침방까지 모셔다 달라 청하기까지 했다. 그러고는 합숙각이 있는 방향을 향해 멀어져 갔다. 간다고 말 한마디 없이. 뒤 한 번 아니 돌아보고.

아무리 목욕간에서 침방이 멀지 않다 하나, 데려다주지도 않다니!

이미 발가벗은 내 몸을 두 번씩이나 본 환관 앞에 대수삼만 걸치고 나온 것이 그리 잘못한 거란 말인가? 이 대접을 받을 정도로?

"낭랑, 괜찮으시옵니까? 어디 불편하신 곳이라도……."

다른 때 같았으면 와락 성질이라도 내었을 것을, 아무 말을 못한 나는 하염없이 환관이 사라진 방향을 쳐다보았다. 요 며칠간 내리 떠올린 오랑캐 년이 더 이상 생각나지 않았다.

간밤에는 편히 침수에 들지 못했다.

지나간 밤은 뒤척임의 연속이었고, 의지와 상관없이 쫑긋 세워진 귀가 자꾸만 문밖에서 발소리가 나지 않는지를 신경써 댔다. 그리 뒤적뒤적거리다 결국 깊은 새벽녘, 나는 문틈 사이로 고개를 쏙 빼 복도를 염탐했었다. 하지만 감히 상전에게 체통이 없다. 훈수를 두고 급히 떠나갔던 건방진 환관은 복도에 있지 않았더란다. 복도에는 '걱정되면 본인이 지키던가, 왜 나한테……'라고 잠결에 취한 채로 가끔씩 투덜거리는, 낯익기는 하다만 이름조차 모르는 환관 놈 하나가 구석진 곳에 쪼그려 앉아 졸고 있을 뿐이었다.

목욕간 앞에 날 버리고 간 환관이, 단규가 끝내 코빼기를 비추지 않았다……. 그 사실을 기어코 두 눈으로 확인했음에도 혹여나, 내가 막 잠이 든 찰나에 그가 불침번을 서기 위해 올지 모른다는 기대는 머릿속을 떠나지 않았었다. 그런 고로 결국 잠을 설쳤으매, 제대로 못 잔 대가를 나는 톡톡히 얻어야 했다.

"으으."

잠을 설친 대가로, 면경에 비춘 내 얼굴의 오른쪽 뺨 한가운데에 떡하니 자리 잡은 부스럼을 보고 있자니 속상한 소리가 절로 뱉어졌다. 만약 소려진이 지금 내 꼴을 본다면 비웃을 게 분명해. 짜증나. 어서 가라앉았으면.

괜스레 부스럼을 쿡쿡 건드린 나는 잔뜩 찡그린 얼굴 그대로 굳게 닫힌 문을 돌아보았다. ……지금쯤이면 와 있지 않을까? 조반상이 들어온 적이 한참 전이니까, 지금쯤이면 왔겠지?

슬쩍 의자에서 엉덩이를 떼어 문가에 다가갔다. 방문을 열어 지난 새벽 그랬듯이 고개만 쏙 빼 주변을 살폈다. 그러나…….

"무어 필요하신 거라도……?"

없다. 환관이. 정확히는 환관들과 궁녀들이 있지만, 정작 단규가 없다.

해도 해도 너무하잖은가. 목욕하다 대수삼만 걸치고 나온 결과가 이토록 혹독한 벌이라니.

"황후낭랑, 무어 필요하신 것이……."

'쾅' 소리가 나도록 거세게 문을 닫았다. 계집과 마찬가지인 환관에게 속살을 좀 보였거니와 그것이 무에 큰일이라 이 고자가 내게 코빼기를 비추지 않나 싶어 억울한 것은 물론이요, 화가 나려 했다. 화가 나려 하는데 또, 고자 놈이 안 보이는 것이 퍽 서운하기도 했다.

"흐윽, 무어 크게 잘못한 거라고."

쏜살같이 침상 위에 엎어져 당장이라도 울음을 터뜨릴 것처럼 입술을 비죽였다. 문득, 저 할 일 않고 자릴 비운 건방진 환관 놈을 물고를 내버릴까 하는 생각이 머리를 스쳤다. 그렇지만…… 못 하겠다. 단규에겐, 그 미운 고자 놈에게는 벌 같은 거 못 내리겠어.

"흐으윽, 이 상놈 같으니. 미워."

그래도, 지금이라도 얼굴을 비추면 더는 미워하지 않을 거니까. 그러니까 좀 오지. 어디서 무얼 하고 있는 게야. ……혹여 몸이 안 좋다 한 것이 그냥 말한 게 아니라 참이라 정말로 합숙각에서 쉬고 있는 걸까? 정녕 아픈가? 그러면 태의 보고 고자를 진료하러 가라 하고 그 참에 나도 같이 합숙각에 들러볼까?

열심히 잔꾀를 부리는데, 똑똑. 문 두드리는 소리가 귓속을 파고들었다.

"황후 폐하, 가매 드셨습니까."

그 뒤를 이어 날아든 낮잠 자느냐 물은 목소리가 뉘의 것인지 단박에 알아챈 나는 홱, 침상에 처박아 두었던 몸뚱이를 일으켰다. 단규다! 단규의 목소리야!

"아니! 깨어 있느니!"

문가로 뛰어가려다 마음을 바꿨다. 속 끓이며 기다린 것이 티가 날까, 느긋한 모양새로 침상에 앉았다. 위로 치켜 올라간 입 꼬리를 바득바득 끌어내리고 흐트러진 머리도 정리했다.

"들어오려무나."

올 거면 오고 아니면 말라는 듯 도도하게 명하고선 아닌 척, 열린 문 쪽을 흘끔거리고 있으니 두 사람의 그림자가 바닥에 비췄다. 어느 잡것이 눈치 없이 섞여 들어오는 거지? 한 명은 단규가 분명하지만 다른 하나는 뉘인 거야? 무심히 군다는 것을 깜빡 잊고 고개를 쳐들었다. 또 다른 그림자의 주인을 확인하자 입술이 슬쩍 벌어졌다.

오랑캐 년이다. 나의 고자 옆에 망할 오랑캐 계집이 딱 붙어 있다.

날아갈 듯이 좋아졌던 기분이 금세 추락했다. 새벽 내리 자리를 뒤척이며 기다려온 환관을 꼼꼼히 살펴본다는 것을 잊은 나는 오랑캐에게서 시선을 떼지 못했다. 웃긴 것이, 감히 황후인 나를 오랑캐 년 또한 똑똑히 쳐다보고 있다. 감히. 그렇잖아도 마음에 들지 않는 년이 나를. 기분이 점점 나빠진다.

내 기분을 알 리 없는 단규가 담담히 설명했다.

"이미 아시셨지만 정식으로 소개해 드리자면, 사르네입니다. 대륙 남쪽 끝 초원의 주인인 여란 출신이고, 올해로 열여섯이 되었지요."

마침내 계집아이에게서 시선을 떼고 제대로 살펴본 단규는 다행히, 아파 보이거나 어디가 불편해 보이지는 않았다. 여전히 내 시선을 피하는 듯싶은 감이 없지 않지만 여하간에 그는 멀쩡해 보였다. 환관의 반듯한 얼굴을, 그의 팔을 붙든 작은 손을 훑은 나는 다시 오랑캐의 면상을 꿰뚫어 보았다.

계집아이에게 가까이 오라 손짓했다. 그러나 사르네라는 계집은 꿈쩍하지 않았다. 단규가 슬쩍 어깨를 밀음에도 조각상처럼 움직이지 않았다.

저 멍청하고 괘씸한 년이 왜 말을 안 들어. 비틀린 속을 억누른 나는 모순적이게도 계집을 두둔했다.

"긴장하여 그런가 보아. 그냥 두어. ……반갑느니. 네가 마음에 들어 '내 환관'에게 만날 수 있게 해달라 부탁하였다."

여전한 침묵. 계집 대신 단규가 침묵을 깼다.

"그런 줄 몰랐는데 낯을 가리나 봅니다. 어린 여아이니만큼 황후께서 그러려니 이해하십시오."

"그러……."

"나는 어리지 않아."

칼칼하면서 높다란 목소리가 울렸다. 내리 나에게 고정하고 있은 갈색 눈동자를 굴린 오랑캐 년은 빳빳이 단규를 올려다보며 선언하듯 지껄였다.

"내 사랑."

……내 사랑.

"내 나이 열여섯, 어리지 않아. 나는 어린 계집아이가 아닌 어엿한 처녀라고."

"황후 폐하의 앞에서 할 말은 아닌 것 같구나, 사르네."

단규는 분명, 황후의 앞이니 쓸데없는 소리 그만하고 얌전히 있으라는 뜻에서 저리 말한 것일 텐데. 한데, 그를 아는데도 내 머리는 기어코 그의 마지막 한 마디를 '열여섯인 네가 어리지 않으면 스물다섯 먹은 저 황후는 할미인 것일까 봐'라고 비틀어 번역했다. 아, 정말 짜증나.

"저 아이와 단둘이 차 한잔하고자 해."

마침내 사르네에게서 시선을 뗀 단규는 나를 쳐다보았다. 저 두 눈이 항상 내게만 향하도록 붙박아둘 수 있다면 얼마나 좋을까.

"둘이서 말입니까."

왜, 너도 저년 옆에 있고 싶어? 그렇게 묻고 싶은 충동을 참고 자못 온화하게 웃어 보였다.

"아니 될 이유 없잖느냐."

"하오나……."

"좋아. ……좋아요."

오랑캐까지 좋다 나서자 단규는 더는 토를 달지 못했다.

"필요하면 찾을 테니 자리를 비켜주렴."

"……사르네, 예의 바르게 구는 것 잊지 말거라. 당부한 바를 명심하고."

단규가 계집애의 팔을 부여잡은 채 당부하는 모습을 일부러 똑똑히 지켜보았다. 혀끝이 바싹 타는데도 불구하고.

"알았다니까, 내 사랑."

내 사랑, 내 사랑, 내 사랑, 그놈의 내 사랑!

"허면…… 이만."

찝찝한 표정을 지어보인 단규가 물러갔다.

문이 닫힌 것을 확인하자마자 자리에서 후다닥 일어섰다. 계집애에게 바싹 붙어서 나를 맹랑히 올려다보는 년을 샅샅이 뜯어보았다.

솜털 가득한 뺨과 햇볕에 그을렸지만, 그렇기에 더 탄력적으로 보이는 탱탱한 피부. 빛나는 갈색 눈동자가 박힌 동그라면서 가로로 긴 눈. 올망졸망한 작은 코. 억세지만 흑단같이 새카만 머리카락. 얇은 입술. 선이 뚜렷한 턱. ……싫다.

오랑캐 계집의 그 모든 게 싫다. 아니 실은, 샘이 난다. 저 외지인 냄새를 팍팍 풍기는 매력적인 계집을 반사적으로 바삐 살피는 내 두 눈알을 파내버리고 싶을 정도로.

다시 침상에 와 앉았다. 그 틈에 여관 하나가 찻잔 두 개와 다과 접시 하나를 가까운 탁자 위에 올려놓고 갔거늘 계집아이와 나, 우리 중 누구도 먹거리에 손을 대지 않았다. 나는 침상에 느긋이 앉은 채로, 오랑캐는 내리 서 있은 자리에 꼼짝 않은 채로 서로를 탐색하는 것만 계속할 뿐이었다. 미묘한 분위기 속에서 나 먼저 입술을 열었다.

"어찌 왔느냐?"

"……."

"뉘가 반긴다 왔느냔 말이야."

기선을 제압하기 충분했던 카랑카랑한 음성이 사그라졌을 무렵, 내 표정은 이미 얼음장처럼 싸늘해져 있었다.

솔직히 오랑캐 계집이 정녕 올 거라 예상치 못했다. 그것도 이렇게 빠르게. 설사 온다 한들, 올 때까지 한참이 걸릴 줄 알았다. 황후인 내 부름을 부담스럽거나 혹은 껄끄럽게 생각하여 무엇해도 두 번은 아니 가겠다, 꽁무니를 뺄 줄 알았단 말이다.

여하간에, 불렀기에 왔거늘 부른 당자가 어찌 왔느냐 면박을 주니 이 얼마나 난감한 상황인가? 나는 새파랗게 어린 계집애가 당황하여 쩔쩔맬 뿐, 대답을 하지 못할 거라 예상했다.

"그이가 가라 해서요."

하지만 예상은 빗나갔다. 기가 죽기는커녕 당당히 나를 쳐다보는 오랑캐 년의 두 눈에 한결 빛이 발했다.

"적, ……단규가 당신의 말동무를 해주래요. 그래서 왔어."

저 건방진 년이 존대하는 척을 하면서 은근슬쩍 말을 놓는구나. 속이 부글거렸지만 일단 두고 보기로 했다.

"당신이 외로운 사람이래요."

"……무어?"

"사내를 싫어하는 것은 물론이고 같은 여인도 싫어한다며?"

"……."

"그렇지만 싫어하고 싶지 않은데 싫어하는 거라며, 사내는 어쩔 수 없다 쳐도 같은 여인과는 어찌하면 잘 지낼 수 있는지 알게 되었으면 좋겠대요. 그러니까 나보고 당분간이라도 당신과 잘 어울렸음 싶다고."

싱긋. 나를 향해 웃어 보인 오랑캐는 탁자 앞에 저 맘대로 앉더니, 그릇 안의 월병을 크게 한입 베어 물었다. 한순간도 내게서 눈을 떼지 않으며 솜털 가득한 뺨을 우물우물 움직인 계집이 다시 말했다.

"참 당신 생각을 많이 하네? 내 사랑이."

"……."

"당신이 어지간히 불쌍한가 봐."

"……."

"대체 얼마나 불쌍한 척 치댔으면 그이가 그러지?"

본래 계획은 저년을 곁에 두어 적당히 감시하고, 동시에 은근슬쩍 고생을 시키다 내쫓아 버리는 것이었지만 화를 참을 수 없어 벌떡 자리에서 일어선 나는 욕지거리를 쏟아냈다.

"이 건방진 오랑캐 년이! 짐승과 다름없는 야만인 주제에 내가 뉘인 줄 알고 그따위로 말해!"

당연지사 모욕적일 내 비하를 들은 계집애의 얼굴 또한 나 못지않게 딱딱하게 굳었다. 의자에서 일어선 계집이 낭랑히 읊조렸다.

"네년이 뉘인 줄 아느냐고? 글쎄…… 아마도 함부로 몸 굴리는 년? 그런 년을 창기라 한다던가? 여기서는."

제일 싫어하는 욕.

나에 관한 무엇을, 어디에서 들었는지 모르겠지만 내가 싫어하는 소릴 오랑캐 계집년이 콕 집어 내뱉으매 뚝, 머릿속 무언가가 끊어졌다. 쏜살같이 사르네에게 다가간 나는 년의 뺨을 후려쳤다.

“무식한 년이 감히 나를 그리 불러?!”

“…….”

부어오른 뺨을 쓱 만진 계집아이는 빤히 나를 노려보았다.

“그리 눈을 똑바로 치켜뜨고 쳐다보면 내가 무서워하기라도 할까 봐? 이 맹랑한…….”

“감히 나를 때려?”

“무, ……헉!”

별안간 눈앞이 번쩍하더니 시야가 빙빙 돌기 시작했다. 오랑캐 년은 마치 내 머리를 목에서 뽑아내려는 양, 우악스레 내 머리칼을 쥐고 흔들었다.

“으으, 놔……! 놓아, 이 건방진 계집아!”

돌덩이 같은 손을 밀어내려 했지만 소용없었다.

세상에 이럴 수가. 이런 일은 진정 처음이었다. 단규의 다리를 뻥 차버렸을 때에도, 어느 나인 년에게 머리 장신구를 내던졌을 때에도, 계금이 년을 후려갈겼을 때에도, 기 년의 머리채를 휘어잡았을 때에도, 그 어느 때에도 나에게 맞거나 당한 쪽은 반항을 하지 않았다. 지금처럼, 내가 저를 때렸다 하여 보복해 나를 때린 상대는 이전까지 단 한 명도 없었다.

머리에서 쉴 틈 없이 머리장신구가 쏟아져 내렸다. 엄청난 힘에 밀려 반항조차 제대로 못하는 내 두 손이 허공에서 애처로이 버둥거렸다. 오랑캐 계집의 억센 두 손에 휘어 잡혀 뒤흔들리는 머리칼이, 머리칼이 뽑히는 머리 가죽이 아프기 짝이 없어 눈물이 찔끔 났다.

“오랑캐? 야만인? 이 창기 계집이!”

“으으……!”

“저가 불러놓고 어디서 화풀이야!”

단단한 주먹이 아랫배를 치더니 연달아 눈가를 쳤다. 휘청거리는 나를 계집은 밀어뜨렸다.

“아악, 이…… 단규야! 단규야!”

내리 꽂히는 주먹을 피하려 두 손으로 얼굴을 가렸다. 그럼에도 속절없이 맞는 내 귀에 노한 외침이 내리꽂혔다.

“이게 무슨 짓입니까!”

쾅! 문이 닫히는 소리가 귓가를 맴돌았다. 상황이 어찌 되어가는 것이며 단규가 무얼 하는지 궁금했으나 그를 지켜볼 수 없었다. 어린 계집년이 마치, 논밭에 솟은 잡초를 뽑듯 움켜쥔 내 머리칼을 안간힘을 다해 잡아당겼기에.

“아! 아흑……!”

몇 번째인지 기억나지 않지만 또 한 번, 오랑캐의 아래에 깔려 무쇠 같은 주먹에 눈두덩이 부근을 맞은 나는 연방 고통에 절은 신음을 흘렸다. 아파서 죽을 것 같다. 그 옛날, 지금은 썩어 문드러진 순황후가 살아 있을 적, 그년에게 뺨따귀를 맞았을 때와는 비교가 안 돼. 이 조그만 년이 대체 무얼 먹고 어찌 자랐기에. 황소 같은 년!

“사르네, 멈추어라!”

“이년이 먼저 나에게 시비를 걸었어! 우리 여란인은 도전에는 반드시 응해!"

노기에 찬 두 사람의 고함이 들리더니 순식간에, 몸뚱이를 짓누르는 계집아이의 무게감이 사라졌다.

번쩍 눈을 떴다. 시야에 계집이 보이지 않으매 바닥에서 엉금엉금 일어나 앉아 주위를 살폈다. 내게서 멀리 떨어진 방 한편에서 단규가 사르네 년을 단단히 붙들고 있는 모습이 보였다.

"네가 누구에게 손찌검했는지 아느냐. 이 나라 황후에게 그러했다."

"먼저 싸움을 건 쪽은 저 얍삽한 한족 년이야!"

"사르네!"

단규가 사르네를 제지하고 있는즉, 더 이상 무서울 게 없었다. 분노에 취한 나는 욱신거리는 오른뺨을 부여잡고선 악에 받쳐 고함을 내질렀다.

"죽여 버릴 거야! 황후인 나를 때린 저 오랑캐 년, 능지처참형을 내려 갈가리 찢어죽이고 말거야!"

"타이치우트의 성씨(姓氏)를 물려받고, 위대한 칸에게 존재를 인정받은 난 죽음 따위 두렵지 않아! 몇 대 맞았다 우는 소릴 흘리는 나약한 한족 년과 같을까 봐!"

"사르네!"

"어디 네년이 한 점 한 점 떨어져 나가는 네년 자신의 살점을 보고도 그리 당당히 입을 나불댈 수 있는지 보자꾸나! 여봐라!"

"황후 폐하!"

내가 바깥의 치들을 부른 때와 단규가 나를 만류하여 부른 때가 동시였다. 온몸과 얼굴 이곳저곳이 아파서 나도 모르는 사이 쏟아낸 눈물을 훔치고 단규를 올려다보았다. 정작 죽이겠단 위협의 대상인 오랑캐는 두려워하는 기색이 없거늘, 단규의 안색이 자못 창백했다.

눈물 콧물을 흘리는 거지꼴의 나를 한 번, 재수 없는 야만인 년을 한 번, 그리고 또 나를 한 번 쳐다본 그는 돌연 사르네 계집을 한쪽 어깨에 댕강 들쳐 멨다.

"송구합니다."

무슨 뜻이냐. 묻기 전, 뒤돌아선 단규는 지체 없이 바깥을 향했다. 이 무슨 상황인가 싶어 멍하니 그의 뒷모습을 쳐다보는 내 시선에 구더기만큼이나 징그럽게 느껴지는 계집애가 파고들었다. 단규에게 들쳐 메진 상태 그대로 나를 노려보는 사르네 년의 기고만장한 눈빛이 꼭, 그렇게 말하는 듯싶었다.

'단규가 선택한 건 네년이 아니라 나다'라고.

휘청거리며 한 박자 늦게 바닥에서 일어선 나는 멀어지는 이를 애달피 불렀다.

"단규야!"

그러나 멈칫하여 나를 돌아본 환관은 나 있는 쪽이 아닌, 반대쪽 방향을 향해 멀어져 갈 뿐이었다.

"……아."

어찌해서 나를 걱정 않고, 나를 먼저 살피지 않고 빼돌리듯 그년을 데려가? ……내가 그년을 정녕 죽일까 봐 그렇게 걱정돼? 그년이 너한테 그토록 소중해?

"반드시 없애 버릴 거야."

부들부들 떨며 읊조려도 분은 조금도 풀리지 않았다. 손톱이 손 안쪽을 찌를 정도로 세게 주먹을 쥔 나는 찢어지는 듯한 고음으로 외쳤다.

"죽여 없애고 말 테야, 그 계집!"

몸이 두말없이 아프다.

벗겨질 뻔했던 머리가죽이 얼얼하다. 구타당한 아랫배가 문득문득 아리고, 마찬가지로 구타당한 얼굴은 뜨거우면서 욱신거린다. 딱딱한 바닥을 뒹군 통에 등허리며 사지가 뻐근하다.

몸만 아플 뿐인가? 아니, 속은 훨씬 아프다. 마치 낭군을 앳된 첩년에게 빼앗긴 늙어빠진 정실부인이 된 듯, 나 아닌 어린 오랑캐를 선택해 데려가는 환관을 두 눈으로 지켜본 내 속은 지금, 차마 표현할 수 없을 만큼 아프다.

평상시에 그리 고상한 척을 해댔으면서 어느 날, 술 냄새를 풀풀 풍기며 내 처소에 쫓아와 나를 때렸던 죽은 순황후. 내가 미워 죽겠다는 양 나와 마주칠 때면 항상 표정을 구기고 도끼눈을 떴던 숙비. 나에게서 트집을 잡으려 호시탐탐 기회를 엿봤던 영빈. 기타 등등, 나를 미워했던 영감의 처첩들의 마음이 지금의 내 마음과 같았을까? 하여 그것들이 그렇게나 날 미워했을까?

한데 그 못난 것들은 저들 낭군인 늙은 황제를 두고 나를 아니꼬워했지만, 아랫도리 잘린 환관을 두고 어린 계집애를 미워

하는 나는 무어지?

"아으."

퍼런 멍이 든 오른쪽 뺨에 또 통증이 스쳤다.

몸이, 마음이, 얼굴이 만신창이인데도 태의를 부르지 않았다. 단규가 사라지고부터 지금까지 꼼짝없이 침상에 누워 있었다. 왜냐? 보라고.

나 대신 오랑캐를 선택한 고자 놈은 봐야 했다. 구겨지고 더럽혀진 옷차림에 거지꼴로 흐트러진 머리. 개 패듯이 맞은 불쌍한 내 꼴을 온전한 상태 그대로 봐야 했다.

문득씩 휘몰아치는 설움에도 불구, 울음을 꾹 참고 벽을 향해 꼼짝없이 돌아누워 있으니 문이 열리는 소리가 들렸다. 정갈한 발소리 또한 들리는가 싶더니 큼지막한 손이 어깨를 붙들었다.

"황후 폐하."

자리에서 일어나 냅다 단규의 손을 쳐냈다. 원망을 가득 담아 날 버리고 갔다 돌아온 환관을 찢어발길 듯 노려보았다.

평소의 무뚝뚝한 표정이 아닌 걱정과 미안함. 내 반응을 예상했다는 듯한 담담함이 환관의 얼굴에 선연했다.

"노하셨을 거라 예상했습니다."

얕은 한숨을 흘린 그가 덧붙였다.

"더럽혀진 옷을 어찌 갈아입지 않으셨습니까. 헝클어진 머리를 아니 매만지신 까닭은 또 무엇이고요."

정녕 몰라 물어?

"태의도 아니 부르셨을 테지요."

내가 널 걱정하고 있어. 그 같은 속내를 나름 분명하게 내보이는 단규이건만 분노와 원망은 사그라지지 않는다.

"우선 이거라도 눈가에 대십시오."

쭉 찢어진 눈을 내리뜨자 보이는 것은 단규의 커다란 오른손, 그리고 게 들린 달걀 두 개였다. ……무어 어쩌라고. 이걸로 퍼렇게 물든 뺨이라도 문지르라고? 그리 날 생각해 내가 보는 앞에서 그깟, 나보다 나은 점이라곤 어린 나이 하나뿐인 성질 더러운 야만족 년을 챙기었어?

그의 손에 들린 날달걀 하나를 우악스레 집어 들었다. 빼앗은 그것을 냅다 바닥에 패대기쳤다. 파삭하는 소음과 함께 산산 조각난 달걀 껍데기 새로 흰자와 노른자가 뒤엉켜 새나왔다.

"걱정하는 척하지 말아! 걱정하는 척 말라고!"

"……."

"그 오랑캐 년이 정녕 능지처참을 당해 뒤질까 봐, 그래서 나보고 참으라 아부하는 것인 줄 모를까 봐!"

"……."

무덤덤한 상태로 암말 않는 단규가 미워 침상에서 발딱 내려섰다. 그의 손에 들린 하나 남은 달걀마저 빼앗아 내던지고 악담을 퍼부었다.

"네가 이런들 기필코 죽여 버릴 테야! 겁 없이 황후인 내게 대든 그년, 네 눈앞에서 찢어 죽일 거란 말야!"

급한 숨을 씨근거리며 오늘로서 두 번째. 얼굴에 붙은 온갖

구멍, 눈구멍 두개와 콧구멍 두개에서 눈물콧물을 쏟아내는 나를 단규는 가만히 지켜보았다. 잠시 더 나를 쳐다본 그는 깨진 달걀의 잔해를 흘끗 돌아보더니 방 밖으로 향했다.

그 뒷모습에 가슴이 철렁 내려앉았다. 나를 아니 달래주고 또 어디를 가는 거지. 아무 변명 조금만 해주면, 듣기 좋은 사탕발림을 늘어놓으면서 토닥여 주면 나는 금방 화가 풀릴 텐데. 어쩌면 사르네 고 계집, 아니 죽일 수도 있는데.

"으흐흑……."

다시금 혼자 남게 된 내가 서운함과 외로움을 못 이겨 울음을 흘리려는 때, 문이 열렸다.

푹신한 짚으로 엮은 바구니를 품 안에 안은 단규가 코앞에 와 멈춰 서매 바구니 안을 들여다보았다. 날달걀. 바구니 안에는 날달걀이 한가득 쌓여 있다. 양을 보아하니 곤녕궁 어선방은 물론, 건청궁 어선방에 배속된 한 달 치 분량의 달걀이란 달걀은 다 털었을 법했다.

"나가는 저를 부르던 음성에 서운함이 가득하다 싶었습니다."

"……."

"제가 듣기 좋은 말을 하는 것에 서툴잖습니까. ……대신 분이 풀릴 때까지 제게 다 던지십시오. 하나쯤 남으면 눈가에 대셔도 좋고."

단규가 광주리를 내밀어 받아들었다. 한참을 받아든 물건을 내려다보다 중얼거렸다.

"무거워. 무겁다고, 흐윽."

울 일도 아니거늘 우는 내게서 달걀 가득한 바구니를 도로 빼앗아간 단규는 침상 아래에 그것을 내려놓았다. 멀뚱히 있는 그의 가슴팍을 팡팡 쳐댔다.

“무겁다고! 아니, 무거웠다고! 어찌 저리 무거운 걸 내게 들라 주었어! 으흐흑…….”

“……그것이 울 일은 아닌 듯싶은데.”

“어찌 아니야! 어찌 아니야!”

서러운 눈물을 쏟아내는 나를 난감히 지켜보는 환관의 얼굴에 ‘아차’ 하는, 무언가를 깨달은 것 같은 표정이 스쳤다.

“달래드려야 할 테지요.”

옅은 미소를 내보인 단규는 금세 다시 진지해져 나를 살짝 끌어안았다. 그의 몸이 나와 맞닿지는 않되, 충분히 등을 토닥일 수 있는 정도로. 하지만 그 정도로는 불만족스러워 환관에게 바싹 붙어 섰다. 경직되는 그가 느껴졌지만 괘념치 않았다.

단규가 저의 허벅지를 베고 눕는 것은 절대 안 된다 하도 우겨대서, 내 머리가 너무 무겁다 망발을 지껄여서, 우리는 합의를 보았다. 나는 그토록 무겁다는 내 뒤통수를 환관의 허벅다리가 아닌 베개에 붙이기로. 그는 누운 내 옆에 앉아 멍든 내 눈가를 날달걀로 살살 문질러 주기로.

환관과의 합의는 아주 잘 지켜져 그의 손의 온기를 받아 따스한 달걀이 욱신거리는 오른쪽 눈가를 부드러이 맴돈다.

“송구합니다.”

내리 감고 있은 눈을 반짝 떴다. 환관은 정녕 송구스럽다는 얼굴이었다.

"무어가?"

"바닥에 쓰러진 황후 폐하를 일으켜 드리지 않은 채 아무 말 없이 사르네를 데려가, 황후 폐하께 손찌검을 한 대역 죄인을 숨겨 송구합니다."

"……."

"사르네를 곤녕궁에 데려와…… 이리 멍이 들게 한 것도 송구합니다. 많이."

사르네. 환관의 손길 덕에 잠시나마 잊고 있은 대역무도한 야만인이 다시 떠오르자 머리통 가득 열이 차올랐다. 야만인 계집애의 이름이 단규의 입술 새로 나왔다는 사실을 되새기자 심장이 부들부들, 제 몸체를 떨어댔다.

"도합 세 개로구나. 한데, 말로만 미안하다면 다니?"

얼굴에 닿은 달걀이 멈춰 계속 문지르라는 뜻으로 단규의 손목을 움켜쥐었다. 움켜쥔 손목을 두어 번 흔듦에 뜻을 알아챈 그는 다시 손을 움직였다.

"부스럼으로 모자라 멍까지 든 내 이 추한 꼴을 최대한 숨기고 싶으니 태의를 부르지 않을 테야. 황후가 뉘에게 맞았다, 소문이 돌아 웃음거리가 되고 싶지 않아. 그러니까 흉측한 몰골이 나을 때까지, 상처가 욱신거릴 때마다 너는 지금처럼 달걀로 문질러 주어야 해."

"말씀대로 따르겠습니다."

"차를 내오는 것부터 머리를 빗질한다거나, 옷 갈아입는 것을 도와주는 것, 이부자리를 정리하는 것처럼, 아주 사소한 일도 네가 맡아 나의 수발을 들어야 해."

"빗질이나 옷 수발은 제가 정녕 서툽니다. 단 한 번을 해본 적이 없거니와 여인들의 옷이 무엇이 무엇인지조차 알지 못하는데……."

"사내인 척 말하기는! ……태의만 피하면 무어해? 아랫것들이 수발들러 들어왔다가 시퍼렇게 멍든 뺨을 들키면, 태의를 피한들 무슨 소용이냔 말야."

"……그도 따르지요."

"그리고 목욕은……."

"목욕간에 같이 들어가자 말씀하시려는 것이라면, 그만은 안 됩니다."

"무어?"

그렇게 지껄일 요량이라곤 없었건만 고자 놈은 어찌 지레 겁을 먹어 저 혼자 북을 치고 장구를 쳐댄담? 설사 같이 들어가자 했는들, 그것이 무어 어떠해서 매번 유난을 떨어? 갑자기 짜증이 치솟아 환관을 흘긴 내가 쏘아붙였다.

"그 말 하려던 것 아니거든? 목욕은 멍 자국이 없어질 때까지 항시 인적 드문 깊은 밤에 하겠다 말하려 했을 뿐이라고."

"……오해했습니다."

흠칫하여 당황한 기색을 흘린 환관이라. 더는 새침하게 굴지 않기로 결심한 나는 한결 누그러져 말했다.

"네 내가, 함께 목욕간에 들어가자 하는 것이나 옷을 잘 추슬러 입지 않은 모양새를 보이는 것을 퍽 싫어하나 본데 이제 그 두 가지 모두 하지 않을 거야. 그러니까 공연한 걱정 좀 그쳐. ……네게서 또 체통 없다는 소리 듣고프지 않아."

"그 말은 그다지 진심이 아니었지만…… 어찌됐건 그래주신다면야, 감읍하겠습니다."

"치. 진심이 아니기는."

고자 주제에 쓸데없이 까다로워선.

"마지막으로, 내게 그토록 송구하면 나를 친 오랑캐 계집을 데려와."

달걀을 굴리던 단규의 손이 멈췄다. 이번엔 계속하라 신호를 보내지 않았다.

"그 계집애는 죽어 마땅해."

"……."

"감히 황후인 나를 때렸어. 너까지 연루돼 벌을 받고 싶지 않거든 최대한 속히, 조용히 내 앞으로 데려와."

"……."

"그리하면 너와의……."

너와의 정을 생각해서……. 라고 말하려다 어감이 불쾌해 정정했다.

"너와 모르지 않는 사이인 만큼, 찢어 죽여도 모자라지만 능지처참 형까지 내리진 않을게. 크나큰 은혜를 베풀어 흰 끈을 내리는 정도로 끝내줄 테야."

단규에게 말한 그대로 사르네 계집은 반드시 죽어야 했다. 만두(饅頭)소를 치대듯 나를 쥐어 팼기 때문이라는 이유도 물론 있지마는 그보단.

상체를 일으켜 환관의 심연처럼 새카만 두 눈을 반히 들여다보았다.

"그년을 살려주면 아니 되느냐고 절대 청하지 말아. 절대로. 오랑캐 계집은 기필코 죽어야 해."

왜냐면 사르네는, 널 좋아하니까. 내 환관인 너를 저의 사랑이라 불러대고, 네가 고자임에도 불구하고 네게서 떨어질 기미라곤 없이 탐내니까. 그러니까 살려둘 수 없어. 네 곁에서 알짱대는 계집들은 모두 사라져야 해.

기다란 침묵.

무겁고도 기다란 침묵을 먼저 깨뜨린 쪽은 단규였다.

"살려주면 아니 되느냐 묻지 말라 하셨지만."

"……."

"그래도 살려주시면 아니 되겠습니까."

단규의 목소리가 들려온 것은 반가웠다만 그가 소리 낸 바가 미치도록 싫어 노발대발하여 외쳤다.

"그리 말하지 말라 하였잖아!"

어찌해서 오랑캐 년을 그토록 많이 아껴! 어찌해서 나랑 알고 지낸 지는 이제 고작 몇 달인데, 그년과는 팔 년 전에 만났어! 너는 내 환관인데. 그러한데 나보고 네 뒤를 쫓는 계집을 살려 달라 하면 어째! 난 사르네가 네게 치근대는 게 끔찍한데!

입천장을 간질이는 본심을 솔직히 털어놓으려니 이미 나에게서 마음이 떠난 남편에게 일방적으로 매달리는 처의 꼴이 될 것 같았다. 하여 애꿎은 핑계만 늘어놓았다.

"오랑캐는 나를 때렸어!"

왜 나를 때린 년을 감싸고돌아! 죽이라 같이 맞장구를 쳐줘도 모자랄 판에!

속이 너무 뜨겁다. 참을 수 없는 갈증이 가슴을 메마르게 하더니 메말라 쩍쩍 갈라진 틈새로 끓는 용암이 폭발해 나온다. 결국 뜨거운 속내를 못 참은 나는 방금 전까지 베고 있은 베개를 움켜쥐어 단규의 팔이며 상체를 때렸다.

"그년은 나를 때렸다고! 황후인 나를! 흐윽……."

분노에 치여 우는 내게서 베개를 빼앗은 단규는 내 두 팔을 붙잡았다. 나와 분명히 눈을 맞춘 그가 할 말이 있는 듯해 울지 않으려 입을 앙다물었다. 이 와중에도 그가 할 말이 궁금하다. 무어라 할지 듣고 싶고, 한 음절도 놓치고 싶지 않다.

"사르네의 죄질이 무겁다는 것을 잘 압니다."

"알면 어찌 감싸!"

"아무리 황후께서 사르네를 오랑캐니 야만인이라 부르셨어도 사르네는 참았어야 했습니다."

흠칫해 어깨를 떤 내 눈빛이 흔들렸다. 그러고 보니 계집애도 저 나름대로 하소연을 했겠구나. 무어라 했을까. 얼마만큼 세세히 말했을까. ……따지고 보면 기를 죽여놓겠다. 먼저 냉담하게 굴은 건 난데, 단규도 그 사실을 알고 있으려나? 방금 그가 소리 낸 마지막 한마디가 뜻하는 바는 사르네도 잘못했지만 너도 잘한 거 없다, 어찌해서 친해지고 싶다 먼 걸음을 하게 해 놓고 박대하였느냐, 라는 뜻의 질타였던 걸까? 환관이 나 또한 나무랄까?

긴장을 꿀꺽 삼키고 물었다.

"단규야...... 사르네가 무어라 하였어?"

"별다른 말은 없었습니다. 황후께서 먼저 시작하셨으며 그 아이를 오랑캐라, 야만인이라 불렀다는 말을 되풀이했을 뿐."

"......."

"여하간에, 어쩌다 불미스런 일이 시작되었는지는 이번 경우에선 크게 중요치 않은 것 아니겠습니까. 요점은 사르네가 존귀한 황후께 손찌검을 했다는 사실일 테지요."

사르네는 '확실히 잘못을 저질렀다' 평한 반면 단규가 나를 탓하진 않은즉, 그가 내 편을 드는 듯한 기분이 들었다. 기세등등해진 내가 맞장구쳤다.

"맞아. 그러니까 살려둘 수 없어. 그년은 흰 끈으로 목을 매달아야 해."

타협은 없을 거란 단호한 얼굴빛의 나를 단규는 또 한참을 물끄러미 바라보았다. 이윽고 그의 보기 좋은 빛깔의 입술이 열렸다.

"아원."

내 이름을 부르는 환관의 음성이 지나치다 싶을 만큼 감미롭게 느껴지는 바람에 어떠한 일이 있어도 계집을 죽이겠다, 단단히 결심한 마음이 순간 흔들리고 말았다. 설마 이 고자가, 내가 이럴 줄을 예측해 부러 날 본명으로 부르건 아니겠지? 지난번처럼 실수를 범한 거겠지?

실수이자 우연이었을 거라 결론을 내렸음에도 어찌 된 일인지 귀 끝이 여전히 홧홧했다. 등허리를 타고 오르는 간지러움을 느끼며 더듬더듬 물었다.

"어, 어찌 불러."

"황후께 손찌검한 죄를 어찌 용서받을 수 있겠느냐만…… 사르네가 죽으면 전란이 일지 모릅니다."

전란? 그 무슨 말도 아니 되는 소리람.

"흥, 그깟 오랑캐 년 하나가 무어라고."

"그 아이는…… 여란의 칸이 가장 아끼는 질녀입니다."

"……."

"친딸과 동일시할 만큼."

여란이니 칸이니, 계집애가 씨불이는 것을 확실히 들어본 것 같다. 그렇지만 여란이 예서 먼 어느 나라인 것 정도는 눈치챌 만하다 쳐도, 칸이라는 게 무언지 배운 거 없고 황궁에만 갇혀 지내는 내가 어찌 알겠는가?

"칸이……."

무언지 모르겠다. 자존심이 상해 끝까지 말하지 않은 채 얼버무린 내 속을 단규는 쉬이 꿰뚫은 듯싶었다.

"칸은 유목민족들이 저들 왕을 부르는 호칭입니다."

"그럼……."

"그 말인즉, 사르네는 여란 왕의 어여쁨을 받는 조카딸이자 그 아이의 고국에서 왕족에 해당한다는 의미이지요."

"……."

"그런 이를 죽이면 그렇잖아도 혈연을 중시하는 여란은, 오십여 개의 부족을 통합한 여란왕 타이치우트 툴루이는 친딸처럼 생각하는 사르네의 죽음을 보복하겠다, 유를 침공할 터. 저는 상황이 그리되는 것을 피하고 싶습니다."

그 오랑캐 년이 제 나라에선 나름 귀한 존재라고. 오랑캐들의 왕이 으뜸가게 아낀다니, 공주 취급이라도 받는 건가.

계집아이를 죽이면 곤란하다는 것까진 이해가 되었으나 모든 의문이 해결된 건 아니었다. 오히려 의문은 늘어났다.

"그년이 귀해서 죽이면 곤란하다는 것은 그럭저럭 이해가 간다만 허면, 그리 귀한 년을 너는 어쩌다 알게 된 게야?"

"……."

대답 없는 단규에게 계속해서 물었다.

"만약 사르네가 죽게 된다면 나를 때린 죄로 예서 죽게 될 텐데, 그러한데 오랑캐들은 어찌해서 유(遺)에 보복을 해?"

"……."

"그리고 또, 설령 야만인들이 유나라에 쳐들어간들 그것이 무슨 상관이람? 예는, 너와 내가 있는 이곳은 수인데."

"제가 여란이 유를 침공하는 상황을 피하고 싶어 하는 이유는…… 그곳에 제 종형제와 제수(弟嫂)가 살고 있기 때문입니다. 전쟁이 일어났다 친족이 곤욕을 치를까 겁이 나는 게지요. 다른 질문은…… 황궁에 들어오기 전의 제 삶과 관련된 아원의 나머지 질문에 죄송하지만 저는, 답을 드릴 수가 없습니다.”

“…….”

“거짓으로 둘러댈 수 있겠지만 그러고 싶지 않으니 모른 척해 주시면 안 되겠습니까.”

아원. 아원……. 아직까지 귓가를 맴도는 감미로운 음성을 떨쳐내고 머릴 팽팽 굴렸다. 복잡하니까 일단 내가 무얼 물었었는지부터 정리를 해보자.

첫째. 어떠한 경위로 황궁에 들어오기 전, 저 남쪽 끝 광주 촌구석의 일개 가난뱅이 촌부의 아들이었다던 네가 귀한 오랑캐 계집애를 알게 되었느냐 물었다.

둘째. 내가 사르네 년을 죽이면 오랑캐들은 어찌해서 나 있는 이 나라가 아닌 유에 쳐들어가느냐 물었다.

셋째. 설사 사르네가 죽어 오랑캐들이 유나라로 쳐들어간들 수나라에 있는 너와 내가 상관할 바냐 물었다.

그리고 나의 세 물음에 환관은.

첫 번째 질문에는 대답하지 않았다. 말해줄 수 없단다.

두 번째도 말해줄 수 없단다.

세 번째에는 친족이 유에 살고 있어서라 대답했다.

무어가 이렇단 말인가. ……무어가 이리 이상하고 의심스럽단 말인가. 단규는 대체, 환관이 되기 전까지 어떠한 삶을 살아온 걸까.

“굳이 말해 달라 조른들 아니 말해줄 테야?”

"……송구합니다."

수상쩍은 것은 물론, 서운했다. 황궁 내에서 나 자신과 가장 가까운 이가, 아니, 유일하게 가까운 이가 단규라 생각하건만. 그렇건만 나에게 저에 관해 말해줄 수 없다 하는 환관에게 어찌 서운함을 느끼지 않겠는가. 그런고로 숨길 생각일랑 말고 다 털어놓으라. 따지고 싶지만.

"거짓으로 둘러댈 수 있겠지만 그러고 싶지 않으니 모른 척해 주시면 안 되겠습니까."

그렇게 말할 때의 단규가 정녕 간곡해 보였었다.

"……알았느니."

단규를 곤란케 하고프지 않아서. 그의 간곡함을 내치고 싶지 않아서 그의 바람대로 머릿속을 채운 의문을 애써 외면하기로 결정했다. 단규가 묻지 말아달라 부탁하는데 캐묻고 싶지 않다.

"알았어. ……대신 이것 한 가지는 말해주어. 내 물은 바에 대답을 못 하겠다 하는 이유가 사르네 년과의 추억이니 당자인 네들 둘만 알고 있겠다, 제삼자인 내게는 아니 알려주겠다, 무어 그런 것은 아닌 게지?"

무엇이 재미있는지 단규는 옅은 웃음을 내보였다. 금세 진중해진 그가 고개를 좌우로 저었다.

"아뇨. 그런 이유 때문은 전혀 아닙니다. 저 또한 언젠가는 황후께 모든 것을 털어놓을 수 있기를 바라는걸요."

그럼 되었어. '사르네와 나만의 추억거리를, 안 지 얼마 되지 않은 네게 말해줄까 봐?' ……와 같은 게 아니라면 캐묻지 않고 참을 수 있어. 게다가 우리가 더 친해지면, 한 팔년쯤 같이 지내면 그때에는 오늘 못 들은 이야기들을 모두 들을 수 있겠지. 단규도 언젠가는 나에게 말해줄 수 있길 바란다니까.

"네가 바라는 대로 더는 묻지 않고…… 그리고 사르네 년도 처벌하지 않을게. 하지만 그냥은 아니 돼, 조건이 있어."

고맙다 말하려는 듯싶던 환관을 무시하고 후다닥 덧붙인 나는 웃음기 한 점 없는 얼굴로 선언하듯 말했다.

"그 계집은 다시 곤녕궁에 와, 내 발치에서 무릎 꿇고 사죄해야 해."

황후에게 주먹질을 할 만큼 겁이 없다 못해 무모하고, 자존심 강한 사르네가 무릎을 꿇고 빌라는 내 명을 쉬이 따르지 않으리란 것을 나는 물론이요, 단규 또한 잘 알았다. 그런즉 환관의 얼굴에 난감이 스쳤으나 이번만큼은 물러나지 않은 난 조건을 추가하기까지 했다.

"하나 더, 내게 손이 발이 되도록 싹싹 빌은 후 그년은 곧장 황성을 떠나야 해. 아니, 수를 떠나야 해."

"……."

"유로 가건, 제 본디 고향인 오랑캐들의 초원으로 돌아가건 상관치 않아. 그렇지만 내가 있는 이 땅에 발을 디디고 있는 건 아니 돼."

"……."

"이 두 가지 조건을 충족시키지 않을 시엔 사르네에겐 어김없이 흰 끈이 내려질 게야."

난색이 드러난 얼굴 그대로 단규는 한참을 기세등등한 나를 물끄러미 바라보았다. 사르네가 단규에게서 떨어져 나가는 상상을 머릿속 한편에 그리며 나 또한, 한쪽 입꼬리를 샐쭉이 올린 채 그를 바라보았다.

벌써부터 머리가 지끈거린다는 듯 매끄러운 이마를 어루만진 단규는 그러나 내 명에 토를 달거나 하진 않았다.

"이 이상 어찌 사정을 봐주십사 청하겠습니까. 염치없이 구는 것도 정도가 있을 터입니다."

"한데 말이야. 그 계집이 내가 원하는 대로 순순히 움직일까? 그토록 고약한 성질머리에?"

"……그러도록 만들어야지요."

"흐음……."

사르네가 단규를 고생시킬까 신경이 쓰이면서도 나를 버려두고 떠났었던 환관이 조금쯤은 고생한들, 그럴 만하다 여겨졌다. 갈팡질팡하는 마음에 휩쓸려 모호하게 말했다.

"애써보려무나. 만약 네 선에서 해결되지 아니한다 싶으면 말해주어. 물론 상황이 그리되면 큰 맘 먹고 내가 대은(大恩)을 내려주었음에도 황송한지 모르고 버틴 그년, 곧장 황천강을 건너게 될 테지만."

"신경 쓰실 일 없도록 제 선에서 처리하겠습니다."

"무어, 그러던가."

저리 당당히 말한다는 것은 사르네가 내 앞에서 빌게 하고, 수를 떠나가게 할 자신이 있다는 뜻일 테지?

됐어! 오랑캐 년이 수나라를 떠난다! 단규에게서 떨어진다! 아이, 신나!

만족스레 웃은 나는 발라당. 침대에 엎드려 누웠다. 곧 있으면 어린 계집이 없어진다는 사실에 기쁨에 젖어 연신 방긋거리며 단규를 올려다보았다. 기분 좋게 웃는 내가 당최 이해가 가지 않는다는 얼굴을 하고 있는 단규의, 혼잣말 같은 중얼거림이 귀에 박혔다.

"멍든 얼굴을 하고선 무엇이 그리 좋아 웃는지."

어찌 아니 좋겠니? 고 지렁이만큼 징그러운 년이 네게서 떨어지게 생겼는데.

"사르네가 내 발밑에 무릎을 꿇을 것이 신나 그런단다."

거짓을 고하고 싶지 않아 한 단규와는 반대로 천연덕스레 진심 아닌 말을 지껄인 나는 다시금 내 얼굴에 달걀을 가져다 대는 그가 편하게끔, 몸을 바로 뉘였다.

"세상에나. 흉측하기도 하지."

창졸간에 귀청을 찌른 기분 나쁜 목소리 탓에 곤히 자고 있던 나는 반짝, 눈을 떴다. 아직 등 뒤에 서 있을 뉘를 확인하지도 않았지만 그러한 생각이 들었다. 퍼런 멍이 든 못난 얼굴을 환관에게 그만 보이고 싶음에도 불구(不拘). 부득불 단규와만 얼굴을 맞대며 자그마치 닷새간을 두문불출하다시피 해 나의 추한 꼬락서니를 숨겨왔는데, 이제 모두 들통 났다는 생각이.

"소문이 사실이었군?"

불쾌한 음성이 재차 날아들었다. 엊저녁부터 부분적으로 노란 빛을 띠기 시작한 멍든 뺨을 움켜쥔 나는 다급히 자리에서 일어나 앉아 고개를 돌렸다.

"뉘는 황후의 얼굴에 커다란 화상 자국이 생기었다, 뉘는 맞아서 멍이 들었다 떠들더니."

"태손비."

널따란 소매로 반쯤 입을 가리고선 비웃음을 흘리는 소려진이 얄밉기 짝이 없다.

문밖에 단규가 있었다면 황궁에서 유일하게 나를 편드는 그는 결코, 저년을 쉬이 들여보내지 않았을 터. 못해도 황태손비가 왔다, 들이기 전에 아뢨을 터. 그러한데 나는 저년의 등장을 전해 듣지 못하였으니 이게 어찌된 일이란 말인가. 작금의 시각이 깊은 새벽녘이라 바깥에 단규는 없고, 불침번을 서는 뉘는 졸고 있기라도 한 걸까?

시각을 가늠하려 창가로 시선을 돌렸다. 닫힌 창의 창호지로 비추는 햇살로 보아 새벽은 아닌, 이른 아침인 듯싶었다. 한창 잘 자고 있었는데 저 염병할 계집 때문에 이게 무어야.

"여하튼 요부의 얼굴이, 더는 쓸 수 없을 정도로 망가졌다는 말만큼은 정확했군요."

나에 관한 소문이 무어라 퍼졌건 간에, 어떠한 경위로 퍼졌건 간에 신경 쓰이지 않는다. 이미 일백 개는 될 법한 유언비어에 하나쯤 더 추가된들 달라지는 것은 없으니까.

허나, 소문은 신경 쓰이지 않는다만 지금 내 눈앞에 서 있는 소려진은 그렇지 않다. 이른 시각부터 제멋대로 곤녕궁에 들이닥쳐 보기 싫은 면상을 보인 걸로 모자라 사람 속을 박박 긁어 대는 저년은 신경이 쓰인다 못해 끔찍스럽다.

"아예 망가졌으면 좋았을 텐데."

정말이지 무슨 말을 저 따위로 한단 말인가.

진정 아쉽다는 표정을 숨기지 않는 소려진이 미워 그나마 눈가에 남아 있던 몽롱함마저 싹 가셨다. 가슴 속을 채워가는 노기가 생생해, 불쾌한 티를 여과 없이 드러내며 빈정거렸다.

"태손비는 어째, 갈수록 촌부의 아낙처럼 무식해 지는 듯싶네요? 예가 황후인 나의 침소인 곤녕궁인 겐지, 황태손비의 처소인 성철전인 겐지 구분이 가지 않아 이른 아침부터, 허락도 아니 구한 채 들이닥친 것일 테지요?"

저가 잘못한 것은 생각 않고 불만스레 입술을 비트는 소려진에게 거만히 명령했다.

"당장 나가지 않고 무엇해?"

소려진은 꺼지지 않았다.

"또 나를 아랫것을 대하듯 하시다니요. 폐하께서 그러시오면 지난날의 굴욕이 떠올라 제가 더 나가기 싫어지잖습니까."

꺼지기는커녕 얄미운 년은 침상 근처에 놓인 기다란 걸상에 떡하니 똬리를 틀었다. 입꼬리를 추켜 올린 소려진이 계속 나불댄다.

"뿐인가요. 그 추한 몰골을 들먹여 폐하의 속을 박박 긁고 싶어지지요."

저년이 그래서 왔구나.

이미 어렴풋이 예상하긴 했다만, 어찌해서 이른 아침부터 소려진이 곤녕궁에 들이닥쳤는지 한층 명확해졌다. 지난날 내가 지헌을 들먹이며 너를 내쫓겠다, 위협했던 일을 여태껏 마음에 담아둔즉, 나에 관한 소문을 듣자마자 소려진은 '얼씨구나, 명아원에게 되돌려줄 기회다' 싶어 쫓아온 것이다.

"이렇게 보니 별것도 아니네. 저만큼 생긴 이들이야 널리고 널린 것을."

나를 폄하하는 저딴 소릴 계속 듣고 있어야 할 까닭이 있겠는가. 아무렴, 없지.

"소문에는 멍 자국이 여관의 소행이라던데, 사실입니까? 아무리 위엄이라곤 못 보이는 허울뿐인 황후인들 그래도 명색이 황후인데, 설마하니 진정 하찮은 것에게 맞진 않았겠지요?"

걱정스레 소리 낸 말과 달리 황태손비의 입술은 연신 히죽거렸다. 나를 농락하고 조롱하는 손자며느리의 괘씸한 작태를 제대로 짓밟으려, 구겨지려는 미간을 애써 참은 나는 싱긋 웃어 보였다.

"아휴, 미소 짓지 마세요. 시퍼렇게 멍든 얼굴로 웃는 모습이 꼭 저승에서 금방 뛰쳐나온 야차를 보는 것 같아 오금이 저립니다."

망할 년. 언제까지 깐죽거릴 수 있는지 똑똑히 지켜볼 테야.

"여관이 때리지 않았답니다. 제정신이 아니고서야 어느 치가 감히 황후인 나를 칠 수 있을까요. 그나저나, 할미는 태손비가 걱정스럽군요. 앞뒤 분간할 여력 없는 무지한 아랫것들이 마구잡이로 떠들어댄 허황된 소문을 믿어 휘둘리다니…… 태손비씩이나 되는 이가 그리 무게 중심을 잡지 못해서야, 쯧쯧."

"……."

"경박스럽기는."

혀를 찬 걸로 모자라 작게 덧붙이자 피둥피둥 살이 오른 소려진의 얼굴에 불쾌감이 스쳤다. 금세 낯빛을 정리한 소려진이 맞받아쳤다.

"제 시비가 곤녕궁의 나인에게서 전해 듣기론, 예서 소란이 일더니 환관 하나가 나인을 들쳐 메고 나갔다던데. 그 후로 황후께오선 며칠씩이나 밖으로 나오지 않으시었고. 가부간, 허면 어쩌다 그 꼴이 되시었는지요?"

"이런, 어쩌지요. 자세히 설명해 주기에는 정황이 너무 길고, 할미에겐 입이 아파가며 태손비에게 그 모든 걸 설명해 줄 기운이 없네요. 그래서 말인데 지금부터는 간단히, 내가 이리 다친 것이 태손비의 소행인 걸로 칠까 하는데."

"무어요?"

어리둥절한 소려진에게 또 한 번 미소를 지어 보였다.

"더불어 당장 흥룡전에 달려가 날 때린 태손비를 폐하라 태손에게 청하려고요. 어떻습니까, 태손비? 내 계획이 마음에 듭니까?"

아차 하는 표정을 보건데 소려진은 이제는 이해한 듯싶었다. '네 처소로 꺼지지 않고 계속해서 옆에서 깐죽거리면, 지헌에게 베개송사를 해 이번에야말로 네년을 쫓아내겠다'는 의미의 내 위협을.

지난날처럼 지헌을 들먹였으매 소려진이 얼른 걸상에서 커다란 엉덩이를 뗄 줄 알았다. 한데, 무슨 천지조화인지. 날 바라보는 소려진은 태연하기 짝이 없었다. 망할 년은 심지어 피식, 조소를 터뜨렸다.

"부끄러운 줄도 모르고 저하께 다리를 벌린 것을 무기 삼아 까불기는. 네 그런 식의 위협이 다시금 통할까 봐?"

무어지. 전번과는 태도가 달라도 너무 다르잖아.

"저하께서 곤녕궁에 한참 동안 아니 들르신 것을 알고 있어."

"하지만 또 들를 테지."

끔찍하게도.

소려진은 재차 비린 조소를 터뜨렸다.

"이곳에 오기 전 내가 직접 흥룡전에 들러 저하께 말씀드렸지. 네가 여관에게 맞았다는 소문을."

"……."

"소문을 듣고 저하께서 어찌 반응하신 줄 알아? 너를 걱정하기는커녕 용안에 변함이라곤 아니 보이시고 새끼 개며 고양이를 돌보는 일에만 집중하시더군."

새끼 개와 고양이를 돌봐? 뉘가? ……지헌이? 그놈이 그럴 놈이었나? 아니. 절대 아니거늘. 불신이 팽배한 속내가 얼굴에 여실히 드러났던지 소려진은 설명을 덧붙였다.

“근래 들어 저하께서 짐승 새끼들을 흥룡전 내정에서 기르시거든. 아, 그러고 보니 네년은 저하께 짐승만도 못한 게로군?”

“…….”

“삼 년 전, 내가 너를 몸 파는 계집이라 부른 것을 아시고도 저하께선 네 역성을 들어 나를 벌하지 않으셨었지. 삼 년이 지난 지금도 저하의 태도는 그 당시와 같은 게 분명해.”

“…….”

“네 아양 섞인 베개 머리 송사에 휘둘려 나를 쫓아내실 만큼 저하께서 네년을 아끼신다면, 내가 소문에 관해 말씀드렸을 때에 그토록 아무렇지 않으셨을 리가 없어. 곧장 이곳에 들르셨을 게야.”

“…….”

“하지만 내 낭군께선 그러지 아니하셨지. 그것이 무슨 뜻인가 하면.”

말을 멈춘 소려진은 까르르, 웃음을 터뜨렸다. 요란하다 못해 상스럽기까지 한 웃음소리에서 소려진이 느끼고 있는 즐거움과 행복이 잔뜩 묻어나왔다.

“한마디로 너는, 육욕(肉慾)을 해소키 위한 도구일 뿐이야.”

이다지도 기분이 더러울 수가.

나도 잘 안다. 지헌이 나를 진심으로 아끼지 않는다는 것을. 그저 몸을 탐낼 뿐이라는 것을. 어찌 모를 수 있겠는가? 아무렴 사내놈들이 저들 감정에만 충실한 제멋대로이기 짝이 없는 종자라지만 또한 그렇기 때문에 사내놈들은, 저들이 폭 빠져 있는 계집에게 빠져 있는 동안만큼은 지극정성을 다한다. 한데 지헌은 나를 어찌 대하는가?

황태손은 내가 아무리 싫다 말한들, 운들 강압적으로 군다. 황궁의 모든 이들이 나를 욕함을 모르지 않을 터면서 나를 방관하여 내팽개쳐 둔다. 소려진의 말처럼 삼 년 전, '손자며느리에게 막말을 들었다. 원통하여 미칠 노릇이다' 내가 저에게 하소연을 했을 때에 나를 아니 편들었다. 그밖에, 지헌이 내 앞에서 하는 모든 짓거리들은 사내놈이 좋아하는 계집년에게 내보이는 것이라 치부하기에 절대 아귀가 맞지 않는다.

허면 사실인 소려진의 말에 네가 그리 노여워할 게 무어냐?

지헌이 나를 마음으로 총애하지 않음을 이미 잘 알고 있었던들 그 사실을 나 홀로 인지하고 있는 것과, 다른 이의 입을 통해, 그것도 저리 상스런 표현으로 확인받는 것은 느낌이 천차만별이었다. 기분이 더럽다 못해, 당장 대들보에 흰 끈을 걸어 목을 매달고픈 충동이 솟구칠 만큼 모욕적이었다. 분노가 들끓었다.

어깨와 손을, 아니, 온몸을 바들바들 떠는 내게서 여유로운 걸음걸이로 멀어져 가던 소려진은 돌연 뒤를 돌아보았다. 이를 아득 문 내가 저를 쏘아보고 있음에도 소려진의 통통한 얼굴에 만연한 함박웃음은 사그라지지 않았다.

"계조모를 뵈러 곧 다시 올게요. 멍들고 찢어진 그 추한 꼴을 나만 보려니 아까워서 참을 수가 있어야지요. 비빈들과 다 함께, 오래간만에 제대로 된 문안 인사를 올려야겠습니다."

깔깔거리는 파안대소가 굳게 닫힌 문을 뚫고 날아든다. 당최 눈앞에서 가시지 않는 비웃음을 머금은 소려진의 잔상 탓에 이불을 찢을 듯이 움켜쥐었다.

소려진이 다시 왔을까?

그럴까 싶어 살짝 열어 놓은 문을 감시하던 나는 돌연 쪼르르 문가를 향했다. 얇은 문 틈 사이로 푸르른 빛깔의 관복을 입은, 듬직한 덩치를 한 뉘가 아른거렸기 때문에.

"들어가도 될는지요."

'들어오라' 답하지도 않았건만 제 맘대로 방 안에 발을 디딘 단규에게 댕강 안겨들었다. 그의 허리춤을 양손으로 꽉 붙들고 단단한 품에 찰싹 뺨을 붙였다.

"무슨……."

"어디 갔다 온 게야!"

급작스럽게 튀어나와 안겨든 걸로 모자라 서러운 소리를 쏟는 내 행동에 놀랐는지 잠시 흠칫한 단규가 물어왔다.

"갑자기 어찌 이러십니까."

어찌 이러느냐고……. 소려진이 지껄인 망발을 입에 담고 싶지 않았다. 망발을 전해들은 단규가 나를 걱정하거나, 무어라 위로해야 할지 몰라 난감토록 만들고프지 않았다.

"부끄러운 줄도 모르고 저하께 다리를 벌린 것을 무기 삼아

까불기는. 네 그런 식의 위협이 다시금 통할까 봐?"
"한마디로 너는, 욕욕을 해소키 위한 도구일 뿐이야."

그 따위 더러운, 하지만 슬프게도 사실인 말을 단규가 듣길 원치도 않았다.
"어찌 이러기는. 아침나절 동안 네가 내리 아니 보였거니와, 보고 싶었어서 이런다."
"……무업니까. 그것이."
무어지 이 반응은?
전혀 예상치 못했게 돌아온 답이 자못 퉁명스러웠으매, 환관의 단단하다 못해 딱딱하기까지 한 품에 이목구비를 박고선 그의 체취를 느끼는데 여념이 없던 나는 꼭 감고 있은 눈을 떴다. 슬며시 고개를 들었다.
"무어……."
무어, 내가 너를 보고 싶어 한 게 그리 아니꼽냐. 그래서 그렇게 퉁명스러운 목소리를 내보였느냐. 서운하기가 이루 말할 수 없어 따져 물으려다가 그만두었다.
'흐흠' 하며 애먼 곳을 바라보곤 헛기침을 흘린 단규의 얼굴에, 그의 눈가 아래 광대뼈 부근에 옅은 홍조가 머물러 있었다. ……지금 이 무뚝뚝한 인사가 얼굴을 붉히고 있는 건가? 어찌해서? 신기한 광경에 시선을 빼앗긴 채 나도 모르게 중얼거렸다.
"네 얼굴이 발개. 여기. 눈 밑, 뺨 부근이."
저의 얼굴에 닿은 내 손을 밀어낸 단규는 또 한 번 헛기침을 흘렸다.

"햇볕을 많이 쫴 그런가 봅니다."

까닭 모를 물음이 잇새로 불쑥 튀어나갔다.

"나 때문은 아니고?"

"예?"

"아, 아니."

나 때문이 아니냐, 라니. 내가 왜 그렇게 물었을까. 무얼 기대하고 그에게, 웃기기 그지없는 저딴 질문을 던졌을까. 단규는 계집인 나를 계집으로 받아들일 수 없는 몸인데. 어쩐지 민망하여 다시금 단규의 가슴팍에 얼굴을 숨겼다.

"아니니라. 그냥 농지거리를 던져 보았어. 한데 재미없었던 모양이야."

"……."

"네 말대로 햇볕을 많이 쬐어서, 그래서 네 얼굴이 타려고 벌게졌나 보아. ……그리 탈 때까지 어딜 나돌아 다니다 온 게야."

너 없는 동안 너무 외로웠단 말야. 소려진 때문에 썩어 문드러진 속이 네가 없는 바람에 훨씬 아팠단 말야. 하소연을 삼키고 있는 내게 단규는 아무 말을 하지 않았다. 아무 것도 묻지 않았다. 대신.

허공에 늘어뜨려져 있던 환관의 손 두 개 중 하나가 내 허리를 강하게 휘어잡았다. 그의 나머지 손 하나는 바닥을 향해 고꾸라져 있는 내 아래턱을 받쳐 들었다. 반쪽짜리 사내의 것이라기에 괴기하고 이질적인 박력에 놀라 휘둥그레진 눈으로 그를 올려다보았다. 단규의 손이 닿은 윈 얼굴에 퍼지는 온기가 생생했다.

"자릴 비운 동안 무슨 일이 있었습니까."

꽤나 날이 선 그의 눈매를 마주하고 있으니 머릿속에서 소려진이 사라져 갔다. 소려진이 내뱉은 상소리 또한 잊혀졌다. 참 다행이었으나, 그러나 하나를 얻으면 하나를 잃는다더니. 딱 그 짝으로 문제가 생겼다.

"아……."

더 이상 황태손비에 관해 생각나지 않게 된 것은 행운이지만 환관인 이의 환관답지 않던 박력에 놀란 탓일까. 뺨이 금세 뜨겁게 달아올랐다. 심장이 요란히 뛰어대기 시작했다. 그래도 예까지는 이전에도 겪어본 적이 있는 현상인 고로 그럭저럭 참을 만 했다. 허면 대체 무엇이 문제이냐?

"황태손이 다녀가기라도 한 겁니까."

"아, 아니……."

허벅지를 타고 이상야릇한, 확확한 기운이 피어올라 당황하여 더듬거린 난 그의 두 손을 뿌리쳤다. 단규를 껴안느라 그와 맞닿아 있던 나 자신의 몸뚱이를 그로부터 떨어뜨렸다.

무어야 이게. 이전에도 이 엄인(閹人) 앞에서 뺨이 달아오르고 심장이 미친년처럼 요란히 파닥거린 적이 있긴 하지만, 그렇지만 방금 전처럼 고자 단규가 사내처럼 느껴진다 생각한 적은 없었는데. ……이러면, 환관을 상대로 허벅지가 간지러우면 황궁 안의 연놈들이 떠들어대는 '명아원은 음탕한 계집이다'라는 욕지거리가 욕지거리일 뿐만이 아닌 사실인 것 같잖아. 이런 씨.

찜찜해하는 와중에도 환관의 손이 닿았던 얼굴과 허리가, 아니, 이제는 온몸이 저릿저릿했다. 저린 부근을 두어 번 손바닥으로 문지르고, 여전히 근지러운 허벅지를 애써 무시한 난 슬쩍 단규의 눈치를 살폈다. 진작부터 나를 주시하고 있은 단규는 내 허리를 잡아채었었던 그 자신의 왼손을 흘끗 내려다보았다. 다시 나를 쳐다보며 그가 말했다.

"송구합니다."

"으응? 무, 무엇이?"

"그래선 아니 되었는데 황후 폐하의 옥체에 손을 대었습니다. ……저도 모르는 새에 높으신 분을 편히 여기게 되어 경거망동했지만, 이후로는 방금과 같은 일이 없도록 유념할 터입니다."

송구하다 말한 그의 표정이 송구하기는커녕 딱딱했다. 굳은 얼굴에 화(火)가 비추는 듯했다.

혹여 불쾌한 걸까. 나는 제멋대로 단규에게 안겨들고 그를 만지는데, 방금 전 환관의 손길을 뿌리치고 그를 피한 나의 행동이 단규의 기분을 상하게 한 걸까?

필시 기분이 상한 것이다. 확신한 나는 두 손을 휘휘 저었다.

"아니, 아니. 그런 게 아니라 그저……."

순간적으로 네가 사내 같다 느꼈다. 네게 떨린 것은 물론이요, 망측한 기운을…… 욕정을 느껴 당황스러웠다. 하여 도망치듯 네 품속에서 빠져나와 뒷걸음질 쳤다만 네 손길이 싫었던

건 아니다. 오해 말라……. 어찌 그렇게 말하겠는가? 그리 말하면 환관이 나를 어떻게 보겠는가? 나를 얼마나 경멸하겠는가?

"아무튼 간에 네가 오해한 게야!"

사실을 털어놓을 수 없을지언정 넋을 놓고 있어서는 아니 되기에, 떨리는 마음을 참고 다시 단규에게 안겨들어 거짓부렁을 늘어놓았다.

"금일 내 몸 상태가 좋지 못해. 방금 전에도 글쎄, 눈앞이 핑 돌고 현기증이 일어 쓰러질 것 같았다니까. 그러한데 네게 매달려 있다가 나 때문에 너까지 중심을 잃고 넘어질까 걱정되어서, 하여 널 뿌리쳤던 게야. 오해 풀고 내 진심 좀 알아주어."

"……오해하진 않았습니다."

한참 만에 돌아온 음성을 따라 고개를 들자 보이는 환관의 표정이 여느 때처럼 무덤덤했다. 아까처럼 딱딱하지 않고, 술에 술 탄 듯 물에 물 탄 듯 무덤덤했다. 그것이 무슨 의미냐 하면 는 그의 기분이 풀렸다는 증거라, 마음이 놓여 나도 모르게 샐쭉 웃었다. 오해하지 않았기는. 이 거짓부렁쟁이 고자 같으니.

"옥체가 좋지 않으시다면 태의를 불러야 마땅하겠지만, 용안에 멍 자국이 가시지 않았으니 싫다 하실 테지요."

"……그렇지. 태의를 보기 싫어."

실은 볼 필요가 없어. 아프다는 말은 거짓이니까.

"허면 증상을 말씀해 주시지요. 얼추잡아 태의원에서 약이라도 처방받아 와야겠습니다."

"아니야! 이제 괜찮은 거 같아."

"하오나……."

"정말로. 한숨 자고 일어나면 싹 나을 것 같아. 생각해 보니까 잠을 덜 자서 그런 것 같기도 해. 잘 자다가 꿈 때문에 깨었거든."

"무슨 꿈을 꾸셨기에. 악몽이었나 봅니다."

악몽이긴 했지. 소려진이라는 악몽!

"글쎄…… 기억이 안 나네. 잠에서 깨는 순간 잊어버렸지 무어야. 아무튼 간에 나는 괜찮아."

일다경 전만 해도 몸이 안 좋다하더니 돌연 괜찮다 하질 않나, 태의를 안 보겠다. 약도 안 먹겠다. 이랬다저랬다 하는 나를 잠시 걱정스레 쳐다본 단규가 덧붙였다.

"다시 편찮으시다 싶으면 곧바로 말씀해 주십시오."

"으응. 알았느니."

"사르네는 다른 날 다시 오라 해야겠습니다."

단규에게 내가 다시 잠들 때까지 침상 옆에 있어달라 할까, 말까. 그를 옆에 두었다가 또 다시 심장이 세차게 뛰고, 허벅지가 간지럽게 되진 않을까. 고민하다가 고개를 치켜들었다. 미간을 잔뜩 찌푸리고 물었다.

"그 무슨 소리야?"

"엊저녁, 사르네가 황후 폐하께 사죄드리길 청한단 소식을 전해 들었기에 침수에 들어 계신 사이 데려온 참이었습니다."

"그년, ……걔가 왔다고? 나에게 사죄를 하려?"

"곤녕궁 앞에서 기다리고 있습니다만 금일은 왠지 날이 아닌 듯하니…….”

“볼게.”

저의 말을 끊고 다짜고짜 선언한 나를 단규는 의외라는 듯이 바라보았다.

“괜찮으시겠습니까.”

“말했잖아. 찰나에 몸 상태가 안 좋긴 하였지만, 지금은 아무렇지 않다고.”

쇠뿔도 단김에 빼라 했다. 하물며 나는 사르네 년이 최대한 속히 단규의 곁에서 꺼지길 바라건만, 시간을 질질 끌어봐야 좋을 일이 무어 있겠는가? 얼른 그년이 내 발밑에 무릎을 꿇어 제 목숨을 비굴히 구걸하는 꼴을 구경하고, 수나라 밖으로 내쫓는 편이 나을 터.

당장 오랑캐 계집을 들이라 명하려다가, 심술이 솟아 계획을 바꿨다.

“내가 아직 치장을 못하였으니 한 시진만 바깥에서 기다리라 해. ……안뜰에 선 채로.”

쨍쨍히 내리쬐는 뙤약볕 아래에서.

단규는 다행히 ‘어딘가 그늘 아래에 앉아서 기다리게 하면 아니 되겠냐’는 등의, 사르네의 편의를 요구하는 부탁을 하지 않았다. 그 사실이 흡족하거니와 곧 오랑캐 년의 우스운 모습을 구경할 상상을 떠올리자 신이 나 새치름한 미소를 지었다.

얼굴빛을 도도히 하고 창가 아래, 기다란 걸상에 늘어져 앉았다. 발치에서 사부작거리는 금실로 수가 놓인 붉은 치맛자락을 정리했다. 마지막으로 결상의 팔걸이에 턱하니 왼 팔꿈치를 얹고선 단규에게 눈짓을 하자 그는 바깥을 향했다.

모습을 감췄던 그는 머잖아 사르네와 함께 다시 방 안으로 들어왔다.

부루퉁히 굳은 얼굴을 한 사르네는 지난번과 마찬가지로 나를 똑바로 쳐다보았다. 계집아이의 그 건방진 눈알을 뽑아버려야 마땅하겠으나…… 저년도 제 고향에선 나름 귀한 몸이라니까. 그러한데 하늘을 찌를 만큼 높은 자존심을 굽혀 나에게 무릎을 꿇으러 왔으니까. 그러니까 벌집을 쑤시는 대신, 은혜를 베풀어 계집의 맹랑한 눈빛쯤은 조용히 넘어가 주기로 결정했다. 저번처럼 맞을까 봐 무서워서가 절대 아니었다.

한데, 크나큰 아량을 베풀어주었음에도 고약한 오랑캐는 한참이 지날 때까지 바닥에 엎드리지 않았다. 빳빳이 고개를 세우고 있을 뿐이었다. 괘씸한 것 같으니라고.

여유로운 척, 잘 정돈된 기다란 손톱 끝을 만지작거리며 고깝게 중얼거렸다.

"저러려고 왔나……?"

"사르네."

내 작은 중얼거림과 그 뒤를 이은 단규의 엄한 음성이 사그라진 지 얼마 안 되어 사르네의 무릎이 찬찬히 굽혀졌다. 굽혀진 그것이 차디차고 딱딱한 바닥에 닿았다.

풋. 웃음이 터지려 해 소맷자락으로 입술을 막은 나는 공연한 헛기침을 흘려댔다. 하지만 입을 틀어막았음에도 비단 뒤의 입꼬리가 자꾸만 찢어졌다. 아, 안 돼. 웃으면 안 돼. 큰마음을 먹어 무릎까지 꿇은 계집을 앞에 두고 킥킥거리면 단규가 나를 좋지 않게 볼지 모른단 말이야.

어금니로 혀를 꾹꾹 짓씹어서야 겨우 진정하고 사르네에게 물었다.

"어찌 내 앞에서 무릎을 꿇었다니?"

"……."

"네가 어찌 이러는 겐지 나는 모르겠구나. 한데, 까닭을 알아야 용서를 하든, 일어서라 하든, 그도 아니면 합당한 벌을 내리든 하지 않을까?"

무릎 꿇은 걸로는 부족하니 네 죄명을 대어 싹싹 빌라는 뜻이었다. 오랑캐가 깊숙이 숨겨진 말뜻을 못 알아먹지 않을까 슬쩍 걱정이 되었지만 그렇진 않은 듯, 사르네의 입술이 벌어졌다.

"사죄의 말은 황후가 듣는 앞에서만 하고 싶어요."

"황후가?"

"……황후께서 듣는 앞에서만."

저리 눈치가 빠르고 말귀를 잘 알아들으면서 어찌 주제 모르고 설쳐, 나를 때렸대? 흥.

단규에게 손짓했다.

"나가 있으려무나."

마음이 놓이지 않는다는 표정을 숨기지 못하는 그가 속으로 무슨 생각을 할지 뻔해 덧붙였다.

"괜찮으니 나가 있으래도."

"무슨 일이 있으면 부르십시오."

"그럴게."

단규가 나가고 문이 닫힌 것까지 확인한 나는 더 이상 히죽거리는 입술을 참지 않았다. 원하는 만큼 마음껏 오랑캐 계집을 비웃었다.

한층 낯빛이 썩은 사르네가 말했다.

"황후를 쳐서 잘못했어요. ……많이."

이를 아득바득 가는 계집의, 쇳소리 같은 볼멘 음성이 계속 울렸다.

"나는 우리 땅에서 그랬던 것처럼, 주먹질을 해선 안 됐어요."

"……그게 다인 게야?"

대답이 없는 것을 보아하니 그게 다구나.

세 살배기 애가 할 법한 간략하기 짝이 없는 사죄가 썩 마음에 들지 않았다. 그렇기에 '좀 더 공손히, 좀 더 기다랗게 풀어서 정성스럽게 네 죄를 빌라' 해야 하나 잠시 고민이 되었지만 자존심 강한 오랑캐 계집아이에겐 저만큼 말한 것도 큰일이었을 터. 쇄치는 대신 나는 궁금한 바를 물었다.

"지난날 하도 건방을 떨기에 나는 네가, 차라리 버틸 만큼 버티다 잡혀와 능지처참 형을 당할지언정 사죄하러 올 줄은 몰랐다만?"

사르네는 분한지 한 번, 입술을 씰룩였다.

"내 사랑이 나를 채찍질했어요."

"무어?"

깜짝 놀라 휘둥그레진 눈을 바로 떴다. 아무리 오랑캐 족속들이 짐승과 다름없다지만 설마하니 단규가, 진정 저 계집을 말 따위의 짐승에게 채찍질을 하듯 때렸다는 의미는 아닐 테고.

"나에게 실망했대…… 요."

"……."

"나는 내가 다 컸다 주장하지만 그이가 보는 나는, 한낱 감정에 치우쳐 나라 간의 분쟁으로 이어질 수 있는 사고나 일으키는 나는, 영락없는 일곱 살짜리 어린애일 뿐이라 했어요. 그런 나를 다시는 보고 싶지 않다는 말도 했고."

얼굴 가득 속상함과 울분을 숨기지 못한 사르네가 혼잣말처럼 중얼거렸다.

"그런 말을 듣는 것은 진짜 채찍질보다 아팠어."

"……."

"내 사랑이 그렇게 화낸 적은 처음이야."

단규가 저 꼬맹이에게 화를 냈다. 저것에게 퍽 실망한 걸로 모자라 오만 정이 떨어진 모양이다. 그렇게 생각해 신나할 만도 하거늘, 마냥 기분이 좋을 수 없었다.

돌이켜 보면 나도 저년과 다를 바 없이 행동하지 않았는가. 걸핏하면, 수틀린다 싶으면 울컥하고, 울고, 발광을 떨어대고……. 나도 애처럼 굴지 않도록 주의해야지. 사르네가 들은 저러한 말을 단규에게 듣고프지 않으니까.

찔끔한 마음을 가다듬는 참. 사르네는 여태 구부러져 있은 무릎을 빳빳이 폈다. 제 맘대로 자리에서 일어선 계집이 아니꼽기 짝이 없었다.

"네게 일어서도 된다 한 적 없느니."

꾸지람 섞인 면박에도 계집은 꼼짝하지 않았다. 오랑캐의 눈빛이 점점 맹랑해지는 듯하다 느껴진다면 착각일까?

"다시 무릎을 꿇으란……."

"나를 벌하지 않겠다고, 죽이지 않겠다고 약속했다고요?"

무슨 말을 하려는 거지?

"그래. 환관에게 이미 들었으면서 어찌 다시 확인하는 게야?"

"왜?"

"무어?"

"황후를 때린 것은 큰 죄인데 왜, 무슨 이유로, 나를 죽이지 않겠다고 약속했는지 물었어요."

꼬치꼬치 캐묻기는. 살려준대도 지랄이야, 저년은.

"흥. 네년이 어여뻐서는 아니었지."

"내가 어여뻐서가 아니었단 건 나도 잘 알아요."

"글쎄, 이미 아는 것들을 어이 자꾸 다시 묻느냔 말이야. 입 아프게."

"단규를 너무 많이 아껴서, 그래서 단규가 나를 용서해 달라 부탁하는 걸 모르는 척할 수 없어서였겠지."

저 작달막한 년이 무슨 속셈인 걸까. 무슨 소릴 하려는 걸까. 어쩐 일인지 마음이 불편해져 갔다.

"그날 시비를 건 것도 내게 질투를 느껴서야. 아닌가요?"

뜨끔했지만 인정하지 않았다.

"단규가 내 팔을 붙든 모습을 지켜보던 황후의 두 눈에 떠오른 건 분명 질투였었어."

"……."

"황후는 내 사랑을 사내로서 좋아하는 건가?"

재 뭐래니? 찰나에 불안을 잊은 내 입술 새로 피식하는 조소가 흘러나갔다.

"쓸데없는 소리."

"황후는 내 사랑과 혼인하고프고, 그를 낭군으로 삼고 싶고, 그의 아이를 배고 싶나?"

"단규는 계집과 마찬가지인 몸인데 내 미치었다 너처럼, 고자인 이를 상대로 그러한 생각을 할까 봐? 연정을 품을까 봐?"

"……."

"게다가 나는 사내놈들이라면 치가 떨려. 황궁 안의 모든 연놈들이 나를 음란하다 욕하지만, 그는 사실이 아니야."

"……."

"어째서 내가 너에게 이런 말을 하고 있는 거지? ……자꾸 헛소리를 늘어놓을 요량이라면 집어치우고, 나가 봐. 사죄를 하였으니 이제 수를 떠나."

"나는 아직 할 말이 남았는걸."

"하……."

귀찮은 년.

집요하게 구는 오랑캐를 무시하고 걸상에서 일어섰다. 아침에 실컷 못 자고 깬 터라 몸이 노곤한즉, 한숨 잘 요량으로 침상에 다가갔다.

사뿐사뿐 걸으며 등 뒤의 계집아이에게 엄포를 놓았다.

"네 발로 물러가고 싶으니, 아니면 아랫것들에게 끌려 나가고 싶으니. 골라 보아."

"적운에게도 물어봤어. 당신을 계집으로 좋아하느냐고. 아니라더군. 그저 당신이 안쓰럽고 가여워 신경이 쓰일 뿐이래."

금일은 그럭저럭 예를 갖춰 말하는가 싶더니 다시 지난날처럼, 편한 어투를 쓰는 사르네가 물론 거슬렸다. 그러나 어투다 신경을 자극하는 것은 오랑캐의 입술 새로 튀어나온 생뚱맞고 낯선 이름이었다. '적운'.

두 발을 멈추고 뒤를 돌아보았다. 다시금 시야에 들어온 오랑캐의 두 눈이 이상하리만치 번뜩였다.

"적운이 뉘인 게야?"

"내 나이 여덟의 여름, 우리 부족은 지금은 망해 없어진, 당시에 전쟁 중이던 하(夏)의 국경과 맞닿은 초원에서 머물고 있었어."

"……."

"어느 날 나와, 위대한 칸의 하나뿐인 딸인 내 사촌은 그래선 안 되었지만, 부락에서 떨어진 수풀에 단둘이 숨어들었어. 산딸기를 얻기 위해. 그런데."

과거의 어느 날을 회상하고 있을 게 분명한 사르네의 얼굴이 무섭게 일그러졌다.

"나와 차브이에게 하의 역겨운 병졸 몇 놈들이 몹쓸 짓을 하려 했어."

"……."

"다행히 우리는 별 탈 없이 무사할 수 있었지. 어째서인 줄 알아?"

……어이 이리 손이 떨리지. 두 손을 꽉 주먹 쥐었다. 앙칼지게 물었다.

"궁금하지도 않은 네년의 과거를 무엇한다 구구절절이 늘어놓아."

오만함이 느껴진다 싶을 정도로 고개를 꼿꼿이 쳐든 사르네의 한쪽 입꼬리가 곡선을 그렸다.

"적운이 나를 구해준 그날부터 지금까지, 그이는 단 한 번도 헌헌대장부가 아닌 적이 없었어. 계집 취급이나 받는 환관이 아니라 적운이라는 사내는 내가, 나를 오랑캐라 깔보며 무시하는 건방진 한족들 따위의 언어를 배워가며 쫓아다닐 만큼 멋진, 사내 중에서도 으뜸가는 사내라고."

"……."

"그런 내 사랑의 발목을 스물다섯 살 먹도록 제 앞가림을 하지 못하는, 일곱 살 아이처럼 굴고 불쌍한 척이나 해대는 계집이 붙들고 늘어지고 있는데, 그래선 안 되는 거잖아?"

"……."

"너희 왕은 포악하기가 이루 말할 수 없어 걸핏하면 황궁 안의 사람들을 죽인다며. 그러한데 그이가 환관이 아님에도 환관 흉내를 내고 있다는 사실을 들키면 어떻게 될지 안 봐도 뻔해. 그이는 그이의 목숨을 위해, 황후 너를 동정하는 것을 멈추고 내일 당장이라도 나와 함께 이곳을 떠나야 해."

"……."

"그러니까 황후, 적운을 아낀다면 적운 앞에서 나약하게 찔찔거리는 짓 그만두고 그이를 놓아줘. 그이가 위험해지기 전에."

아래위 입술을 실로 꿰맨 양, 아무 말을 할 수 없었다. 꼭 주먹 쥔 손뿐만이 아니라 이제는 두 발, 두 다리까지 바들바들 떨렸다.

주체할 수 없을 정도의 당황과 공포에 절은 나 자신의 상태를 들키지 않으려 사르네의 매서운 시선을 피해 바닥만 내려다보고 있은 지가 한참. 이윽고 시선을 들었다. 사르네는 뚫어져라 나를 주시하고 있었다. 그러한 아이에게 이미 답을 알고 있는 물음을 던졌다.

"묻지 않았느냐. 적운이…… 뉘인 게야."

제발. 제발 아니기를. 제발 그 낯선 이름이 그의 것이 아니기를. 부처님 천지신명님 진심으로 빌건대, 내게서 그를 빼앗아 가지 말아줘요.

"적운은 저 밖에 있는 이의 진짜 이름."

"……."

"내 사랑은 이곳 사람이 아니야. 이미 말했지만, 환관 따위도 아니야."

"……."

"그이는 적국인 이 나라에 원하는 것을 얻으려 환관으로 분해 잠입하였다가 한 계집에게 연민을 느끼게 된 바람에 발이 묶여 버린, 칼날 위를 걷고 있는 유나라의 장수이지."

아…….

단규에게 몸이 좋지 않다고 한 건 분명 거짓이었는데 눈앞이 왜 이렇게 빙빙 돌까.

"거짓말."

애써 부정해 보아도 이제 막 알을 깨고 나와 처음 세상을 접하게 된 병아리가 느낄 법한 공포는 밀물처럼 끊임없이 밀려들었다. 그 공포에 압도당해 어찌할 바를 모르는데 눈앞이 크게 휘청거렸다.

현기증이 너무 오래 지속되잖아. 생각하는 찰나 갑자기 시야가 새카매졌다.

쿵. 멀리서 메아리쳐 온 듯싶은 커다란 소리를 끝으로 온몸의 감각이 흐려졌다.

육. 심고(深痼)

단규…… '그'에 관한 끔찍한 사실을 알게 된 그날. '비빈들과 함께 오겠다' 깐죽거렸던 소려진은 결국, 다시 곤녕궁에 오지 않았다. 잘된 일이었다. 어째서냐하면 애써 곤녕궁에 왔었던들, 소려진은 나를 모욕하지 못했을 것이기에. 괜한 헛걸음만 하게 된 격이었을 것이기에. 그렇잖은가. 쓰러진 이를 상대로 어찌 이기죽거릴 수 있겠는가?

단규에 관한 진실을 들었을 때의 충격이 어찌나 컸었던지, 깜빡 기절을 했었다. 뒤통수가 깨지지 않은 게 다행이었다. 반면 다행스럽지 못한 점도 있었다.

기절했다 깨어난 이후, 나는 병을 얻었다.

단규가 환관이 아니다. 환관이 아닌 것은 물론, 이 나라 사람이 아니다.

단규는 적국의 간자(間者)이고, 장수이다.

단규는 이 끔찍스런 황궁에 그가 원하는 것을 찾으러 왔다. 한데 우연찮게 불쌍한 계집년 하나를 만났고, 그년이 불쌍해도 너무 불쌍해 징징대는 년을 위로해 주고 있다.

하지만 단규는 그래선 안 된다. 계속해서 불쌍한 년의 곁에 있다가 환관이 아니라는 사실을 들키게 되면 그는 황궁의 폭군에게 찢겨 죽을 게 분명하다. 그러니까 불쌍한 계집은 그가 찢겨 죽기 전에 그에게 '나를 그만 동정해도 된다' 말해야 한다. 나를 떠나도 괜찮다고, 모르는 척해줄 테니 어서 가라고 말해야 한다. ……그러나 불쌍한 계집은 그리 말할 수가 없다. 그가, 단규가 없으면 불쌍한 계집, 명아원은 살 수가 없을 것 같다.

쇳덩이처럼 무겁기만 한 그 모든 사실이 근간이 되어 내 속에서 병이 자라났다. 기절할 때 부딪친 뒤통수가 아프다거나 하는, 몸이 아픈 그런 병이 아니었다. 진료를 한 태의 또한 몸에는 아무 이상이 없다 고해 올리지 않았는가. 그렇지만 나는 분명 아프다.

마음의 병. 태산과 같이 커다란 그것이 나를 좀먹는다.

"대체 어찌 이러십니까."

힘없이 감고 있은 두 눈을 떴다. 귀를 스쳐 지나간, 걱정이 묻어 나오던 익숙하고도 따스한 목소리가 뉘의 것인지 뻔했다.

"갑자기 앓으시는 까닭을 모르겠습니다."

또 한 번 날아든 혼잣말 같은 한마디를 따라 몸을 돌리자 보이는 환관…… 가짜 환관의 얼굴에도 그의 목소리에 그랬던 것처럼, 걱정이 묻어 있었다.

나를 바라보는 네 얼굴, 표정, 눈빛, 목소리…… 어느 것 하나 바뀌지 않았는데. 그대로인데. 너는 여전히 내 환관이고, 단규인데. 그러한데 아니라니. 네가 엄인이, 환관이 아니며 내게 들려준 너 자신에 관한 그 모든 말이 거짓이라니.

그래도 네가 아직 내 곁에 있으니까. 날 떠나지 않았으니까. 그러니까 상황이 이런들 그나마 다행이라고, 나는 그렇게 나 자신을 위로해야 하는 걸까?

“깨어나신 후로 지금까지 한 마디를 소리 내지 않으셨다는 사실을 아십니까.”

기절했다가 깨어났을 때, 단규가 이미 나를 떠났을 줄 알았다. 그 어느 때보다 밉게만 느껴지는 사르네가 단규에게, ‘황후가 다 알았다. 깨어나면 당신을 죽이려 할 테니 우리는 지금 당장 탈출해야 한다’라고 말해서. 그래서 단규가 사라졌을까 봐 정신을 차리자마자 이불 속에서 벌벌 떨었더란다.

하지만 아니었다. 눈을 뜬 내 시야에 곧장 들어온 걸로 모자라 지금까지 단규는 환관 노릇을 하고 있다. 별다른 이상한 낌새라곤 보이지 않는 이전과 같은 눈빛을 하고 있다.

“사르네가 심기를 거스르는 말을 한 것인지요.”

오늘로서 세 번째 반복된 익숙한 질문에 또 묵묵부답으로 일관했다.

사르네가 때렸느냐.

사르네가 무슨 말을 했느냐.

사르네가 심기를 거스르는 말을 했느냐. 하여 열이 받아 앓아누웠느냐.

그는 줄곧 사르네와 관련해 물어왔지만, 단 한 번을 답하지 않았다.

차라리 그랬으면 좋았을 터다. 차라리 사르네에게 망발을 들은 바람에 그것이 분하기 짝이 없어 이리 침상에 누워 있는 거라면 좋을 것이다. 하지만 아닌 것을. 계집애가 무언가, 내가 노엽게 여길 소릴 지껄였던 듯도 싶지만 전혀 기억나지 않는 것을. ……내가 이러는 건, 말 못 하고 못 듣는 병신처럼 며칠째 침상에 누워만 있는 건 다 너 때문이야, 단규야.

"적운에게도 물어봤어. 당신을 계집으로 좋아하느냐고. 아니라더군. 그저 당신이 안쓰럽고 가여워 신경이 쓰일 뿐이래."

"그이는 적국인 이 나라에 원하는 것을 얻으려 환관으로 분해 잠입하였다가 한 계집에게 연민을 느끼게 된 바람에 발이 묶여 버린, 칼날 위를 걷고 있는 유나라의 장수이지."

날 향한 네 연민이 옅어지면 어떡하지. 내가 더 이상 불쌍하게 보이지 않아 네가 나를 떠나가면? 너를 붙들어 두기 위해 나는 더 많이 소려진에게 이기죽거림을 당해야 하나? 더 많이 황궁 안의 모든 이들에게 욕을 먹고, 더 많이 지헌에게 고통당해야 하나?

설령 불쌍한 척을 해 너를 붙잡아 놓을 수 있은들 지헌이 네가 환관이 아니라는 사실을 알면? 그래서 너를 갈기갈기 찢으면…… 나는 어찌 살아? 가뜩이나 지헌은 번질나게 곤녕궁에 찾아오는데.

허면 너를 내보내야겠구나. 사르네가 지껄였듯, 내 앞가림은 내가 잘하는 흉내를 내어 네가 떠날 수 있도록 해야겠구나. 그런데…… 그리하면 나는 또 어찌 살지?

"황후 폐하."

"흐윽……."

이것도 아니 돼. 저것도 아니 돼. 도망칠 곳이 없는 절벽에서 있는 상황을 여실히 실감해 나도 모르게 우는 소릴 흘리자 잠시. 단규의 미간에 주름이 졌다. 다시 걱정만을 내보이며 가짜 환관은 나직하고 심각한 목소리로 말했다.

"아파서 그런 것입니까. 아니면."

기다란 한숨이 이마 위 공기를 적셨다.

"태의는 몸에는 이상이 없다 하였습니다. 그러니 마음의 병일 테지요."

"……."

"고된 일을 숱하게 겪어 오면서도 생기를 잃지 않았던 강인한 황후께서 어찌 이러시는지 모르겠군요."

흐트러진 이불을 끌어올려 가슴께를 덮어준 단규의 손이 열을 감지하듯 이마에 닿으매, 그렇잖아도 족쇄에 옭매인 양 답답한 마음이 더욱 꽉 조였다. 뜨거운 열기가 얼굴에 몰려들었다. 심장과 몸이 바르르 떨렸다. 그 떨림, 홧홧함을 참을 수 없어 꾸물꾸물, 그에게서 돌아누워 다시 벽만 쳐다보았다. 한데, 단규에 관해서는 내가 원체 소심하고 지질하지 않은가. 그렇기에 걱정이 들었다. 지난번처럼, 내가 저에게 퉁명스레 굴었다 단규의 기분이 상할까 봐.

이마까지 이불을 끌어당긴 나는 미친년처럼 발광하는 심장을 진정시키는 데 도움이 될까. 가슴팍의 옷깃을 힘껏 움켜쥐었다. 그 상태로 변명처럼 웅얼거렸다.

"그런 게 아니야……. 오랑캐와 관련 없어."

"……."

"내가 어찌 이러는지 나도 모르겠느니. 하기야, 태의도 모르는 걸 배운 거 없는 내가 어찌 알겠느냐마는."

"……."

"아무튼 간에 너무 염려 말아. 며칠 더 누워서 쉬면 나아질 게야."

그에게 등을 돌리고 누운 나도. 내 등을 바라보고 있을 그도. 우리 둘 모두 더는 말이 없었다. 단규, ……적운이라는 사내는 익숙하면서 낯선, 여전히 나를 녹이는 손으로 내 팔을 살짝 그러쥐었을 뿐이다. 안 돼. 제발 이러지 말아. 네가, ……그쪽이 이러면 나 너무 덥고, 떨린단 말이야.

"저는 진정 이해가 되지 않습니다."

"……."

"대체 어찌하면 한 사람이 몇 시진 만에 마음의 병을 품을 수 있는지."

"그런 게 아니라 나는 그냥……."

"황태손 저하 납시오!"

옥죄였다 풀렸다를 반복하는 심장이 아프기까지 하다 느끼는 차, 쩌렁쩌렁한 고함이 뇌를 울렸다.

생쥐처럼 빠르게 자리에서 일어나 앉았다.

"단규야."

어서 나가. 네가 환관이 아님을 황태손에게 들킬까 봐 너무 무서워. 그 마음을 함축해 가냘프게 그를 부르고 문을 흘끔거렸다. 울상을 한 나와 달리 굳은 얼굴을 한 단규가 침상에서 일어서자마자, 열린 문으로 증오스런 개자식이 모습을 드러냈다.

이제나저제나 황후궁엔 저들 맘대로 들이닥치는 이들 투성이구나. 난 싫은데. 단규를 제외한 그 뉘도 내 방에 제멋대로 들이닥치지 않았으면, 아니, 아예 들어오지 않았으면 좋겠는데.

"환관 나부랭이와 황후이고, 권력자의 애첩인 이가 격식 따윈 내려놓은 채로 담소 중이었군."

소려진이 떠들기를, 제 낭군이 근래에 짐승 새끼들을 기르는 데에 심취해 있다더니.

그 말이 틀림없는 사실인 듯 가까이 다가온 지헌의 품 안에서 무언가가 꿈틀거렸다. 흰 털에 뒤덮인 강아지는 기다란 주둥이를 헤 벌린 채 겁이 잔뜩 담긴 눈망울로 나와, 단규의 눈치를 살폈다. 그리 해맑은 눈을 한 짐승이 악귀 같기만 한 지헌에게 안겨 있는 모습이 이상스럽고 기기괴괴했다.

"내 환관은 나는 괴와 어울린다 하더군. 그러니 새끼 개 대신 그것을 안고 다니라고."

"……."

"허나 나는 그 짐승은 영 싫어. 앙칼진 것은 물론, 억지로 끌어당기지 않는 이상 먼저 다가오는 법이 없거든. 하는 짓이 영락없이 명아원 너 같아."

그 고양이도 아는 거야. 네가 얼마나 추악하고 잔인한지를.

"언제까지 서 있을 참이지."

지헌의 눈길이 단규에게 향하자 심장이 마구잡이로 발길질을 해댔다. 단규가 사내라는 사실을 알게 된 지금, 그와 정신 나간 황태손이 마주하고 있는 것이 이전과는 비할 수 없을 정도로 무서워 다급히 입을 열었다.

"나가보아."

"……."

"나가보래도!"

"……."

어찌 저래!

가짜 환관은 나가라는 명령에도 불구, 미동조차 없었다. 제발 나가란 말이야.

"황후께선 편찮으십니다."

헉……. 놀란 내가 커다랗게 들이쉰 숨소리를 끝으로 방 안에 정적이 감돌았다. 싸늘히 식어 내리는 듯싶은 주변 공기가 박복한 나란 계집의 어깨를 짓눌렀다. 그 아픈 압박을 털어낼 겸, 단규를 밀어 내보낼 겸 늘어지는 몸뚱이를 움직인 참. 기분 나쁜 웃음이 귓속을 파고들었다. 지헌이 흘린 것이었다.

"견자근의 대품(代品)."

그를 그렇게 부르지 말아. 그는 견자근의 대용품이 아니야.

"네놈의 방금 전 그 말이 어찌 들렸는지 아느냐?"

"……."

"황후가 아프니 안지 말라…… 는 경고로 들렸다만."

그런 게 아니었을 거야. 그는 그런 뜻으로 말한 게 아니었을 거라고. 항변하려 했으나 입이 떨어지지 않았다. 애꿎게도 가슴이 철렁 내려앉고, 손이 떨리기 시작했을 뿐이다.

휘, 내 방을 둘러본 지헌이 계속 지껄였다.

"이 방에도 병기 두어 개를 가져다 두어야겠군."

다시 단규에게 향한 지헌의 눈동자가 번뜩였다.

"기껏 견자근의 장수 비법을 알려주었건만, 아둔하여 네놈이 그새 잊은 듯싶으니 말이야."

"나가라 하였잖아!"

더는 공포를 참지 못해 꽥 소리친 내가 일어섰다. 견자근의 장수 비법. 그것이 무언지 모른다. 궁금치 않다. 내 관심사는 오로지 단규가 무사한 것뿐이라. 없는 힘을 끌어 모아 한 번 더 소리 질렀다.

"나가라니까! 몇 번을 말해야 해! 어찌 이리 말귀를 못 알아들어!"

단규야, 미안해. 소리 질러서 미안해. 나를 걱정하느라 그러는 네게 못되게 굴어서 미안해. 지헌 앞에서 무안하게 만들어서 미안해. 진심과는 달리 얼굴을 구기고 있는 나를 그는 청명한 눈으로 물끄러미 바라보았다. 이윽고, 한 번 허리를 숙였다 편 단규가 밖으로 물러갔다.

둘만 남은 방 안에는 한동안 짐승을 쓰다듬느라 뉘의 옷자락이 흔들리는 소리만이 가득했다. 꼴도 보기 싫은 지헌을 외면한 채 침상으로 향했다. 하지만 지헌은 저를 지나치는 내 왼팔을 움켜쥐었다.

"여전히 걱정인가. 내가 저놈을 어찌할까 봐."

"……."

"안절부절못하는 네 모습이 내 눈에는 마치, 소낙비에 젖은 백매화로 보여 품에 안고 보듬어주고 싶더군? 한데……."

기분 나쁜 웃음이 또 한 번 공기를 갈랐다. 내게 바싹 몸을 붙여온 지헌의 더운 숨결이 귓가에 퍼졌다.

"없이 사는 바깥의 저놈은 내가 널 보며 느낀 감정을 모를 테지. 하찮은 환관 따위를 네가 이토록 아껴주니 감읍해야 할 것을, 둔해빠진 저것은 네 그 마음도 모를 거야. 그렇지 않은가? 명아원."

"이거 놓아."

지헌은 이번엔 내 허리를 움켜잡았다. 뱀 껍질 같은 촉감의 입술이 뒷목에 닿으매 몸이 절로 부르르 떨렸다.

"놓으란……."

"네게서 두 번째 견자근을 빼앗아서야. 조금 전처럼 눈에 거슬리지만 않는다면 대품을 죽일 생각 없으니 염려 그쳐."

눈에 거슬리지 않는다면? ……단규가 엄인이 아님을 알면, 단규가 단규가 아니라 적운이라는 사내라는 사실을 알게 되면, 이 미친 황태손의 눈에 그는 얼마나 거슬릴까? 상상만으로 끔찍해 토기가 올라오려 했다.

"그나저나."

다시금 침상으로 향하려 하는 나를 돌려세운 지헌은 슬쩍 상체를 숙였다. 코앞에 다가온 놈을 살쾡이 눈을 하고 노려보았다. 내가 그러거나 말거나, 초췌한 몰골을 한 나를 느긋이, 요모조모 뜯어본 지헌은 한참 만에 허리를 바로 세웠다.

"앓아누운 연유가 무엇이지. 소문에는 여관에게 맞아 얼굴에 멍 자국이 새겨졌었다더니, 사실이라 속이 쓰려서인가?"

"……."

"명아원."

어서 대답하라. 재촉이 선명했지만 입을 꾹 다물고 있었다. 지헌의 얼굴에 냉기가 차올랐다.

"언제까지, 얼마나 내 인내심을 시험할……."

"흐윽."

대뜸 나는 울음을 흘렸다. 가능한 데까지 지헌을 무시하려다 돌연히 마음을 바꾼 결과였다.

"으흐흑……."

또 한 번 우는 소릴 흘린 걸로 모자라, 역겨움을 참고 지헌에게 안겨들었다. 가까이 다가온 나로 인해 답답한지 끙끙거리며 강아지가 불편을 토로하거늘 지헌의 가슴에 댄 이마를 떼지 않았다. 외려 짐승의 새하얀 털에 굵다란 눈물을 뚝뚝 쏟아냈다.

거짓 눈물을 쥐어짜내는 것이 그다지 어렵진 않았다. 요즘 나는 단규로 인해 심히 우울하므로. 지난 며칠간 속에 쌓인 눈물이 우물 한 개는 거뜬히 메울 정도이므로.

“황궁에서 나가고 싶어. ……황궁에서 나가게 해줘.”

칼날처럼 날카로운 반박이 후려쳤다.

“헛소리.”

심사가 뒤틀렸는지 지헌은 물러나려 했다. 놈의 옷깃을 움켜잡고 매달렸다.

“얼굴에 멍 자국이 생겼었기 때문이 아니야. 소문이 사실이라, 여관에게 맞아서 속이 쓰려서도 아니야. 내가 이러는 건, 앓아누운 건 ‘마음의 병’ 때문이야.”

“…….”

“마음의 병 때문이라고. 어찌하면 이것을 털어낼 수 있는지 모르겠으니까, 무어라도 해주어. 흐흑…….”

안절부절못하는 내 모습이 소낙비에 젖은 백매화로 보였다더니. 품에 안아 보듬어주고 싶다더니. 그 따위로 지껄일 때는 언제고, 우는 나를 방치한 지헌은 아무 것도 하지 않았다. 아무 말도 하지 않았다.

너무 울면 머리가 아플 텐데. 아픈 건 싫은데. 너무 울면 또, 눈이 부을 텐데. 부은 눈두덩을 단규가 보면 나를 더 많이 걱정할 테고, 그가 그러는 것도 싫은데. 그렇담 그만 울어야 하나. ……실패한 건가. 여전히 눈물바람을 하며 머리를 굴리는 내 하관에 미지근한 온기가 번졌다.

지헌은 그 더러운 손으로 내가 고개를 들게 만들었다. 애처로운 척, 나는 아련한 표정을 지어 보였다.

"……마음의 병."

"……."

"그것을 가만히 두어서는 안 되지."

혼잣말 같은 놈의 한마디에 재까닥 동조했다.

"그래, 맞아. 그러니까 감업사에 갈 수 있게……."

"네가 감업사에 갈 일은 없어."

제대로 말을 끝맺기도 전에 돌아온 지헌의 선언이 실망스럽다거나, 절망스럽지 않았다. 이미 예상한 반응이었기에.

무슨 생각을 하는지 알 수 없는 얼굴로 뚫어져라 나를 주시하는 지헌을 마주 쳐다보며 찬찬히 입술을 떼었다.

"그럼…… 지도를 줘."

"그이는 적국인 이 나라에 원하는 것을 얻으려 환관으로 분해 잠입하였다가 한 계집에게 연민을 느끼게 된 바람에 발이 묶여버린, 칼날 위를 걷고 있는 유나라의 장수이지."

사르네가 말한 단규가 원하는 것은 필시, 지도일 거였다. 왜냐하면 과거 사관에 간 날, 단규 또한 내게 말했었으니까. 지도를 갖고 싶다고. 정확히 그는 군사지도가 갖고 싶다 했었지만…… 내가 단규를 의심했듯이, 세세히 콕 집어 군사지도를 달라하면 지헌이 나를 의심할 듯싶었다.

단규는 평범한 지도여도 좋다 말했었으니까…… 그러니까 무리하지 않아도 이해해 주겠지? 아예 못 구해주는 것보단 나으니까? 나는 끝끝내 군사지도라는 단어는 입에 담지 않기로 결정했다.

"지도?"

되물은 지헌의 한쪽 눈썹이 치켜 올라갔다.

"소려진이 걸핏하면 내 속을 긁은 지가 한참이야. 후궁들이며 환관, 여관…… 황궁의 개미 새끼 한 마리조차 나를 욕하고 무시한 지도 한참이야. 온통 나를 멸시하는 이들뿐인 이 황궁이 싫어. 지긋지긋해."

황궁보다, 날 욕하는 것들보다 더 싫은 건 네놈이고. 혀끝 위의 그 말은 되삼켰다.

"참고 살려 했는데, 더는 못 그러겠단 말야. 속에 병이 생겨 황궁의 벽만 보면 가슴이 뛰어. 머리가 아파와. 한데, 흐윽…… 내가 이런데도 내보내 주지 않을 거면, 그러면 지도라도 줘."

"……."

"어디에 바다가 있고 산이 있는지, 바깥에 무엇이 있고, 이 황궁 밖이 어찌 생겨먹었는지 그림으로나마 볼 수 있게 지도며, 바깥 풍경을 그린 그림이며, 되는 대로 다 달란 말이야."

놈팡이는 가타부타 말이 없었다. 다른 속셈이 있는 걸 들킨 건 아니겠지? 그럭저럭 말이 되는 핑계를 내놓았다 생각했는데, 아니었던 걸까? 머릿속에 하나둘, 불안한 상상이 차오르기 시작했을 즈음 불쾌한 목소리가 울렸다.

"삼공(三公)이 달라 청했을 때도 주지 않았거늘 네게 준다면 계집년의 치마폭에 휩싸였다, 감히 나를 우습게 여길 테지."

그래서 주겠다는 거야, 안 주겠다는 거야? 기대 반, 긴장 반을 느끼며 뒷말을 기다리는 나이거늘 굳은 얼굴을 한 지헌은 곧장 멀어져 갔다. 안 준다는 건가. 다른 수를 써야 하는 건가.

"짐승만도 못한 새끼가 짐승을 안고 다니기는."

없는 기운에도 불구하고 눈물까지 짜냈는데 치사하게 그깟 종이쪼가리 하나를 못 줘? 짜증나는 놈. 육시당할 놈.

일이 틀어졌으매 한창 지헌을 저주하고 있는데, 문이 저 혼자 벌컥 열렸다. 뉘인가. 지헌이 되돌아왔나 싶어 금세 얼굴 표정을 갸륵히 만들고, 두 눈을 촉촉이 적셨다. 그러나 방에 들어온 이는 단규였다.

"단규야...... 어찌 그렇게......."

'낯빛이 창백하냐' 미처 말을 끝맺기 전, 순식간에 내 앞에 다가온 단규는 나를 끌어안았다.

아, 세상에. 어쩜 좋아. 너무 떨려서 숨을 못 쉬겠어.

"제가 괜한 고집을 부린 까닭에."

마치 내게서 다른 이의 체취를 찾듯, 단규는 커다란 숨을 한 번 들이쉬었다. 이윽고 그는 나를 놔주었으나 뻣뻣이 굳은 내 몸뚱이는 영 풀리지 않았다.

걱정과 화(火)가 뒤엉켜 담긴 듯싶은 복잡한 음성이 울렸다.

"황후께서 고초를 겪으시지 않았을까 걱정했습니다."

네 입으로 대답을 해달라. 확실히 말해 달라. 조르는 것처럼 단규의 눈동자는 얼어 있는 나를 집요히 좇았다. 그가 말한 고초가 무얼 뜻하는지, 그가 확인받고 싶어 하는 바가 무언지 모르지 않기에 정신을, 떨리는 마음을 가다듬은 나는 굳은 혓바닥을 움직였다.

"아, 아니."

"……."

"걱정하지 말아. 별일 없었느니. 그놈은 그저, 어찌 앓아누웠느냐 나를 추궁하고……."

그리고 나는 그놈에게 네가 원하는 지도를 달라 했어. 그 말을 할까, 말까. 고민하다가 거짓을 늘어놓았다.

"그리고 곧장 나갔어."

"다행입니다."

가짜 환관의 뚜렷한 이목구비에 안도의 기색이 서렸다. 도톰한 입술에 희미한 미소가 스쳤다. 그 광경에 심장이 덜그럭거려 홱 몸을 비틀어 침상에 엎어졌다. 벽을 향해 돌아누웠다.

"하, 한숨 자고 싶으이. 나가보아."

"……그러십시오."

멀어져 가는 발소리에 집중하던 나는 돌연 뒤를 돌아보았다. 늠름한 어깨를 눈으로 훑다 그를 불렀다.

"단규야."

가짜 환관이 다시 가까워져 왔다. '아니. 그냥 거기 멈춰서. 나한테서 멀리 떨어져 들어' 그렇게 말하고 싶었으나 그랬다간 단규의 기분이 상할 듯했다. 한껏 끌어당긴 이불로 뜨거운 뺨을 숨긴 것에 만족한 내게 그가 물었다.

“필요하신 것이 있으십니까.”

“사르네는 황성 밖으로 간 게야?”

“가지 않겠다 버티고 있지만, 그 고집도 곧 끝날 터입니다. 틀림없이 내보낼 것이니 염려 그치십시오.”

“그런 게 아니라…… 쫓아내지 말아. 나를 보러 오라 해.”

그 못된 년을 만나긴 해야 할 듯했다. 물어보고픈 게 많았다. 무엇을, 어찌 물어봐야 할지 모르겠지만 여하간에 사르네를 대면해야 했다.

“사르네가 왔을 때마다 좋은 일이 있은 적이 없습니다.”

그러한데 어찌 또 그 아이를 보려 하느냐, 두 사람이 다시 만나는 것이 탐탁지 않다, 그리 말하는 듯싶은 단규에게 마음에 없는 거짓을 속삭였다.

“좋은 일이 있은 적이 없는 게 사르네가 부러 의도한 건 아니었잖아.”

“…….”

“자존심을 굽혀 사죄도 했겠다, 나는 그 아이가 밉지 않느니. 그러니 보게 해주어.”

“……원하시는 대로 하겠으나 이번에도 조악한 일이 생긴다면 저로서는 다시는 황후 폐하와 사르네의 만남을 주선할 수 없습니다.”

“……명심할게.”

단규가 나갈 기미가 없어 먼저 그에게 등을 보였다. 방 안에 어색함이 감도는 듯싶을 즈음, 마침내 발소리가 울렸다.

"황후, 괜찮아요?"
"괜찮으니 염려 그치려무나. ……내 걱정도 해주고, 고마우이."

작당한 듯, 뉘가 먼저랄 것 없이 서로에게 친한 척을 했던 나와 사르네는 정녕 안심을 한 겐지. 아님 그런 척을 한 겐지 모르겠는 단규가 자리를 비켜주자마자 퍼뜩 거리를 두었더란다.
예가 내 방인가, 다른 이의 방인가? 구분이 가지 않을 정도로 편안히 걸상에 앉아 탁자 위에 올려 있던 사치마(萨其马)를 씹어 먹는 계집을 원망스레 흘겨보았다. 못된 년. 독한 년. 네년은 이 곤녕궁에 처먹으러 오니? 네년 때문에 난 앓아누웠는데. 바싹 말라가고 있는데. 근래처럼 단규를 어색하게 대한 적이 없었는데. 그런 내 앞에서 목구멍으로 먹을 게 넘어가?
장미나무 가시처럼 뾰족한 내 시선을 느낀 사르네가 빤히 나를 쳐다본다. 불안하게도 계집아이는 해죽 웃어 보였다. 어찌 처웃는 거야. 또 무슨 꿍꿍이인 거야. 어디로 튈지 모르는 계집이 이제는 무섭기까지 했다.
"나는 황후가 내 사랑을 곤란케 하지 않을 줄 알았다니까."
"……무어?"
펄쩍, 걸상에서 내려선 야만인이 가까이 다가왔다.
"아직까지 나와 내 사랑의 머리가 목에서 떨어지지 않은 걸 보면, 우리를 죽이지 않을 생각인 거야. 내 말이 틀려?"

"……."

"뭐, 이미 예상했었으니까 놀랍진 않아."

여우같은 년.

"그렇지만 황후, 내 사랑에게 아무 말을 안 한 이유는 뭐야? 그이는 내가 무슨 짓을 했는지를, 황후가 다 알고 있다는 사실을 정말로 모르는 눈치던데."

지금만 해도 이렇게 머릿속이 복잡하고 버거운데 어떻게 말해, 이 멋모르고 날뛰는 망아지 같은 년아! 네가 내 속을 알아!? 피눈물을 흘리는 내 속을 아냐고! 참으로 명아원스럽지 않게, 바락바락 소리 지르고픈 충동을 참아낸 나는 대신 오랑캐에게 같은 질문을 되돌려 주었다.

"그러는 너는 어찌 말하지 않은 게야. 네가 그 모든 것을 폭로했다는 사실을 알면 단규는 내일 당장이라도……."

내 곁을.

"이곳을 떠날 텐데."

그러니까 나는 네가 입을 다문 채 그에게 아무 말을 하지 않았으면 좋겠어. 그와 조금이라도 더 함께 있을 수 있게.

사르네는 오묘한 표정을 지었다. 무언가를 골똘히 생각한 계집아이는 한참 만에 다시 입을 열었다.

"황후, 이왕 내 사랑에게 침묵을 지킨 김에 끝까지 그러는 게 어때? 당신과 내 선에서 일을 끝내자고."

어째서냐 구태여 되묻지 않자 사르네는 저 홀로 말을 이었다.

"나도 그런 생각을 안 해본 건 아니야. 황후가 정신을 놓은 직후, 한 번 더 적운에게 조를까 고민하기도 했어. 황후가 다 알았으니까, 깨어나면 당신을 죽이려 할 테니까, 그러니까 떠나자고 말할까 하고 말이야. 그런데."

자존심. 오기. 패기. 고집. 그 모든 걸 앞세워 내 앞에서 항시 당당하기만 하더니 오랑캐 년은 웬일로, 꼭 무언가에 쪼들리는 듯한 기색을 내비쳤다.

"그렇게 말했다간…… 바닥에 쓰러진 황후를 안은 채 날 돌아보던 내 사랑의 눈빛이 차가워도 너무 차갑던지라…… 정말 크게 화낼까 봐……."

"……."

"이번에야말로 다신 나를 안 보겠다 할 것 같아서……."

그것만은 정녕 싫다는 속내를 숨기지 못한 사르네의 도드라진 광대뼈에 붉은빛이 번졌다.

"그래서 기회를 놓쳤지 뭐야. 지금이라도 말하자니 너무 늦은 것 같아. 말해봤자 내가 얻을 게 없어. 외려 적국의 간자를 모른 척해주고 있는 황후…… 그것까지 더해지면 그이는 황후를 더 안쓰럽게 여겨 언제까지고 미적거릴 것 같단 말이지."

"……."

"결론적으로 나만 난처하게 될 거야. 나만 나쁜 년이 되고, 나만 그이에게 원망을 살 거란 말이야. 시집가고픈 사내에게 자꾸 미움을 받아서 좋을 게 뭐있어?"

"……."

"난 그이 생각을 해서 이러는 건데. 내 마음도 몰라주고."

본의 아니게 내 앞에서 약한 모습을 보인 것이 민망한지 계집아이는 퉁명스레 덧붙였다.

"원래 연정은 이런 거야."

"……."

"더 커다란 감정을 품은 쪽은 때때로, 평소의 자신보다 나약해지고 소심해져. 지금 나처럼. 치가 떨리도록 사내들이 싫다는 황후가 이해할는지 모르겠지만."

저보다 대략 십년을 더 산 나를 앞에 두고 연정에 관해 훈수를 둔 사르네는 돌연 내게 의심의 눈초리를 던졌다.

"혹시나 싶어 묻는데 이제 다 알게 되었다, 내 사랑을 사내로, 좋게 느끼는 건 아니겠지?"

"……."

"왜 대답을 안 줘?"

볏짚을 삼키는 불꽃처럼 순식간에 확 타올라 내 반응을 재촉하는 계집에게 나는 무덤덤한 척, 부정했다.

"그렇지 않아. 나에게 단규는…… 단규일 뿐이야."

"좋아. 그럼 앞으로 어쩔 생각이야? 그간에 적운을, 아니, 단규를 아껴온 마음이 아직 그 속에 남아 있을 테니 내 사랑이 위험에 처하기 전에 황후를 떠나갈 수 있도록 도와줄 것이지?"

아프다. 몸속 오장육부가. 마음이. 아파도 너무 아프다. 단규는 아직 저 문 뒤에 있는데. 나는 그저 그가 고국으로 돌아가는 것에 협조를 해달라 부탁하는 계집아이를 대면하고 있을 뿐인데. 그럴 뿐인데 벌써부터 이토록 힘들다면 단규가 나를 떠나갈 그날, 대체 얼마나 심하게 앓게 될까.

'네가 원하는 대로 하겠다. 단규가 무사히 그의 고국으로 돌아갈 수 있게, 내 몫을 하겠다' 그 비슷한 답을 사르네가 기다리고 있건만, 차마 아이가 원하는 한마디를 내어줄 수 없었다. 끄응. 입천장을 찌르는 신음을 삼킨 나는 화두를 돌렸다.

"물어보고 싶은 것이 있느니. 너는 어찌하여 단규…… 바깥의 저이에게 떠나자 직접 청하지 않고, 위험을 감수하면서까지 나를 끌어들인 게야."

원래부터 내 곁에 없던 것처럼. 예고 없이 만났던 처음 그 날처럼. 그렇게 단규가 나를 떠나가면 차라리 낫지 않을까. 내게 그의 등을 떠밀라 하는 걸로 모자라 그가 떠날 날을 기다리라 하다니. 그가 떠나는 것을 뻔히 지켜보라 하다니. 이게 불치병을 선고받은 병자가 죽을 날만 기다리는 것과 무엇이 달라. 정말이지, 너무 잔인하잖아.

홧홧해지는 눈시울을 참아내려 애쓰는 나에게 사르네는 어찌 그런 걸 묻느냐는 어투로 말했다.

"내가 적운에게 떠나자고 하지 않았을 것 같아?"

질린다는 듯 몸서리를 친 사르네는 한 번, 원망스레 나를 흘겼다.

"수십 번, 수백 번은 졸랐어. 돌아가자고."

"……."

"그럴 때마다 내 사랑의 답은 한결같았어. 아직 안 된다, 황후가 감업사에 갈 때까지만, 너 먼저 가라, 그에 관해선 더는 묻지 마라. 그이는 지겹도록 그 말만 되풀이했어."

"……."

"기운이 빠진 나는 새로운 결론을 내릴 수밖에 없었지. 내 사랑의 고집을 꺾는 가장 좋은 방법은 그이가 불쌍하게 여기는 황후가, 불쌍해 보이지 않게 되는 것뿐이라는 결론을."

"내가."

목소리가 흔들릴까. 마른침을 삼키고 덧붙였다.

"그렇게 불쌍하다니."

오로지 그 이유만이 단규가 여태껏 내 옆에 있은 전부라니. 나를 아주 약간만이라도, 새끼손톱만큼이라도…… 계집으로 느끼지는 않고? 뿌예진 시야를 정리하려 눈을 크게 깜빡였다.

"그런가 봐."

정녕 그게 다라고.

"그이는 타고난 성정이 그러해. 귀한 이이면서도 약자를 안쓰럽게 여길 줄 알아. 전쟁으로 가족을 잃은 고아나 자식을 잃은 노부모, 팔 다리를 잃은 병사들, 그 밖에 처지가 딱한 사람들에게 마치 자기 식솔을 챙기듯 관심을 주곤 했어."

그리고 나도 그런 이들 중 하나인 거로구나. 딱한 계집. 원치 않는 뉘에게 휘둘려 온, 휘둘리는, 무식하여 제 앞가림 하나 제대로 못하는 불쌍한 년. 단규에게 그리고 적운이라는 사내에게 나는 그 이상도 이하도 아닌 거야.

간자(間者)인 이가 적국 황후를 안쓰럽게 여겨 함께해 준 것.

고마워할 법한 일이거늘, 어쩐 일인지 실망이 자꾸만 고개를 쳐들었다.

"그런데 동명 말로는 적운이 고집을 부리는 건 황후가 불쌍해서란 이유도 물론 있지만, 황후를 돌보며 그이 자신이 위로를 받기 때문이래. 그이를 필요로 하는 누군가를 돌보면서 과거에 소홀히 했던 처(妻)에게 향한 죄책감을 덜고 있는 거라나? 그 이유 때문만이라도 적운은 쉽게 고집을 꺾지 않을 테니까 느긋이 기다려라, 그놈은 그렇게 말했지만 난 싫어. 하루라도 빨리……."

"처라니?"

깜빡 슬픔을 잊은 내 음성이 날카롭기 짝이 없었다. 사르네에게 의심을 살까. 금세 얼굴빛을 정리했다만 속이 부글거렸다. 단규에게 처가 있어? 혼인을 하였어? 그가 좋다 졸졸 쫓아다니는 저 오랑캐만 해도 충분히 거슬리는데, 집 안에 들인 년이 있다고?

조금만 생각해 보면 전혀 이상할 일이 아니었다. 엄인이 아닌 데다 나이 서른을 넘긴 사내가 여자가 있는 것은 당연한 현상이 아닌가. 하지만 머리로는 이해하면서도 충격과 분노는 당최 가시지 않았다.

계집년이 있으면서 어찌 나를 끌어안았어. 어찌 내가 안겨들면 받아주었으며, 어찌 베고 누우라. 허벅다리를 내어주었어. 이 나쁜……. 그년, 단규의 처라는 년은 어떤 년일까. 나보다 고울까. 그년과 단규가…….

단규와 생면부지의 어떤 계집이 서로 부둥켜안고, 마주보고 웃고, 이야기를 나누고, 살을 섞는 상상이 눈앞에 떠오르자 금방이라도 머리뼈가 두 조각이 날 것 같았다. 온몸의 열기가 목 뒷덜미에 쏠렸다. 날름 소매 속에 숨긴 두 손을 있는 힘껏 주먹 쥐었을 뿐, 소리를 내지르거나 발광을 부리지 않는 나 자신이 내가 생각하기에도 대단하다 느낄 만큼 노기가 거셌다.

죽기 전에 그년을 한 번만 만나보았으면. 환관의 처라는 계집의 얼굴을 뾰족이 세운 손톱으로 죽죽 할퀴는 상상에서 겨우 벗어난 나는 담담하게 보이려 노력하며 말했다.

"얼마 전까지만 해도 환관인 줄 알았던 이에게 처가 있다니. 단규와 단규의 짝이 나란히 서 있는 모습이 쉽게 상상이 가지 않는구나."

사르네는 날카로이 반응했다.

"지금 있는 건 아니야. 그 여자가 아직까지 살아 있으면 대칸(大汗)의 질녀인 내가 첩이 되게?"

"허면……."

"그 이상한 여자는 죽었어. 아이를 낳다가, 아이와 함께 죽은 게 육 년 전이야."

산고로 인해 핏덩이와 함께 죽은 단규의 처. 한날 한시에 아내와 자식을 잃은 단규. 그네들을 가엽게 여겨야 마땅할 것을 매우 부적절하게도, 나는 역정이 설핏 가라앉음을 느꼈다. 속에서 울부짖던 끔찍한 악귀가 갑자기 조용해졌다.

"이런, 적운은 그 여자 얘길 꺼내는 걸 싫어하는데. 하물며 가깝지도 않은 황후에게 그 여자에 관해 말하다니."

인상을 팍 찌푸린 사르네가 반사적으로 한 발자국 멀어졌다.

"황후, 서로를 싫어하는 우리의 만남은 이쯤이면 된 듯싶어. 해야 할 말은 다 했잖아? 가기 전에 마지막으로 한 번만 더 확실히 하자. 내 사랑이 당신을 떠날 수 있게 강해져. 약한 척하며 매달리지 마. 눈물 보이지도 마. 절대."

"……."

"그간에 내 사랑에게 준 마음부터 정리하면 그이와 멀어지는 것에 도움이 될 거야. 어쩌면 황후는 이미 적운에게 정이 떨어졌을지 모르겠네. 적운은 환관이 아니니까."

"……그런 것도 같구나."

"적운에게 내가 무슨 짓을 했는지 말하지 않겠다고 한 약속, 지켜야 해?"

대답 대신 고개를 끄덕여 보이자 완전히 안심이 된다는 듯 사르네는 만족스런 웃음을 지었다.

"황후, 이건 진심인데…… 고마워."

참으로 가벼운 발걸음을 옮겨 사르네는 바깥을 향했다. 그리고 나는.

벌써 육 년 전에 저승으로 떠났음에도 이승에 있는 내 속을 뒤집는 단규의 망처(亡妻). 꼼짝없이 단규를 떠나보낼 수밖에 없는 내 상황. 그 두 가지로 인한, 분노와 슬픔을 번갈아 겪느라 격동하는 마음을 끌어안은 채 나는 눈물방울을 흘렸다.

"어쩌면 황후는 이미 적운에게 정이 떨어졌을지 모르겠네. 적운은 환관이 아니니까."

영악한 듯싶으면서도 열여섯 애는 애라, 사르네는 무얼 모른다. 거짓이라곤 할 줄 모르는 솔직해 빠진 계집아이는 내가 얼마나 거짓을 잘 지껄이는지 모른다. 금일 사르네에게 한 말 중, 진실인 것이 없었거늘.

단규는 내게 단규일 뿐이지 않다. 이제껏 단규에게 퍼준 내 마음은, 정은, 전혀 사그라지지 않았다. 사그라질 수 있을 듯싶지 않다. 단규가 나에게 한 모든 말이 거짓이었음에도. 그가 명재평, 모 용덕, 늙어빠진 병상 위의 황상, 지헌과 같은, 경멸스러운 사내라는 종자임에도. 그로 모자라 적국의 간자임에도. 그럼에도 단규를 싫어할 수 없다.

"나는 여전히 네가 좋아. 많이."

후드득. 손등에 부딪친 눈물이 파편을 자아냈다.

"네가 단규건, 적운이건 상관치 않아."

그렇기에 네 손을 놓고 싶지 않아.

단규가 들을까. 울음소리가 새어나가지 않도록 입을 앙다물었다. 투기와 슬픔을 말미암아 경직된 뺨이 점점 더 심하게 젖어갔다.

마음과 정신을 굳건히 해 단규가 안심케 하겠노라. 그리하여 그가 황궁을, 나를 떠날 수 있게끔 하겠노라. 성가신 오랑캐를 떨궈내려 긍정했을 뿐. 내게는 애초부터 약속을 지키고픈 마음 따위, 쌀알 한 톨만큼도 있지 않았다.

단규를 보내야 한다는 것을 잘 알지만…… 싫다. 그를 보내고 싶지 않다. 그를 나만 볼 수 있는 어딘가에 꽁꽁 숨기고 싶다. 하지만 마음이 그렇다 한들 단규를 붙잡을 수도 없다. 어찌 그러겠는가? 어찌, 내 욕심 하나를 채우고자 엄인이 아닌 그를 곁에 잡아두겠다. 발악하겠는가?

단규를 떠나보내기 싫다.

단규를 보내지 않는다면 가짜인 그는 찢겨 죽을지 모른다.

결론적으로 내가 가진 선택지란 못마땅하기 짝이 없는 저 둘 뿐이었으니, 근래에 나는 이러지도 저러지도 못한 채 하루하루를 무의미하게 흘려보내는 중이었다.

"하아."

바윗덩어리만큼 무거운 한숨을 내쉰 내 시선이 아끼는 이와 날 가로막은 거무칙칙한 나무덩어리에 박혔다. 보고 싶고, 만지고 싶은 뉘가 고작 스무 발자국 멀리에 있음에도 이렇게 망설여야 한다니? 단규의 까만 눈동자에 내가 비추고, 그가 내게 웃어주면 좋겠거늘 그래 달라, 실컷 떼쓸 수 없다니?

갑자기 이 모든 상황을 향해 울분이 치솟았다.

"짜증나!"

"황후낭랑, 들어가겠나이다!"

하여 간만에 내지른 내 불평소리는 다행인지 불행인지, 때마침 날아든 다른 이의 고함에 폭삭 파묻혀 버렸다. 방금 전의 그

쩌렁쩌렁했던 고함의 주인이 대체 뉘인가? 확실히, 단규는 아니었는데. 뉘가 방 안으로 들이닥치매 머릿속을 채운 의문이 흩어졌다.

"황후낭랑!"

흥룡전의 태감, 소건석. 가까이 다가오는 고자를 무심히 훑은 나는 반사적으로, 진짜 고자를 따라 들어온 단규에게 시선을 붙박았다.

단규야. 네가 많이 보고 싶었어. 불과 몇 시진 전에 점심상(點心床)을 받을 때 보았는데도 다시 너를 보는 지금, 새롭게 반가워. 행복해.

"낭랑의 용안이 갑자기 환해지시니, 소인이 반가우신 게 틀림없사옵니다."

……저놈이 무어라는 거야? 웬 헛소리야. 돌아가지 않으려 하는 고개를 억지로 돌려 소건석을 어이없이 쳐다보았다.

"네놈이 곤녕궁엔 어찌 왔더냐."

"낭랑, 우선은 편히 자리에 앉으시지요."

딱히 잘못을 저지른 적도 없거늘, 그럼에도 소건석은 내게 눈엣가시 같은 존재였다. 어찌해서? 저놈은 흥룡전의 태감이고, 지헌과 조금이라도 관련된 것들은 다 싫으니까.

팽, 짜증스러운 소건석을 지나쳐 창가 아래 화려한 의자에 등을 기댔다. 그런 내 옆에 단규가 서매 귀며, 목덜미 부근이 확확하게 달아올랐다. 창을 통해 쏟아지는 별이 짱짱해 다행이었다.

"소건석, 한 번만 더 어찌 온 것이냐 묻는 내 질문에 대답하지 않으면 볼기짝을 맞을 줄 알아."

수줍은 속내를 숨기려 애먼 고자에게 까칠하게 굴었지만 소건석은 괘념치 않는 듯했다. 외려 빙그레 웃어 보이기까지 한 소건석이 뒤편을 향해 외쳤다.

"소주(少主)들은 들어오시오!"

우렁우렁한 목청소릴 끝으로 한 무리의 계집들이 방 안에 쏟아져 들어왔다. 하나둘, 발밑에 무릎을 꿇는 치들 중 몇몇의 면상이 낯익었다.

저기, 푸른 빛깔 옷을 입은 년은 심 양제잖아. 그새 팍삭 늙었네.

돼지털 같은 머리칼을 감추는 데 도움이 될까 싶어 주렁주렁 장신구를 꽂은 저년은 권 양제가 틀림없어. 한데, 소려진이랑 무얼 실컷 처먹었나, 어찌 저렇게 살이 쪘지.

소 승휘, 밉살스런 기 년, 내 손으로 뽑은 어느 가문의 둘째 딸이라던 년. 그 밖의 기억나지 않는 년들…… 열 명 가량의 계집들을 훑은 내가 나직이 중얼거렸다.

"태손의 후궁들이지 않느냐."

"맞습니다, 황후낭랑."

"저것들이, ……후궁들이 이곳엔 어찌 온 게야."

소려진을 따라해 나에게 문안 인사를 올리기는커녕 코빼기도 안 비추던 저것들이. 물은 사람은 나이건만 소건석은 후궁들에게 자못 강압적으로 말했다.

"소주들은 황후께 할 말이 있을 게요."

제 주인을 등에 업어 기세등등하다 못해 건방지기까지 한 소건석의 한 마디를 끝으로 곤녕궁에 계집들의 아우성이 메아리쳤다.

"그간에 황후낭랑께 소홀하였던 점, 피눈물을 흘리며 사죄드리옵니다! 용서해 주소서!"

거짓말. 소 승휘 네 눈 어디에 피눈물이 맺혀 있어?

"이후로는 결단코 문안 인사를 건너뛰지 않을 거여요!"

"부디 용서를, 황후낭랑!"

"후궁들의 힘찬 목소리를 듣고 있자니 머리가 다 아파오는구나. 그만들 하는 게 좋겠느니."

"낭랑, 소첩이 무얼 알았겠나이까. 힘없는 일개 후궁으로서 무얼 할 수 있었겠나이까. 태손비께오서 곤녕궁을 찾아갈 필요가 없다 하시니 어쩔 수 없이 따른 것이지요."

"여러 사람이 몰려와 귀찮게 구는 것을 싫어하시는 줄 알았사와요. 하여 곤녕문(坤寧門)을 넘지 않았던 것입니다."

후궁 년들은 저들 할 말만 계속 떠들어댔다. 하여 피곤한 티를 팍팍 내며 관자놀이를 어루만지자 소건석이 나섰다.

"마음으로야 어찌 시조모님을 따르지 않았겠느냐만 성철전의 눈치가 보여 그만……."

"소첩은 죽고 싶지 않습니다, 황후낭랑. 살려주시……."

"그만! 그만! 소주들은 그만하시오!"

마침내 오만가지의 역한 핑계로 범벅된 하소연이 멈췄다.

"용서해 주실 거지요? 황후낭랑."

적막 속에서 용기를 내 물어온 뉘인지 모르는 후궁을 심술궂게 쳐다보길 한참 만에 입술을 떼었다.

"용서?"

"예에, 황후낭랑. 제발. 간절히 부탁드리오니……."

"그까짓 거, 못 해줄 이유도 없지."

"황후낭랑!"

"시조모님의 곤덕(坤德)에 감복할 따름이어요!"

"다만, 그를 원한다면 앞으로도 본궁의 눈에 띄지들 말아."

정녕 감동했다는 표정을 뒤집어쓰고 있는 계집들의 면상에 어리둥절한 기색이 스쳤다.

"엎드려 절 받듯이 해 받는 문안 인사 따위, 본궁에겐 필요치 않으니까."

"엎드려 절 받듯이라니……."

"소첩들의 진심을 몰라주시니 비통하옵니다. 그렇지만 문안 인사를 원치 않으시는 분을 굳이 찾아뵙는 것 또한 불효라, 따르지 않을 수도 없고……."

거짓부렁을 주절대는 후궁들을 가차 없이 자르고 조건을 추가했다.

"한 가지 더. 후궁들은 본궁이 없는 자리에서 본궁에 관련한 얘길랑 일절 꺼내지 말아야 할 게야. 아니 그랬다간 용서인지 무언지, 그깟 것은 없어."

"예예. 황후낭랑."

“그리하겠사옵니다. 낭랑의 말씀을 따를 것이어요.”

“소건석, 말하는 목소리가 너무 많아 귀가 따갑구나.”

건조한 내 불평소리에 소건석이 선언했다.

“소주들은 이만 나가들 보시오.”

들어왔을 때처럼 후궁들은 떼를 지어 우르르 바깥으로 향했다. 그네들의 뒷모습이 사라진 지 얼마 되지 않아 소건석은 또한 번 힘차게 외쳤다.

“들이라!”

이번엔 또 무어지. 어찌해서 이 고약 놈은 무슨 영문인지 설명은 않고 자꾸 일만 벌이는 거야. 불만스레 소건석의 시선을 따라가자 보이는 바란 두 손 가득 하물(何物)을 든 환관 대여섯이었다. 줄줄이 들어온 한 무리의 고자들은 탁자 위로는 부족해 그 옆의 의자 위, 그 아래 바닥에까지 비단이며, 크고 작은 크기의 함들을 쌓아놓았다.

다시금 셋만 남게 되자 소건석은 제 놈의 평평한 낯짝을 단규에게 돌렸다.

“긴히 드릴 말씀이 있다네.”

나가 달라는 뜻이었으매 ‘단규는 나의 유일한 측근이건만 이 이가 못 들을 말이 무어냐’ 그리 면박을 주고 싶은 충동을 참아낸 나는 단규의 눈치를 살폈다. 꿰뚫을 것처럼 소건석을 주시할 뿐 단규는 꿈쩍할 기미가 없었다. 이를 어찌한담. 또 자릴 비켜 달라 하기엔 멋쩍은데. 근래에 하도 쫓아낸 적이 많아서.

왜 나가지 않고 있는지 이해가 가지 않는다는 것처럼 소건석의 고개가 갸웃거려 어쩔 수 없이 달래듯이 살살 단규에게 속닥거렸다.

"내 나중에, 소건석이 무어라 하였는지 알려줄게."

그러니 자릴 비켜주어. 게까지 소리 내지 않은 내게 답을 해온 목소리의 주인은 안타깝게도 단규가 아니었다.

"그러지 마시옵소서, 황후낭랑. 소인과의 밀담은 밀담으로 지켜 주셔야지요."

징그러운 놈. 뉘가 홍룡전의 태감 아니랄까 봐 능글맞아서는.

"네 미소 따위 보고 싶지 않아."

고개를 홱 돌려 히죽거리는 소건석을 외면했다. 다시 단규를 올려다보았다.

"이따 보자꾸나."

"……."

"단규야……."

"근래에 제가 쫓겨나는 일이 많군요."

무슨 뜻이지? 방금 그 말이 대체 무슨 뜻인 거야? ……화난 건가? 의미심장하게만 다가온 한마디로 인해 사색이 돼 멀어지는 이의 뒷모습을 좇는 나이거늘, 단규는 문 뒤로 사라질 때까지 한 번을 뒤를 돌아보지 않았다.

"제가?"

의문스런 중얼거림이 귀를 스쳐서야 겨우 상념에서 빠져나와 소건석을 돌아보았다. 확실히 '제가'라는 표현은 환관이 쓰기엔 적절치 않은즉, 혹여나 소건석이 무언가를 눈치챘을까. 한 줄기 불안이 가슴을 조여 왔다.

“저이도 소인 못지않게 기고만장하였나 봅니다, 황후낭랑. 모시는 이가 곤녕궁의 주인이니만큼 그럴 만도 하지요. 앞으로는 더욱 기세가 등등해져 십상시가 될 가능성이 농후하니 잘 채근하시어야겠습니다. 그렇지 않다간 낭랑께서 아끼는 저이, 목이 잘릴 테니까요.”

“…….”

“황상께선 하극상을 그냥 넘어가시는 법이 없지 않습니까.”

쓸데없는 소리. 애초에 엄인이 아닌 단규가 어찌 십상시가 될까.

“이 촌극들이 다 무언지나 말하여.”

진짜 고자는 깜짝 놀란 얼굴을 지어보였다.

“낭랑, 촌극이라니요?”

“뻔히 알면서 어찌 모르는 척을 해? 날 놀려? 후궁 년들의 가식적인 눈물바람은 무엇이었으며, 탁자 근처에 쌓인 저것들은 또 무어냐 말이야.”

“그것들은 촌극이 아니라 황후낭랑을 생각하는 한 분의 마음이 아닐는지요.”

나를 생각하는 한 분? 설마 소건석 저것이 지헌을 이르는 건가? 저 정신 나간 잡것이! 경멸이 담뿍 담긴 눈빛을 해보였지만 소건석의 미소 띤 낯이 여전했다. 능글맞은 것으로 따지면 고자가 제 주인보다 훨씬 위인 듯싶었다.

“간밤에 후궁 하나가 목을 베였는데, 낭랑께서는 소식을 들으셨나이까?”

내 무응답을 부정으로 간주한 모양. 소건석은 설명을 늘어놓았다.

“황상께서 직접 참수하시었습니다.”

“자꾸 황상을 들먹이는데, 영감은 병상에 누워 있잖느냐?”

“아아, 소인이 이르는 황상은 병상 위의 죄인이 아니라 낭랑께서 황태손이라 알고 계신 그분을 의미하옵니다. 얼마 전부터 경칭을 바꿨더랬지요.”

아무렴 노친네가 이빨이 빠지다 못해 산송장과 다름이 없는 호랑이란들 아직 죽지 않았는데, 벌써부터 황태손에게 ‘황상, 황상’ 거리다니. 건방지기는. 하기야, 윗물인 지헌이 그토록 더러운 마당에 아랫물인 저 고자가 어찌 맑을까.

“내 이제야 태손이 어찌 소건석 너를 아끼는지 알겠구나. 그간 그 세 치 혀로 얼마나 달콤한 말을 흘려댔을지 눈에 훤해.”

한껏 비꼰 조롱을 신경 쓰지 않은 소건석은 저 할 말만 이어갔다.

“낭랑, 간밤에 죽은 후궁은 연 양제였나이다. 죽은 이를 아십니까?”

“글쎄. 알았던 것도 같고, 알지 못했던 것도 같고. 그것들이 원체 나를 등한시하여 문안 인사조차 올리지 않았으니 기억하려야 할 수가 있어야지.”

“후궁들 중 유일하게, 한 번이나마 제대로 황상께 승은을 입은 이였습니다.”

그런데 어찌 죽었을까? 뒤늦게 궁금증이 느껴졌다.

"그러한데 어쩌다 참수를 당하였어. ……알 법해. 침상 위에서 황태손의 불만을 산 게지?"

"아랫것들의 말을 빌리자면 연 양제는 생전에, 후궁들 중 으뜸가게 황후낭랑을 흉보았다지요."

"무어야?"

연 양제…… 연 양제……. 괘씸함을 머금고 기억을 되새기자 족제비 같이 생긴 낶가 떠올랐다. 어쩐지. 볼 때마다 그 계집은 인상이 좋지 않다 싶었었다.

"잘 뒤졌, ……죽었구나. 이래서 사람은 심성을 곱게 써야 해. 못되게 살다가는 언젠가, 어떤 식으로든, 제 업보를 되돌려 받는 법이거든. 연 양제도 좋은 예(例) 중 하나가 된 게야."

"어찌 죽었는지는 궁금치 않으시고요?"

"무얼. 태손이 사람을 해치는 것을 몹시 즐기는 줄로 알고 있었다만?"

"설마요. 표현이 서투르실 뿐, 황상께선 분명 마음 한편에 온기를 품고 계시옵니다."

무어래? 소건석 저놈이 저토록 웃긴 작자였었나?

"어찌 죽었는지는 사실, 이미 진작 말씀을 드렸사옵니다. 낭랑의 뒤에서 낭랑을 업신여긴 것. 그것이 연 양제의 죄였지요."

"……무어?"

"간밤에는 또, 황태손비를 가장 가까이에서 받들던 여관 하나도 칼부림을 당해야 했습니다."

"……네 지금 연 양제와 여관이 죽은 이유가 나를 욕보였기 때문이다, 그리 말하는 게야?"

대답 대신 소건석은 벙긋 미소를 지었다.

"금일부로 아랫것들은 물론이요. 후궁들은 곤녕궁을 모멸하지 못할 것입니다. 끝끝내 사죄하러 오기를 거부했다만, 황태손비 또한 다시는 우를 범하지 못할 겁니다. 황궁 밖으로 쫓겨나고 싶다면야 범할지도 모르겠으나 그런 듯싶어 보이진 않았으니……."

정말로, 날 흉보았다 죽었단 말인가. 연 양제와 성철전 여관이. 게다가 소려진 또한 혼쭐이 났다고.

지헌 이놈이 좀 더 실성을 했나. 그게 아니면 대체 어떤 이유로 이전에는 안 하던 짓을 한 거지.

내가 혼란을 느끼는 틈에 소건석은 환관들이 두고 간 물건더미를 뒤적였다. 비단을 밀어내고 보석함도 밀어낸 소건석은 그림 한 점을 들어 보였다. 그림 속이 온통 파랬다.

"예는 동쪽에 위치한 천진(天津)입니다. 푸르른 바다가 보이시지요? 천진은 이처럼 거대한 바다에 둘러싸여 있지요."

다른 그림. 이번에는 초록과 바위투성이다. 희뿌연 안개에 휩싸인 뾰족뾰족한 산맥 주변 어딘가에서 당장이라도 신선이 튀어나올 것 같다.

"동부의 제남과 태안에 걸쳐 펼쳐 있는 신성한 산, 태산(泰山)이옵니다. 뭇 백성들이 믿는 속설에 따르면 태산에 한 번 오를 때마다 십 년씩 젊어진다 하니, 낭랑께오선 황상께 청해 언젠간 꼭 한 번 가보시옵소서. 소인도 데려가시면 좋고요."

속설이 참이라면 태산에 올랐다간 지헌의 수명이 십 년 늘어날 텐데, 그것은 재앙 아닌가?

소건석은 뒤의 사당처럼 보이는 곳이 들어앉은 세 번째 그림을 들어 보였다. 하지만 나는 재차 입을 나불대려 하는 고자를 제지했다.

"그만. 되었어."

어찌해서? 좋지 않으냐? 그렇게 말하는 듯싶은 표정의 소건석에게 변명을 늘어놓았다.

"네놈이 다 보여주지 말아. 그러면 재미가 없잖느냐. 나 홀로, 울적할 때마다 찬찬히 살펴볼 테야."

됐다 했는데도 소건석은 또 물건 더미를 뒤적였다.

"되었다니까. 감흥 깨어지게 미리 다 보여주지 말란 말이야."

당연히 그림을 찾는다 생각했거늘 그러나 소건석의 손에 들린 것은 네 번째 그림이 아니었다. 길쭉하고 둥근 모양을 한 흑색 나무함의 윗동이 열리고 그 안에서 둘둘 말린 족자 따위가 나왔다. 펼쳐진 비단 족자 안에 덧대어진 종이를 확인한 나는 짜증스레 구기고 있은 미간을 폈다. 지도다.

소건석에 들린 것은 틀림없이, 지도였다.

설레서인지 불안해서인지 헷갈리게 심장이 쿵쿵 뛰기 시작했다. 저것을 주면 단규는 기뻐할 것이고...... 기뻐함과 동시에 날 떠날지 모른다.

"황후께서 달라 하신 또 다른 물건이옵지요. 수량이 많지 않은지라, 화공들을 채찍질해 풍경화는 오십 점 가량 가져온 것에 비해 지도는 두 점뿐이옵니다. 그렇지만 삼공조차 얻어내지 못한 것을 낭랑께선 수중에 넣으신 바, 황은에 감읍하소서."

"네 그 말은, 하나가 더 있다고?"

한편으론 불안을 느끼면서도 어쩔 수 없이 내 얼굴은 봄날 솟아오른 춘정에 젖은 열여섯 계집의 그것처럼 환해졌다. 소건석도 그를 눈치챘는지 입꼬리를 추켜올렸다.

"낭랑, 지금의 그 화사한 용안을 황상께도 보여주십시오. 기뻐하실 터입니다."

삽시간에 식어 내린 얼굴을 한 내게 소건석은 두 번째 족자를 펼쳐 보였다. 첫 번째 것보다 곱절 커다란 지도는 척 보아도 복잡하기 짝이 없는 것이, 계속 눈에 담았다간 눈병을 앓게 될 듯했다.

"낭랑, 이는 황상께서 특히 아끼시는 것이옵니다. 군용으로 제작된 지도인데, 황상의 명에 따라 그 어느 지도보다 수의 지형이니, 산맥, 강, 바다 등등, 그 모든 것이 세세히 표기되었지요. 너무 세세하여 낭랑께서 보시면 안질을 얻으실 터다, 그러니 아니 주는 것만 못한 이것은 드리지 말라. 소인은 그렇게 아뢨습니다만 황상께선 그분이 아끼시는 이것을 하나쯤은 꼭 낭랑께 드리고프셨나 봅니다."

"군용으로 제작되었다니, 허면……."

"군사지도라고도 부르고, 관방지도라고도 부르옵니다."

"아……."

겉으로는 그게 무언지 잘 모른다는 듯 무식한 척을 해보였다만 기실, 뱃속에 희열이 가득 찼다. 고자의 손에 들린 저것이 군사지도라니, 단규가 콕 집어 갖고 싶다 말했던 물건이라니 이 얼마나 경사스런 일이냔 말이다.

혹여나 보여주기만 하고 다시 빼앗아 갈까, 소건석에게 손을 내밀었다.

"직접 만져보고 싶느니."

보드라운 비단 족자가 무릎 위에 얹어졌다. 원체 커다랗기에 비단 족자의 너풀거리는 양 끝은 내 양팔을 지나, 내가 앉고 있는 기다란 의자까지 덮었다. 황홀하여 차마 시선을 거둘 수 없다는 것처럼 물건을 내려다봄과 동시에 손가락 끝으로 지도의 깔깔한 지면을 훑었다.

"소인에게는 이 지도가 황상의 황후낭랑을 향한 정성의 방증으로 보입니다만, 황후낭랑께오선 어떠하신지?"

지도에 처박고 있던 고개를 들어 소건석을 칩떠보았다.

"네 아까부터 걸핏하면 황태손과 나를 엮는 말을 하는구나. 예전에는 그러지 않았잖아. 금일처럼 내 앞에서 입을 나불대는 일 없이 반드시 해야 할 말만 하고…… 지헌과 나에 관해 조용하였잖아."

그랬는데 무슨 바람이 불어 이러해.

소건석은 터럭 한 올 없이 밋밋한 턱을 움직여 태어난 지 얼마 되지 않은 갓난이처럼 해죽이 웃었다. 그 꼴이 징그러웠다.

"예전 같으면 입을 나불댔다간 곧장 혀가 뽑혔을 테니까요."

"지금은 그렇지가 않다?"

"황후낭랑, 황상께서 낭랑께 이 모든 선물을 보내셨습니다. 황상께서 낭랑을 모욕한 후궁과 여관을 직접 참하셨습니다."

"……."

"어디 그뿐입니까. 황상께서는 그분만이 소유하실 수 있는 관방지도(關防地圖)를 낭랑께 주셨습니다."

"……."

"이가 무슨 뜻이냐. 치맛바람에 휘둘린다 하여 높다란 위상이 조금쯤 깎이더라도, 표현하는 것에 서투르더라도, 낭랑을 아껴 보겠다는 뜻이지요. 그분이 그러하시니 모시는 이에게 잘 보이기 위해 소인 또한 동참을 할 수밖에요."

"……아첨꾼인 척을 한다만 네놈, 지헌을 싫어하지 않는구나."

그놈을 좋아해서. 그래서 주둥이로나마 그놈을 도우려 하고 있는 거잖아. 대체 어찌하면 지헌을 아니 싫어할 수 있지. 이해가 가지 않는 소건석을 한참을 노려보다가 다시 입을 열었다.

"나는 지헌의 할미야."

갑자기 무슨 심경의 변화를 겪어 지헌이 착한 척을 해대는지 모르겠지만, 알 바 아니었다. 그 심경의 변화가 무언지 조금만큼도 궁금치 않다. 내 쪽에선 무엇 하나 바뀔 것도 없었다. 이 모든 선물과, 배려인지 무언지 모를 것에도 불구, 그놈을 증오하는 내 마음은 여전히 견고하다.

"그러한데 무어, 이제 황태손이 좀 달라졌으니 같이 손 붙잡고 짝짜꿍이라도 하라는 게야?"

"언제까지고 할미시겠습니까."

"그 무슨…… 소건석, 방금 그 말이 무슨 뜻이야?"

웃전이 물었음에도 제 가슴옷자락만 더듬거리는 괘씸한 환관을 한 대 때려주고 싶었다. 하체를 덮은 커다란 지도를 치우기가 거추장스럽지만 않았어도 필시 그리했으리라.

"낭랑. 이것이야 말로 그분의 가장 진실한, 그리고 절실한 마음일 겁니다."

위협받는 살쾡이가 지어 보일 법한 얼굴을 하고 있는 나에게 소건석은 품 안에서 꺼낸 책 하나를 건넸다.

"그분이 노력하시는 만큼 낭랑께서도 그러시길."

"……."

"그분을 위로해 주시길."

듣자듣자 하니까 저 건방진 놈이! 지헌에게 가 화사하게 웃어 보이라질 않나. 황은에 고마워하라질 않나. 이제는 무어, 나보고 노력을 하라고? 지헌을 위로해 주라고? 제정신이 아니고서야 어찌 저딴 말을 해! 급 폭발해 물러가는 고자에게 악다구니를 내질렀다.

"내가 미치었다 그딴 짓을 하여? 그리 위로가 필요하면 지헌더러, 소려진 그 돼지 년의 비곗덩어리 품에 안기라 해!"

양물 없는 놈이 사리 분별하는 능력까지 없어서야!

"호래자식(胡種子) 같으니!"

씩씩거리는 숨결이 가라앉았을 즈음, 소건석이 내려놓고 간 책에 시선을 던졌다. 저 낡은 책이 지헌의 가장 진실하고 절실한 마음이라고.

그렇다면 저것을 불살라 버릴까. 염소 우리에 처넣을까. 그도 아니면 뒷일을 볼 때 쓰라, 아랫것들에게 나눠줄까. 온갖 통쾌한 상상을 떠올리길 한참. 꼴 보기 싫은 물건을 눈앞에서 치우려 책을 집어 들었다. 집어든 그것을 냅다 바닥에 처박았다. 한데, 이제는 이삼백 자 가량의 글자는 거뜬히 알아서인가? 나도 모르게 눈과 머리가 책 겉면에 쓰인 글씨를 해석했다.

때 시(時). 정사 정(政). 그리고 기록할 기(記).

시정기(時政記).

"……시정기?"

이게 무어야. 삽시간에 휘둥그레진 눈으로 시정기라 쓰인 제목 옆, 상대적으로 작은 글자들을 좇았다. 처음 두 글자는 모르겠지만 그 아래에 나열된 글자들은 쉽기 짝이 없다.

"이십구(二十九) 년(年)……."

사관에서 단규와 함께 찾아 헤맸던 게 몇 년도의 시정기였더라. 하도 오래전인지라 기억이 가물가물했지만, 조용한 머리와는 반대로 마음은 고래고래 아우성을 쳐댔다. '더 확인할 필요 없다. 네 손에 있는 것이 네가 찾던 그 책이 맞다'라고.

그렇다면, 이게 단규와 내가 찾아 헤맸던 그 시정기가 맞는다면, 어째서 소건석이 가지고 있었던 걸까?

– 2권에서 계속.